Am

Le rêve de Grace

JANICE MAYNARD

Amoureuse d'un Texan

Traduction française de
ROSELINE AULIAC

PASSIONS

HARLEQUIN

Collection : PASSIONS

Titre original :
TEXAS TOUGH

HARPERCOLLINS FRANCE
83-85, boulevard Vincent-Auriol, 75646 PARIS CEDEX 13
Service Lectrices — Tél. : 01 45 82 47 47 - www.harlequin.fr
ISBN 978-2-2804-6584-7 — ISSN 1950-2761

Composé et édité par HarperCollins France.
Imprimé en février 2022 par CPI Black Print (Barcelone)
en utilisant 100% d'électricité renouvelable.
Dépôt légal : mars 2022.

FSC
www.fsc.org
MIXTE
Papier issu de
sources responsables
FSC® C159065

Pour limiter l'empreinte environnementale de ses livres, HarperCollins France s'engage à n'utiliser que du papier fabriqué à partir de bois provenant de forêts gérées durablement et de manière responsable.

- 1 -

Abby Carmichael était une citadine dans l'âme, adepte des cafés Starbucks et des artères animées. Alors, que faisait-elle dans ce coin perdu du Texas ? Le comté de Maverick offrait au regard un paysage désespérément monotone. Quant à la ville de Royal, bien qu'attirante grâce à ses éleveurs fortunés et ses cow-boys rudes, elle ne disposait *même pas* d'un Starbucks pour lui procurer sa dose habituelle de caféine.

Elle se trouvait à Royal depuis moins d'un jour et regrettait déjà sa décision. C'était le problème quand on réalisait des documentaires. Il fallait se rendre là où il y avait une histoire à raconter. Hélas, son travail actuel l'avait conduite au beau milieu d'une contrée célébrée dans les vieux westerns que son grand-père lui faisait regarder.

Elle s'arrêta sur une petite route gravillonnée, éblouie par les rayons du soleil couchant. Un crépuscule glorieux, admit-elle, malgré son humeur morose. Les voyages en avion lui faisaient cet effet. Et aussi la conduite d'une voiture de location à laquelle elle n'était pas habituée.

Inspirant profondément, elle s'efforça de se détendre. Tout ce dont elle avait besoin c'était un bain chaud et une bonne nuit de sommeil. Après quoi, elle serait fraîche et dispose.

À contrecœur, elle admira le splendide déploiement de couleurs dans le ciel du soir. Les rouges orangés et les jaunes d'or embrasaient l'herbe des prairies. New York offrait des beaux couchers de soleil, mais pas comme celui-ci.

Elle abaissa sa vitre. On était en juin, et le temps était chaud et très humide. Du moins, la chaleur ne la dérangeait pas. Peu à peu, la scène paisible calma sa nervosité. Elle avait laissé son caméscope à l'hôtel, cette petite excursion étant dédiée à la détente et non au travail.

Soudain, elle avisa au loin une silhouette solitaire se découpant contre les derniers feux du soleil couchant. Elle se rapprochait rapidement et prenait forme. C'était un cavalier. Aveuglée par le soleil, Abby ne distinguait pas ses traits, mais elle était frappée par la grâce de l'homme et de la bête.

Puis elle perçut distinctement le martèlement des sabots et ressentit un frisson d'anticipation. Attrapant son portable, elle sortit de la voiture pour filmer l'approche du cavalier.

Le port de l'homme était à la fois majestueux et souple, comme s'il ne faisait qu'un avec sa monture. Bientôt, ils passeraient à côté d'elle.

Mais soudain, le cavalier tira brutalement sur ses rênes. Le cheval hennit et se cabra avant de faire halte.

Une voix masculine profonde la héla.

— Vous êtes sur une propriété privée. Puis-je vous aider ?

Pour la première fois, Abby prit conscience qu'elle se trouvait seule, loin de toute civilisation. *Vulnérable*. Un frisson de peur la parcourut, et son instinct lui dicta de fuir.

— J'ai une bombe lacrymogène ! avertit-elle par-dessus son épaule, tout en retournant précipitamment vers sa voiture.

L'homme eut un rire sexy et amusé.

— La bombe, c'est bien, mais rien ne vaut un fusil texan !

Le cœur tambourinant dans la poitrine et la respiration oppressée, elle accéléra le pas. Elle s'était avancée beaucoup plus loin qu'elle ne pensait. L'inconnu devait sûrement plaisanter, mais elle n'avait pas l'intention de s'en assurer.

Elle s'engouffra dans sa voiture, fit demi-tour dans un crissement de pneus et fonça en direction de la ville.

Deux heures plus tard, Abby était encore secouée par cette mésaventure. Ne supportant plus de rester enfermée dans sa chambre, elle récupéra son portefeuille et sa carte magnétique et descendit au bar. Un verre apaiserait peut-être ses nerfs à vif. D'habitude, elle n'était pas aussi craintive, mais tout dans cette région la déconcertait.

Excepté l'hôtel. Le Miramar était agréable et confortable. D'un luxe raisonnable. Elle aurait pu descendre au Bellamy, mais l'établissement cinq étoiles de Royal était trop huppé pour les besoins de son séjour.

Elle s'arrêta à l'entrée du bar, rassérénée par les lumières tamisées, le mobilier traditionnel et les fleurs fraîches sur les tables. Et les *rares* clients. Le barman leva les yeux quand elle s'avança dans la salle. C'était un homme d'âge moyen, aux cheveux grisonnants et au visage anguleux.

— Comme vous voyez, ce n'est pas la place qui manque, dit-il. Mais installez-vous dans une alcôve si vous préférez.

— Merci.

Encore mal remise de ses émotions, elle choisit une alcôve dans un coin de la salle. D'habitude, elle engageait volontiers la conversation, mais ce soir, elle avait simplement envie d'être au calme.

Le barman la rejoignit, son carnet à la main.

— Que désirez-vous, madame ?

— Un verre de zinfandel, s'il vous plaît. Un Beringer, de préférence.

— Bien sûr, madame, dit-il.

Quand il revint avec sa boisson, Abby s'empara du verre en murmurant un merci.

— J'en avais besoin, avoua-t-elle. Alors que je me

trouvais en dehors de la ville, un cavalier a menacé de me tirer dessus. C'était terrifiant !

Le barman parut surpris.

— C'est curieux. En général, les habitants de Royal et des alentours sont hospitaliers.

— Peut-être, dit-elle, sceptique.

Quand le barman s'éloigna, les sourcils froncés, elle se rendit compte après coup qu'elle avait insulté ses compatriotes texans. À moins qu'il ne la considère comme une intruse eu égard à sa tenue un peu trop décontractée pour le Miramar. Quand elle prenait l'avion, elle privilégiait les vêtements confortables. Ainsi, aujourd'hui, elle portait un T-shirt en flanelle fine sur un bustier en soie, un vieux jean et des bottines. Oh ! zut ! Il était tard, et le bar était presque vide. Avec un peu de chance, personne ne la remarquerait…

Carter Crane pénétra dans le Miramar en bâillant et se dirigea vers le bar. À cette heure tardive, il aurait dû être en route vers sa maison pour une bonne nuit de sommeil, mais il sortait d'un rendez-vous avec un éleveur et se sentait nerveux sans raison apparente.

À trente-quatre ans, il aurait aimé avoir une épouse et peut-être un enfant. Mais il avait misé sur la mauvaise candidate, et perdu. C'était sa faute. Il aurait dû voir venir le désastre.

Ces journées d'été magnifiques accentuaient son sentiment de solitude. Peut-être parce que c'était l'époque de l'année où les gens multipliaient les rencontres. Carter n'avait pas fréquenté une femme depuis trop longtemps. Un an, voire un an et demi ?

Son travail acharné lui permettait de tenir à distance

ses regrets et ses pulsions. Mais ce soir, il ressentait plus âprement son célibat forcé.

Il y avait d'autres bars plus prisés à Royal, mais il aimait l'ambiance paisible et décontractée du Miramar.

Il sourit au barman.

— Salut, Sam. Une bière, s'il te plaît.

Le père de Carter et Sam se connaissaient depuis l'enfance. Maintenant, son père profitait de la vie dans un appartement chic de Miami Beach.

Sam déposa devant lui une bière mousseuse.

— Veux-tu manger ?

— Non, merci.

— Comment vont les affaires au ranch ?

— Très bien. Sous réserve de tornades ou de sécheresse, l'année devrait être excellente.

— D'après ton père, tu travailles trop.

— Je ne sais pas faire autrement, répondit Carter. Par ailleurs, lui aussi était un bourreau de travail.

— C'est vrai. Mais plus maintenant. Tu lui manques.

— J'ignorais que vous étiez restés en contact.

— On s'appelle de temps à autre, dit Sam.

Carter changea de sujet.

— Figure-toi qu'il m'est arrivé une aventure incroyable, tout à l'heure. Une touriste cinglée m'a menacé avec une bombe lacrymogène. Sur ma propriété !

— Comment sais-tu qu'il s'agissait d'une touriste ?

— Qui d'autre se promènerait ici avec une bombe lacrymogène ? Royal est une ville sûre.

— Peut-être ne le savait-elle pas. Et d'après ce que j'ai entendu dire, tu aurais menacé de lui tirer dessus.

— Quoi ? s'exclama Carter, abasourdi.

— La touriste en question est ici. Tu devrais t'excuser auprès d'elle. Tu lui as fait une peur bleue.

Carter jeta un coup d'œil par-dessus son épaule.

— Elle a l'air d'apprécier la solitude.

Le barman secoua la tête, le regard rieur.

— Viens. Je vais te présenter. Ainsi, elle ne pensera pas que tu veux l'agresser.

Sans attendre, Sam remplit un verre de vin, contourna le comptoir et se dirigea vers l'alcôve où la jeune femme était assise, en partie protégée par le haut dossier de la banquette.

— Ce verre est sur le compte de la maison, madame. Et j'aimerais vous présenter Carter Crane. Il est l'un des citoyens les plus charmants et les plus honorables de Royal. Et il a quelque chose à vous dire.

Carter se sentit soudain mal à l'aise. La jeune femme le regardait avec méfiance, malgré les propos flatteurs de Sam.

— Puis-je m'asseoir un moment ?

Après une longue hésitation, elle fit un signe d'assentiment.

— Je vous en prie.

Il se glissa dans l'alcôve, sa bière à la main, et déclara sans préambule :

— C'est moi que vous avez vu sur la route, à la sortie de la ville.

Voyant qu'elle le fixait, stupéfaite, il se hâta d'ajouter :

— Je plaisantais à propos du fusil.

Elle continuait de le dévisager sans mot dire. Et bien que cet examen le mette un peu mal à l'aise, il profita de l'occasion pour la détailler à son tour. Elle était mince et jeune, presque trop jeune pour boire de l'alcool, mais les apparences étaient peut-être trompeuses.

Elle avait de longs cheveux bruns ondulés et des yeux d'une belle couleur marron. Elle ne portait pas de maquillage, sauf peut-être du mascara. Néanmoins, ses longs cils pouvaient aussi bien être naturels, supposa-t-il.

Cependant, c'était sa carnation qui la faisait passer du

stade de belle à splendide. D'une teinte ambrée avec un soupçon d'éclat de soleil, sa peau parfaite rayonnait.

Carter ressentit un élan de désir envers elle, et cela le dérouta. D'habitude, il préférait les femmes raffinées et expérimentées. Mais cette jeune femme était une rose qui n'avait pas besoin d'artifice tant elle était *éblouissante*.

Il s'éclaircit la gorge, embarrassé.

— Comme Sam l'a dit, je m'appelle Carter Crane et je possède le ranch Sunset Acres. La plupart du temps, j'en suis fier, mais il m'arrive de le maudire. Comment vous appelez-vous ?

Elle esquissa un sourire.

— Abby Carmichael. Et je savais que vous plaisantiez à propos du fusil.

— Non, c'est faux, dit-il en riant. Je n'ai jamais vu une femme courir aussi vite.

Elle releva le menton d'un air de défi.

— J'avais hâte de rentrer à l'hôtel car j'avais une envie pressante. Cela n'avait rien à voir avec vous.

Il rit de nouveau et s'abstint de relever le mensonge flagrant, charmé par sa voix bien timbrée et ses grands yeux.

— Je reconnais votre accent, dit-il. Vous venez de New York, n'est-ce pas ? Mon colocataire en résidence universitaire venait de Manhattan.

— Je n'ai pas d'accent. C'est vous qui avez une voix aux inflexions traînantes.

Carter secoua la tête lentement.

— Je ne contrarie jamais une femme.

— Pourquoi est-ce que je ne vous crois pas ?

Son sarcasme le fit sourire. Manifestement, elle n'était pas naïve, malgré son jeune âge.

— Qu'est-ce qui vous amène à Royal ? demanda-t-il.

— Je réalise un documentaire sur le festival musical Soiree on the Bay.

Il fit la moue.

— Ah.

— Vous n'approuvez pas ?

— Ce n'est pas que je n'approuve pas, répondit-il prudemment. Mais des événements de ce genre attirent des hordes de touristes en ville. Or, j'apprécie ma tranquillité.

— Mais le festival aura lieu sur l'île Appaloosa.

— Peu importe. Les gens auront besoin d'un endroit où dormir, manger et faire leurs achats. Ils transformeront la ville en capharnaüm.

— Vous êtes trop jeune pour être aussi grincheux. Quel âge avez-vous ? Quarante ans ?

Il se redressa, offensé.

— J'en ai trente-quatre, à titre d'information. Et même un homme *jeune* peut avoir des opinions tranchées.

— C'est vrai…

Remarquant son œil rieur, il comprit qu'elle le taquinait.

— Très drôle, marmonna-t-il. Mais puisque vous abordez le sujet, quel âge avez-vous ? Au début, je vous donnais dix-sept ans, mais comme vous buvez du vin, je ne suis plus sûr.

— Votre mère ne vous a jamais dit qu'on ne demandait pas son âge à une dame ?

— Dix-sept ans, donc.

— Ne soyez pas vexant. J'en ai vingt-quatre. Et je sais reconnaître un homme qui a des arrière-pensées.

— Eh ! protesta-t-il. Je suis simplement venu vous saluer et vous assurer que vous n'êtes pas en danger à Royal.

— Je suis capable de me défendre, monsieur Crane.

— Carter, insista-t-il.

— Carter. Et puisque je suis gentille, je vous pardonnerai l'incident du fusil si vous me rendez un service.

Il tiqua.

— Il n'y a *pas* eu d'incident du fusil !

Flirtait-elle avec lui ? Il en doutait.

Elle lui adressa un sourire si éclatant qu'il en fut tout chaviré.

— Si vous le dites…

— Quel genre de service ?

Il n'était pas naïf au point de lui donner carte blanche.

— J'aimerais visiter votre ranch, le filmer et vous interviewer.

— Pourquoi ? Je n'ai rien à voir avec le festival. Je ne m'y intéresse même pas.

Elle haussa les épaules. Ce faisant, son T-shirt glissa sur le haut de son bras, dévoilant la bretelle de son bustier et un carré de peau soyeuse. Aussitôt, la poitrine et le bas-ventre de Carter se contractèrent sous l'effet du désir.

— Mon documentaire sur le festival comportera des scènes de la vie à Royal, pour ajouter de la couleur locale. Étant donné que la ville abrite le célèbre Texas Cattleman's Club, il me paraît logique d'inclure un portrait d'éleveur. Or, vous êtes le seul que je connaisse, d'où ma proposition.

— Je suis très occupé, marmonna-t-il, sur la défensive. Je n'ai pas de temps à perdre avec cette histoire de film.

Elle le contempla, sidérée.

— Êtes-vous conscient du ton condescendant que vous prenez avec moi ? Mon travail n'est pas moins important que le vôtre, monsieur Crane. Mais soyez sans crainte. Je trouverai un autre éleveur plus coopératif que vous.

Hors de question ! Cette réponse viscérale lui fit comprendre qu'il allait au-devant des ennuis.

— Entendu, j'accepte, dit-il à contrecœur.

Décidément, cette belle inconnue avait le don de le désarçonner.

— Donnez-moi vos coordonnées.

Abby retira une carte de visite de son portefeuille et la lui tendit.

— Je vous appellerai, dit-il.

— C'est ce qu'ils disent tous, remarqua-t-elle, ironique.

— J'ai dit que je vous appellerais et je le ferai.

— Merci, Carter.

Sa façon toute féminine de prononcer son prénom le ravit. Soudain, il n'était plus pressé de rentrer chez lui.

— Puisque vous êtes nouvelle ici, je peux rester un peu plus longtemps, dit-il.

La jolie teinte rose sur ses pommettes s'accentua.

— C'est très chevaleresque de votre part.

— Puis-je vous offrir un autre verre de vin ?

— Merci, mais je préférerais un Coca et des nachos. À moins que cet établissement ne soit trop chic pour servir de la nourriture de confort.

— Sam s'arrangera pour nous en préparer, vite fait bien fait.

— Vous vous exprimez comme un cow-boy sûr de lui et pressé. *Vite fait bien fait.*

Il se renversa contre le dossier de sa banquette tandis qu'un peu du stress de sa journée se dissipait. Cette rencontre inattendue était la plus divertissante qu'il ait faite depuis une éternité. Même s'il en serait sûrement quitte pour une bonne douche froide et une nuit agitée.

— Vous moqueriez-vous de moi, madame Carmichael ?

— Vous pouvez m'appeler Abby.

— Ne bougez pas…

Il alla passer sa commande auprès de Sam et revint.

— J'ai aussi commandé des cornichons frits.

Abby fronça le nez.

— Pouah ! Vous ne vous souciez donc pas de votre santé ?

Carter se retint de sourire tandis qu'il enlevait sa cravate et sa veste, et qu'il s'étirait paresseusement.

— Ai-je l'air en mauvaise santé ?

- 2 -

Vous trichez, Carter Crane, songea Abby, réprimant un halètement de surprise. Elle sentit ses joues s'empourprer et son pouls s'accélérer tandis qu'elle le contemplait de la tête aux pieds, admirative. Cet homme était un régal pour les yeux, un *magnifique* spécimen de la gent masculine.

L'incarnation même de la virilité. Quand elle l'avait aperçu à cheval, un peu plus tôt, elle n'avait pas eu le temps de voir à quoi il ressemblait ni comment il était vêtu. Mais elle était prête à parier qu'il ne portait pas ce blazer bleu marine élégant, cette chemise blanche impeccable et ce pantalon sur mesure. Ni cette cravate cramoisie à motifs dont il s'était délesté si prestement.

Le fait qu'il porte des bottes de cow-boy sans paraître ridicule renforça sa conviction qu'il ferait merveille dans son documentaire.

Le coton fin de sa chemise recouvrait un torse puissant. Et des abdominaux ciselés, elle en aurait mis sa main à couper.

Il avait de minuscules rides au coin de ses superbes yeux bleu azur, sans doute à force de les plisser pour se protéger du soleil, et des cheveux bruns et ébouriffés, comme s'il les avait peignés avec ses doigts.

Elle s'efforça de lui répondre sans trahir son trouble :

— Je ne suis pas médecin, mais vous avez l'air en forme.

Il haussa un sourcil, visiblement déçu.

— *En forme ?* C'est tout ce que vous trouvez à dire ?

Elle peina à dissimuler un sourire malgré ses efforts pour remettre Carter à sa place.

— Vous savez très bien de quoi vous avez l'air, cow-boy. Vous n'avez pas besoin que je flatte votre ego ou autre chose.

Carter cilla, visiblement déconcerté.

Soudain, elle prit conscience du caractère suggestif de sa remarque, alors que Sam apportait leur commande.

— Si on changeait de sujet, s'empressa-t-elle de dire, s'efforçant de ne pas paraître embarrassée. Ou intéressée. Ou *excitée.*

Par chance, Carter ne releva pas sa bévue. À la place, il se pencha vers elle et lui offrit un cornichon frit.

— En tant que cinéaste, vous êtes amenée à voyager et à goûter la cuisine locale. Alors, laissez-vous tenter, Abby.

À contrecœur, elle ouvrit la bouche et laissa Carter glisser une tranche croustillante entre ses lèvres. Elle mordit dedans et sentit les saveurs exploser sur sa langue. Le piquant du cornichon associé à la panure épicée était exquis.

— Hum, c'est divin !

Carter se renversa contre le dossier de sa banquette et en croqua deux à la fois d'un air gourmand.

— Je vous l'avais bien dit.

Abby observait, fascinée, les mouvements de sa gorge tannée tandis qu'il mâchait et avalait ses cornichons. Se ressaisissant, elle attaqua les nachos. Manifestement, il n'y avait pas qu'à New York qu'on mangeait bien.

— Ils sont excellents, eux aussi.

Carter lui tendit une serviette, le regard chargé d'intensité.

— Vous avez du fromage sur le menton, dit-il doucement.

Abby tressaillit. Les choses allaient trop vite et prenaient une tournure trop personnelle. Elle devait calmer le jeu.

— Parlez-moi de votre famille, demanda-t-elle.

Carter se frotta la nuque, contemplant Abby avec un

intérêt non dissimulé. Elle aussi était intéressée, mais ils venaient de faire connaissance, et il était hors de question qu'elle l'invite dans sa chambre d'hôtel.

Finalement, il exhala un soupir.

— Il n'y a pas grand-chose à dire. J'ai une sœur cadette. Mes parents se sont retirés en Floride, me laissant les commandes du ranch. Sunset Acres est dans notre famille depuis cinq générations. Il est dans mon sang. Mieux, il fait partie intégrante de moi.

Abby ressentit une pointe de déception. Elle n'avait aucune envie d'avoir une aventure avec un homme rivé à sa parcelle de terre dans cette lointaine contrée rurale.

— Avez-vous toujours eu envie d'être éleveur ?

— Non. À dix ans, je rêvais de devenir astronaute.

— Vraiment ? Pourquoi n'avez-vous pas suivi cette voie ?

— Parce que je suis claustrophobe. Et surtout, parce qu'un de mes ancêtres a combattu à Alamo avec Davy Crockett. Rompre avec une tradition familiale vieille de deux siècles était inenvisageable.

Il fit signe à Sam pour qu'il leur apporte une autre tournée de boissons.

Voyant qu'ils étaient les derniers clients, Abby hésita.

— Ne devrions-nous pas partir ? Sam veut peut-être fermer.

Carter secoua la tête, le regard fixé sur sa bouche.

— Nous avons encore une heure devant nous.

Ces quelques mots étaient inoffensifs, mais l'intonation du beau cow-boy ne l'était pas. Soudain, une onde de chaleur se diffusa en elle. Elle avait envie d'ôter son T-shirt. Son bustier n'était pas indécent, mais son geste pourrait prêter à confusion.

— De quoi voulez-vous que nous parlions ? demanda-t-elle en désespoir de cause, ses hormones exacerbées. De politique ? De religion ? D'un sujet plus léger ?

Carter se pencha en avant et effleura l'ongle de son auriculaire.

— Parlez-moi plutôt de vous.

Carter n'était pas le genre d'homme à se montrer insistant auprès d'une femme. Son père lui avait appris à respecter le beau sexe. Et à vrai dire, les femmes venaient volontiers vers lui.

Si Abby n'avait pas été intéressée, il aurait réglé l'addition et serait rentré chez lui. Mais elle *était* intéressée. Il aurait parié son meilleur étalon sur ce point.

Toutefois, il lui laissa une porte de sortie.

— Dois-je partir maintenant ? demanda-t-il. Ma présence vous met-elle mal à l'aise ?

Elle le contempla, les pupilles légèrement dilatées, tandis qu'il caressait son ongle. Il ne s'était jamais comporté ainsi auparavant. En fait, avec le recul, son attitude lui paraîtrait sans doute stupide.

Mais pour l'instant, ils étaient en phase l'un avec l'autre.

La poitrine d'Abby se souleva et s'abaissa.

— Non, murmura-t-elle. Ne partez pas.

La main de Carter se mit à trembler, au point qu'il la retira et la dissimula sous la table. Il ne voulait pas qu'Abby se rende compte qu'il était prêt à la supplier de lui accorder une nuit dans son lit.

Pourtant, les aventures sans lendemain étaient des plaisirs auxquels il avait renoncé depuis longtemps – à peu près à l'époque où son père avait commencé à lui confier davantage de responsabilités concernant la gestion du ranch. Carter n'était plus un jeune homme égoïste. Il était désormais un propriétaire terrien, un riche éleveur et un membre respecté de la communauté.

Mais pour Abby Carmichael, il était prêt à faire une exception.

Il s'éclaircit la gorge, s'efforçant de chasser le fantasme érotique qui tournait en boucle dans sa tête.

— Si je me souviens bien, vous ne m'avez pas dit d'où vous veniez.

— Vous aviez deviné juste. De New York. J'ai suivi une formation dans l'audiovisuel et le cinéma à l'université de New York et je vis encore avec ma mère quand je suis en ville car les appartements sont horriblement chers.

— L'université de New York ! Je suis impressionné. N'est-ce pas difficile d'y être admis ?

— Oh ! si. Mais deux éléments ont joué en ma faveur. Mon père étant noir et ma mère blanche, j'ai coché la case « métisse » sur mon dossier de candidature.

— Et l'autre élément ?

— Mon père est cinéaste sur la côte Ouest. Lui et ma mère sont divorcés. Je passais mes vacances d'été avec lui, et il m'a transmis le virus du cinéma. Il a demandé à deux ou trois amis influents d'écrire des lettres de recommandation en ma faveur. Et me voici ici.

— Pourquoi des documentaires ?

— Nous vivons dans une société de l'image, expliqua-t-elle avec animation. J'aime beaucoup les livres et je crois au pouvoir de l'écrit, mais il n'y a pas de moyen plus rapide qu'un documentaire bien conçu pour toucher le cœur ou changer l'opinion de quelqu'un.

— Qu'est-ce qui a suscité votre intérêt pour le festival Soiree on the Bay ?

— Vous avez revendiqué votre héritage familial. Eh bien, moi aussi, je peux en invoquer un, dit-elle en souriant. Même s'il n'est pas aussi ancien que le vôtre. Figurez-vous que ma grand-mère a assisté au festival de Woodstock. Selon la légende familiale, elle aurait conçu ma mère lors de ce rassemblement mythique alors qu'elle avait à peine dix-huit ans. J'ai donc la musique dans le sang. Par ailleurs, dans ce genre de manifestation, il y a toujours des histoires fascinantes à raconter. Voilà pourquoi j'ai très envie de suivre le festival de Royal du début à la fin.

Carter avait perdu son appétit pour les nachos et les cornichons frits. Maintenant, ce dont il avait *besoin* était de nature plus viscérale.

— J'aime votre passion, dit-il lentement. Je suis sûr qu'elle transparaît dans votre travail.

Elle s'empourpra à nouveau.

— Je l'espère. M'autoriserez-vous à vous filmer ? S'il vous plaît.

Alors qu'Abby le fixait de ses grands yeux pleins d'espoir, il trouvait grossier de lui opposer une fin de non-recevoir. Mais il pressentait qu'un oui immédiat de sa part l'enfermerait dans un processus auquel il n'était pas sûr de vouloir adhérer, que ce soit ce projet de film ou une liaison avec cette jeune femme qui n'était que de passage à Royal.

— J'y réfléchirai, c'est promis.

Il perçut sa déception, mais tint bon.

— Entendu, dit-elle. Je vous remercie pour les nachos, le Coca et la conversation. Mais il faut que j'aille me coucher. Le décalage horaire est en train de me rattraper.

Elle bâilla, comme pour prouver ses dires.

Ils sortirent de l'alcôve en même temps, se tenant soudain beaucoup trop près l'un de l'autre. Carter sentit sa gorge se nouer. Il brûlait d'envie de prendre Abby dans ses bras et de l'embrasser jusqu'à ce que son corps s'amollisse de plaisir.

À la place, il fourra les mains dans ses poches.

— Bienvenue à Royal, Abby Carmichael. J'espère que vous apprécierez tout ce que nous avons à offrir…

Abby abandonna le cow-boy dans le bar, mais au souvenir de son regard torride, elle regretta d'avoir mis fin à leur conversation. Ce n'était pas de la présomption de sa part de penser qu'il l'aurait volontiers suivie dans sa chambre. Les étincelles qui avaient crépité entre eux tout au long de la soirée étaient la promesse d'un sexe explosif.

Mais une fois dans sa chambre, elle sut qu'elle avait pris la bonne décision. Elle était épuisée, et le lendemain, elle avait un rendez-vous très important avec Lila Jones, dont elle avait fait la connaissance à Los Angeles. Représentante de la chambre de commerce de Royal, elle lui ferait visiter la ville et l'emmènerait sur l'île Appaloosa.

Avec un peu de chance, Abby pourrait même tourner quelques séquences préliminaires sur les lieux du festival.

Toutefois, tandis qu'elle se douchait puis se glissait dans le lit, elle avait du mal à se concentrer sur son travail. Chaque fois qu'elle fermait les yeux, elle revoyait Carter Crane riant, flirtant et plaisantant. Cela faisait longtemps qu'elle n'avait pas rencontré quelqu'un d'aussi fascinant, tellement différent des hommes qu'elle connaissait à New York ou en Californie.

Carter était son propre maître. Un éleveur texan. Autrement dit, quelqu'un d'important dans cette partie du pays. Malgré tout, même en faisant abstraction de sa qualité de gros propriétaire terrien, il sortirait du lot quel que soit l'endroit où il se trouve, elle en était sûre. Il possédait une autorité naturelle et une confiance en soi très séduisantes. Et bien que sa virilité intense soit mâtinée d'une pointe d'arrogance, elle n'avait rien de rebutant.

Après une rencontre sur une route déserte et la soirée *intéressante* qu'elle avait passée avec lui dans un bar aux lumières tamisées, elle aurait pu se tourner et se retourner toute la nuit. Par chance, la fatigue eut raison d'elle, et elle dormit profondément.

Quand elle se réveilla le lendemain matin à 6 heures, elle était requinquée et prête à attaquer sa journée. Après un running et une douche rapide, elle ne put s'empêcher d'être déçue en consultant son portable. Aucun texto ni appel manqué de Carter. L'autoriserait-il à le filmer ? Il avait promis de réfléchir à la question, mais sans fixer de délai. Il pourrait aussi bien la faire patienter indéfiniment.

Elle lui accorderait quarante-huit heures. Passé ce délai, elle considérerait que sa réponse était négative. Elle en serait quitte pour trouver un autre éleveur. Avec un peu de chance, les ranchers séduisants seraient nombreux dans la région.

Quand elle se posta à la fenêtre pour contempler le centre-ville de Royal, elle dut admettre qu'il était très agréable. La large rue principale était bordée de massifs de fleurs et d'arbustes ornementaux. Au loin, elle apercevait la silhouette du vénérable Texas Cattleman's Club.

D'après ses recherches, Royal comptait nombre de boutiques de vêtements, restaurants, bars et banques, et même un grand centre commercial de style country. Par ailleurs, les écoles de la ville étaient très cotées, et Royal accueillait aussi des artistes dans divers domaines.

Ce n'était pas New York ni Malibu, mais elle comprenait l'attrait que cette ville exerçait sur ses visiteurs.

Une alarme se déclencha sur sa montre.

Elle prit son grand sac fourre-tout en cuir, une bouteille d'eau et un imperméable en cas de besoin, et sortit de l'hôtel pour retrouver sa guide.

Lila l'attendait dans sa voiture, en face de l'hôtel. Elle en descendit dès qu'elle l'aperçut.

— Bonjour, Abby. Je suis ravie de te revoir. Je te souhaite la bienvenue à Royal.

Abby serra la main de Lila en souriant.

— Merci. Je suis contente d'être ici.

Lila, qui avait à peu près son âge et lui faisait penser à l'actrice Zooey Deschanel, l'invita à monter en voiture.

— J'ai apporté des sandwichs. N'hésite pas à te servir si tu as un petit creux.

— Merci. Je te sais gré de m'emmener sur l'île. Mais j'ai du mal à comprendre pourquoi je ne peux pas rester là-bas pour la durée de mon projet.

Le trajet serait interminable. Six heures aller-retour !

Lila eut un sourire amusé.

— Avant toute chose, tu dois t'accoutumer au Texas. Ici, tout est plus vaste qu'ailleurs. L'espace, les ranchs et les ego. Il est très courant de se déplacer en hélicoptère ou en petit avion. On trouve des pistes d'atterrissage à peu près partout où on a besoin de se rendre.

— Mais je ne peux pas séjourner sur l'île ?

— Non, car il n'y a aucun hébergement. Il existe quelques grandes demeures à l'extrémité occidentale de l'île, mais le reste est vierge de toute construction. C'est pourquoi la famille Edmond a décidé que ce serait l'endroit idéal pour organiser le festival musical Soiree on the Bay.

— Et Mustang Point ?

— On y trouve principalement des résidences appartenant à des milliardaires. Crois-moi, il vaut beaucoup mieux que tu loges à Royal pendant que tu réaliseras ton documentaire. Par ailleurs, toutes les personnes que tu souhaiteras interviewer habitent à Royal ou à la sortie de la ville.

Elles roulaient depuis une vingtaine de minutes quand Lila se gara sur un parking gravillonné. Abby avait l'habitude de traverser les États-Unis d'une côte à l'autre en avion, mais elle ressentit un début de panique à la vue du minuscule appareil à hélices posé sur l'étroite piste d'atterrissage. Il avait l'air terriblement fragile et peu engageant.

Lila ne semblait pas du tout inquiète. Elle mit pied à terre et salua le jeune pilote.

— Hello, Danny. Je te remercie de nous conduire à Mustang Point.

Le jeune homme lui sourit.

— Je vous en prie, Miss Lila. Comme j'ai besoin d'accumuler des heures de vol pour maintenir ma licence à jour, mon père m'a demandé de ne pas vous faire payer.

Bientôt, elles se retrouvèrent dans les airs. Abby sortit son caméscope pour filmer le paysage à travers le minuscule hublot. Le résultat n'était pas fameux, mais du moins, elle se faisait une idée du territoire qu'elle survolait.

Lila l'observait avec intérêt.

— Quel genre de caméscope utilises-tu ? Il a l'air maniable et léger.

Abby s'adossa contre son siège.

— C'est un Panasonic DVX200. Il est cher, mais il a une résolution vidéo 4K et une plage dynamique de douze pas.

— Je vais faire comme si je savais de quoi tu parles, dit Lila en riant.

— C'est mon père qui me l'a offert quand j'ai décroché mon diplôme. Il espère que je marcherai sur ses traces.

— Et c'est ce que tu fais.

— Du moins, j'essaie. Après que tu m'as proposé de filmer le festival, mon père m'a mise en relation avec un responsable de Netflix. Il serait intéressé par mon documentaire à condition que je trouve un angle d'approche privilégiant la dimension humaine.

— Une sorte d'accroche publicitaire ?

— Exactement.

Abby rangea son caméscope. L'histoire de Carter apporterait de la profondeur et de la couleur locale à son film, mais elle ne comptait pas trop sur lui.

— Qu'as-tu prévu pour aujourd'hui ? demanda-t-elle.

— Nous prendrons le ferry pour l'île Appaloosa. La traversée ne dure que quinze minutes. Une fois sur place, nous retrouverons Jerome. Il travaille comme gardien pour le compte de plusieurs propriétaires. Il mettra à notre disposition une voiturette de golf. Tu pourras l'utiliser chaque fois que tu viendras sur l'île. Pour cela, il te suffira de prévenir Jerome. Aujourd'hui, nous ferons le tour des lieux, et je répondrai à toutes tes questions.

— Je te remercie de me consacrer cette journée. Ton aide me sera précieuse.

— Cela fait partie de mon travail. Et je suis ravie chaque fois que je peux m'échapper du bureau, dit Lila en riant.

Tandis que le petit avion atterrissait en douceur, Abby consulta sa montre. Le vol avait duré une heure et demie. C'était mieux que les trois heures de route qu'elle avait escomptées, mais c'était quand même long. Elle devrait préparer soigneusement son programme de tournage et faire une bonne partie du travail préparatoire à Royal.

Après avoir récupéré ses affaires, elle remercia le jeune pilote et suivit Lila. L'embarcadère pour le ferry se trouvait à environ quatre cents mètres. Une petite file de voitures attendait pour la traversée, mais les piétons étaient rares. Abby et Lila s'installèrent dans la cabine climatisée.

Abby s'interrogeait sur la logistique.

— Comment les festivaliers accéderont-ils à l'île ?

Lila décapsula sa bouteille d'eau et but une gorgée.

— Je l'admets, ce ne sera pas facile. Les organisateurs prévoient d'ajouter quatre ferrys. Et le stationnement sur l'île sera limité. Les festivaliers désireux de disposer de leur propre véhicule sur place devront payer un supplément très élevé.

— Ainsi, une partie du prestige du festival résidera dans sa difficulté d'accès… Il sera très *select* !

— Exactement.

Alors qu'elles quittaient le ferry, Lila fit signe à un homme aux cheveux poivre et sel et à la peau tannée par le soleil. Il devait s'agir de Jerome, se dit Abby. Il était assis dans une voiturette de golf stationnée à côté d'une deuxième voiturette dont le chauffeur était beaucoup plus jeune.

Les deux hommes se levèrent pour les saluer.

— Cette deuxième voiturette est à votre disposition, mesdames. Quand vous aurez fini, garez-la ici et laissez les clés sous le siège.

— N'est-ce pas risqué ? demanda Abby.

Les trois autres rirent.

— Nous sommes en lieu sûr, ici, déclara Jerome. Amusez-vous bien.

Lila se dirigea vers l'arrière de la voiturette.

— Range tes affaires là. Une fois installée, cramponne-toi. Les allées ne sont pas encore toutes pavées.

Le soleil à son zénith était chaud, mais une brise marine rafraîchissait l'atmosphère. Trinity Bay était un endroit idyllique. La mer d'un bleu profond déroulait ses vagues ourlées d'écume. Ce n'était pas étonnant que les Edmond aient acquis cette île.

Abby examinait les alentours avec un vif intérêt. L'espace dédié au festival était plus grand qu'elle l'avait imaginé. Et beaucoup plus haut de gamme. Soiree on the Bay n'aurait donc rien à voir avec Woodstock et son laisser-aller.

Lila lui fournit des explications tout en manœuvrant le véhicule parmi les structures neuves en bois.

— Les deux principales scènes seront réservées à des grands noms de la musique. Des scènes plus petites seront disposées ici et là pour accueillir des orchestres plus marginaux. Le genre de groupes musicaux susceptibles de devenir célèbres dans quatre ou cinq ans.

— Et là-bas, de l'autre côté de la route ? demanda Abby cramponnée à la barre d'appui.

Quelques parcelles étaient engazonnées, mais d'autres étaient recouvertes de copeaux de bois.

— C'est l'espace réservé aux bars à vins et aux restaurants éphémères. Chacun aura à sa tête un chef renommé.

— Ce festival s'annonce prometteur !

Il n'empêche, organiser une manifestation aussi grandiose sur une île devait être un vrai casse-tête. Il y avait tellement de choses à coordonner : la livraison de nourriture, le matériel de sonorisation, une présence médicale, des sièges, des sanitaires mobiles… Abby n'aurait pas aimé être à la place des responsables. L'événement pouvait être un succès éclatant ou un échec retentissant.

Lila gara la voiturette sur un espace au bord de l'eau.

— J'ai apporté des fruits et du fromage. Et une bouteille de vin. As-tu faim ?

— Oh ! oui.

Lila n'était pas très bavarde, mais cela convenait à Abby. Elle prenait plaisir à contempler la mer et à savourer un repas frugal en plein air.

Contre toute attente, l'image de Carter Crane s'imposa à son esprit. Le beau cow-boy devait être en plein travail dans son ranch. Peut-être pourrait-elle le convaincre que son activité quotidienne constituerait un excellent sujet pour son documentaire. Il y avait si peu de choses à filmer sur l'île avant le début du festival. Or, elle avait besoin d'un reportage solide pour plonger le spectateur dans l'ambiance du Texas et lui faire découvrir les spécificités de Royal.

Lila bâilla.

— Veux-tu faire quelques prises de vues ? Entre-temps, je vérifierai mes mails ou je ferai un petit somme.

— Excellente idée.

Une fois son repas terminé, Abby récupéra son caméscope. Lors du festival, elle aurait besoin du trépied, mais pour aujourd'hui, elle se contenterait de capter l'atmosphère de l'île inoccupée.

La baie méritait le détour. Au loin, les voiliers glissaient sur l'eau, poussés par le vent. Abby crut apercevoir un dauphin jaillir de la mer avant de plonger en formant un arc gracieux. Quand elle en eut fini avec la mer, elle se tourna vers la terre.

Certaines structures seraient spectaculaires en noir et blanc. Elle marqua une pause, tendant l'oreille. Essayant d'imaginer à quoi ressemblerait l'énergie émanant de la foule, le martèlement des basses et le son claquant des guitares électriques.

Son caméscope calé sur l'épaule, elle pivota de droite à gauche… Et capta un cow-boy dans son viseur.

- 3 -

Prendre Abby Carmichael au dépourvu amusait beaucoup Carter. Elle avait une incroyable maîtrise de soi pour quelqu'un d'aussi jeune, mais il avait réussi à la dérouter. Il le perçut dans son regard quand elle abaissa son caméscope.

— Carter, que faites-vous ici ?

Il réprima un sourire.

— Je me trouvais dans les parages et j'ai décidé de faire un saut jusqu'ici.

Il s'accorda un moment pour apprécier le charmant tableau qu'elle formait. Le métier de cinéaste devait parfois être exigeant sur le plan physique et nécessiter le port d'une tenue confortable, mais celle qu'avait choisie Abby la mettait en valeur.

Elle arborait une longue robe d'été dos nu vaporeuse qui dissimulait ses formes. Les couleurs vives du tissu le faisaient penser aux Caraïbes et aux boissons fraîches ornées de parasols miniatures. Elle avait dénoué sa magnifique chevelure ondulée malgré la chaleur, et la brise soulevait des mèches sur ses épaules d'une belle teinte dorée.

Elle mordillait sa lèvre inférieure, visiblement convaincue qu'il avait des arrière-pensées malhonnêtes. Peut-être avait-elle raison.

— Nous sommes très loin de Royal, dit-elle. Et je tiens de source sûre que vos petites vaches sont très exigeantes.

Il rit doucement, ravi d'être venu.

— Mes vaches ne sont pas petites, Miss Citadine. Par ailleurs, je leur ai dit que je prenais un jour de congé.

— À vos vaches ?

— Non. À mes assistants.

— Oh…

Elle jeta un coup d'œil par-dessus son épaule.

— Je dois partir. Lila va se demander ce que je fais.

— Laissez-moi porter votre caméscope. J'aimerais saluer Lila.

Abby lui tendit son équipement vidéo à contrecœur.

— Vous connaissez Lila ?

— *Tout le monde* se connaît à Royal. Par ailleurs, elle a fait parler d'elle récemment en persuadant un influenceur sur Instagram, Zach Benning, de venir à Royal pour promouvoir le festival musical. Et aux dernières nouvelles, elle s'est fiancée avec lui.

— J'ai entendu parler de lui, et j'ai aussi remarqué la magnifique bague au doigt de Lila, mais je n'avais pas fait le rapprochement. Son histoire ressemble à un conte de fées.

Carter fit la grimace.

— Ne me dites pas que vous en êtes une !

Abby s'arrêta, interloquée.

— Une quoi ?

— Une ingénue romantique. Je croyais que les réalisatrices de documentaires étaient plus réalistes.

— Vous pensez que l'amour romantique est une fiction ?

— Oui.

Sa réponse était peut-être abrupte, mais il était bien placé pour savoir que la romance n'était qu'une imposture.

Même s'il était forcé d'admettre qu'un homme pourrait se perdre dans les splendides yeux marron d'Abby.

Ils poursuivirent leur chemin en silence. Quand ils approchèrent de la voiturette, Lila mit pied à terre.

— Hello, Carter. Que fais-tu ici ? Tu es très en avance pour le festival !

Il l'embrassa sur la joue.

— Tu sais bien que je ne suis pas un fervent adepte des festivals. Mais je n'ai pas encore eu l'occasion de te féliciter pour tes fiançailles.

Lila s'empourpra.

— Merci, Carter.

Abby les considérait tour à tour, intriguée.

— Depuis combien de temps vous connaissez-vous ?

Carter haussa les épaules.

— Depuis toujours, je pense. Les personnes qui viennent à Royal ont tendance à s'y installer durablement.

Ce fut au tour de Lila de manifester sa surprise.

— Je pourrais vous poser la même question à tous les deux. Abby, je pensais que tu étais arrivée en ville hier.

— C'est vrai. Mais je suis sortie me promener sur une route isolée, et Carter a menacé de me tirer dessus.

— Non, c'est faux ! protesta-t-il. La vérité, c'est qu'Abby n'est pas aussi innocente qu'elle en a l'air. Elle a essayé de me gazer avec une bombe lacrymogène.

Lila écarta les mains, visiblement déconcertée.

— Je ne comprends rien à vos histoires.

Carter leva son visage vers le soleil, se sentant plus insouciant que jamais.

— Disons simplement que notre première rencontre a frisé le drame et que la deuxième a été beaucoup plus cordiale.

— J'ai très envie de connaître toute l'histoire, insista Lila.

— Je te la raconterai sur le chemin du retour.

Abby récupéra son caméscope et le rangea dans un sac rembourré. Puis elle grimpa dans la voiturette et jeta un coup d'œil à Carter par-dessus son épaule.

— Nous devons partir. Notre pilote nous récupère dans vingt minutes.

— Abby ?

Il s'approcha et lui toucha légèrement le bras, conscient de la force d'attraction qu'elle exerçait sur lui.

— J'espérais vous persuader de rentrer avec moi. Une fois en ville, je vous inviterai à dîner.

— Je suis venue avec Lila, dit-elle, avec une expression indéchiffrable.

Lila secoua lentement la tête.

— Carter possède une Porsche noire splendide. Elle est bien plus confortable que le coucou de Danny.

Il sourit avec reconnaissance à Lila.

— Vous m'avez dit que vous vouliez m'interviewer. C'est l'occasion ou jamais.

— J'ai dit que je voulais vous *filmer*.

— Oui, mais je préfère commencer par l'interview. Je me suis renseigné sur la façon de réaliser un documentaire. Je voulais être prêt.

Les lèvres d'Abby s'entrouvrirent, un peu comme si elle ressentait cette même attirance magnétique et qu'elle ne savait pas comment réagir.

— Je ne veux pas abandonner Lila.

L'intéressée secoua la tête, rejetant ce piètre argument.

— Rentre avec Carter. Nous aurons d'autres occasions de nous voir.

Carter leur adressa son sourire le plus innocent.

— Abby ?

— Entendu.

Elle descendit de la voiturette dans un gracieux bruissement de tissu et un éclair de cuisse bronzée.

— Il faut que je récupère mon matériel.

Lila intervint.

— Emmenons plutôt Carter avec nous jusqu'au débarcadère. Il fait trop chaud pour marcher en plein soleil.

— Excellente idée, acquiesça-t-il.

La voiturette disposait de deux rangées de sièges. Il s'installa à l'arrière tandis qu'Abby reprenait sa place à côté de Lila. S'il se penchait en avant, il pourrait embrasser son épaule nue. Cette pensée incongrue le mit mal à l'aise. Finalement, passer trois heures en voiture avec cette jeune femme désirable n'était peut-être pas une si bonne idée.

Il avait garé sa décapotable à côté de l'embarcadère. Faute de place pour une seconde passagère dans sa petite voiture de sport, les deux jeunes femmes se séparèrent, et Lila se dirigea vers la cabine dédiée aux passagers à pied.

Carter aida Abby à s'installer, puis mit le moteur en marche et emprunta la rampe d'accès au ferry. Comme la traversée était courte, ils demeurèrent dans la voiture, vitres baissées. Abby se mit à filmer les mouettes poursuivant le bateau. Sans doute un stratagème pour éviter de lui parler.

Était-elle nerveuse ? Carter ne l'était pas. Enfin, pas exactement. Il se sentait plutôt fébrile, tous ses sens exacerbés. À vrai dire, il réagissait rarement de manière aussi intense vis-à-vis d'une femme qu'il venait de rencontrer.

Une fois arrivés à Mustang Point, Carter et Abby saluèrent Danny et dirent au revoir à Lila. Puis ils prirent la route du retour. Carter avait laissé le toit fermé et mis la climatisation, la chaleur étant trop accablante à cette heure de la journée.

Il jeta un coup d'œil à sa passagère.

— Tout va bien ?

Abby sourit, jouant avec l'anneau ornant son oreille.

— Oui. Cette voiture est très agréable.

— Tant mieux. Quand nous approcherons de Royal, je baisserai le toit pour que tu puisses profiter de la vue.

— Bonne idée.

Par chance, elle ne se départit pas de son sourire quand il passa au tutoiement.

Il fallait vraiment qu'elle lui plaise pour qu'il prenne un jour de congé en milieu de semaine ! Il était connu pour être un bourreau de travail. Ce rythme n'était pas sain, mais son métier d'éleveur monopolisait presque tout son temps.

Il était ainsi fait. Il assumait sans se plaindre l'héritage familial. Cela lui pesait parfois, mais il s'estimait chanceux de faire un métier qui lui plaisait.

Au reste, cette diversion était la bienvenue.

— Quel âge avais-tu quand tes parents ont divorcé ? demanda-t-il.

Abby soupira.

— Cinq ans. J'ai donc peu de souvenirs de cette époque. Mais une fois adulte, j'ai finalement compris pourquoi leur mariage avait échoué.

— Oh ?

— Ma mère appartenait à la haute société de l'Upper East Side, expliqua-t-elle. Mes grands-parents possédaient une véritable fortune immobilière et ont donné à ma mère une éducation très élitiste. Elle a rencontré mon père durant un voyage de vacances à la Jamaïque.

— Ses parents ont désapprouvé son choix parce qu'il n'appartenait pas à leur milieu social ? demanda-t-il.

— Ce n'est pas l'argument qu'ils ont fait valoir pour s'opposer à leur relation. Car la famille de mon père était également riche – des banquiers et des juristes à la Jamaïque. En fait, quand il a rencontré ma mère, mon père était musicien, mais il suivait une formation pour devenir cinéaste. Et les parents de ma mère doutaient de ses chances de succès dans cette carrière.

— Ont-ils eu raison ? demanda Carter.

— Oui et non. Mon père a mis des années avant de se faire un nom dans ce secteur d'activité. C'est une profession qui exige de la mobilité. S'il avait eu une épouse et un enfant avec lui, il n'aurait pas pu mener ce genre de vie nomade, et sa carrière n'aurait sans doute jamais décollé.

— Tes grands-parents ont-ils fini par se résigner ?

— Hélas non. Ma mère voulait un mariage en grande pompe, mais elle a dû se contenter d'une chapelle à Las Vegas.

— Ses parents ne sont donc jamais revenus à de meilleurs sentiments envers elle ?

— Si. Quand je suis née. Mais mes parents étaient trop différents pour que leur union fonctionne. Même avoir un enfant ne leur a pas permis de rester ensemble.

— Je suis désolé, Abby. Ce doit être difficile de les voir séparément, qui plus est, aux deux extrémités du pays.

Il lui jeta un regard oblique. Elle fixait la route, l'air pensif.

— J'ai appris à être heureuse n'importe où. Je les aime tous les deux. Et s'il y a eu de l'animosité entre eux au moment du divorce, elle a fini par s'estomper.

— As-tu songé à l'endroit où tu aimerais t'installer et faire ta vie ?

Elle lui jeta un regard surpris.

— Non. Vivre par monts et par vaux ne me dérange pas.

— Mais un jour viendra où tu auras envie de poser tes valises et te fixer quelque part.

— Peut-être.

— Ne souhaites-tu pas avoir des enfants ?

— Et *toi,* souhaites-tu en avoir ? demanda-t-elle. Pourquoi pose-t-on toujours cette question aux femmes ? Je parie qu'on ne t'a jamais demandé si tu avais envie d'être père.

— Eh bien, tu perds ton pari, dit-il, pince-sans-rire. C'est un sujet que ma mère aborde régulièrement. Je la déçois beaucoup. Et comme j'ai dix ans de plus que toi, la pression qu'elle me met est de plus en plus forte.

— Tu dois être soulagé que tes parents ne vivent plus ici.

— Pas vraiment. Ils me manquent. Mais ils méritent de profiter de la vie. Ils ont travaillé dur pendant toutes ces années.

Abby perçut la note d'affection dans la voix de Carter, et curieusement, elle l'envia. Bien sûr, elle aimait ses parents et s'entendait bien avec eux, mais tous trois ne formaient pas une famille unie comme celle de Carter.

Elle laissa tomber la conversation. Par chance, il ne sembla pas s'en formaliser. Étrangement, elle se sentait à l'aise avec lui. Du moins, tant qu'elle ignorait cette attirance sexuelle palpable entre eux.

Bercée par le ronronnement du moteur, elle s'endormit malgré elle. Quand elle se réveilla en sursaut, elle se passa les mains sur le visage, embarrassée.

— Désolée, marmonna-t-elle. J'avais besoin de récupérer.

— Je comprends. Tu es mignonne quand tu ronfles.

— Je ne ronfle *pas* ! protesta-t-elle, un peu offensée et inquiète à l'idée qu'il dise vrai.

Carter ne répondit pas. Il gardait les yeux rivés sur la route, mais elle distinguait le petit sourire qui relevait les commissures de ses lèvres. Des lèvres charnues, faites pour les baisers.

Pour s'empêcher de faire une fixation sur sa bouche, sa mâchoire volontaire et les autres parties de son corps viril, elle se concentra sur le paysage monotone, avec des prairies et des vaches à perte de vue.

Carter lui coula un regard oblique.

— Quoi ?

Abby fronça les sourcils, sur la défensive.

— Je n'ai rien dit.

— Non, mais tu penses quasiment à voix haute. Allons, avoue-le, tu n'aimes pas le Texas.

Jugeant grossier d'acquiescer, elle biaisa.

— C'est exagéré.

— Vraiment ? Je suis sûr que tu regrettes les gratte-ciel, la cuisine ethnique, les musées et Broadway.

— Peut-être. Mais cela ne veut pas dire que je dénigre la région où tu vis. Tu t'y plais beaucoup.

— Oui. Mais j'ai voyagé. Je sais ce que le monde a à offrir.

— Puis-je te poser une question ?

Elle le vit froncer légèrement les sourcils.

— Bien sûr.

— Pourquoi es-tu venu sur l'île Appaloosa, aujourd'hui ?

Il exhala un soupir.

— Tu veux la vérité ?

— Oui, s'il te plaît.

— Tu m'intrigues, Abby. Ma vie personnelle est ennuyeuse depuis un an et demi. Pour quelqu'un qui, comme moi, a toujours vécu à Royal, le vivier de partenaires romantiques est limité. Tu es nouvelle et différente des autres femmes que je connais, et j'ai envie de passer du temps avec toi.

Un frisson d'excitation la parcourut. Cet homme sexy lui déclarait sans équivoque qu'elle l'intéressait. Comment allait-elle réagir à sa déclaration ?

— Cela signifie-t-il que tu acceptes d'être filmé dans ton ranch ?

— J'y réfléchis encore.

— En somme, tu es prêt à me donner carte blanche si je consens à faire plus ample connaissance avec toi ?

Il tiqua.

— Ce n'est pas une négociation, Abby. Les deux choses n'ont rien à voir.

— Si tu m'autorises à te filmer, nous passerons *beaucoup* de temps ensemble.

— Je n'ai pas envie d'être présenté comme un phénomène de foire. Je suis comme je suis. Et le métier que j'exerce n'a rien d'extraordinaire.

— Pour les citadins, ton style de vie a un charme bucolique.

— Grossière erreur, grommela-t-il. La sueur, la poussière et les bouses de vaches n'ont rien de romantique ni d'excitant.

— Comme dit le proverbe, la familiarité engendre le mépris. Tu ne te vois pas comme un observateur extérieur le ferait.

Il lui décocha un regard sceptique.

— Je pensais que tu faisais un documentaire sur le festival.

— C'est le cas. Mais grâce à Lila, je commence à comprendre que la ville de Royal et le Texas Cattleman's Club pourraient être aussi, voire plus, intéressants qu'un festival de musique qui n'a pas encore vu le jour. Or, je suis toujours à la recherche d'un angle d'approche privilégiant la dimension humaine.

— Eh bien, bonne chance pour tes recherches.

Carter s'arrêta sur le bas-côté de la route et allongea le bras dans sa direction pour ouvrir la boîte à gants.

— Prends ce foulard. Tu en auras besoin pour te protéger si je replie le toit.

Elle ne put s'empêcher d'inhaler sa senteur quand il se pencha vers elle. Citron vert et un soupçon de… sensualité ?

Son pouls s'accéléra. Cet homme était bien trop séduisant pour la paix de son esprit. Ce fut un soulagement quand il se redressa.

Suivant son conseil, elle rassembla la masse de ses cheveux sur sa nuque et les attacha solidement avec le foulard, une bande en soie étroite, parsemée de minuscules fleurs de lis bleu marine sur fond beige.

Une fois le toit replié, Carter reprit sa place derrière le volant et lui adressa un large sourire.

— Prête ?

Abby hocha la tête, plus troublée qu'elle ne l'aurait dû.

— Mets les gaz, cow-boy.

L'heure qui suivit lui parut féerique. La route dégagée. Le vent dans le visage. L'homme à côté d'elle. Avec un soupir d'aise, elle appuya la tête sur le repose-tête et ferma les yeux. Manifestement, Carter était plus complexe qu'il y paraissait. Cet éleveur actif et prospère, qui n'hésitait pas à s'accorder une journée de congé pour retrouver une femme susceptible de coucher avec lui, avait une personnalité aux facettes multiples. Intéressantes. *Irrésistibles.*

Les routes du Texas étaient droites et plates, et Carter conduisait avec assurance. À aucun moment Abby ne craignit pour sa sécurité. Pour la première fois, elle comprenait l'attrait qu'exerçaient une voiture de sport et un homme aventureux derrière le volant.

Quand ils arrivèrent à Royal, elle était ébouriffée mais ravie. Elle effleura le bras de Carter, ses doigts enregistrant la musculature de son avant-bras et la chaleur de sa peau.

— Je suis affamée, admit-elle. Et j'accepte volontiers ton invitation à dîner, mais je voudrais d'abord me changer.

Il se gara sous le porche de l'hôtel et se tourna vers elle, ses yeux bleus reflétant le ciel.

— Si tu y tiens. Mais ta robe est très belle… Et toi aussi.

Il laissa errer son regard de son visage à sa poitrine avant de la fixer hardiment dans les yeux. Elle ne put s'empêcher de frissonner sous sa caresse, malgré la chaleur.

Tous les cow-boys étaient-ils aussi directs ? Troublée, elle se passa la langue sur les lèvres, tâchant de se convaincre qu'elles étaient sèches à cause de la brise chaude.

— Hum. Merci, mais je préfère me doucher et me changer.

— Comme tu veux. Il est encore tôt. Nous disposons d'une heure et demie. Je réserverai au Sheen. C'est un nouveau restaurant. Je pense qu'il te plaira.

— Comment dois-je m'habiller ?

— Comme la tenue que tu portes actuellement.

Finalement, ils descendirent de voiture, et il récupéra le matériel d'Abby sur le siège arrière.

— Je fais un saut au ranch et je reviens te chercher vers 18 h 30.

Il déposa un baiser léger sur sa joue.

— À tout à l'heure, Abby.

Elle le suivit des yeux pendant qu'il mettait le contact et tournait au coin de la rue.

Dans l'ascenseur, elle reconnut à peine son reflet dans le miroir. Ses prunelles brillaient et ses joues étaient empourprées. À cette vue, son sourire s'effaça lentement.

Elle faisait fausse route. Elle était venue à Royal pour réaliser un documentaire destiné à lancer sa carrière. Flirter avec un éleveur sexy n'était pas prévu au programme.

Pourtant, tandis qu'elle se douchait, se lavait les cheveux et enfilait une nouvelle robe, elle ne parvenait pas à évincer Carter de ses pensées. Ou à effacer la sensation délectable de ses lèvres chaudes sur sa peau.

Il était dangereux. À quoi bon se lancer dans une liaison, même temporaire, avec un homme dont la vision du monde était si différente de la sienne ?

Elle devrait se montrer prudente. Certes, elle avait besoin de lui pour son documentaire, mais ce n'était pas une raison pour succomber à son charme.

- 4 -

Retourner au ranch était une erreur, songeait Carter, furieux. Trop de personnes avaient besoin de son avis. Après avoir échappé aux sollicitations, s'être douché et changé, il avait à peine le temps de retourner en ville pour récupérer Abby au Miramar à l'heure prévue.

Tout en roulant, il se disait que sa journée avait été divertissante. D'autant qu'il n'avait guère de distractions, ces temps-ci. Des responsabilités, oui. Du travail pénible, à coup sûr. Mais de l'amusement ? Pas vraiment.

Depuis sa rencontre avec Abby, il avait envie d'autre chose. Coucher avec elle, bien sûr. Il la trouvait très belle et ressentait une puissante attirance pour elle. Mais ce qu'elle lui inspirait était plus complexe. Elle lui rappelait une période de son existence où il avait eu encore des choix de vie possibles. Jeune diplômé, il travaillait au ranch tout en songeant à exercer un autre métier qu'éleveur.

Hélas, son père avait eu une crise cardiaque, et à vingt-cinq ans, sa vie avait été toute tracée. Il prendrait le relais de son père. Bien sûr, il aimait Sunset Acres, mais la transition entre sa vie insouciante de jeune diplômé et les responsabilités d'un ranch immense avait été rude.

Puis il y avait eu son histoire avec Madeline. Il serra les dents, mortifié. Il s'était trompé sur son compte. Oh ! oui, une sacrée erreur de jugement. Abby était-elle trop semblable à son ex-fiancée ? Avait-il un type de femme ?

Allait-il de nouveau au-devant de lendemains douloureux et humiliants ?

Il n'avait aucune envie de s'appesantir sur cette pensée déplaisante, aussi relégua-t-il le passé aux oubliettes pour se concentrer sur la soirée à venir.

Abby le rejoignit dans le hall de l'hôtel, sa chevelure soyeuse cascadant sur ses épaules nues. Elle arborait une nouvelle tenue sexy, plus chic que la précédente mais tout aussi seyante. Sa robe blanche ajustée descendant jusqu'aux genoux soulignait si bien son corps de rêve qu'elle aurait dû être interdite en présence de mâles au sang chaud. Un collier en or parait son profond décolleté en V. Des espadrilles blanches dont les lanières s'entrecroisaient autour de ses chevilles complétaient sa tenue.

Il franchit la distance qui les séparait.

— Tu es splendide ! dit-il.

Quand il l'embrassa sur la joue, elle parut troublée.

Le restaurant se trouvait non loin de l'hôtel. Au cours du dîner, ils abordèrent des sujets moins personnels. Abby était amusante, intelligente et bien informée. Rien d'étonnant de la part de quelqu'un qui faisait la navette entre la côte Est et la côte Ouest. Elle avait aussi eu la chance de grandir dans un milieu privilégié et de recevoir une éducation soignée.

En sa présence, Carter se sentait revigoré. Elle menait une conversation stimulante et variée. Elle le forçait à se montrer sous son meilleur jour. Et sous les reparties qui fusaient entre eux circulait un courant chargé d'une sensualité torride.

Il savait que c'était trop tôt pour coucher avec elle. Elle semblait attirée par lui, mais il avait besoin d'en être sûr. Peut-être pourrait-il accélérer un peu les choses.

Au moment du dessert, il abattit sa meilleure carte.

— Finalement, j'accepte d'être filmé dans mon ranch,

dans la limite du raisonnable. Que dirais-tu de venir demain, à l'heure du déjeuner ?

Abby semblait hésiter entre satisfaction et déception.

— J'en serais ravie, mais Lila s'est arrangée pour que j'assiste demain matin à une réunion avec le comité qui organise le festival, qui se tiendra au Texas Cattleman's Club.

— Ah.

Maintenant, il se sentait vraiment frustré.

— Je pourrais venir après-demain, suggéra-t-elle, comme si elle devinait sa mauvaise humeur.

Elle tendit le bras par-dessus la table et lui tapota la main.

— Carter, j'apprécie beaucoup ton invitation, mais cette réunion est importante.

— Bien sûr. Je comprends, répondit-il.

— Puis-je faire une observation personnelle ?

Il la contempla, s'efforçant de lire dans ses pensées. Il brûlait d'envie de glisser les doigts dans ses cheveux soyeux, de l'attirer contre lui et de presser les lèvres sur les siennes. De caresser les courbes de son corps sous sa robe ajustée.

— Personnelle ? demanda-t-il d'une voix rauque.

— Oui, si tu n'y vois pas d'inconvénient.

Elle était tellement polie et si incroyablement séduisante.

— Entendu, dit-il. Je n'ai pas de secret.

En la voyant déglutir, il se rendit compte pour la première fois qu'elle n'était pas aussi calme qu'il y paraissait.

— J'ai le sentiment que tu as envie de coucher avec moi. Je me trompe ?

Sa question le prit de court.

— Es-tu toujours aussi directe ? demanda-t-il, une fois remis de sa surprise.

— Je joue franc jeu, si c'est ce que tu veux dire. La plupart des hommes et des femmes compliquent trop les choses.

— Que se passera-t-il si je réponds oui ?

— Eh bien…

Elle contempla ses mains posées sur la nappe blanche.

— Je t'expliquerai sans doute que c'est trop tôt.

Puis elle releva les yeux vers lui, guettant sa réaction.

Il sentit son pouls s'affoler sous l'effet de l'excitation.

— Si je comprends bien, un rendez-vous galant est envisageable, mais pas tout de suite ?

Elle lui adressa un sourire mystérieux.

— Exactement. Je t'apprécie beaucoup, Carter, mais je dois tenir compte de certaines choses.

— Lesquelles ?

Il était prêt à balayer toutes ses objections, une à une.

— Je n'ai jamais couché avec un homme que je connais depuis deux jours seulement. Ou même deux semaines.

Il sentit son avantage lui échapper.

— Y a-t-il un *mais* ?

— À vrai dire, non. Le problème, c'est que toi et moi n'avons rien en commun. Par ailleurs, je ne resterai qu'un temps limité à Royal. Et je ne suis pas sûre de vouloir me lancer dans une liaison à court terme avec toi. Nous ferions mieux de nous en tenir au flirt et à l'amitié.

— Non, pas question, protesta-t-il, dépité. J'ai des amis, Abby, et tu n'entres pas dans cette catégorie.

— Et dans celle des personnes de connaissance ? Ou des associés en affaires ?

Se moquait-elle de lui ? Le doute ne faisait qu'aggraver sa frustration. À moins que ce ne soit le désir pulsant dans son bas-ventre.

— Je n'ai pas besoin de coller une étiquette sur nos rapports, Abby. Nous verrons bien ce qu'il adviendra. Et si cela nous mène au sexe, je suis partant.

Abby tremblait. Elle n'avait jamais rencontré un homme aussi direct et en même temps aussi policé. Il n'était ni grossier ni stupide, mais il ne se donnait pas la peine de dissimuler le désir sexuel qu'il ressentait. Pour *elle*. Abby se sentait à la fois flattée et intimidée. Serait-elle capable de résister face à un tel afflux de testostérone ? Carter savait ce qu'il voulait et n'avait pas peur de le faire savoir.

Elle pressentait qu'il saurait donner énormément de plaisir à une femme. Et elle le désirait de tout son être. Il n'empêche que le sexe et les hommes faisaient commettre beaucoup d'erreurs aux femmes, et ce depuis des millénaires.

Au cours de sa vie adulte, quelques hommes l'avaient déçue. Elle s'était aussi trompée sur le compte de certains. Mais elle n'avait jamais eu le cœur brisé. Cela en disait long sur son peu d'appétence pour le risque. Elle calculait toujours ses chances de succès, quelles que soient les circonstances.

Mais il se pourrait bien que Carter Crane soit son point faible. L'intensité de son désir pour lui l'incitait à ralentir le cours des choses. Elle courrait un trop gros risque en entamant une liaison avec lui alors qu'elle plaçait tous ses espoirs dans son documentaire pour lancer sa carrière.

— Entendu, dit-elle. Il ne sera pas question d'étiquette, de délai, ou d'espérances.

Carter eut un sourire crispé.

— Tu ne pourras pas m'empêcher d'espérer, chère Abby. Mais ce sera à toi de décider. D'accord ?

Elle hocha la tête, émoustillée par l'assurance de Carter.

— D'accord.

— Veux-tu un dessert ?

— Volontiers.

Craignant de regretter sa ligne de conduite raisonnable si elle affrontait de nouveau le regard torride de Carter, elle reporta son attention sur le restaurant, lequel avait la particularité d'être presque entièrement vitré. Les clients pouvaient observer le chef en cuisine ou admirer le coucher de soleil.

Le Sheen avait beaucoup de succès en raison de sa nouveauté, mais aussi parce que la nourriture était excellente. Par-dessus sa crêpe garnie de fraises nappées de véritable crème fouettée, Abby jeta un coup d'œil à Carter. Bien qu'il lui ait suggéré de ne pas se changer, elle était contente de l'avoir fait. Car si certains convives portaient des tenues décontractées, la plupart étaient vêtus élégamment.

Elle était triste que la soirée se termine. En compagnie du beau cow-boy viril, elle se sentait vivante et intensément féminine, plus qu'elle ne l'avait jamais été, et c'était très excitant. Néanmoins, elle demeurait sur ses gardes, car elle pourrait aisément se laisser convaincre de partager son lit. Un tel constat n'était pas fait pour la rassurer. Peut-être devrait-elle limiter ses contacts avec lui.

Elle savoura sa dernière bouchée de crème fouettée et reposa sa cuiller avec un soupir de satisfaction.

— Je ferais mieux de rentrer à l'hôtel. J'ai encore du travail à préparer pour la réunion de demain.

Curieusement, l'expression de Carter était indéchiffrable.

— Bien sûr.

Il régla l'addition et l'escorta jusqu'à la sortie.

La nuit était parfaite, étoilée et rafraîchie par une brise légère. Hélas, le trajet jusqu'à l'hôtel fut bref. Carter se gara au coin de la rue sous un réverbère.

Elle mit pied à terre, souhaitant fuir ses propres désirs. Carter la rejoignit sur le trottoir et posa une main sur son poignet.

— Puis-je t'embrasser pour te souhaiter une bonne nuit, ou est-ce trop demander ?

Elle sentit ses jambes flageoler.

— Je veux bien, murmura-t-elle, troublée.

Quand les lèvres de Carter se posèrent sur les siennes, ce fut comme si elle sautait du haut d'une falaise dans des eaux inconnues. Une sensation vertigineuse et grisante à la fois.

Il la maintenait avec fermeté, une main posée au creux de ses reins. Elle émit un gémissement quand il resserra son étreinte, et elle noua d'instinct les bras autour de son cou.

Le corps de Carter était dur là où le sien était doux. Elle inhala avec délice la senteur de sa peau, s'efforçant de la mémoriser. Comment avait-elle su presque dès le début que cet homme était le bon ? Non pas l'homme de sa vie, celui qu'on épousait et avec qui on fondait une famille, mais celui capable de révéler tout ce qu'elle gardait enfoui en elle.

La passion débridée de Carter abolissait ses inhibitions et sa sacro-sainte prudence. Ils se tenaient sur la voie publique, à quelques pas de l'artère principale, à la vue d'un éventuel passant. Elle était tellement grisée par son baiser que, s'il avait tenté de la prendre contre le capot de sa voiture, elle se serait peut-être laissé faire.

Quand elle sentit la pression insistante de son érection contre son ventre, elle sut que l'un d'eux devait se ressaisir.

— Carter…, murmura-t-elle en le repoussant.

Il la relâcha aussitôt.

Ils se faisaient face sous la lumière tamisée du réverbère.

— Dois-je m'excuser ? demanda-t-il d'un ton bourru.

— Non, pas du tout. Merci pour le dîner. J'ai passé une excellente soirée. Et merci de m'avoir raccompagnée cet après-midi. Je suis touchée que tu aies pris ta journée pour être avec moi.

Il secoua la tête lentement, la mine sombre.

— Je commence à croire que je serais capable de faire n'importe quoi pour toi. Ce qui te rend dangereuse.

Elle traça le pourtour de son menton du bout du doigt, savourant le picotement de sa barbe naissante.

— Cela me plaît. Personne ne m’avait encore qualifiée de dangereuse.

— Tu ne sais pas à quel point tu l’es…

Essayait-il de la persuader que le sexe le rendait vulnérable ? Elle avait du mal à le croire.

Elle le savait, les hommes étaient sensibles à son charme discret et naturel. Mais elle n’était pas une femme fatale et ne leur tournait pas la tête. Tant s’en fallait.

Pourtant, elle avait envie de le prendre au mot et de croire que la force d’attraction puissante qu’il exerçait sur elle était réciproque. Cela ne voulait pas dire qu’ils étaient des âmes sœurs, mais simplement qu’ils brûlaient d’envie d’assouvir le désir qui les consumait.

À contrecœur, elle recula d’un pas.

— Bonne nuit, Carter.

Il la couvait d’un regard intense.

— Bonne nuit, Abby.

Pivotant sur ses talons, elle se dirigea vers l’hôtel. Elle sentit ses jambes flageoler en percevant des pas derrière elle.

— Je tiens simplement à m’assurer que tu rentres saine et sauve, dit-il, la suivant à une courte distance.

— Je n’ai que quelques mètres à faire, riposta-t-elle, accélérant le pas.

— Un gentleman n’abandonne pas une dame au coin d’une rue.

Quand elle arriva à la hauteur du porche où se tenait le portier, son cœur battait à tout rompre. Carter s’était arrêté sur le trottoir, et elle sentait son regard rivé sur son dos pendant qu’elle franchissait la porte.

Elle brûlait d’envie de faire demi-tour, mais elle tint bon.

Après une nuit étrangement paisible compte tenu des pensées et des sentiments confus qui l’assaillaient, Abby se réveilla, prête à affronter cette nouvelle journée et à se concentrer sur son travail, et non sur l'énigmatique Carter Crane.

Lila avait proposé de passer la chercher, mais Abby avait décliné son offre. Il était temps qu'elle se familiarise avec Royal. Par ailleurs le Texas Cattleman's Club ne se trouvait qu'à quelques pâtés de maisons. Même avec son caméscope et son fourre-tout, elle ferait aisément le trajet à pied.

Pour sa tenue, elle choisit un pantalon noir habillé, un top cannelle et une veste crème ornée de gros boutons noirs sophistiqués. Quand elle fut prête, elle vérifia son apparence dans le miroir. Le seul bijou qu'elle portait était une paire de boucles d'oreilles en onyx qu'elle avait achetées à un artisan à Sedona. Ses espadrilles noires étaient confortables pour la marche et complétaient joliment sa tenue.

Elle se demanda quelle coiffure adopter. Elle préférait laisser ses cheveux dénoués, mais la journée promettait d'être très chaude, aussi opta-t-elle pour une tresse française.

En sortant de l'hôtel, elle se rendit compte qu'elle était nerveuse. Les participants à la réunion seraient des personnages de premier plan à Royal, appartenant sans doute au puissant monde des affaires. Car il fallait avoir beaucoup d'argent et d'influence pour organiser un événement tel que Soiree on the Bay.

Quand elle arriva devant le fameux Texas Cattleman's Club, elle fut sous le charme. La construction de cet édifice imposant datait de 1910, mais il avait été modernisé au fil des ans. Le bâtiment de plain-pied, de forme complexe, était bâti en pierre sombre et en bois, avec un haut toit en ardoise. Jadis réservé aux hommes, le club comptait aujourd'hui des femmes parmi ses membres.

L'intérieur était encore plus impressionnant. Une belle

hauteur sous plafond, de grandes fenêtres et, bien sûr, de nombreux trophées de chasse et objets artisanaux anciens ornant les murs lambrissés.

La réunion commençait à 10 heures. Abby avait encore une demi-heure devant elle. Après avoir déambulé dans l'entrée spacieuse, elle se dirigea vers la réception et présenta son invitation. La réceptionniste l'orienta vers la salle de conférences à l'extrémité d'un large couloir.

Lila était déjà là, disposant des verres d'eau, des stylos et du papier sur une grande table. Elle sourit en voyant Abby.

— Hello, Abby, je suis contente que tu sois en avance. Je t'ai préparé un petit mémo sur les intervenants. Ainsi, tu sauras qui ils sont quand ils prendront la parole. Veux-tu que je te présente à eux de façon officielle ?

— Je te laisse décider. Cela ne me dérange pas de rester dans l'ombre, du moins jusqu'à ce que j'aie pris mes repères.

— Alors, faisons comme ça, approuva Lila.

Elle tendit une feuille de papier à Abby.

— J'ai simplement mentionné les participants les plus marquants avec leur photo en couleur et leur biographie succincte.

— Parfait.

Pendant que Lila finissait son travail préparatoire, Abby s'installa au fond de la salle pour étudier le mémo préparé par Lila. Russell Edmond – Rusty – était le patriarche de la famille, marié à plusieurs reprises. Sa fortune considérable provenait du pétrole, et il possédait un ranch luxueux à la sortie de la ville. C'étaient ses trois enfants, Russell Jr, alias Ross, Gina et Asher, qui organisaient le festival.

Quand la porte s'ouvrit, elle tâcha d'identifier les personnes qui pénétraient dans la salle. Ross Edmond, grand et maigre, cheveux blond foncé et yeux bleus, était aisément reconnaissable. Il avait cette aisance et cette confiance en soi innées que procure une grande fortune.

Gina, sa sœur, était une brune splendide et très élégante, sensiblement du même âge qu'Abby. Quant à Asher, cheveux bruns très courts et yeux marron, il était le demi-frère de Gina et de Ross. Au premier abord, il parut à Abby le plus posé du trio.

Le dernier à s'installer autour de la table de conférence s'appelait Billy Holmes et s'occupait de l'organisation du festival avec les Edmond. Abby dut en convenir, il était splendide avec ses cheveux bruns, ses yeux vert pâle et sa barbe de trois jours qui lui donnait un petit air désinvolte. Il souriait. Beaucoup. À tout le monde. Qui était-il et comment s'insérait-il dans ce scénario ?

Quelques personnes entrèrent à leur suite, visiblement des assistants ou des représentants de Royal à des titres divers.

Ross Edmond ouvrit la séance. Les questions importantes ayant déjà été traitées lors de réunions précédentes, il s'agissait de régler les derniers détails et de s'assurer que tous étaient sur la même longueur d'onde.

Abby écoutait attentivement et prenait des notes sur tout ce qu'elle estimait être en lien avec son documentaire.

Lors d'une pause, Lila se leva et désigna Abby.

— J'aimerais vous présenter Abby Carmichael, la réalisatrice du documentaire dont je vous ai parlé. Son film devrait procurer une plus grande notoriété à notre festival et nous permettre de le reconduire dans les années à venir.

Abby sourit, consciente malgré tout qu'aucun des participants n'avait l'air intéressé par ce qu'elle avait à offrir. Sauf peut-être Billy Holmes. Il lui souriait largement et la fixait avec une attention soutenue, presque déplacée. Elle avait déjà rencontré des hommes comme lui. Dès qu'ils croisaient une femme, ils *tenaient* à lui faire bonne impression.

La réunion s'acheva. Il régnait une certaine fébrilité

car le festival aurait lieu dans quelques semaines. Après des mois d'organisation, tout se mettait enfin en place.

Alors qu'elle attendait que Lila ait fini de ranger son matériel, elle remarqua avec surprise que Billy Holmes se dirigeait tout droit vers elle.

Elle lui sourit poliment.

— Bonjour, monsieur Holmes. Je sais que vous êtes un homme très occupé, mais je me demandais si vous pourriez m'accorder une interview le jour de votre choix.

Il lui serra la main.

— J'ai toujours le temps pour les personnes ayant à cœur de promouvoir le festival.

Abby hésita.

— En fait, je ne *promeus* pas le festival en soi. Je suis une sorte de conteuse en images. Soiree on the Bay – ainsi que la ville de Royal – constitue un projet prometteur. Mais bien sûr, mon film ne sortira que beaucoup plus tard.

— Peu importe. Nous voulons que le festival rencontre un immense succès et qu'il soit renouvelé chaque année.

— Vous avez une vision à long terme des choses.

— J'aime à le croire.

Il consulta sa montre.

— Désolé, je dois partir. Que diriez-vous de jeudi 11 heures pour l'interview ? Aimeriez-vous visiter Elegance Ranch ? J'habite dans une maison d'hôtes sur la propriété des Edmond. Ma gouvernante nous préparera à déjeuner.

— Volontiers, répondit Abby, un peu déroutée.

Billy Holmes se montrait cordial, mais elle n'arrivait pas à déterminer le rôle qu'il jouait dans le festival ni la place qu'il occupait au sein du clan Edmond.

Tandis que Billy quittait la salle, Lila rejoignit Abby.

— Alors, que t'inspire cette réunion ?

— Je me dis que les milliardaires appartiennent à une autre espèce.

Lila lui sourit malicieusement.

— Sauf erreur de ma part, ton père possède une maison à Malibu et ta mère fréquente la haute société de Manhattan. Tu ne manques donc de rien.

Abby eut une moue contrite.

— C'est vrai. Mais je veux dire par là que, outre l'argent et les terres, les Edmond ont énormément d'influence. Je suis sûre qu'ils font la pluie et le beau temps à Royal. Maintenant que je les ai vus à l'œuvre, j'envisage un nouvel angle d'approche pour mon film, à savoir mettre davantage l'accent sur les personnes en mesure d'organiser et de financer un tel festival que sur le festival en lui-même.

Lila leva les mains en signe de reddition.

— Ce n'est pas mon domaine de compétence. Mais une chose est sûre, les Edmond sont *fascinants*. Qu'as-tu prévu d'autre ?

— Carter Crane m'a autorisée à le filmer dans son ranch. Il apportera une touche de couleur locale à mon film.

Lila eut un sourire amusé.

— Tu as dû lui faire une forte impression.

Abby sentit ses joues s'empourprer.

— Il est très sympathique. Nous avons passé un bon moment ensemble. Et je suis sûre qu'avec un physique comme le sien il fera merveille à l'écran.

— Je suis surprise qu'il ait accepté d'être filmé. Il est plutôt discret.

— Au début, il était très réticent. Je doute qu'il me laisse le champ libre, mais j'ai bon espoir.

L'expression de Lila redevint sérieuse.

— Sois prudente, Abby. Je ne voudrais pas que tu sois malheureuse.

- 5 -

Un sentiment d'anxiété s'empara d'Abby.

— Que se passe-t-il avec Carter ? Jusqu'à présent, il s'est conduit en parfait gentleman.

— Au risque de paraître cancanière, je préfère que tu saches la vérité. Carter tient les femmes à distance, notamment les femmes comme toi.

— Les femmes comme *moi* ? Que veux-tu dire ?

Elle se sentait un peu offensée. Et inquiète.

Lila se percha sur le bord de la table.

— Il y a quelques années, Carter s'est fiancé à Madeline, une jeune femme originaire de Chicago. Ils ont commencé à organiser leur mariage, mais les festivités ont été brusquement annulées, et ils se sont séparés. Apparemment, Madeline détestait la vie « en pleine cambrousse », comme elle disait. Elle regrettait l'animation de Chicago et détestait les vaches, les chevaux et la poussière.

— Oh.

Abby se sentit soudain stupide. Carter se jouait-il d'elle ?

— Merci de m'avoir mise au courant.

— J'espère que je n'ai pas outrepassé mon rôle, déclara Lila, l'air soucieux. Mais si je n'étais pas fiancée à un homme que j'adore, je pourrais être sensible au charme de Carter. Il est macho, sexy et distant. Le trio gagnant pour séduire les femmes.

— C'est vrai qu'il est bel homme.

— J'aurais mieux fait de me taire, regretta Lila.

Abby s'efforça de prendre un ton léger.

— Non, détrompe-toi. Je préfère savoir à quoi m'en tenir.

Elle récupéra ses affaires.

— Je ferais mieux de partir. J'ai du travail qui m'attend. Je te remercie de m'avoir permis d'assister à cette réunion. Elle m'a été très utile.

— Tant mieux. N'hésite pas à me contacter en cas de besoin.

Tandis qu'Abby arpentait la rue principale, elle tentait de s'imprégner de l'atmosphère des lieux. La ville n'était pas très grande, le comté de Maverick étant essentiellement rural. Pour autant, les immeubles d'habitation et à usage commercial étaient haut de gamme, les écoles réputées et la voirie en bon état. L'argent provenant du pétrole et de l'élevage devait contribuer pour une large part à cette prospérité.

Son estomac gronda, lui rappelant qu'il était l'heure du déjeuner. Elle choisit d'entrer au Royal Diner, un petit restaurant au décor rétro charmant. Quand elle avait demandé conseil au concierge de l'hôtel, il lui avait recommandé cet établissement tenu par Amanda Battle, l'épouse du shérif.

Abby s'installa dans une alcôve aux banquettes de moleskine. Les suggestions sur la carte lui mirent l'eau à la bouche. Quand une serveuse souriante vint prendre sa commande, elle opta pour un milk-shake à la vanille et un sandwich au thon accompagné de frites. Cela faisait une éternité qu'elle n'avait pas mangé de nourriture de ce genre, car sa mère était au régime et son père végétarien.

Souvent, quand elle déjeunait seule, elle étudiait les autres clients ou notait des idées dans un carnet. Aujourd'hui, elle fit les deux. Son sandwich dans une main et son stylo dans l'autre, elle rédigea ses observations au sujet de la réunion.

Elle ne savait pas quoi penser de Billy Holmes. Son interview lui permettrait peut-être de découvrir des facettes intéressantes de sa personnalité. Souvent, les personnes interviewées se sentaient plus à l'aise chez elles, aussi avait-elle accepté de le rencontrer à Elegance Ranch. Avec un peu de chance, il l'introduirait auprès des membres de la famille Edmond si elle décidait d'explorer cette voie.

Elle grignotait ses dernières frites quand elle s'avisa que deux femmes s'étaient installées dans l'alcôve juste derrière elle. Elle s'efforça de ne pas écouter, mais les mots *festival* et *argent* attirèrent son attention.

Elle n'arrivait pas à suivre toute la conversation, les deux femmes s'exprimant à voix basse, mais l'idée générale était claire : quelqu'un aurait prélevé une importante somme d'argent sur le compte dédié au festival.

Abby était sidérée. Ce matin, à aucun moment, les membres du comité n'avaient évoqué un quelconque problème financier. Dissimulaient-ils quelque chose, ou les deux femmes colportaient-elles des ragots ?

Hélas, la serveuse lui apporta l'addition. Et comme d'autres clients patientaient, elle n'osa pas s'attarder davantage. Tandis qu'elle se levait et récupérait ses affaires, elle jeta un coup d'œil aux deux femmes. Elles n'avaient rien de remarquable, mais leurs insinuations l'intriguaient.

Elle passa les deux heures suivantes à explorer Royal, filmant tout ce qui captait son intérêt. Des bâtiments historiques. Des enseignes originales. Des enfants jouant dans un parc. Le dynamisme évident de la ville était contrebalancé par un sentiment de tranquillité. Comme si la vie ici était confortable. Prévisible. *Agréable*.

Bien qu'elle se retrouve hors de son élément naturel, elle reconnaissait que Royal était intéressante et plaisante, et ses habitants amicaux. Plus d'une fois, elle s'était trouvée mêlée à une conversation sur un trottoir. Dans une localité où tout le monde se connaissait, elle ne passait pas inaperçue.

Après cette déambulation, elle décida de rentrer à

l’hôtel pour se doucher, enfiler un pyjama et regarder la télévision, histoire de se détendre.

La seule ombre qui gâchait ce paisible après-midi était l’absence de nouvelles de Carter. Quand il l’avait invitée à venir chez lui, elle avait dû décliner son offre à cause de la réunion du comité. Hélas, il ne lui avait pas proposé un autre jour.

De retour dans sa chambre, elle décida de prendre les devants.

Bonjour, Carter. Puis-je venir demain au ranch ? À 7 heures ? J’aimerais filmer la lumière matinale. S’il n’y a pas de portail à déverrouiller, je ne te dérangerai même pas.

Après un moment d’hésitation, elle appuya sur Envoi. Puis elle posa son téléphone sur le lit et alla se doucher.

Carter roula dans le lit et consulta son réveil – 5 heures. Il n’avait aucune raison de se lever si tôt, mais il avait rêvé. Des rêves torrides, sensuels, perturbants.

Tout cela parce que Abby Carmichael venait chez lui, ce matin. Il s’étira, appréciant la fraîcheur des draps contre sa peau chaude.

Il connaissait déjà la forme du corps d’Abby, le son de sa voix et la senteur de sa peau. Quelle serait sa saveur intime ? Bon sang, il se faisait l’effet d’un ado en pleine poussée hormonale, sur le point de retrouver la collégienne pour laquelle il avait le béguin !

Sauf que lui et Abby étaient des adultes consentants, tout à fait capables de prendre des décisions irréfléchies.

Sa nervosité ne fit que croître pendant qu’il se douchait, s’habillait et avalait son petit déjeuner. Il n’avait aucune envie d’être interviewé ou filmé. Mais il *voulait* passer davantage de temps avec Abby. Aussi était-il coincé.

Hier, dans leur échange de textos, elle avait proposé

de rester loin de la maison et de filmer les écuries, les pâturages et les corrals dans la lumière sublimée du petit matin. Elle avait aussi promis de ne pas entraver les activités du domaine.

Pensait-elle vraiment qu'il ignorerait sa présence sur ses terres ? Elle n'était pas naïve ou novice à ce point. Leur unique baiser avait déclenché un incendie en lui et l'avait laissé sur sa faim. Mais qu'en était-il d'elle ?

Il se dirigea vers l'écurie et sella son cheval. Adolescent, il dormait parfois jusqu'à midi. Mais maintenant, il appréciait la pureté quasi mystique des petits matins. La fraîcheur de l'air était d'autant plus appréciable qu'elle ne durerait pas.

Les yeux plissés à cause du soleil, Carter galopait le long de la petite route qui traversait sa propriété. Il était un peu plus de 8 heures. Où était Abby ?

Puis il l'aperçut. Elle avait garé sa voiture de location sur le bord de la route et était en train d'escalader une barrière pour filmer le champ de tournesols plantés jadis à l'initiative de sa mère. Et il était heureux de maintenir cette tradition.

Ses parents lui avaient confié la gestion de Sunset Acres, et il s'efforçait d'être à la hauteur de la tâche, ne ménageant pas sa peine pour y parvenir.

Alors qu'il se rapprochait de sa visiteuse, il ralentit son cheval. Abby ne semblait pas avoir remarqué sa présence, tout entière concentrée sur son travail. Assise à califourchon sur la barrière, le caméscope sur l'épaule, elle était en équilibre précaire.

Ne voulant pas l'effrayer, il attacha son cheval et franchit les derniers mètres à pied.

— Bonjour, Abby, dit-il doucement.

Elle regarda par-dessus son épaule libre.

— Carter ! Je ne t'avais pas entendu venir.

— Je m'en suis aperçu.

Puis il remarqua ses écouteurs.

— Ah, tu écoutes de la musique.

— Non. Un podcast, dit-elle, abaissant son caméscope.

— Sur quel sujet ?

Elle haussa les épaules.

— Savoir prendre des risques. Stimuler sa confiance en soi. Ce genre de choses.

— As-tu fini tes prises de vues ?

— Oui.

— Alors, laisse-moi t'aider. Le caméscope, d'abord.

Après l'avoir posé sur le siège de sa voiture, il revint vers elle et lui tendit les bras.

— Descendez de cette clôture, madame la cinéaste, avant de vous rompre le cou.

Quand il la prit par la taille, elle se pencha en avant et se laissa soulever sans opposer de résistance. Et quand son corps svelte se pressa contre le sien, il sentit son cœur tambouriner contre ses côtes.

Il la remit délicatement sur ses pieds.

— Merci, Carter, murmura-t-elle.

Elle avait une façon étrange et troublante de prononcer son prénom.

— Je pensais que tu passerais à la maison pour me dire bonjour, marmonna-t-il, submergé par une vague de désir si intense qu'elle le fit frissonner.

Abby passa les mains dans ses cheveux.

— Je ne voulais pas te réveiller. Ou te surprendre sous ta douche.

— Tu aurais pu m'y rejoindre.

Elle s'empourpra.

— C'est encore trop tôt, murmura-t-elle.

Mais son langage corporel n'était pas aussi négatif que ses paroles. Ainsi, elle avait la possibilité de s'écarter et de mettre de la distance entre eux, pourtant, elle se tenait si près de lui qu'il percevait son souffle contre son oreille.

Il avait intérêt à se ressaisir ! S'éclaircissant la gorge, il fixa un point juste au-dessus de l'épaule d'Abby, se disant que cette puissante excitation était un effet de son imagination. Sa longue abstinence sexuelle lui jouait des tours. Voilà tout. Il avait besoin d'une femme. *N'importe quelle* femme. Abby Carmichael n'avait rien de spécial.

— As-tu filmé ce que tu voulais ? demanda-t-il d'une voix un peu trop rauque.

— Presque. Si tu le permets, j'aimerais revenir ce soir pour filmer le soleil couchant.

— Tu peux même rester toute la journée avec moi, dit-il, passant le pouce sur les pommettes d'Abby. Ainsi, tu verras comment fonctionne un ranch.

Elle esquissa un sourire contrit.

— Tu as l'habitude d'obtenir ce que tu veux, n'est-ce pas ?

— Pas toujours. Disons que cela m'arrive souvent.

— Alors, j'ai sans doute tort d'admettre que je veux ce que tu veux.

Il haleta, interloqué.

— C'est déloyal, Abby ! Surtout quand tu me demandes de ne pas brusquer les choses.

Elle tritura le bouton de sa chemise, celui près de son cœur.

— Je ne m'attendais pas à rencontrer ce genre de complication en venant à Royal. Tu es parfait pour mon documentaire, mais pour le reste, je suis moins sûre.

Il lui souleva le menton de l'index et posa un baiser léger sur ses lèvres douces.

— Pourquoi ne pas laisser faire les choses et voir où elles nous mènent ?

Finalement, elle s'écarta, mais sans détacher son regard du sien.

— Oui, je veux bien.

— Est-ce que tu montes à cheval ?

— Non.

— Dans ce cas, je peux t'installer derrière moi sur Foxtrot et te faire visiter le ranch. Tout ce que tu auras à faire, c'est te tenir à moi.

— Foxtrot ? demanda Abby, surprise.

— Oui. Il lui arrive de se livrer à des jeux de jambes excentriques quand il ne veut pas être monté, dit-il, pince-sans-rire.

— C'est dangereux !

— Je ne te laisserai pas tomber, la rassura-t-il.

— Et ma voiture ?

— Laisse-la ici. Elle ne craint rien.

— Tu penses que je pourrais filmer à dos de cheval ?

— Je l'ignore, mais tu peux toujours essayer.

Elle parut réfléchir à sa proposition, son regard dubitatif se posant tour à tour sur lui et sur le cheval.

— Entendu, dit-elle. La balade promet d'être amusante.

Il s'efforça d'ignorer le flot de jubilation qui le submergeait. Il examina la tenue d'Abby : un T-shirt rouge orangé sur un top blanc, un jean ajusté bleu pâle savamment tailladé aux genoux et des sneakers Keds blanches déjà souillées de terre. Ce n'était pas la tenue adéquate pour monter à cheval, mais elle ferait l'affaire.

Il lui tendit une main.

— On y va ?

Abby n'était pas stupide. Elle savait à quel genre d'ennuis elle s'exposait. Mais c'était plus fort qu'elle. Ignorant la main tendue de Carter, elle se dirigea vers sa voiture. Par chance, l'énorme cheval était attaché dans la direction opposée.

Finalement, elle décida qu'elle aurait du mal à tenir son caméscope et à se raccrocher à Carter en même temps. Après avoir rangé son matériel et fermé sa voiture à clé, elle s'aperçut que Carter avait déjà enfourché son bel étalon noir.

Il ne la quittait pas des yeux tandis qu'elle revenait vers lui. L'intensité de son regard lui fit l'effet d'une caresse intime, et ses mamelons se durcirent sous son top.

Quand elle arriva à deux mètres de lui, il se pencha vers elle et lui tendit la main, souriant avec désinvolture.

— Prends appui sur le talon de ma botte avec ton pied gauche, puis je te soulèverai de terre, et tu passeras ta jambe droite par-dessus la croupe de Foxtrot.

— À t'entendre, c'est simple comme bonjour !

Elle hésitait, tâchant de se remémorer les films dans lesquels l'héroïne rejoignait le héros à dos de cheval. Hélas, il n'y en avait guère, surtout parmi les films récents.

— Je ne voudrais pas que tu te déboîtes l'épaule ou que tu te tordes le poignet à cause de moi.

— Tu tergiverses, Abby. Arrête de réfléchir.

— Et si je grimpais sur la barrière pour me hisser sur Foxtrot ?

— C'est beaucoup moins romantique.

Son large sourire la narguait.

Malgré tout, elle hésitait. Elle était sortie avec quelques hommes très riches, mais ils travaillaient dans des bureaux et portaient des costumes. Elle avait aussi fréquenté des sportifs fiers de leur corps ciselé et de leurs prouesses athlétiques.

Carter était un mélange déroutant de ces deux catégories d'hommes, alliant vigueur masculine, confiance en soi et richesse. Il n'était ni poseur ni vaniteux, mais franc et direct.

Chassant ses doutes, elle prit la main tendue de Carter. Sa poigne était ferme et sûre. Quand il sentit qu'elle avait posé son pied gauche comme prévu, il l'aida à se hisser derrière lui. La manœuvre ne prit que quelques secondes. Elle atterrit sur la selle avec un soupir tremblant.

Puis elle regarda vers le sol et s'empressa de nouer les bras autour de la taille de Carter, les genoux flageolants. Elle n'avait pas pris conscience qu'elle se retrouverait aussi haut par rapport à la terre ferme.

La joue posée contre le dos de Carter et les doigts agrippés à sa ceinture, elle s'efforçait de se calmer.

— Tout va bien, derrière ?

Elle aurait voulu le punir pour son intonation moqueuse, mais elle était forcée de compter sur lui pour éviter une mort douloureuse.

— Super ! dit-elle, mettant dans cette exclamation tout le sarcasme dont elle était capable.

Carter éclata de rire et talonna les flancs de Foxtrot pour lui donner le signal du départ.

— C'est le vertige ou le cheval qui te perturbe ?

— Ni l'un ni l'autre. J'ai peur de tomber et de me rompre les os.

Carter posa sa main libre sur les siennes, caressant ses phalanges, un geste qui n'avait aucune connotation érotique en soi, mais qui la fit frissonner de désir de la tête aux pieds.

— Tu es en sûreté, Abby. Je te le promets. Et maintenant, que dirais-tu d'un petit galop ?

- 6 -

Carter était aux anges. Abby était plaquée contre son dos, comme s'il avait le pouvoir de la protéger de tous les maux de la Terre. Il ne voulait pas qu'elle soit effrayée, mais il aimait l'avoir tout contre lui.

Il lâcha la bride à Foxtrot pendant qu'ils parcouraient le domaine d'un bout à l'autre. Il voyait le ranch à travers les yeux d'Abby tandis qu'il lui désignait les endroits qui avaient compté pour lui, depuis le petit corral où il avait appris à monter à l'âge de cinq ans jusqu'au boqueteau de peupliers de Virginie où il avait échangé son premier baiser, dix ans plus tard.

Ils s'arrêtaient de temps à autre, et il prenait Abby par la taille pour l'aider à descendre, profitant de l'occasion pour flirter pendant qu'il lui montrait une nouvelle grange, la sellerie ou l'ancien dortoir. Abby était enthousiaste, mais toujours dans l'optique de son documentaire.

À aucun moment, il n'eut le sentiment qu'elle voyait les lieux à travers ses yeux à *lui*.

Un ranch texan était une nouveauté pour elle. Peut-être le trouvait-elle beau, d'un certain point de vue. Mais elle était une citadine. Et il ne devait pas l'oublier.

Finalement, ce fut la faim – de nourriture – qui les incita à mettre un terme à la promenade. Il déposa Abby à sa voiture et galopa devant elle pour la guider jusqu'à sa maison.

Quand ils pénétrèrent à l'intérieur, les éloges sincères d'Abby apaisèrent quelque peu sa frustration.

— C'est magnifique, Carter ! J'adore !

Tandis qu'elle déambulait d'une pièce à l'autre, il la suivit, se remémorant les choix qu'il avait faits avec un décorateur d'intérieur. Le confort avait été sa priorité, surtout au niveau du mobilier. Et aussi la lumière naturelle, grâce à de larges baies vitrées.

Au grand amusement de Carter, Abby accéléra l'allure en passant devant sa chambre. Puis elle poursuivit son chemin, explorant la buanderie, la salle de gym et la petite piscine extérieure, à côté du passage couvert. Quand ils retournèrent au salon, elle lui sourit.

— Cette maison te correspond en tout point.

— Quand j'ai repris le flambeau, mes parents m'ont laissé carte blanche pour réaménager la maison à mon goût. Puis, d'un commun accord, nous avons fait bâtir une maison d'hôtes destinée à la famille, à environ huit cents mètres d'ici. Nous sommes très unis, mais mes parents ne voulaient pas s'ingérer dans ma vie privée lors de leurs visites.

Abby parut soudain mal à l'aise.

— Lila m'a dit à propos de ta fiancée… ou plutôt de ton ex-fiancée. Je suis désolée. Je ne cherchais pas à être indiscrète.

Il accusa le coup.

— Tu veux dire qu'elle t'a fourni d'elle-même cette information ? Pourquoi l'aurait-elle fait ?

Abby mordilla sa lèvre inférieure, visiblement gênée.

— Elle m'a prévenue que tu n'étais pas disponible pour une nouvelle relation. Que tu avais été échaudé.

Ulcéré, il donna un coup de poing dans un étai en bois.

— Cette fichue ville ferait mieux de s'occuper de ses affaires.

— Mais elle n'en fera rien.

Il exhala un profond soupir, se demandant pourquoi il s'énervait ainsi. On ne pouvait rien faire contre les ragots.

Il pivota sur ses talons et se dirigea vers la cuisine.

— Que dirais-tu d'un sandwich à la dinde avec de la mayo et du bacon ? Ma gouvernante vient trois fois par semaine pour remplir mon réfrigérateur.

— Veinard ! Je me laisse volontiers tenter par un sandwich.

Abby semblait aussi soulagée que lui par ce changement de sujet.

Ils mangèrent dans le coin réservé au petit déjeuner, appréciant la vue dispensée par la grande baie vitrée. Carter avait une conscience aiguë de la jeune femme assise à ses côtés. De sa fragrance. Du son de sa voix. De l'enthousiasme avec lequel elle dévorait son repas.

Elle ne semblait pas avoir peur de satisfaire ses appétits.

Il remua sur son siège, mal à l'aise, et s'efforça de concentrer son attention sur autre chose que la main hâlée d'Abby frôlant la sienne.

— La réunion d'hier t'a-t-elle enfin permis de trouver un angle d'approche pour ton documentaire ?

— Non, malheureusement. Il n'a été question que de détails. En revanche, Lila m'a présentée à la famille Edmond et j'ai vu ses membres à l'œuvre.

— Et ? insista-t-il.

— Ils m'ont paru sympathiques. Pourrais-tu me dire ce que tu sais sur Billy Holmes ? Je ne comprends pas quelle place il occupe dans cette famille.

— Je ne l'ai rencontré qu'à de rares occasions, expliqua Carter. Il s'est installé à Royal il y a quelques années. Il est riche, et les gens ont l'air de l'apprécier.

— Il vit sur la propriété des Edmond ?

— C'est ce que j'ai entendu dire.

— Je me demande pourquoi.

Carter haussa les épaules avec indifférence.

— Aucune idée. Tu devras le lui demander.

— Justement. Il m'a accordé une interview pour demain.

Carter se raidit. Il n'avait rien de concret contre Holmes, mais il lui donnait l'impression d'être un coureur de jupons.

— Iras-tu le voir seule ?

— Y a-t-il un problème ?

— Non. Mais les femmes sont vulnérables. Parfois, quand on ne connaît pas une personne, il est préférable de la rencontrer en terrain neutre.

— À cet instant précis, je déjeune *chez toi*, rétorqua Abby en souriant malicieusement.

— Touché.

— Tout ira bien. Je prends des cours d'autodéfense depuis l'âge de seize ans. Je suis capable de me débrouiller seule.

Carter n'insista pas, même s'il demeurait vaguement inquiet.

— Est-ce qu'un plongeon dans la piscine te tenterait ? demanda-t-il. Ma sœur laisse toujours deux ou trois maillots de bain ici. Vous avez à peu près la même taille.

— Ça me plairait beaucoup, mais auparavant, je souhaiterais t'interviewer.

— Encore cette fichue idée ! grommela-t-il. J'espérais que tu y renoncerais. Les éleveurs sont légion par ici. Et ce métier n'a rien de spécial.

— Peut-être. Mais il rappelle l'époque glorieuse des premiers pionniers et de la conquête de l'Ouest. C'est une période qui reste ancrée dans la mémoire collective. Ce sujet ne sera sans doute pas le thème central de mon film, mais il servira de toile de fond indispensable. S'il te plaît, Carter, tout se passera bien, c'est promis.

Il s'était piégé lui-même en invitant Abby à passer la journée au ranch.

— Entendu, marmonna-t-il. Finissons-en une bonne fois pour toutes. J'ai hâte de passer à quelque chose de réellement amusant. Où faisons-nous cette interview ?

— La grande pièce à vivre me paraît l'endroit idéal.

Au lieu d'avoir un salon et un bureau séparés, il avait préféré un grand espace ouvert et modulable, meublé confortablement et égayé par des œuvres d'art.

Abby se précipita dehors et revint, chargée de son caméscope, d'un trépied et d'un grand sac.

— Il ne me faudra pas longtemps pour m'installer, assura-t-elle, sautant presque de joie.

— J'aurais pu t'aider à porter quelque chose, dit-il. J'ignorais que tu avais besoin de tout ce matériel.

— Cela dépend, dit-elle. Souvent, je me contente du caméscope, mais quand j'attaque les choses sérieuses, je préfère avoir toutes les solutions à ma portée.

Les mains sur les hanches, elle examina la pièce.

— Ce grand fauteuil en cuir me paraît bien. Peux-tu allumer le feu dans la cheminée ?

Il haussa les sourcils, interloqué.

— Nous sommes en juin. Au Texas, qui plus est.

Abby lui adressa un sourire enjôleur.

— S'il te plaît, Carter. La scène sera parfaite. Tu peux toujours pousser la climatisation à fond.

Pestant en son for intérieur, il se força à rester poli.

— Entendu.

Tout en empilant du petit bois et des bûches, il observait du coin de l'œil Abby qui s'activait. Une fois le feu allumé et le caméscope fixé sur le trépied, elle déploya des filtres et des écrans afin d'obtenir la qualité de lumière désirée.

À l'évidence, elle était une professionnelle dans son domaine. Elle travaillait sereinement, recherchant les meilleurs angles et manipulant le matériel avec dextérité.

À la fin, elle se tourna vers lui.

— Veux-tu t'asseoir dans le fauteuil pour que je puisse juger de l'effet ?

Il obtempéra, se sentant emprunté et ridicule.

— Je refuse d'apparaître comme un cow-boy conventionnel et romantique. Ce serait insultant.

— Cesse de ronchonner. Je ne te tournerai pas en ridicule.

Elle toucha sa jambe, réarrangea son bras, lissa son col de chemise. À mesure que le temps passait, il devenait de plus en plus nerveux. Et excité sexuellement.

Enfin, elle parut satisfaite. *Presque.*

Elle regarda dans le viseur et fronça le nez.

— Pourrais-tu prendre ton Stetson et le disposer négligemment sur l'accoudoir de ton fauteuil ?

Il s'énerva, prêt à tout arrêter.

— Je ne porte pas de chapeau dans la maison !

— Je ne te demande pas de le porter. C'est simplement pour créer une ambiance.

— Non, dit-il fermement. Tu devras te contenter de ce feu ridicule pour l'ambiance.

— Soit.

Elle céda, affichant une moue boudeuse d'une folle sensualité.

Il enfonça les doigts dans l'accoudoir du fauteuil.

— Peut-on commencer ? La chaleur du feu me fait transpirer…

Abby se rendait compte que Carter était nerveux. Mais curieusement, son irritabilité le rendait encore plus séduisant. Décidément, quelque chose clochait chez elle ! À moins qu'elle ne soit lasse de ces hommes lisses et superficiels, persuadés de leur pouvoir de séduction auprès des femmes. Carter avait un caractère bien trempé, un peu rugueux, mais d'une authenticité ô combien séduisante.

Elle but une gorgée d'eau pour se ressaisir.

— Je vais te poser une série de questions. Exprime-toi autant que tu veux sur chaque sujet. Cet entretien ne sera pas repris dans son intégralité. Durant le montage, je choisirai certains extraits qui me sembleront pertinents pour compléter le documentaire. D'accord ?

— Oui.

Elle s'assura de nouveau que Carter était bien cadré, puis appuya sur la touche d'enregistrement.

— Explique-moi pourquoi tu as décidé de t'occuper toi-même du ranch. Tu es un homme fortuné. Tu aurais pu en confier la gestion à un intendant.

Carter eut un large sourire.

— Parce que je suis un homme de terrain. J'ai grandi sur ce domaine. J'en connais chaque recoin, chaque facette. Ma sœur et moi avons eu une enfance très libre, excepté quelques règles de base. Mon père, secondé par ma mère, travaillait dur et rentrait le soir, épuisé.

— Pourquoi n'a-t-il pas engagé un intendant ?

— C'est une histoire de famille. Mon arrière-grand-père est mort dans un accident de cheval quand mon père avait sept ans. Alors, mon grand-père a décidé de former son fils très jeune pour le seconder. Papa s'est donc habitué à travailler du lever au coucher du soleil. Ce fut l'âge d'or du ranch. L'argent entrait à flots, et mon père aimait son travail. Quand mon grand-père est décédé, papa a hérité du ranch.

— C'est une lourde responsabilité, remarqua-t-elle.

— Oui. Et mon père l'a assumée. À vrai dire, faute d'avoir fait des études supérieures, son choix de carrière était limité.

— Comment a-t-il rencontré ta mère ?

— Ils étaient camarades de classe à Royal. En tant que fille d'éleveur, elle s'est tout de suite adaptée à la vie du ranch. Après plus de vingt ans de dur labeur, ils m'ont transmis à leur tour un domaine agrandi et florissant.

— Tu m'as dit que ton père avait eu des soucis de santé ?

— Oui. Il a eu une crise cardiaque foudroyante quand j'avais vingt-cinq ans. Nous avons failli le perdre.

Une ombre voila son regard.

— D'après le médecin, papa devait impérativement éviter les efforts physiques et le stress. Mais maman savait qu'il ne se contenterait jamais de regarder les autres travailler. Elle l'a donc convaincu de prendre sa retraite et de me passer le témoin, avec tous les soucis qui vont avec. Ils se sont installés en Floride où ils coulent des jours heureux.

— Comment as-tu réagi, au début ? demanda-t-elle.

— Je dois admettre que j'étais terrifié. J'avais une bonne équipe à mes côtés, mais les décisions m'appartenaient, et c'était une lourde responsabilité.

— En as-tu éprouvé du ressentiment ?

Le regard de Carter devint orageux.

— Est-ce un documentaire ou une séance de thérapie ?

— C'est une simple question, Carter, mais tu n'es pas obligé d'y répondre.

— Oui. Au début, j'ai éprouvé du ressentiment. J'étais un jeune adulte désireux de réaliser ses propres objectifs. J'avais mon diplôme de gestion d'entreprise en poche, mais je voulais voyager, profiter un peu de la vie avant de me fixer.

— Je suis désolée. La transition a dû être difficile.

Il haussa les épaules, l'air fataliste.

— J'ai rendu mon père fier de moi. Une raison suffisante pour mettre de côté mes ambitions personnelles. Au bout du compte, je ne regrette pas cette décision. Le ranch est prospère et procure du travail à de nombreuses personnes.

— Et l'héritage familial est intact, dit-elle doucement.

— C'est vrai.

— Je suppose qu'un jour tu voudras léguer Sunset Acres à tes propres enfants ?

— Question suivante.

Oups ! Sujet épineux. Elle déplaça légèrement le trépied pour avoir un nouveau point de vue.

— Parle-moi de Madeline, ton ex-fiancée.

Carter se leva d'un bond, furieux.

— Éteins cette fichue caméra ! Je ne vois pas en quoi cette question concerne ton documentaire. Si tu veux me demander une information personnelle, Abby, aie le courage d'admettre que tu es intéressée.

Sa critique virulente la blessa d'autant plus qu'elle était méritée. Rouge de confusion, elle stoppa l'enregistrement.

— Désolée, marmonna-t-elle. Lila m'a dit le strict minimum à son sujet. Je me demandais comme elle s'était intégrée dans ton style de vie.

— Elle ne s'est *pas* intégrée. D'où notre rupture.

— Comment vous êtes-vous rencontrés ?

Il fit les cent pas, les mains dans les poches.

— Je me trouvais à Chicago avec ma famille pour assister au mariage d'un cousin. Madeline faisait partie des invités. Nous nous sommes bien entendus. Il y avait une alchimie sexuelle entre nous. Nous cherchions sans doute l'âme sœur et nous nous sommes convaincus de l'avoir trouvée.

— Tu as dû être malheureux en t'apercevant de ton erreur.

— Oui, admit-il d'un ton bourru. En partie parce que je décevais ma mère. Elle était tellement contente que son fils s'établisse enfin.

— Tu gères le ranch familial. N'es-tu pas établi ?

— C'est différent. Je l'ai dit… elle veut des petits-enfants.

— Ah, oui, murmura Abby.

— Cette interview est-elle enfin terminée ?

— Presque. J'ai encore quelques questions à te poser, mais elles n'ont rien de personnel. J'aimerais savoir comment tu gères cette grande entreprise.

Il consulta sa montre.

— Auparavant, j'ai une affaire à régler. Installe-toi confortablement. Je serai de retour dans une heure environ.

— As-tu Internet ?

— Bien sûr. Quelle question !

— Eh bien, nous sommes au milieu de nulle part.

Son expression se durcit.

— Uniquement selon ton point de vue.

Quand Carter sortit de la pièce, Abby se rendit compte, embarrassée, qu'elle avait laissé parler ses préjugés. Certes, c'était une région rurale, mais les habitants de Royal et de ses environs étaient tout sauf des êtres frustes.

Après sa visite de la ville, elle avait été forcée de remettre en question sa stratégie documentaire. Il devenait évident qu'elle devrait inclure des entrepreneurs, des politiciens, des experts et des créateurs de tendance. Des vieilles familles et des fortunes anciennes. Sans oublier les nouveaux riches.

Comment allait-elle intégrer tout cela, et en même temps présenter le festival sous un jour intéressant ? La séquence avec Carter était un bon début, mais c'était insuffisant.

En son absence, elle était libre d'explorer sa maison à sa guise. Bien sûr, il n'était pas question d'ouvrir les placards ! Elle voulait simplement s'imprégner de l'ambiance des lieux.

Elle s'arrêta sur le seuil de la chambre de Carter, s'abstenant de le franchir malgré la fascination que cet espace ô combien personnel exerçait sur elle. Son hôte dégageait une virilité intense, pourtant il vivait seul. Que faisait-il de toute cette énergie sexuelle refoulée ? À en juger par la petite palpitation au creux de son bas-ventre, elle brûlait d'envie de le découvrir.

Elle se força à s'arracher à cet endroit envoûtant et

retourna dans la pièce à vivre pour consulter ses mails. Sa mère voulait avoir de ses nouvelles. Son père aussi. Elle leur donna à chacun une version légèrement différente de son séjour à Royal. Après quoi, elle visionna la séquence qu'elle venait de tourner avec Carter.

Cet homme était vraiment télégénique avec ses larges épaules et sa beauté ténébreuse. Aussi, ses rares sourires faisaient-ils merveille. Par ailleurs, il s'exprimait avec une franchise et un naturel rafraîchissants.

Elle avait terminé quand elle entendit la porte d'entrée claquer. Carter la rejoignit, en sueur et ébouriffé.

— Que dirais-tu d'un plongeon dans la piscine ?

— J'accepte à condition qu'un des maillots soit à ma taille. Je ne me baignerai pas nue avec toi, cow-boy. Du moins, pas en plein jour, dit-elle avec un sourire moqueur.

La lueur torride qui traversa le regard de Carter fit courir un frisson brûlant le long de son dos.

— Dans ce cas, je vais devoir te garder ici jusqu'à ce qu'il fasse nuit. Par chance, je suis le roi des grillades.

Sa réponse la désarçonna. Elle plaisantait en parlant de se baigner nue, mais Carter prenait visiblement ses propos au pied de la lettre.

— Je n'aime pas rouler de nuit, dit-elle, sérieuse. Je ne connais pas ces routes de campagne. Je pourrais heurter un tatou.

Il lui adressa un sourire charmeur.

— Ne t'inquiète pas. Je te raccompagnerai à l'hôtel. Un de mes gars ramènera ta voiture demain matin.

Cette fois, elle était à court d'excuses. Que voulait-elle vraiment ? Était-elle assez courageuse pour prendre le risque d'une aventure avec cet homme fascinant, mais dont le mode de vie était à l'opposé du sien ?

- 7 -

Abby savait-elle à quel point son visage était expressif ? se demandait Carter. Elle semblait flattée et intéressée, mais aussi prudente. Il ne pouvait pas le lui reprocher.

— Je ne veux pas te mettre la pression, Abby. La décision t'appartient. Nous pouvons nous séparer bons amis.

— Y a-t-il une autre catégorie que celle d'amis ? demanda-t-elle avec un sourire un peu tremblant.

— Oui, et tu le sais. J'ai envie de coucher avec toi, mais uniquement si tu le souhaites.

— Je ne resterai que quelques semaines à Royal. Cela ne me laisse guère de temps pour décider si je peux te faire confiance.

— Me faire confiance ? Je ne suis pas une menace pour toi, Abs. Je n'exige aucune contrepartie. Je te laisserai m'interviewer même si nous ne couchons pas ensemble. Tu as ma parole.

— C'est facile pour toi de te montrer magnanime. Tu sais à quel point tu es sexy. Je ne suis pas sûre de pouvoir conserver des rapports strictement professionnels avec toi. Je ne suis même pas sûre de le vouloir…

— Où cela nous mène-t-il ?

Ses tergiversations le mettaient sur des charbons ardents, mais il s'efforçait de n'en rien laisser paraître.

— Allons nager, décida-t-elle. Après…, je ne sais pas.

Quinze minutes plus tard, quand Abby le rejoignit à la piscine, il fut soulagé que l'eau dissimule son érection.

Elle était belle à couper le souffle dans ce maillot noir deux-pièces, à la fois sage et provocant. Car la nature l'avait dotée de toutes les courbes susceptibles de plaire à un homme. Et à lui en particulier. De longues jambes hâlées pour s'enrouler autour de ses hanches. Un ventre plat orné d'un piercing en diamant qui captait les rayons du soleil. Et des seins d'une taille parfaite pour ses mains.

Il serra les poings contre ses cuisses, consumé de désir.

— Le maillot te va à merveille.

— Arrête de me déshabiller des yeux !

Elle s'avança vers l'extrémité du plongeoir, prit son élan et réussit un plongeon impeccable. Quand elle refit surface, elle leva le visage vers le soleil en riant.

— L'eau est parfaite. Est-ce que tu nages tous les jours ?

— Non, de temps à autre.

Au fait, pourquoi ? La seule bonne raison dont il pouvait se prévaloir, c'était son emploi du temps chargé.

Abby entreprit d'exécuter des longueurs, ses jambes fuselées et ses bras musclés la propulsant aisément à travers l'eau. Carter l'imita, prenant soin de rester de son côté de la piscine. Ils étaient seuls. Aucun membre de son équipe n'oserait le déranger chez lui sans son accord préalable. Et puisqu'il avait éteint son téléphone, leur petite bulle d'intimité était intacte.

Abby finit par se fatiguer et se raccrocha à l'échelle métallique, un bras enroulé autour de la rampe.

— C'est agréable de se prélasser dans l'eau, dit-elle.

Ce fut comme si une corde invisible le tirait à travers la piscine jusqu'à l'endroit où elle agitait les jambes. Il s'arrêta non loin d'elle, le cœur battant. L'eau perlait sur sa peau soyeuse, dans la lumière du soleil. À travers ses longs cils hérissés de gouttelettes, elle l'observait, essayant de deviner ses intentions.

— Je vais t'embrasser, Abs, dit-il d'une voix rauque. Si tu n'y vois pas d'inconvénient.

Elle écarquilla les yeux, mais ne réagit pas.

Ayant pied grâce à sa haute taille, il se rapprocha d'elle.

— Accroche-toi à moi.

Sans hésiter, elle lâcha la rampe et enroula les bras autour de son cou. Leurs corps étaient désormais si proches l'un de l'autre qu'il sentait la poitrine d'Abby monter et descendre contre son torse. Aussitôt, le sang reflua de son cerveau vers son bas-ventre. Peut-être était-il victime d'un coup de chaleur. Ses idées étaient confuses et ses mains le picotaient.

— Abby…

Un bras enroulé autour de sa taille mince et son autre main agrippée à l'échelle, il se perdait dans la contemplation de ses prunelles d'une riche couleur chocolat émaillée de minuscules éclats dorés.

— Carter…

Elle prononça son prénom d'une voix si caressante et si sensuelle qu'il sentit ses sens s'embraser.

— Nous devons avoir l'air un peu ridicules, non ? demanda-t-elle en souriant malicieusement.

— Sûrement…

Il essaya de rire, mais il manquait d'oxygène.

Elle lui mordilla la lèvre inférieure avant d'apaiser la douleur avec sa langue.

— Tu as un goût de chlore, murmura-t-elle.

Ivre de désir, il la plaqua contre lui et captura sa bouche. Un geste désespéré, dénué de douceur et d'habileté.

Il exulta quand elle lui rendit son baiser, refusant de se soumettre à sa loi et cherchant à lui imposer la sienne. Leur étreinte était tellement torride qu'il se demanda vaguement si l'eau de sa piscine allait se transformer en bain de vapeur.

Si deux personnes étaient capables de se dévorer l'une l'autre, c'était ainsi que les choses se passeraient. Abby était la féminité incarnée, douce et souple partout où il était dur. Le désir grondait dans ses veines, mais son cerveau l'avertissait que c'était *trop tôt*.

Après ce qui lui parut une éternité, il se força à s'écarter. Les lèvres d'Abby étaient gonflées, et des mèches de cheveux séchées par le soleil dansaient autour de son visage.

— Nous devrions nous mettre à l'ombre, dit-il. Que dirais-tu de t'allonger sur une chaise longue abritée sous un parasol, avec une boisson fraîche en prime ?

Elle le contempla, un peu hébétée.

— Entendu. Mais tu montes l'échelle le premier. Je ne veux pas que tu reluques mes fesses.

— Trop tard.

Sa remarque la fit sourire.

Néanmoins, il obtempéra. Une fois hors de l'eau, il se secoua, aspergeant délibérément Abby. Ses cris d'orfraie le firent rire. Le réfrigérateur installé dans le chalet de piscine était rempli de bouteilles d'eau fraîche. Il en récupéra deux, ainsi que des serviettes sèches qu'il étendit sur deux chaises longues.

— Les dames d'abord, dit-il.

Abby s'installa avec grâce, les bras levés au-dessus de la tête, un genou replié.

Carter prit le deuxième siège et s'allongea en soupirant d'aise. Malgré son excitation persistante, la sensation du soleil sur sa peau avait un goût d'été, familier et apaisant. Il jeta un coup d'œil en direction d'Abby. Était-elle endormie ? Éveillée ? Il opta pour la seconde option.

— Tu veux bien me parler de ta réunion d'hier au Club ?

Elle tourna le visage vers lui, un demi-sourire aux lèvres.

— Tu as envie de parler de travail ?

— C'est ça, ou je t'emmène dans ma chambre, ce qui me semble prématuré.

Elle haleta, surprise, mais se reprit aussitôt.

— Je t'en ai déjà parlé, tout à l'heure.

— Alors, parle-moi de *toi*.

Elle posa un bras sur ses yeux, comme pour l'exclure. Mais il ne se décourageait pas aussi facilement.

— Allons, Abs, tu n'as pas arrêté de me questionner. Et comme si ce n'était pas suffisant, Lila a cancané sur ma vie privée. Il me paraît donc légitime que je m'intéresse à toi.

Écartant le bras, elle afficha un air boudeur.

— Ne pourrions-nous pas nous en tenir au sexe ?

Il rit.

— Toi non plus tu n'aimes pas être interviewée.

— Pourquoi crois-tu que j'ai choisi d'être derrière la caméra ?

— À vingt-quatre ans, tu ne dois pas avoir de lourds secrets, si ?

— D'où tiens-tu que j'ai des secrets ?

Il expira, vidant ses poumons pour mieux inhaler sa fragrance.

— Tout le monde en a, Abby. Mais tu peux commencer par ton enfance. Quel genre de fillette étais-tu à l'école ?

En la voyant soudain vulnérable, il sentit son cœur se serrer et en vint presque à regretter sa question.

— La plupart du temps, j'étais solitaire. Une enfant métisse dans une marée de visages blancs. J'étais un objet de curiosité pour les autres filles. Je restais en marge de leurs groupes. Je n'ai compris la raison de leur ostracisme qu'à sept ou huit ans. Mais le jour où l'une d'elles a osé me dire des choses injurieuses sur mon père, je n'ai plus fait aucun effort pour m'intégrer. Ma mère s'est plainte plusieurs fois au directeur, mais cela n'a fait qu'aggraver les choses.

— Je suis désolé, Abby.

— La situation s'est améliorée quand je suis entrée au lycée. La population y était plus diversifiée, avec des enfants et petits-enfants d'immigrés, très intelligents et ouverts d'esprit. J'ai peu à peu construit un cercle d'intimes avec lesquels je pouvais être moi-même. En fait, ma meilleure amie est une Pakistanaise, actuellement chef de clinique dans le service de gériatrie du Lenox Hill Hospital à New York. Il est question que je réalise, sous ses directives, un documentaire sur les coûts sociaux et émotionnels liés à l'allongement de la durée de vie.

Carter émit un sifflement admiratif. Il se rendait compte pour la première fois à quel point elle était complexe, passionnée et talentueuse.

— Je suis très impressionné. Tu es en train de te forger une vie passionnante.

— Oui, j'aime ce métier et j'aime voyager. Mes parents m'ont toujours accordé beaucoup de liberté, et je me suis toujours efforcée de ne pas trahir leur confiance.

Le silence s'établit entre eux, mais il n'était pas pesant. Tous deux se jaugeaient, mesurant leurs différences et se demandant s'ils avaient le moindre point commun.

Franchement, il n'en savait rien. Dix années les séparaient, même si cette différence d'âge n'était pas rédhibitoire. Mais Abby était une souris des villes, et lui, un rat des champs. Elle adorait sillonner le pays tandis qu'il était profondément enraciné dans le sol texan.

— Veux-tu continuer à m'interviewer au sujet des activités du ranch ? demanda-t-il d'un ton bourru.

Ouvrant les yeux, elle se pencha vers lui.

— Ça ne t'ennuie pas ?

Il s'efforça de ne pas remarquer la façon dont ses seins jaillissaient presque de son maillot dans cette position.

— Je ne le fais pas de gaieté de cœur, mais si cela peut être utile pour ton projet, c'est d'accord.

Elle lui adressa un sourire éblouissant.

— Merci, Carter. C'est formidable !

Elle se leva d'un bond.

— Je vais me changer, et nous nous mettrons au travail.

Après son départ, il contempla l'eau, la mine sombre. Fallait-il qu'il soit stupide ! S'il n'avait rien dit, Abby serait restée à côté de lui, se dorant au soleil, telle une déesse.

Peut-être était-ce son subconscient qui lui rappelait à quel point il serait risqué de nouer une relation physique avec Abby dans ce contexte. Mais sa libido exigeait un droit de réponse. Par chance, la journée était loin d'être terminée. Tout pouvait arriver.

Ravie que Carter ait accepté de poursuivre l'interview, Abby remit ses vêtements, noua ses cheveux humides en un chignon flou sur la nuque et se précipita dans la pièce de vie pour préparer son matériel.

Le feu était éteint depuis longtemps. N'osant pas demander à Carter de le ranimer, elle poussa son fauteuil devant une belle bibliothèque en merisier et disposa un plaid de style amérindien sur le dossier.

Elle avait terminé quand Carter la rejoignit.

Il s'était douché, se dit-elle, tandis que la senteur citronnée de son après-rasage flottait jusqu'à elle. Pourquoi un homme se rasait-il en milieu d'après-midi ? Afin d'être prêt pour un rendez-vous galant dans la soirée ?

Cette idée la troubla, mais elle la chassa aussitôt.

— Je suis prête. Installe-toi confortablement.

Cette fois, Carter portait une tenue un peu plus habillée. Son pantalon anthracite et son polo gris clair soulignaient son physique impressionnant. Sauf… qu'il était pieds nus. Décidément, cet homme était déconcertant !

Il s'assit en souriant et se passa les mains dans les cheveux.

— J'ai mis un plat de pommes de terre dans le four. Si nous pouvons terminer cette interview dans quarante-cinq minutes, je mettrai les steaks sur le gril. Il y a tous les ingrédients au réfrigérateur pour préparer une salade. Pourrais-tu t'en occuper ?

— Volontiers.

Elle regarda dans le viseur et fronça les sourcils.

— C'est très bien d'être détendu, mais tu t'es décoiffé.

Sans réfléchir, elle le rejoignit et arrangea ses mèches humides à sa convenance.

Il lui saisit le bras et embrassa l'intérieur de son poignet.

— J'aime quand tu prends soin de moi, Abs.

Elle pinça les lèvres, refusant de lui laisser voir son émoi.

— Tu veux dire, comme une maman gorille avec son bébé ?

Le regard de Carter lança des éclairs.

— Je suis un adulte dans la force de l'âge, Abby. Tu peux me croire sur parole.

— C'est noté.

Elle s'empressa d'aller se poster derrière le caméscope.

— Parle-moi de ton équipe. Combien as-tu d'employés à plein temps ? Que font-ils ? Engages-tu des saisonniers ?

Elle mit la caméra en marche, et Carter commença à parler. Abby ne connaissait rien au sujet, pourtant Carter réussissait à le rendre intéressant. Elle l'interrogea sur la taille de son cheptel, les races bovines, la notion de « bonne » ou « mauvaise » année, et les inévitables catastrophes naturelles.

Plus il parlait, plus elle se rendait compte à quel point il était attaché à son héritage.

Enfin, elle évoqua sa famille.

— Elle me rend visite ce week-end, dit-il. Mes parents, ma sœur, mon beau-frère et ma nièce, Beebee. Elle se prénomme Beatrice, mais à huit mois, ce surnom lui va mieux.

Abby éteignit la caméra et s'étira.

— J'ai une dernière question, mais je te la pose hors micro.

— Oh ? Devrais-je m'inquiéter ?

— Il ne s'agit pas de toi mais du festival.

— Cela semble sérieux, si j'en juge par le ton de ta voix.

Abby se lova sur le canapé et joua avec un fil de son jean.

— Hier, j'ai eu vent d'une information dont je pourrais tirer profit pour mon film, mais je souhaite avoir ton avis.

— Je t'écoute.

— Je déjeunais au Royal Diner quand j'ai surpris une conversation entre deux femmes derrière moi. L'une d'elles disait qu'elle avait entendu parler d'un détournement de fonds très important sur le compte dédié au festival. Est-ce possible ? À la réunion, personne n'y a fait allusion.

Carter parut soucieux.

— C'est une impasse, Abby. Les habitants de Royal sont friands de ragots, mais dans presque tous les cas, ils sont infondés. Par ailleurs, ils n'aiment pas que des personnes étrangères à Royal fourrent leur nez dans leurs affaires. Tu dois laisser tomber. Trouver un autre angle d'approche. Sinon, tu te mettras tout le monde à dos, y compris les personnes susceptibles de t'aider pour ton projet.

La véhémence de Carter stupéfia Abby. Et sa façon désinvolte de la traiter de « personne étrangère à Royal » la blessa. Était-ce ainsi qu'il la voyait ?

Quand Carter alla mettre les steaks sur le gril, elle transporta son matériel dans sa voiture, puis revint dans la cuisine pour préparer la salade.

Elle se sentait toujours aussi mortifiée par sa rebuffade.

Pourtant, ce ne serait pas la première fois qu'un festival serait concerné par des soupçons de malversations.

Étant donné la réaction virulente de Carter, elle n'aborderait plus ce sujet avec lui, mais continuerait d'explorer cette piste. Il se pouvait qu'elle ne mène nulle part, mais si elle se révélait exacte, ce serait un formidable scoop pour son documentaire.

D'habitude, Abby mangeait peu de viande rouge, mais les steaks préparés par Carter étaient succulents. Avec les pommes de terre cuites au four et la salade, elle se régala.

Elle proposa de l'aider à faire la vaisselle, mais il refusa.

— Il n'y en a pas beaucoup. Et ma gouvernante sera là demain matin.

— Dans ce cas, je ferais mieux de rentrer à l'hôtel.

Carter se figea et la regarda par-dessus son épaule.

— Ou de rester.

La lueur enjôleuse qui brillait dans ses prunelles bleues était de la tentation pure et simple.

Abby était au pied du mur. Elle aurait préféré céder à la passion dans un moment d'abandon, mais Carter ne l'entendait pas ainsi. Il lui proposait une alternative claire : avoir une relation intime avec lui ou partir.

Il s'était montré très coopératif lors de l'interview, et elle lui en savait gré. Mais elle ne se sentait pas obligée de rester par reconnaissance. Sa décision n'aurait rien à voir avec le travail, mais avec l'homme en question.

Et tout jouait en sa faveur. Son honorabilité. Son amour et son respect pour ses parents. Sa réussite professionnelle. Son charme magnétique. Elle savait sans hésitation qu'il serait un amant attentionné, voire inventif…

Jusqu'à présent, elle avait fait preuve de prudence dans sa vie amoureuse. Ses rares relations étaient fondées sur des centres d'intérêt communs et une attirance sexuelle réciproque. Mais elle était toujours soulagée de redevenir célibataire au bout de quelques semaines. Elle s'était dit qu'elle n'était pas douée pour partager l'intimité d'un homme, car elle était trop indépendante et trop réservée.

Puis Carter avait surgi dans sa vie. Le seul homme capable de balayer toutes ses réserves d'un seul regard. Son corps le reconnaissait comme un amant potentiel. Mais ce n'était pas aussi simple. En fait, la force du désir qu'il lui inspirait était à la fois stupéfiante et intimidante.

— Est-ce une bonne idée ? demanda-t-elle, cherchant à gagner du temps pour répondre à ses propres doutes.

— Je pourrais venir à l'hôtel avec toi, si tu préfères.

Il s'adossa au comptoir, le visage impénétrable.

Elle se força à rire.

— Après m'avoir mise en garde contre la propension aux ragots de tes concitoyens ? Non, merci. Je ne tiens pas à ce que toute la ville sache ce que nous faisons.

Son expression se radoucit.

— C'est à toi de décider, Abs. Je ne veux pas que tu m'accuses de te forcer la main.

— Je sais, désolée, dit-elle, mortifiée.

Il était tellement sûr de lui alors qu'elle ne savait pas quelle décision prendre. Peut-être sa plus grande maturité lui conférait-elle un avantage sur elle dans le cas présent. Il avait dû vivre ce genre de scène plus souvent qu'elle. Elle inspira profondément pour calmer sa nervosité.

— J'ai bien aimé notre promenade à cheval, ce matin. Pourrions-nous sortir avec Foxtrot, ce soir ? J'ai envie de pourchasser le soleil couchant au grand galop.

Un flux de sang colora les pommettes de Carter, et son regard s'assombrit de désir.

— À tes ordres. Rejoins-moi à l'écurie dans quinze minutes.

Après son départ, Abby se rendit dans la salle de bains réservée aux invités pour refaire son chignon. Tandis qu'elle se contemplait dans la glace, elle se demanda comment Carter la voyait. Certains hommes lui trouvaient un charme exotique. Mais cette description lui déplaisait.

Elle ne voulait pas être différente, du moins pas de cette façon. Peut-être se faisait-elle des idées, mais elle avait l'intuition que Carter la voyait d'abord comme une femme. Un être humain avec des espoirs et des rêves.

Cette définition lui convenait parce qu'elle le voyait sous le même jour. Par ailleurs, il y avait quelque chose chez lui qui l'attirait irrésistiblement et qu'elle n'avait pas perçu chez les autres hommes qu'elle avait fréquentés.

Elle s'aperçut soudain que l'idée d'emporter son caméscope ne lui avait pas effleuré l'esprit. Ce soir, il n'était plus question de travail mais de *plaisir.*

Tout en se dirigeant vers l'écurie, elle dressa la liste des raisons l'incitant à ne pas rester avec Carter, notamment l'absence de vêtements de rechange et de nécessaire de toilette. Demain matin, se réveillerait-elle avec un sentiment de gêne ? Très certainement.

Mais, alors même qu'elle s'efforçait de se dissuader de coucher avec lui, elle sut qu'elle avait pris sa décision.

Quand elle pénétra dans l'écurie, la première chose qui la frappa fut l'odeur. En tant que citadine, elle la percevait comme une anomalie, mais une anomalie plaisante, avec son côté rural et authentique. Quand elle avisa Carter qui l'attendait, son cœur manqua un battement. Cette fois, il portait son Stetson et ses bottes de cavalier.

Le cheval hennit doucement à son approche.

Carter lui sourit – un sourire franc de bienvenue, de désir et de promesses.

— Cette fois, je t'installerai devant moi, dit-il.

Au lieu de lui expliquer comment se mettre en selle, il posa les mains sur sa taille et la hissa sur le dos de Foxtrot, comme si elle était un poids plume. Puis il s'installa derrière elle et passa les bras autour d'elle pour tenir les rênes.

— Prête ? demanda-t-il, les lèvres effleurant sa nuque.

Sa question pouvait être à double sens.

— Oui, répondit-elle sans hésiter.

- 8 -

Carter perçut le moment exact où Abby se détendit. Toute raideur disparut de son corps, et elle s'abandonna contre son torse, aussi amollie qu'une poupée de son. Il tenait les rênes d'une main, son autre bras enroulé autour de la taille d'Abby.

La selle était suffisamment grande pour qu'ils se sentent à l'aise, et Foxtrot était un étalon robuste, capable de supporter leur poids, voire davantage. Tandis que le cheval se dirigeait vers la route, Carter se dit qu'il devait se concentrer car il était dépositaire d'un précieux chargement. Et tout ce qu'il voulait, c'était enfouir le visage dans les cheveux d'Abby en espérant qu'elle passerait la nuit avec lui.

Le coucher de soleil était splendide, les rares nuages formant des motifs époustouflants dans les tons orangé, rose et doré, comme le premier soir de leur rencontre. Il avait l'impression que cela remontait à une éternité, mais ce n'était pas le cas, et il ferait bien de s'en souvenir.

Il se pencha vers elle, effleurant son oreille.

— Tu veux toujours galoper à bride abattue ?

— Absolument.

Il pressa les flancs de Foxtrot avec les talons et ressentit une poussée d'adrénaline quand le puissant étalon s'élança au grand galop sur la route qui traversait son ranch.

Le cri de ravissement d'Abby le fit sourire et l'incita à aiguillonner un peu plus son cheval. Foxtrot aimait qu'on lui lâche la bride, et ce parcours ne présentait aucun danger. La journée avait été chaude, mais à cette heure tardive et à cette vitesse, le vent était froid. Aussi resserra-t-il son étreinte autour d'Abby dans un geste protecteur.

Il le savait, elle était courageuse et indépendante, mais elle était aussi jeune et nouvelle au Texas. Il ne laisserait *personne*, y compris lui-même, lui faire du mal.

Enfin, ils atteignirent les limites de sa propriété et firent demi-tour. Peu pressé de mettre un terme à cette soirée, Carter mit Foxtrot au petit trot.

— As-tu froid ? demanda-t-il.

— Un peu. Mais ça va. Je n'aurais manqué cette balade pour rien au monde.

— Que ferais-tu à cette heure si tu étais à New York ?

— J'irais peut-être voir une pièce de théâtre. J'adore Broadway. J'ai même envisagé de devenir comédienne.

— Tu aurais eu du succès. Tu as un visage expressif et une voix bien timbrée.

Elle tourna la tête et posa un instant la joue sur son cœur.

— Merci, Carter. C'est gentil de me dire ça.

— Je suis sincère.

Tandis qu'ils se rapprochaient de la maison, Abby murmura quelque chose qu'il ne comprit pas.

— Que dis-tu, Abs ?

Regardant toujours droit devant elle, elle tendit la main derrière elle et lui caressa la joue de ses doigts fuselés.

— Je n'ai pas de vêtements de rechange. Ni rien d'autre.

Cette allusion alluma un brasier au creux de ses reins.

— Je peux arranger cela, dit-il d'une voix rauque. La salle de bains réservée aux invités contient tout ce dont tu auras besoin. Je peux aussi mettre tes vêtements dans le lave-linge. Entre-temps, je te passerai une de mes chemises.

— Dans ce cas, j'aimerais rester ici cette nuit.

Ensuite, tout devint confus pour Carter. Cela faisait des

heures qu'il la désirait. La journée avait été une longue suite de préliminaires, à la fois merveilleuse et frustrante.

Maintenant, Abby se trouvait dans ses bras et souhaitait passer la nuit avec lui. Il exultait comme s'il avait gagné le gros lot, alors même qu'il n'était pas joueur.

Une fois à l'écurie, il mit pied à terre et aida Abby à descendre.

— Je dois m'occuper du cheval. Si tu veux bien m'attendre, nous prendrons une douche ensemble.

Elle parut embarrassée.

— Pour cette première fois, je préfère la prendre seule.

Il déposa un baiser sur son front.

— Comme tu veux.

Il s'attarda avec délice sur sa formule : « Pour cette première fois. » Combien y en aurait-il ? Abby avait un travail à faire. Elle ne serait pas à sa disposition. Et lui aussi était très occupé.

Décidément, il réfléchissait trop ! Il dessella Foxtrot, le pansa et s'assura qu'il avait suffisamment d'eau et de nourriture. Puis il baissa la lumière et ferma la porte de l'écurie. Alors qu'il retournait à la maison, il se sentait nerveux. Un verre de whisky lui aurait peut-être fait du bien, mais n'aurait pas apaisé la faim qu'il avait d'Abby.

En pénétrant dans sa chambre, il remarqua que la porte de son armoire était ouverte. Manifestement, Abby s'était servie. Durant sa douche, il l'imagina dans une de ses chemises et se sentit durcir. Quand il retourna dans sa chambre, une serviette nouée autour des reins, il la trouva assise en tailleur sur son lit, et son érection s'accrut.

Elle avait roulé les manches de sa chemise jusqu'aux coudes et ramené pudiquement les pans sur ses cuisses.

Pas pour longtemps…

— As-tu trouvé tout ce dont tu as besoin ? demanda-t-il d'une voix enrouée par le désir.

Elle lui adressa un sourire malicieux.

— Pas encore.

Décidément, elle avait le don de le désarçonner ! Elle avait l'air jeune et innocente, mais elle ne l'était pas. C'était une adulte, avec des désirs et des besoins de femme. Par chance, elle avait trouvé le chemin de son lit.

Quand il ôta sa serviette, Abby perdit son sourire et déglutit avec peine en prenant la mesure de son érection.

Ne voulant pas la brusquer, il la rejoignit sur le lit et s'accouda à côté d'elle, la tête appuyée contre sa paume.

— Tu es très belle, Abby, et tu sens divinement bon.

Elle exhala un petit soupir.

— Ta salle de bains regorge de beaux articles de toilette.

— Je suis content que tu aies trouvé ton bonheur.

Il caressa son genou dénudé.

— As-tu peur de moi, Abby ?

— Non. Mais j'ai laissé mes pilules contraceptives à l'hôtel. Tu devras utiliser un préservatif.

— Ce n'est pas un problème.

Il remonta la main le long de sa cuisse soyeuse.

— Parle-moi, Abs.

Elle serrait ses mains sur son ventre, comme si elle était nerveuse ou indécise. Ou les deux.

— Je n'ai pas couché avec beaucoup d'hommes, admit-elle. Et tu ne ressembles à aucun d'entre eux.

— Que veux-tu dire ?

— Que se passera-t-il si ça ne fonctionne pas entre nous ? Je te connais depuis quatre jours seulement. Cette précipitation ne me ressemble pas. Je suis plutôt du genre réfléchi. Mais cette alchimie entre nous est…

— Indéniable ? Explosive ? Époustouflante ?

— Oui, tout cela à la fois.

Il s'adossa contre la tête de lit et attira Abby dans ses bras, caressant doucement sa chevelure d'un geste apaisant.

— Nous prendrons notre temps. Tu me préviendras si je fais quelque chose qui te déplaît.

Elle releva la tête et le fixa de ses grands yeux superbes.

— Je ne pense pas que ce soit un problème.

Les mains mal assurées, il déboutonna la chemise qu'Abby portait, *la sienne*, dévoilant peu à peu sa peau ambrée, douce et souple, faite pour les baisers. Ses seins étaient ronds et haut placés, leurs mamelons d'une teinte légèrement plus claire que celle de ses yeux.

Après avoir défait le dernier bouton, il fit glisser la chemise le long de son corps svelte et la jeta par terre. L'expression intense qu'il perçut dans le regard d'Abby attisa le brasier qui couvait en lui. Quand il posa délicatement les paumes sur sa poitrine, elle haleta.

Il titilla un mamelon, l'observant, fasciné, pendant qu'il se durcissait. Quand il se pencha pour le prendre dans sa bouche, Abby exhala un gémissement, et ce petit son exquis embrasa son sang dans ses veines. Il l'allongea sur le lit et se positionna au-dessus d'elle, accordant la même attention à son autre sein, tandis qu'Abby s'agrippait à ses cheveux.

Ils étaient l'un et l'autre trop consumés de désir pour faire durer les préliminaires, mais il essaierait quand même.

Elle se trémoussait, pantelante, tandis qu'il égrenait des baisers sur son front, ses paupières, son nez et enfin ses lèvres douces. Sa saveur exquise agissait sur lui comme une drogue, brouillant ses pensées.

— Abby, murmura-t-il d'une voix enrouée par la passion.

Ils s'embrassèrent ardemment, comme dans la piscine. Sauf qu'à cet instant, ils se trouvaient dans un grand lit confortable, fait pour le plaisir. Un plaisir *sans fin*.

Il se perdit dans son baiser tandis que ses mains se familiarisaient avec les courbes enchanteresses du corps d'Abby.

Se souvenant soudain de la nécessité de se protéger, il roula sur le côté, récupéra un préservatif dans un tiroir et l'enfila, conscient qu'il ne parviendrait pas à se contrôler très longtemps pour cette première fois.

Quand il caressa délicatement l'intimité d'Abby, elle était chaude et moite, prête à l'accueillir. Il introduisit deux doigts en elle et sentit son corps frémir.

— Si tu savais comme j'ai envie de toi, Abs ! Je te donnerai du plaisir, c'est promis.

Il caressa patiemment ce minuscule bouquet de nerfs qui contrôlait sa jouissance, jusqu'à ce qu'elle s'arc-boute dans le lit et pousse un cri de volupté.

Alors, il la pénétra d'une seule poussée et sentit les muscles internes d'Abby se contracter autour de lui, tandis qu'elle savourait encore son plaisir. Il éprouvait une sensation indescriptible, partagé entre son besoin d'assouvir son désir lancinant et celui de procurer de la tendresse et de la volupté à Abby.

Alors qu'il allait et venait en elle lentement, elle enroula les jambes autour de ses hanches et se cambra pour que leurs corps s'épousent parfaitement.

— Ne te retiens pas, Carter. Je veux tout de toi.

Trop heureux d'obéir à son injonction, il se concentra sur son beau visage, observant sa réaction à chacun de ses assauts. Le battement de ses longs cils, ses halètements, sa façon de rejeter la tête en arrière, les yeux clos et les lèvres entrouvertes tandis qu'elle atteignait son deuxième orgasme.

Il trouva le sien en même temps qu'elle. Il jouit longuement, frissonnant contre elle et murmurant son prénom. Quand ce fut fini, il s'affaissa sur elle, peinant à répartir son poids sur ses coudes.

Il dut somnoler.

Il revint à la réalité quand Abby tenta de se soustraire à son étreinte pour aller dans la salle de bains. Il roula sur le dos, se sentant à la fois délicieusement repu et étrangement perturbé.

Certaines choses étaient trop belles pour être vraies, et sa relation avec Abby en faisait peut-être partie. Madeline n'avait pas été une femme pour lui. Il s'en rendait compte avec le recul. Son départ avait blessé son orgueil et sa dignité. Il s'était replié sur lui-même, peu désireux d'accorder de nouveau sa confiance à une femme.

Abby n'était pas Madeline, il le savait, mais elle ne resterait pas à Royal. Aussi devait-il garder la tête froide.

Pendant qu'elle était occupée, il se leva et récupéra ses vêtements dans la salle de bains réservée aux invités. Alors qu'il s'apprêtait à les mettre dans le lave-linge, il contempla le soutien-gorge et la culotte qu'il tenait à la main.

Ces sous-vêtements féminins détonnaient dans sa maison de célibataire.

Il avait eu quelques aventures d'une nuit depuis la rupture de ses fiançailles. La plupart en dehors de Royal. Presque exclusivement avec des femmes expérimentées qui prenaient leur plaisir sans rien demander en retour.

Abby était différente, il le devinait d'instinct. Néanmoins, le trouble et la confusion qu'elle suscitait en lui l'invitaient à la prudence. En attendant, puisqu'elle passait la nuit ici, il pouvait aussi bien tirer le meilleur parti de cet interlude.

Quand il retourna dans la chambre, Abby était allongée sur le lit.

Elle se redressa sur un coude.

— Où étais-tu passé ?

— J'avais promis de laver tes vêtements, tu te souviens ?

— Oh. Je pensais rentrer à l'hôtel, mais ce n'est plus possible.

Il se figea, interloqué.

— Pourquoi voulais-tu rentrer ?

Elle repoussa ses cheveux de son visage, la mine réservée.

— Tu te lèves tôt, le matin. Et je t'ai déjà fait perdre du temps, ces jours-ci. Je ne veux pas abuser de ton hospitalité.

Il crut déceler une certaine gêne dans son explication. Avait-elle perçu son malaise ? Submergé par la culpabilité, il se glissa dans le lit et l'attira contre lui.

— Je te préviendrai si je ne suis pas disponible. Pour l'instant, nous sommes là où nous devons être.

Ils dormirent une heure ou deux, puis ils refirent l'amour, de façon moins effrénée, mais tout aussi fabuleuse. Il n'était plus un adolescent. Si le sexe avait occupé une part importante de sa vie, ce n'était plus le cas dernièrement.

Mais depuis sa rencontre avec Abby, il brûlait d'un désir ardent pour elle, et cela le déconcertait. Que devait-il faire à ce sujet ?

Il se leva pour mettre les vêtements d'Abby dans le sèche-linge. Il envisagea d'*oublier* de les sortir de la machine pour l'obliger à rester plus longtemps. Mais elle devait interviewer Billy Holmes, et il ne voulait pas faire capoter son projet, même s'il n'était pas ravi de savoir qu'elle serait seule avec Holmes.

Un peu avant l'aube, il fut réveillé par la sensation exquise de doigts féminins enroulés autour de son érection.

Abby enfouit le visage au creux de son cou.

— Il sera bientôt l'heure de se lever. Que dirais-tu d'une nouvelle joute amoureuse avant que je parte ?

Il s'éclaircit la gorge, se sentant comme un marin perdu en mer. Sa seule planche de salut, c'était Abby.

— Tu connais déjà la réponse, pas vrai ?

Il se protégea de nouveau, puis Abby s'installa hardiment à califourchon sur lui. Enserrant ses fesses dans les mains, il s'enfouit dans sa chaleur, sentant ses certitudes s'envoler.

Un homme pouvait-il déroger à sa ligne de conduite quand il rencontrait une femme exceptionnelle ? La vie de Carter était toute tracée. Une vie *agréable*, mais laborieuse et prosaïque. Or, Abby était aussi délectable qu'une barbe à papa lors d'une kermesse ou qu'un feu d'artifice un soir d'été. Ces deux contraires pouvaient-ils devenir compatibles ?

Quand elle se pencha pour lui dérober un baiser, il perdit toute envie d'introspection. Ses seins dansaient devant lui, comme deux beaux fruits mûrs, et il les savoura tour à tour.

Le corps d'Abby constituait une œuvre d'art mystérieuse. C'était la troisième fois qu'il la prenait, cette nuit. Il aurait dû être repu et fatigué, mais il se sentait invincible.

Quand elle atteignit l'orgasme dans un cri, il la fit rouler sur le dos et donna quelques coups de reins supplémentaires avant de se laisser porter à son tour par la jouissance, n'en revenant toujours pas de l'effet magique qu'elle exerçait sur lui. Était-elle un peu sorcière ? Ou son abstinence sexuelle durait-elle depuis trop longtemps ?

Peut-être y avait-il une autre explication qu'il n'était pas prêt à admettre.

Il ferma les yeux et sombra dans un profond sommeil. Quand l'alarme de son réveil sonna à 7 heures, la place à côté de lui était froide et vide. Sa belle amante avait disparu.

Abby n'arrêtait pas de bâiller tout en prenant son petit déjeuner dans la salle à manger de l'hôtel. Hélas, elle n'aurait pas la possibilité de monter faire un somme dans sa chambre car Billy Holmes l'attendait à 11 heures.

Elle refusait de penser à Carter. Il jetait la confusion dans son esprit. Or, elle avait besoin de se concentrer sur son documentaire. Pour l'instant, elle n'avait que des séquences décousues, et elle devait impérativement trouver un angle d'approche pertinent si elle voulait avancer.

Après s'être douchée et avoir revêtu un tailleur-pantalon jaune orangé agrémenté d'un foulard aux motifs corail et turquoise, elle se sentit de nouveau pleine d'énergie. Elle avait choisi à dessein une tenue habillée car elle voulait faire bonne impression. Billy Holmes était un personnage important à Royal et il lui ouvrirait peut-être certaines portes.

Le trajet jusqu'à la propriété des Edmond l'aida à recouvrer ses esprits. Billy lui avait envoyé l'itinéraire à suivre par texto. C'était une chance car, outre la demeure principale imposante et luxueuse, le domaine immense incluait plusieurs maisons d'hôtes, une piscine et des écuries.

Quand elle localisa enfin la maison de Billy Holmes, entourée d'un parc paysager, elle était de nouveau nerveuse. Comment était-il arrivé ici ? Pourquoi les Edmond l'avaient-ils accepté comme l'un des leurs ?

Abby sonna à la porte d'entrée, et une femme d'âge moyen, vêtue d'un uniforme, lui ouvrit.

— Vous devez être Mme Carmichael. Entrez, je vous prie. M. Holmes vous attend.

Abby la suivit jusqu'à un solarium ouvrant sur une pelouse soigneusement entretenue.

Billy Holmes se leva.

— Bonjour, Abby. Vous êtes ponctuelle. Je suis heureux de vous recevoir. Voulez-vous boire quelque chose ?

— Un verre d'eau, s'il vous plaît.

Il lui désigna un fauteuil et s'assit à côté d'elle.

— Alors, que pensez-vous de Royal ?

— Pour l'instant, je prends mes marques, dit-elle prudemment. Les habitants sont amicaux. Je vous remercie de m'avoir permis d'assister à la réunion du comité avant-hier. Cela m'a été utile.

Elle reposa son verre sur une table basse.

— M'autorisez-vous à filmer notre conversation ? Je ne voudrais pas passer à côté de quelque chose d'important.

— Bien sûr, dit-il, avec un sourire presque trop charmant.

Par chance, la sonnerie de son portable retentit. Il s'éloigna, et elle en profita pour installer son matériel et choisir la toile de fond la plus appropriée. Elle était prête quand il revint dans la pièce.

Elle lui désigna le fauteuil disposé à côté de la baie vitrée.

— Pouvons-nous commencer ?

— Volontiers.

Il rangea son téléphone dans sa poche de poitrine et déboutonna sa veste avant de s'asseoir. Le soleil jetait des éclats dorés dans ses cheveux bruns et sa barbe de trois jours. Billy Holmes avait tout l'air du mauvais garçon.

Après un dernier regard dans le viseur, elle se recula.

— Depuis combien de temps vivez-vous à Royal, monsieur Holmes ?

— Appelez-moi Billy. Cela doit faire deux ans et demi. Le temps passe à une vitesse !

— Quel est votre lien avec la famille Edmond ?

— Ross et moi étions camarades à l'université. Il parlait tout le temps de Royal, disant combien il aimait cette ville. Quand j'ai décidé de changer de lieu de résidence et de m'installer pour de bon, j'ai opté pour le comté de Maverick. Ross m'a proposé une des maisons d'hôtes, et j'ai accepté.

— Il attache une grande importance à l'amitié, dit-elle.

— En effet.

— Qui a eu l'idée du festival ? Est-ce vous ?

Il sourit modestement.

— C'est difficile à dire. Un jour, Ross, Gina, Asher et moi nous demandions comment mieux faire connaître Royal. En fait, c'est un projet commun.

— Quel résultat espérez-vous obtenir ? Le site du festival se trouve quand même très éloigné de Royal.

Il haussa les épaules avec désinvolture.

— La distance ne compte pas au Texas. Royal sera

un tremplin pour le festival. Notre objectif principal est le luxe, qu'il s'agisse de nourriture, de musique ou d'art. Nous ciblons une clientèle élitiste. Il n'est pas question de voir traîner des bouteilles de bière vides ou d'avoir des sanitaires malodorants. Nous souhaitons rassembler les gens autour de la musique et aussi lever des fonds en faveur d'associations caritatives. C'est pourquoi nous ne regardons pas à la dépense. Nous voulons que Soiree on the Bay fasse date et soit reconduit les années suivantes.

Abby continua de le questionner pendant une autre demi-heure. Billy était charismatique et s'exprimait avec aisance. Cette séquence serait excellente, songea-t-elle, ravie.

Avant de mettre fin à l'entretien, elle décida d'aborder un sujet à haut risque.

— J'ai entendu une rumeur en ville, selon laquelle il manquerait de l'argent dans les caisses du festival. Avez-vous un commentaire à faire à ce sujet ?

L'expression affable de Billy disparut. Il semblait tendu.

— Éteignez la caméra.

— Bien sûr.

Il se leva et se mit à faire les cent pas, le visage rouge.

— À titre confidentiel ? Oui, la rumeur est fondée. C'est Ross qui a découvert l'erreur. Mais cela concerne la famille. Nous gérons la situation.

Pourtant, Billy ne faisait *pas* partie de la famille Edmond.

— Je vois.

Elle ne voyait rien du tout, mais temporisait.

— Le festival est-il en danger ?

— Bien sûr que non ! Nous sommes à fond dans ce projet grandiose.

Abby comprit qu'elle ne tirerait rien de plus de Billy Holmes. S'il avait commis une bévue tout à l'heure en accréditant la rumeur, maintenant il brouillait les pistes.

Elle rangea son matériel. Puis ils déjeunèrent. Pendant

tout le repas, au demeurant succulent, elle eut droit à un long monologue de la part de Holmes. Il parla beaucoup de lui, mais resta muet sur le sujet qui l'intéressait le plus.

Finalement, Abby décida qu'il était temps qu'elle parte.

— Je dois retourner en ville. Je vous remercie de m'avoir accordé une interview et offert un déjeuner délicieux.

— Je vous en prie.

Son expression était réservée, comme s'il regrettait ses confidences imprudentes. Il la raccompagna à sa voiture et l'aida à porter ses affaires.

— Encore une chose, dit-elle. J'aimerais parler à deux ou trois responsables d'associations caritatives qui bénéficieront des subsides collectés grâce à Soiree on the Bay.

— Bien sûr. Vous devriez commencer par Valencia Donovan. Elle sauve des chevaux maltraités. Je suis sûr que vous l'apprécierez. Son histoire est très intéressante.

— Parfait. Vous voudrez bien lui communiquer mes coordonnées et lui demander si elle accepte de me recevoir ?

— Je m'en occupe cet après-midi. Avec un peu de chance, elle vous contactera demain.

- 9 -

Abby était ravie à l'idée de recueillir d'autres témoignages pour enrichir son documentaire, mais cela ne l'empêchait pas de penser à Carter. Ce matin, elle lui avait laissé un petit mot pour lui expliquer qu'elle avait une journée chargée.

Quelle avait été sa réaction en le découvrant ? Était-il déçu ? Soulagé ? Certains hommes détestaient les complications.

De retour à l'hôtel, elle se força à se concentrer sur son travail. Entre le court reportage qu'elle avait tourné lors de la réunion du comité et les interviews de Carter Crane et Billy Holmes, elle avait un début prometteur. Maintenant, elle en arrivait à la phase complexe consistant à visionner et à choisir les séquences qui lui seraient utiles.

Billy Holmes lui avait promis de contacter Valencia Donovan, et il tint parole. De fait, en milieu d'après-midi, Abby reçut un texto de Valencia l'invitant à la retrouver le lendemain matin à 10 heures. Tout s'enchaînait à la perfection, songea-t-elle, ravie. Après avoir confirmé sa venue, elle se replongea dans son travail. Quel était le meilleur angle d'approche pour éveiller l'intérêt du spectateur ? La piste de l'argent, elle en était de plus en plus convaincue.

Quand son estomac gronda, elle s'aperçut avec surprise qu'il était 19 heures passées. Dîner au restaurant ne la tentait pas, aussi fit-elle appel au room service. Elle pourrait ainsi continuer de travailler tout en mangeant.

Deux heures plus tard, elle se leva et s'étira. Satisfaite des progrès accomplis, elle décida de poster de nouvelles photos sur son compte Instagram. En tant que cinéaste en herbe, sa présence sur les réseaux sociaux était indispensable.

Elle s'apprêtait à prendre une douche quand la sonnerie de son portable retentit. C'était Carter. Elle sentit son pouls s'affoler. Que voulait-il ? Elle s'empressa de lire son texto.

Abby, j'espère que tu as passé une bonne journée. Que dirais-tu de venir dîner au ranch demain ? Ma famille aimerait te rencontrer. Tiens-moi au courant…

Dans le miroir de la salle de bains, son expression était l'image même de la stupéfaction. Rencontrer sa *famille* ? Pourquoi ? Elle relut son texto à la recherche d'un éventuel sens caché et se perdit en conjectures. Après tout, sa famille n'était peut-être pas aussi unie qu'il le disait, et il espérait qu'une tierce personne jouerait un rôle de modérateur.

Elle ne répondit pas tout de suite. Tout en faisant sa toilette, elle s'efforça de ne pas penser à la proposition de Carter de se doucher *avec lui*. Elle avait décliné son offre. Et maintenant, elle en venait presque à le regretter. Lui aurait-il fait l'amour sous la douche ? Puis une autre fois au lit ?

Elle ferait mieux d'arrêter de penser au sexe avec Carter ! Ce genre de fantasmes la mettait dans tous ses états. En attendant, elle ne savait toujours pas quoi lui répondre.

Elle appréciait beaucoup Carter. Il était intelligent et amusant. Et tellement séduisant qu'elle avait succombé à son charme avec une facilité déconcertante.

Et cela l'inquiétait. Puisqu'elle perdait tout self-control quand elle était avec lui, ne ferait-elle pas mieux de garder ses distances ? Cette ville n'était pas faite pour elle. Pas plus que le style de vie de Carter. Elle aimait être libre et aller là où les occasions se présentaient.

Si elle entretenait une liaison avec un des célibataires

les plus convoités de Royal, ne risquait-elle pas de se brûler les ailes ?

Finalement, elle rédigea une réponse qui était un modèle d'indécision.

Carter, je ne suis pas sûre de mon emploi du temps pour demain. Je devrais être en mesure de te donner une réponse vers midi. D'accord ? ? ?

Elle appuya sur Envoi et glissa son téléphone sous un coussin, trop anxieuse pour attendre sa réponse.

Le lendemain matin, elle se leva, déterminée à ne plus penser aux éleveurs séduisants et au sexe torride. Elle avala un croissant et un café au bar avant de s'engouffrer dans sa voiture et de se diriger vers la propriété de Valencia Donovan, située à quelques kilomètres en dehors de la ville.

Finalement, elle arriva avec dix minutes d'avance. Valencia l'accueillit à la grille avec un sourire amical.

— Bonjour, Abby. Billy m'a parlé de votre travail. Comme c'est excitant ! Je serais ravie que mon association figure dans votre documentaire.

Grande et svelte, dotée d'une remarquable chevelure ondulée d'une belle couleur dorée, Valencia était splendide. Son jean ajusté et sa blouse paysanne multicolore lui conféraient un style non conformiste.

À côté d'elle, Abby se sentait mal fagotée, ce qui était stupide car elle avait été satisfaite de son apparence quand elle avait quitté l'hôtel. Peut-être y avait-il chez Valencia quelque chose qui lui rappelait de façon déplaisante ces fillettes blondes et parfaites qui la snobaient, étant enfant.

En réalité, Valencia était charmante et prodigue en compliments, notamment sur la profession d'Abby. Elle attendit patiemment pendant qu'Abby filmait les chevaux sauvés de la maltraitance. Après leur visite de l'écurie, Valencia soupira.

— Je meurs d'envie d'une tarte au citron meringuée concoctée par Amanda Battle. Que diriez-vous de poursuivre notre conversation au Royal Diner ?

— Volontiers.

Elles sympathisèrent au cours du déjeuner. Valencia était amusante et sans prétention. Elle raconta à Abby qu'elle avait renoncé à une carrière florissante en entreprise pour se consacrer au sauvetage des chevaux.

— Qu'est-ce qui a motivé ce changement de vie aussi radical ? demanda Abby.

— J'ai toujours aimé les chevaux. J'avais économisé suffisamment d'argent pour acheter un terrain. Puis j'ai entrepris de repérer les animaux en danger. Tu serais scandalisée d'apprendre le nombre de personnes qui se laissent tenter par l'achat d'un cheval et qui le négligent parce que son entretien exige trop de travail.

— Mais ce n'est pas le cas des éleveurs de Royal.

— Oh ! non. Les chevaux que je sauve proviennent d'un peu partout. Il m'arrive de faire cinq ou six heures de route pour récupérer un animal.

— C'est impressionnant. Billy Holmes m'a dit que ton association était l'une des bénéficiaires de Soiree on the Bay.

— En effet. Je suis une adepte de la thérapie par les chevaux. Vois-tu, j'aimerais organiser une colonie de vacances pour accueillir des enfants ayant vécu des tragédies, car ils ont un bon contact avec les chevaux et ils aiment s'en occuper. J'ai déposé une demande en ce sens auprès du comité du festival et elle a été retenue.

— Puis-je te demander quelle somme tu recevras ?

— Bien sûr.

Elle mentionna un chiffre élevé suivi de cinq zéros.

— Tu dois être aux anges !

— Oh ! oui. Je suis ravie d'avoir été choisie. Bien sûr, je ne recevrai l'argent que quand tous les billets auront été vendus. Mais entre-temps, je peaufine mon business plan afin d'être prête le moment venu.

Abby lui adressa un sourire chaleureux.

— C'est merveilleux de savoir que l'argent du festival te permettra de réaliser une œuvre utile en faveur des enfants.

De retour à l'hôtel, Abby examina les notes qu'elle avait prises durant le déjeuner. Elle avait filmé Valencia parlant dans l'écurie, mais elle inclurait aussi sa séquence sur les chevaux sauvés pour rendre son documentaire plus vivant.

À 13 h 30, elle prit son téléphone, se demandant quelle réponse donner à Carter. S'il s'était contenté de lui envoyer un bref texto du genre : « J'aimerais te revoir », elle aurait répondu en prenant simplement en considération le plaisir charnel qu'il lui procurerait. Mais si elle se rendait chez lui ce soir, elle devrait affronter sa famille.

Ce qui n'avait aucun sens. Ils se connaissaient depuis moins d'une semaine. Il n'avait donc pas l'intention de la présenter officiellement à ses parents. Alors à quoi rimait cette invitation ?

L'heure tournait. Elle risquait de le vexer en retardant sa réponse plus longtemps. Embarrassée, elle se décida enfin.

Ton invitation tient-elle toujours ? J'ai terminé plus tôt que prévu.

Une minute s'écoula. Puis deux. Quand la sonnerie de son portable retentit, elle exhala un long soupir. La réponse de Carter était sans équivoque.

Bien sûr. Peux-tu venir vers 17 heures ? Nous dînons à 18 heures. Je peux aussi venir te chercher si tu ne souhaites pas conduire.

Elle s'alarma en se rendant compte à quel point elle était soulagée. Et excitée.

Je viendrai par mes propres moyens. Puis-je apporter quelque chose, vin, dessert ou autre ?

Carter posta un smiley souriant.

Puisque tu séjournes à l'hôtel, tu es dispensée de cette corvée. À ce soir…

Abby éteignit son portable. Elle avait une autre question très personnelle : devait-elle emporter un sac avec quelques affaires ? Si elle ne le faisait pas, elle donnerait un signal clair à sa libido. Il s'agirait d'une simple invitation à dîner. Rien de plus.

Mais au cas où Carter aurait envie de rééditer leurs exploits, elle se sentirait plus à l'aise si elle avait son nécessaire de toilette et des vêtements de rechange.

Était-il habituel qu'un homme invite sa maîtresse à passer la nuit chez lui alors que ses parents lui rendaient visite ? Bien sûr, Carter avait pris soin de lui parler de la maison d'hôtes et de son souci de préserver son intimité.

Mais Abby était-elle vraiment la maîtresse de Carter ? Selon elle, ce terme s'appliquait plutôt à une relation suivie.

Certes, ils avaient couché ensemble. Mais cela s'arrêtait là. Ou pas… ?

Elle changea d'avis une demi-douzaine de fois à propos de la tenue qu'elle porterait. Il faisait chaud. Étouffant, même. Par chance, elle avait apporté une robe légère et ample qu'elle n'avait pas encore mise. Grâce à sa double épaisseur de tissu vaporeux et à son dos dénudé, cette robe blanche la dispenserait de porter un soutien-gorge. Une ceinture en cuir doré soulignait sa taille de guêpe. Des sandales assorties et des pendants d'oreilles en or complétaient sa tenue.

Comme elle était nerveuse, elle fut prête beaucoup trop tôt. Néanmoins, elle décida de partir et de faire un tour en ville avant de se rendre au ranch, emportant son caméscope, en cas de besoin.

On était vendredi soir, et il y avait de l'animation dans les rues de Royal. Les restaurants et les bars étaient pris d'assaut, même s'il était tôt. Des groupes d'adolescents sillonnaient les rues, riant et chahutant.

Abby sourit. Certains comportements étaient universels. Elle n'était pas beaucoup sortie quand elle était au lycée, mais elle avait eu deux ou trois béguins non réciproques. C'était à l'université qu'elle s'était vraiment épanouie.

Étant plutôt timide et préférant demeurer dans l'ombre, elle avait été séduite par le métier de cinéaste. Elle avait la maîtrise de la narration. Personne ne prêtait attention à elle tant qu'elle se trouvait derrière la caméra.

Finalement, elle prit la direction de Sunset Acres, souriant au souvenir de sa première rencontre avec le maître des lieux. Encore maintenant, l'image de Carter à cheval – sa silhouette se découpant contre le soleil déclinant – faisait battre son cœur plus vite.

Ce soir, sa visite au ranch la mettait mal à l'aise. Jusqu'à cette nuit d'amour torride, ses relations avec Carter avaient été essentiellement professionnelles. Or, cette invitation n'avait rien à voir avec le travail. Elle était *personnelle*.

La dernière fois qu'elle avait vu Carter, il dormait – son grand corps hâlé allongé sur le drap blanc, les cheveux ébouriffés et le visage non rasé. Elle s'était esquivée très tôt pour éviter toute discussion. Avait-elle été lâche ? Sûrement. Mais elle avait voulu se protéger.

Cette fois, elle ne s'attarda pas sur sa propriété, mais se rendit tout droit à sa maison. Alors qu'elle mettait pied à terre, une jeune femme brune tenant un bébé sur la hanche s'avança à sa rencontre.

— Bonsoir ! Vous devez être Abby. Je m'appelle Denise, la sœur cadette de Carter. Et voici Beebee.

Abby sourit à la mère et à l'enfant, mignonne et dodue.

— Bonsoir, Denise. Hello, Beebee.

Le bébé émit des syllabes incompréhensibles, mais ne sourit pas. Peut-être Beebee n'approuvait-elle pas les femmes qui préféraient voyager plutôt que de devenir maman.

— Venez, Abby. Je vais vous présenter mon mari et ma mère. Mon père s'occupe des grillades avec Carter.

Abby lui emboîta le pas.

— La cuisson des steaks est-elle une affaire d'hommes au Texas ?

— C'est dans leur ADN. Après tout, c'est une région où prédomine l'élevage bovin. Mais à force d'insister, ma mère et moi avons réussi à les convaincre de diversifier la nourriture. En plus des incontournables steaks, nous aurons des blancs de poulet et des légumes frais.

— Hum, j'en ai l'eau à la bouche.

Elle avait déjeuné léger, et les arômes provenant du barbecue titillaient ses papilles gustatives.

Mme Crane se trouvait dans la salle à manger. Séduisante et dynamique, elle devait avoir dans les cinquante-cinq ans. Abby la trouva aimable, bien qu'elle ait le sentiment désagréable d'avoir raté son test d'évaluation.

La mère de Carter attaqua d'emblée.

— Depuis combien de temps connaissez-vous mon fils, madame Carmichael ?

— Appelez-moi Abby. Depuis peu. Je suis à Royal pour réaliser un documentaire sur le festival musical.

— Ah. Mais Carter ne s'intéresse pas au festival.

— Non. Mais il m'a autorisée à le filmer dans son ranch. En effet, je souhaite présenter la ville de Royal et le travail des éleveurs comme toile de fond de mon film.

— Je vois.

— Maman ! intervint Denise. Arrête avec tes questions.

Sa mère prit un air innocent.

— Je fais simplement connaissance avec Abby.

Denise secoua la tête, visiblement habituée aux manœuvres de sa mère. Elle tendit le bébé à l'autre personne présente dans la pièce.

— Voici mon mari, Ernie. Ernie, je te présente Abby.

Elle serra la main libre du mari de Denise.

— Je suis ravie de faire votre connaissance. Votre fille est adorable.

Ernie paraissait d'un naturel posé. Il ne se formalisa pas quand Beebee empoigna une mèche de ses cheveux.

— Elle nous laisse peu de répit, dit-il avec un sourire contrit.

Le prénom de Mme Crane était Cynthia, comme l'apprit Abby quand le duo père-fils les rejoignit, portant un plateau de crevettes, de steaks et de blancs de poulet.

Quand le regard de Carter croisa le sien à travers la pièce, il se produisit un éclair de chaleur si intense qu'Abby en fut toute chavirée. Elle jeta un coup d'œil aux autres convives pour voir s'ils l'avaient remarqué. Apparemment, non.

Carter lui présenta son père en souriant.

— Abby, voici Lamar, mon père. Je vois que tu as fait connaissance avec le reste de la famille.

— Oui, dit-elle, prenant le siège que Denise lui désignait.

Cynthia avait dressé la table un peu plus tôt pendant que son gendre versait les boissons. Abby fut surprise de constater qu'aucun alcool n'était servi. Uniquement du thé et du café glacés, et de la citronnade.

Denise lui glissa une explication à l'oreille.

— Papa ne boit plus d'alcool. Ordre du médecin. Il est aussi censé éviter la viande rouge, mais ce soir il fera une exception.

Le repas se déroula en toute simplicité, même si les convives, habillés élégamment, buvaient dans des verres en cristal et dînaient dans des assiettes de porcelaine avec des couverts en argent ornés de la lettre C.

Les Crane se mettaient-ils toujours sur leur trente et un pour dîner ou avaient-ils sorti le grand jeu à son intention ? Personne ne semblait trouver sa présence incongrue. Pourtant, plus le dîner durait, plus elle se demandait pourquoi elle avait été invitée.

Elle fut longuement interrogée sur ses études, son métier et ses goûts en matière de sport.

Cynthia s'efforçait visiblement de refréner sa curiosité, mais à la fin, n'y tenant plus, elle demanda :

— Parlez-nous de votre famille.

Tous les regards convergèrent vers Abby. Elle posa son verre de thé glacé et se força à sourire malgré son malaise grandissant.

— Je suis fille unique. Mes parents ont divorcé quand j'étais petite, mais ils sont restés en bons termes. Mon père est cinéaste et vit en Californie. Ma mère travaille chez Sotheby's à New York. Elle expertise des tableaux du XXe siècle.

— C'est très impressionnant.

Cynthia la jaugeait, comme si elle tentait de lire entre les lignes.

— C'est la première fois que vous venez au Texas ?

— Oui, madame.

Abby était intimidée malgré elle. La mère de Carter était une force avec laquelle il fallait compter, même si son père avait un physique imposant.

Denise intervint à son tour.

— Que pensez-vous du comté de Maverick ?

Le silence se fit autour de la table. Tout le monde guettait sa réponse. C'était étrange, songea Abby, déconcertée.

— Hum. Il est très différent des endroits qui me sont familiers. Mais il possède une beauté qui lui est propre.

Ernie rit, le regard pétillant d'humour.

— Bravo, Abby ! Votre réponse est un modèle de tact. Et Dieu sait qu'il en faut dans cette famille !

Il y eut une pause dans la conversation quand Denise et Cynthia quittèrent la table pour aller chercher le dessert, deux tartes aux pommes préparées par la sœur de Carter. Apparemment, la mère et la fille étaient de remarquables femmes d'intérieur.

Carter demeurait étrangement silencieux au milieu de sa famille turbulente, songeait Abby. Il souriait beaucoup et répondait quand on lui parlait, mais semblait sur ses gardes.

À la fin, Beebee, qui avait participé à la conversation à sa façon, finit par s'endormir sur l'épaule de son père. Denise intervint en souriant.

— Nous n'allons pas tarder à rentrer. Maman, papa, vous restez aussi longtemps que vous voulez.

Cynthia se tourna vers son fils.

— Carter, puis-je te parler dans la cuisine ?

Abby réprima un soupir de soulagement. Les autres membres de la famille étaient beaucoup moins intimidants.

Mais sans le vouloir, Denise suscita un incident. Récupérant le bébé, elle s'adressa à Abby.

— Voulez-vous m'aider à la mettre au lit ? Papa et Ernie meurent d'envie de manger une autre part de tarte à l'insu de maman.

— Bien sûr.

Abby se leva et la suivit dans le couloir. Elles s'éloignèrent de la cuisine par discrétion, mais contre toute attente, Carter et sa mère s'étaient installés dans le solarium.

Soudain, Denise leva une main et recula. Mais c'était trop tard. Il leur était impossible d'ignorer la conversation entre la mère et le fils.

— Qu'est-ce qui t'a pris d'inviter cette jeune femme,

Carter ? demandait Cynthia. As-tu l'intention de nouer une autre idylle amoureuse vouée à l'échec ?

La voix de Carter résonna, parfaitement calme.

— Abby n'est pas une fiancée potentielle. Nous sommes amis. Je pensais que cela lui ferait plaisir de rencontrer ma famille. C'est tout.

— Ne dis pas de sottises ! Tu joues un jeu dangereux, Carter. Même si je dois admettre que celle-ci est mieux que cette horrible Madeline.

Le ton de Carter devint moins conciliant.

— Au moins, tu es honnête. Mais c'est tout de même dommage que tu aies attendu aujourd'hui pour me dire tout le mal que tu pensais de Madeline.

— Je ne voulais pas me mêler de tes affaires.

Horrifiée et humiliée, Abby effleura le bras de Denise.

— Je sors un instant. Veuillez m'excuser auprès des autres.

Sans laisser à Denise le temps de répondre, elle rebroussa chemin, évitant la salle à manger, et traversa la véranda pour accéder à l'allée. Dans l'obscurité, elle plaqua ses mains sur ses joues brûlantes. À quoi avait pensé Carter en l'invitant ? Elle se sentait mortifiée et désorientée.

Au bout de quelques minutes, elle se dit qu'elle ne pouvait pas rester plus longtemps absente. Elle récupéra un gilet sur le siège de sa voiture en guise d'excuse et rebroussa chemin.

Alors qu'elle arrivait en haut des marches menant au porche, la porte s'ouvrit brusquement et une voix familière se fit entendre dans l'obscurité.

— Ah, te voilà, dit Carter. Je commençais à me faire du souci pour toi.

- 10 -

Carter était furieux et frustré. Il aimait ses parents, mais sa mère pouvait se montrer pénible par moments. Par chance, Denise l'avait discrètement averti qu'Abby avait, sans le vouloir, surpris une partie de sa conversation avec leur mère.

Il alluma la lumière du porche. Abby se figea en le voyant.

— Je suis sortie prendre un gilet dans ma voiture, dit-elle.

— Non. Tu as entendu ma conversation avec ma mère et tu te sens meurtrie. Je suis désolé, Abby.

Il ne parvenait pas à décrypter son expression, mais son langage corporel était éloquent. Elle avait croisé les bras et s'était reculée aussi loin que possible, en équilibre précaire sur la marche supérieure du porche.

Elle posa ostensiblement son gilet sur la rampe.

— Pourquoi m'as-tu invitée ce soir, Carter ?

En percevant le léger tremblement de sa voix, il se fit l'effet d'un salaud.

— Pour deux raisons. D'abord, j'avais envie de te revoir.

— Et la seconde ?

— Je ne suis pas beaucoup sorti depuis l'annulation de mes fiançailles avec Madeline, admit-il. Ma mère me harcèle pour que j'aie de nouveau une vie sociale et que je fasse des rencontres. J'ai donc pensé que si elle faisait ta connaissance elle serait soulagée que je recommence à fréquenter une femme, mais n'insisterait pas pour que je t'épouse car elle n'approuverait pas notre relation.

Abby le dévisageait, consternée.

— Pourquoi ? Je suis une personne charmante.

Il rit, séduit par sa candeur.

— Tout à fait charmante. Mais ma mère pense que tu ne ferais pas une bonne épouse pour un éleveur. Mes parents sont très attachés à Sunset Acres, même s'ils m'ont passé le relais. Ils savent quels sacrifices exige la gestion d'un tel domaine parce qu'ils ont eux-mêmes fait ces sacrifices.

Abby fit un pas vers lui en soupirant.

— Je n'ai aucune envie de me marier avec toi, Carter, mais je suis curieuse de savoir pourquoi je ne ferais pas une bonne épouse pour un éleveur.

Il se rapprocha d'elle et effleura sa joue du pouce.

— Tu *n'aimes pas* le Texas, Abs. C'est ton droit, mais cela signifie que ma mère s'abstiendra de faire des projets de mariage. Et c'est une bonne chose.

— Ah.

— Je ne m'attendais pas à ce qu'elle réagisse aussi violemment, admit-il, penaud. D'habitude, elle respecte un certain délai avant de passer au crible mes compagnes.

— N'es-tu pas un peu âgé pour laisser ta mère choisir les femmes que tu fréquentes ?

Il appuya la paume de sa main sur son front où pulsait un début de migraine.

— Sans doute.

Le regard d'Abby rivé sur lui accentua son malaise.

— Nous ferions mieux de rentrer, dit-elle. Je ne veux pas me montrer impolie.

— Pourtant, ma famille n'a pas été tendre avec toi.

— Ce n'est pas entièrement vrai. Denise, Ernie et le bébé se sont montrés aimables. Ton père a été adorable. Et ta mère n'a pas été à proprement parler désagréable envers moi. En fait, c'est à cause de toi si la soirée a dérapé.

Il enroula une mèche de ses cheveux autour de son doigt.

— Je trouverai le moyen de me faire pardonner, Abs, c'est promis. Au fait, tu es très belle, ce soir.

Il sentit sa gorge se nouer et son corps se durcir tandis que la fragrance d'Abby, légère et florale, titillait ses narines.

— Est-ce que tu portes quelque chose sous cette robe ravissante ? Cette question m'a taraudé toute la soirée.

Elle posa la tête sur son torse, embrasant tous ses sens.

— Qui sait ?

Il l'enlaça étroitement, savourant le contact de ses courbes féminines contre son corps tendu de désir.

— J'ai besoin de savoir, insista-t-il d'une voix rauque.

— Libre à toi de vérifier, murmura-t-elle.

Ils jouaient à un jeu dangereux, mais il espérait que sa famille, prise de remords, leur accorderait un peu d'intimité.

Lentement, il souleva la jupe d'Abby à deux mains jusqu'à ce que ses doigts effleurent son derrière nu. Enfin, pas tout à fait nu. Car elle portait une minuscule culotte en dentelle qui méritait à peine d'être mentionnée.

La bouche sèche, il caressa ses fesses lisses et fermes, s'imposant un gros effort de volonté pour ne pas franchir davantage les limites de la bienséance.

— Je n'ai qu'une partie de la réponse à ma question, grommela-t-il, se demandant pourquoi il avait commencé ce petit jeu érotique, avec sa famille à quelques mètres de là.

Abby noua les bras autour de son cou, un petit sourire moqueur aux lèvres.

— Embrasse-moi, dit-elle.

Lors de leur nuit torride, il avait été aiguillonné par une passion dévorante et par un puissant flot d'adrénaline. Ce soir, la même passion l'animait, mais il se contrôlait davantage. Il l'embrassa avec une ferveur mêlée de tendresse, traçant le pourtour de ses lèvres pulpeuses de la langue.

Leur baiser aurait pu en rester là, mais Abby se dressa sur la pointe des pieds pour prendre son dû, lui rappelant à quel point elle était ardente, exigeante et généreuse en amour.

Il avait la tête qui tournait. Son corps était moite et brûlant. Il n'avait qu'une envie : déshabiller Abby et plonger dans la piscine avec elle.

Cette vision érotique lui fit perdre la dernière bribe de contrôle sur ses plus bas instincts.

— Oh ! Abby…

Il resserra son étreinte et dévora sa bouche. Puis glissant une main dans son décolleté, il trouva un sein nu dont la peau soyeuse contrastait avec le mamelon durci.

Alors qu'il s'approchait dangereusement du point de non-retour, il eut un sursaut de bon sens et relâcha Abby.

— J'ai dû gâcher ton rouge à lèvres.

— Par chance, je n'en porte pas.

Carter lissa sa chevelure soyeuse qu'il avait décoiffée.

— Il faut rentrer. Ma famille doit nous attendre pour partir.

— Entendu.

Il ne pouvait pas lui reprocher son manque d'enthousiasme.

— Je regrette de t'avoir mise mal à l'aise, ce soir. Cela ne se reproduira pas. C'est promis.

— Ne fais pas des promesses que tu ne peux pas tenir.

Il s'apprêtait à ouvrir la porte quand elle effleura son bras.

— Une dernière chose. Je n'ai pas eu l'occasion de te parler depuis que j'ai interviewé Billy Holmes.

Il se figea, inquiet.

— Qu'a-t-il fait ?

— Rien. Il s'est conduit en parfait gentleman. Mais à la fin de notre entretien, je lui ai parlé de la rumeur qui circule à propos de l'argent manquant dans les caisses du festival.

— Bon sang, Abby ! Je t'avais dit de ne pas te mêler de cette histoire. Holmes devait être furieux.

— Détrompe-toi. Il m'a dit que la rumeur était fondée.

— Tu plaisantes !

— Non. Il m'a demandé d'éteindre la caméra, puis, baissant la voix, il m'a expliqué que cela concernait la famille, et qu'ils géraient la situation.

Carter secoua lentement la tête.

— J'ai un mauvais pressentiment. Quel membre du comité s'occupe des finances du festival ?

— Asher, je crois. Mais il est riche. Pour quelle raison aurait-il détourné des fonds ?

— Je n'aime pas que tu sois mêlée à cette histoire, Abby. Les gens perdent tout sens commun quand il y a de l'argent en jeu. Tu pourrais être en danger.

— Ou je pourrais avoir enfin trouvé l'idée-force de mon documentaire, dit-elle, très excitée. Quoi de mieux qu'une dénonciation pour appâter le spectateur ?

— Abby, promets-moi de laisser tomber cette fichue idée.

Il ne voulait pas se disputer avec elle, mais il était certain que ses craintes étaient fondées.

Abby le considéra, les sourcils froncés.

— Pourquoi es-tu si en colère ?

— Je ne suis pas en colère. Je suis nerveux.

Et c'était vrai. Ses sentiments pour Abby, l'ingérence de sa mère et ce maudit festival se mêlaient pour former une boule de frustration sexuelle qui lui brûlait les entrailles.

Attirant Abby dans ses bras, il la souleva de terre et l'embrassa de nouveau, soulagé quand elle enroula les jambes autour de ses cuisses.

— Tu me rends fou, Abby !

Ne savait-elle pas à quel point elle était vulnérable ?

Il la voulait dans son lit. Maintenant. Nue et pantelante. Il le souhaitait plus que tout au monde.

Abby lui tapota la joue et l'embrassa sur le front.

— Nous devons rentrer. Pour ta famille. Tu t'en souviens ?

— Dis-moi au moins que tu as apporté des affaires de rechange.

— Passer la nuit chez toi ne faisait pas partie de l'invitation.

— Abby…, grommela-t-il, à bout de patience.

Elle se remit sur ses pieds et récupéra son gilet.

— Oui, j'ai apporté un sac. Mais je me demande bien pourquoi.

— Ne me mens pas, Abby. Et ne te mens pas à toi-même. Nous ne formons peut-être pas le couple le plus assorti, mais nous nous entendons merveilleusement bien au lit.

Il la prit par la main et l'entraîna à l'intérieur. La famille s'était rassemblée dans la pièce de vie où Abby l'avait filmé.

Les quatre adultes étaient assis autour d'une table de jeu. Denise et Ernie avaient décidé de s'attarder, sans doute en raison de l'incident de tout à l'heure. Quant à Beebee, elle dormait par terre, allongée sur un petit matelas.

Denise fut la première à s'apercevoir de leur présence.

— Ah, vous voilà, dit-elle, souriante. Voulez-vous jouer avec nous ?

— Non, merci, s'empressa de répondre Carter, que cette proposition n'enchantait pas du tout. Continuez votre partie. Abby et moi allons discuter. Ou manger une part de tarte.

Sa mère se leva et s'approcha d'eux, la mine contrite.

— Abby, je regrette que vous ayez entendu notre conversation.

Abby ne sourit pas.

— Mais vous ne regrettez pas d'avoir remis en question ma présence ici ce soir.

Bravo, Abby ! songea Carter, amusé. Il adorait sa mère, mais elle avait dépassé les bornes.

Cynthia ne s'avoua pas vaincue pour autant.

— J'aime mon fils. Il est normal qu'une mère veuille le meilleur pour ses enfants. Cela dit, Carter est libre d'inviter qui il veut chez lui. Je suis heureuse d'avoir fait votre connaissance, Abby. Vous êtes une personne très intéressante.

Il y eut un soupir de soulagement collectif quand Cynthia retourna à la table de jeu, laissant Carter et Abby à leurs occupations.

Une demi-heure plus tard, la maison avait retrouvé sa tranquillité. Carter adressa un sourire ironique à Abby.

— Maintenant, tu comprends l'utilité de la maison d'hôtes.

— En effet.

Son rire lui parut forcé.

— Tu vas bien ?

Il lui souleva le menton de l'index, plongeant son regard dans les prunelles d'Abby ourlées de longs cils noirs.

Elle s'écarta, rompant ce léger contact.

— Oui, Carter, je vais bien. Mais je préfère retourner à l'hôtel. Ta famille souhaite passer du temps avec toi. Cela me gêne que nous nous voyions en cachette, comme des ados.

— Nous ne nous voyons pas en cachette, et nous sommes des adultes responsables et consentants ! J'ai envie que tu restes avec moi ce soir, insista-t-il, blessé par sa réticence.

Elle rassembla ses cheveux sur une épaule, attirant sans le vouloir son attention sur le creux de son cou, un endroit qu'il brûlait d'envie de mordiller et d'embrasser.

— Ils prendront leur petit déjeuner avec toi, n'est-ce pas ?

— Pas si je demande à Denise de les tenir à distance.

— Oh ! Carter, c'est trop compliqué. Je ne veux pas t'empêcher de profiter de ta famille, d'autant qu'elle ne vient pas souvent te voir.

Il fourra les mains dans ses poches, mécontent et frustré.

— Si tu n'as pas envie de rester, dis-le simplement.

— J'ai *vraiment* envie de rester, mais je ne veux pas que ta famille apprenne que j'ai passé la nuit avec toi.

— Dans ce cas, je ferai sonner le réveil à 7 heures. Tu retourneras à l'hôtel, et je ferai semblant d'avoir dormi seul. Même si nos ébats ne regardent personne.

Elle lui adressa un sourire malicieux.

— Tout compte fait, j'aime bien ta famille.

Il la dévisagea, interloqué.

— Ne me dis pas que tu *aimes* ma mère !

— *Aimer* n'est peut-être pas le terme exact. Mais elle t'a mis au monde. Elle ne peut donc pas avoir un mauvais fond.

Sa tension nerveuse se dissipa d'un coup. S'avançant vers Abby, il prit ses mains dans les siennes.

— Cela fait des heures que je brûle d'envie de t'ôter cette robe. Nous nageons d'abord ? Ou nous passons tout de suite aux choses sérieuses ?

Abby se rendit compte qu'il était trop tard pour se raviser. En réalité, dès l'instant où elle avait admis avoir apporté des affaires de rechange, le déroulement de la soirée était tout tracé. Carter voulait qu'elle reste, et elle aussi en avait envie. Au final, rien d'autre ne comptait.

Elle se lova contre son torse et l'enlaça.

— Nous nagerons plus tard, au clair de lune. Pour l'instant, je serais ravie de revoir ta chambre.

Abby apprit deux choses durant l'heure qui suivit. D'abord, Carter était beaucoup moins sérieux qu'il en avait l'air. Sous la chape de responsabilités qui pesait sur ses épaules, il y avait un homme qui savait s'amuser.

Ensuite, il excellait dans l'art de donner du plaisir à une femme. Quand il entreprit de la déshabiller, il le fit avec une telle lenteur et une telle ferveur sensuelle qu'elle était proche de la combustion, une fois nue devant lui.

Ils prirent une douche rapide ensemble, se savonnant et se caressant mutuellement. Puis ils se séchèrent et retournèrent dans la chambre.

Se sentant moins timide que la première nuit, elle prit le temps d'admirer l'impressionnante érection de Carter. Son corps tout entier était une œuvre d'art. Si elle avait été sculptrice, elle aurait fait de lui son modèle préféré, s'appliquant à ciseler chaque détail de son anatomie parfaite.

Il la prit dans ses bras et frotta son nez contre le sien.

— As-tu froid ?

— Non, dit-elle, le cœur battant. Fais-moi l'amour, Carter.

Une lueur torride traversa son beau regard bleu.

— Tes désirs sont des ordres.

L'espace d'une seconde, elle regretta la formule qu'elle avait employée. Il n'y avait pas d'amour entre eux. Comment serait-ce possible ? Elle ne croyait pas au coup de foudre. Par ailleurs, ce qu'elle éprouvait pour Carter était purement physique. Il avait le don de faire vibrer son corps en lui procurant un plaisir délectable.

Comme maintenant. Il lui vouait un véritable culte, égrenant des baisers depuis ses paupières et ses lobes d'oreilles jusqu'à son intimité palpitante. C'était si bon qu'elle était sur le point de jouir.

— *Maintenant…*, supplia-t-elle.

Il l'abandonna quelques secondes pour enfiler un préservatif, puis s'enfouit profondément en elle, émettant un son à mi-chemin entre le grognement et le juron.

Elle comprenait ce qu'il ne disait pas. Les mots étaient impuissants à décrire les sensations qu'ils éprouvaient. Leur accouplement n'était pas simplement un acte mécanique aboutissant à l'assouvissement de leur soif sexuelle. Il s'apparentait davantage à une réaction chimique puissante se manifestant par des bouillonnements, des étincelles et des débordements.

À cet instant, Abby sentit monter en elle les prémices de la jouissance. Elle surfait sur une vague de pur plaisir, se demandant comment un moment pouvait être aussi *parfait*.

Carter allait et venait en elle, lui imposant une cadence soutenue et prenant tout ce qu'elle avait à offrir. Pourtant, elle se sentait en sécurité avec lui.

Bientôt, l'orgasme la submergea, la plongeant dans un océan de félicité. Quand elle reprit ses esprits, elle se sentit envahie par une langueur exquise.

Carter l'attira contre lui. Repue de plaisir, elle étendit une jambe en travers de ses cuisses et posa la joue sur son torse.

Elle somnolait, à la limite du rêve et de la réalité, bercée par un irrésistible sentiment d'invincibilité.

Carter jouait avec ses cheveux, son souffle chaud sur son crâne.

— Je ne sens plus mes jambes, se plaignit-il.

Elle pinça sa cuisse.

— Aïe !

— Maintenant, tu les sens.

— Tu n'es qu'une petite peste !

— Et toi, un cow-boy autoritaire et arrogant.

Son rire rauque la remplit de joie. Dans les bras de Carter, elle se sentait elle-même. Avec ses autres partenaires sexuels, elle avait toujours conservé une certaine retenue de peur d'être jugée. Mais dans ce lit, avec cet homme, son univers était complet. Et paradoxalement, cette idée l'effrayait.

Finalement, elle se redressa sur un coude et lui sourit.

— Je n'ai pas sommeil. Que dirais-tu d'un verre de vin au bord de la piscine ?

— Bonne idée. Mais ne te rhabille pas. Personne ne peut nous voir.

Il lui donna un peignoir qui sentait légèrement son après-rasage. Puis il noua une serviette autour de ses reins.

Dans la cuisine, il n'alluma pas le plafonnier pour récupérer la bouteille, les verres et le tire-bouchon. Elle lui en sut gré, heureuse de préserver leur bulle d'intimité et d'en savourer chaque instant.

Dehors, le clair de lune illuminait la piscine et chassait les ombres. Ils s'installèrent sur les chaises longues garnies de coussins. Carter ouvrit la bouteille et remplit les verres. Quand elle fit tinter son verre contre le sien, il sourit.

— Aux nouveaux amis. Et aux belles cinéastes. Je suis heureux que tu sois restée.

Trop troublée pour répondre, elle sirota son vin en silence, savourant la douceur paisible de cette nuit d'été.

Près d'elle, Carter ressemblait à un grand chat sauvage assoupi. Aussi fut-elle surprise quand il prit la parole.

— J'aimerais te revoir, Abby.

Il s'exprimait avec son franc-parler habituel.

— Ta famille reste ici quelques jours, n'est-ce pas ?

— Oui, mais elle ne mord pas.

— Je ne suis pas ta petite amie, Carter. Les choses seraient différentes si je l'étais. Tu dois passer du temps avec tes parents. Par ailleurs, je vais être occupée, la semaine prochaine. J'ai prévu d'autres interviews.

Se tournant vers elle, il riva son regard au sien.

— Et le week-end ?

— Vendredi, je pars à Los Angeles. Mon père a proposé de m'aider à monter les séquences que j'ai déjà tournées. Il est très doué dans ce domaine.

— Quand seras-tu de retour à Royal ?

— Sans doute vers le milieu de la semaine suivante, répondit-elle. Je rapporterai du matériel de camping.

Puisqu'il n'y a pas d'hébergement public sur l'île Appaloosa, je dresserai une tente pour la nuit et je filmerai le coucher et le lever du soleil. À condition qu'on m'autorise à camper, bien sûr. Et je passerai par New York, avant de revenir à Royal où je resterai jusqu'au festival.

— J'ai l'impression que tu te considères davantage chez toi à New York qu'en Californie. Je me trompe ?

— Non. Ma mère tenait à ce que je fasse ma scolarité au même endroit. Mais je passais mes vacances avec mon père.

Elle s'interrompit pour boire une gorgée de vin.

— Mes parents faisaient leur possible pour que je me sente à l'aise chez l'un ou chez l'autre, mais j'étais tiraillée entre les deux. C'est sans doute pour cette raison que j'ai pris goût aux voyages. Je peux aller où je veux, quand je veux, sans avoir de comptes à rendre à quiconque.

— Je comprends.

— Mes parents ont conservé de l'estime l'un pour l'autre, malgré leur longue séparation, précisa-t-elle.

— Pourquoi se sont-ils séparés ?

— Parce que leurs vies étaient trop différentes. Leur folle passion a fini par s'émousser, et la réalité quotidienne a repris ses droits. Ma mère ne se voyait pas vivre ailleurs qu'à New York. Mais mon père rêvait de devenir cinéaste et avait besoin d'une grande liberté d'action pour saisir les opportunités qui se présentaient. Avoir une épouse et un bébé constituait une entrave pour lui. Finalement, ma mère l'a laissé libre de suivre sa propre voie. De son côté, elle s'est forgé une vie qui la rend heureuse.

— Suis-je censé voir un parallèle entre tes parents et nous ? demanda-t-il d'une voix tendue. Si c'est le cas, je ne suis pas convaincu. À cet instant, je me contrefiche de l'avenir, Abby. Tout ce que je veux, c'est être avec toi.

Elle déglutit, mal à l'aise.

— Moi aussi.

Une légère brise se leva, ridant la surface de l'eau et diluant le reflet de la lune. La bouteille de vin était presque vide. Abby se sentit soudain mélancolique en songeant à la soirée qu'elle venait de passer avec la famille de Carter.

— Sais-tu que je t'envie ?

Il se tourna vers elle, surpris.

— À quel sujet ?

— Ta famille. J'aime mes parents et ils m'aiment, mais je n'ai jamais eu le genre de famille unie que vous formez. Même ton beau-frère fait partie intégrante du cercle familial. Je suis sûre que chacun d'entre vous ferait tout ce qui est en son pouvoir pour aider les autres.

— Comme prendre les commandes d'un ranch immense alors qu'on est beaucoup trop jeune pour assumer une pareille responsabilité ?

Carter soupira.

— Aujourd'hui, j'ai la situation bien en main, mais les premières années ont été difficiles. J'étais un jeune homme insouciant, et du jour au lendemain j'ai dû endosser la casquette de patron. C'est une expérience terrifiante.

— Ton père est fier de toi.

— Je l'espère.

Abby se sentit submergée par la tristesse. S'approcher de la perfection tout en sachant qu'elle était hors de portée lui broyait le cœur.

— J'ai envie de nager, dit-elle.

- 11 -

Carter demeura assis, observant Abby pendant qu'elle ôtait son peignoir et plongeait gracieusement dans l'eau. Elle était si belle au clair de lune qu'il en était bouleversé.

Quand elle refit surface en riant, il sentit quelque chose se fissurer dans sa poitrine – le rempart protecteur qu'il avait érigé après la défection de Madeline. À l'époque, il avait mis ses émotions sur pause, niant ses besoins pour se concentrer sur le ranch.

Ce soir, le corps comblé, et légèrement éméché, il se sentait revivre. Et en même temps, il n'était sûr de rien.

Ressentait-il du désir et de la gratitude ? Ou quelque chose de plus ?

Abby évoluait avec grâce dans l'eau, telle une naïade. Peut-être en était-elle une. Avec Malibu comme port d'attache, elle devait passer de longues heures à se dorer sur la plage ou à folâtrer dans le Pacifique.

Il éprouva soudain un élan de jalousie envers tous les adolescents et les jeunes hommes qui s'étaient allongés à côté d'elle sur le sable, qui avaient flirté avec elle et embrassé ses lèvres parfaites.

Son souffle était oppressé et son cœur battait la chamade, comme s'il avait couru très vite. Il ne savait pas quoi faire. Et cette incertitude, si inhabituelle chez lui, le déroutait.

À trente-quatre ans, le monde était à lui. Il avait de l'argent, de l'influence et des perspectives illimitées.

Mais il lui manquait une compagne, une amante, une partenaire pour la vie.

Il avait vu Madeline comme il voulait qu'elle soit. Hélas, son aveuglement lui avait coûté cher en termes de blessure d'amour-propre et de perte de confiance en soi. Par chance, il n'avait pas eu le cœur brisé.

Il ne voulait pas commettre une autre erreur avec Abby sous le coup de l'impulsion. D'autant que leur temps ensemble était compté. Ils étaient comme deux trains à grande vitesse circulant en sens inverse. Leur rencontre serait éphémère.

Elle nagea jusqu'au bord de la piscine et lui fit signe.

— Qu'attends-tu pour me rejoindre ?

Il remarqua qu'elle prenait soin de ne pas exposer ses seins nus. Et cette marque de pudeur l'amusa.

— Comment est l'eau ?

— Fraîche. Presque parfaite.

— Tu n'as pas intérêt à me raconter des bobards !

Il posa sa serviette et descendit l'échelle menant au petit bain. Abby demeurait prudemment à la limite du grand bain.

— C'est ta piscine. Tu devrais savoir comment est l'eau. À moins que tu ne te baignes jamais nu quand tu es seul ?

Il s'avança à sa rencontre, souriant en la voyant s'agiter nerveusement dans l'eau.

— Du calme, petite sirène. N'aie pas peur.

— Je n'ai pas peur de toi. Mais je n'ai pas l'habitude d'être nue en public.

— Nous sommes seuls, Abs.

Il arriva suffisamment près d'elle pour distinguer les gouttelettes irisées perlant sur ses bras. Sa chevelure flottait autour d'elle, dissimulant en partie ses seins nus.

Était-ce intentionnel ?

— Sais-tu seulement à quel point tu es belle ? murmura-t-il d'une voix rauque.

Comme elle ne répondait pas, il secoua lentement la tête.

— Je sais que tu es intelligente, compétente et ambitieuse, mais tu es aussi incroyablement belle. Le genre de beauté qui donnerait envie à un homme de te peindre exactement telle que tu es à cet instant.

— Tes compliments me gênent, murmura-t-elle.

— Oh. Tu préfères que j'arrête de parler ?

Elle fit un signe d'assentiment. Même avec le clair de lune, il n'arrivait pas à décrypter les secrets dissimulés au fond de ses prunelles. Il prit une mèche de ses cheveux et tira dessus gentiment. Elle s'avança vers lui sans se faire prier, avec un sourire qui lui coupa le souffle.

Quand leurs corps se touchèrent, ils gémirent à l'unisson. Flottant dans l'eau, chair nue contre chair nue. Il enroula les jambes d'Abby autour de sa taille.

— J'adore… ta piscine, dit-elle avec un sourire mutin.

Il caressa ses fesses et sentit son sexe réagir sous l'effet du désir.

— Et moi j'adore quand tu es humide et lisse. Comme une otarie.

La tête rejetée en arrière, elle rit si fort qu'un sein pointa hors de l'eau.

— Quelle affreuse comparaison ! Ça ne m'étonne pas que tu n'aies pas de petite amie.

Il l'embrassa longuement.

— Si tu auditionnes pour le rôle, tu t'en sors très bien.

Elle se raccrocha à ses épaules, le visage rembruni.

— Je ne joue pas un rôle. Je suis simplement ton amie.

La lune disparut derrière un nuage, les plongeant dans l'obscurité.

— J'ai encore envie de toi, Abby. Maintenant.

— Non, Carter. C'est trop dangereux.

Sous l'eau, il caressa son intimité.

— T'ai-je dit que j'avais été boy-scout ? Toujours prêt ?

S'avançant vers le bord de la piscine, il se pencha pour attraper le peignoir qu'il avait prêté à Abby et trouva ce qu'il cherchait.

Elle le considéra, stupéfaite.

— Tu as dissimulé un préservatif dans ma poche ? C'est sournois, monsieur Crane.

— Sournois ? Ou très, très malin ?

Il la reposa sur ses pieds et lui prit la main.

— Avançons-nous vers l'échelle.

Il retira le préservatif de son emballage et l'enfila, sous le regard vigilant d'Abby. Il aimait *beaucoup* faire l'objet de ce genre d'attention. Les hommes avaient tendance à plastronner devant la gent féminine, et il n'était pas différent.

— Voilà. Je suis prêt. Et toi ?

Elle lui caressa le torse et titilla son nombril.

— Fin prête, cow-boy.

Ils s'avancèrent vers le grand bain, main dans la main.

— Je suis heureux que tu te sois arrêtée pour filmer le coucher de soleil, ce premier soir. Sinon, nous ne nous serions peut-être jamais rencontrés.

N'ayant plus pied, elle se raccrocha à ses épaules.

— Je vais te dire un secret. Le coucher de soleil était magnifique, mais c'était *toi* que je filmais. Tu ne faisais qu'un avec ton cheval. Et cette vision m'enchantait.

Il l'embrassa lentement, intimement.

— Et maintenant ?

— Je suis ravie que tu aies laissé tomber cette Madeline.

Cette fois, ce fut lui qui rit à gorge déployée.

— Si je l'avais épousée, je l'aurais sûrement laissée tomber pour toi.

Abby sourit doucement.

— Non. Tu n'aurais jamais regardé une autre femme.

J'ai appris beaucoup de choses sur toi depuis que je suis à Royal. Tu es un homme d'honneur. Un gentleman. Le genre d'homme que toutes les femmes veulent pour mari. Et quand elles ne le trouvent pas, elles se contentent d'un pis-aller.

— Tu exagères, Abby. J'ai autant de défauts que tout un chacun. Par exemple, j'aimerais te demander d'oublier ton documentaire pour rester avec moi quelque temps.

Elle noua les jambes autour de lui.

— Bien sûr, l'idée est tentante, mais tu ne parles pas sérieusement. Pas vraiment, du moins. Car tu sais, comme moi, que ce ne serait pas raisonnable.

— Et c'est bien dommage, marmonna-t-il.

Les propos d'Abby n'étant pas de nature à lui remonter le moral, il décida de mettre un terme à leur discussion. Mais pas à leur interlude sexuel. Son érection n'avait pas faibli. En fait, tenir Abby dans ses bras était une pure torture. Tout l'incitait à passer à l'acte : le clair de lune, l'eau délicieuse, le corps d'Abby contre le sien. Son sexe palpitant…

Abby embrassa son menton.

— Prends-moi, Carter. Je te désire tellement que j'en tremble.

Et c'était vrai. Il percevait ses frissons et son souffle court.

— Accroche-toi à moi, trésor.

Il la souleva pour lui permettre de se couler sur son sexe. Quand leurs corps s'unirent enfin, il exhala un soupir d'aise. Leurs courbes s'épousaient à la perfection, et le sexe d'Abby enveloppait étroitement le sien, comme un cocon douillet. Une sensation à nulle autre pareille, songea-t-il, émerveillé.

— Je n'ai jamais fait cela dans l'eau, admit-il.

— Vraiment ? s'étonna-t-elle.

— Oui, *vraiment*.

Peu importait qu'elle le croie ou non. Il devait improviser, et vite, car sa libido ne lui laissait pas de répit.

— Abs, je vais avoir besoin du mur.

— Tout ce que tu veux, dit-elle, mordillant son menton.

Il se dirigea vers l'échelle métallique et plaqua délicatement Abby contre la paroi de la piscine.

— Est-ce que ça va ?

Il posa la question tout en donnant un coup de reins, incapable de se retenir.

— Oui, je suis bien.

Cette expérience était déroutante, car l'eau entravait ses mouvements. Mais l'urgence de son désir remédia opportunément à tous les obstacles. Il était sur le point de jouir, mais qu'en était-il de la sirène dans ses bras ?

Elle se tenait à la rampe, les seins plaqués contre son torse. S'inclinant en arrière, il glissa une main entre leurs corps et caressa son point le plus sensible. Aussitôt, elle atteignit l'orgasme dans un cri de volupté.

Quand les muscles d'Abby se contractèrent autour de lui, la jouissance le traversa à son tour avec une intensité inouïe.

Une fois la brume de son plaisir dissipée, il lui adressa un sourire contrit.

— Cette expérience est moins romantique que dans les films, n'est-ce pas ?

Elle posa la joue contre la sienne.

— Je n'ai aucune plainte à formuler, si ce n'est que mes doigts sont tout fripés.

— Dans ce cas, sortons de l'eau, dit-il sans grand regret.

Le retour sur la terre ferme lui parut étrange. L'air s'était soudain rafraîchi. Abby avait la chair de poule. Il l'enveloppa dans une serviette et en prit une autre pour lui, puis ils s'empressèrent de retourner à l'intérieur.

— Veux-tu prendre une douche ? demanda-t-il.

— Non. Je tombe de sommeil, répondit-elle en bâillant.

Ils se glissèrent dans le lit, enlacés.

Abby s'endormit tout de suite, mais il n'eut pas cette chance. Il demeura éveillé, fixant l'obscurité. Un curieux souvenir lui revint. Il devait avoir six ou sept ans. La dame qui enseignait le catéchisme aux enfants de la paroisse leur avait raconté une histoire à propos d'une perle si précieuse qu'un marchand avait vendu tout ce qu'il possédait pour l'acheter. À l'époque, il avait trouvé cette histoire stupide.

À cet instant, en contemplant Abby endormie, il comprenait mieux la décision du marchand, mais il n'était pas en mesure de l'imiter. Le ranch lui appartenait en théorie, mais cet héritage était une entreprise commune, un pacte familial.

Qui plus est, il ne pouvait pas répéter l'erreur qu'il avait commise avec Madeline. Il l'avait demandée en mariage trop vite, sans même la connaître. Leur relation était vouée à l'échec dès le départ à cause de sa conduite impulsive.

Mais Abby était différente, n'est-ce pas ? Elle n'était ni sournoise ni égoïste. Et il était devenu plus pondéré.

Plus il réfléchissait à sa situation, plus il se sentait piégé. À cet instant, l'idée de perdre Abby le désespéra.

Elle se trouvait à côté de lui, mais pour combien de temps ? Parfois, la vie était cruelle.

Cette fois-ci, Abby ne laissa pas de mot à Carter. Ils étaient devenus trop intimes. Elle avait mis l'alarme de son réveil sur 6 h 30. Quand le signal se déclencha, elle se hâta de l'arrêter, de peur de réveiller Carter.

Après s'être douchée et habillée, elle s'assit sur le lit.

— Carter, murmura-t-elle.

Il roula sur le dos en grognant et se frotta le visage.

— Quelle heure est-il ?

— Bientôt 7 heures. Je voulais te dire au revoir avant de partir.

Il se redressa, les sourcils froncés.

— Pourquoi une telle hâte ?

— Nous en avons discuté hier. Ta famille ne va pas tarder à arriver pour le petit déjeuner. Je préfère retourner à l'hôtel.

Elle se pencha pour l'embrasser. Un baiser sur la joue paraissait trop impersonnel après ce qu'ils avaient partagé. Mais un baiser sur la bouche était dangereux.

Pourtant, elle unit ses lèvres aux siennes. Carter était chaud. Ses bras vigoureux l'étreignirent.

— Tu ne veux pas rester quelques minutes de plus ?

— Non. Ce ne serait pas quelques minutes, et tu le sais. Dis à tes parents que j'ai été ravie de faire leur connaissance. Au revoir, Carter.

Elle s'enfuit de la maison. Il s'en était fallu de peu qu'elle succombe à la tentation. Mais elle avait fait le bon choix. La famille était importante.

Durant toute la semaine qui suivit, Abby se plongea dans le travail, enchaînant les recherches, les interviews et les tournages. Elle avait pensé qu'elle et Carter échangeraient des textos, mais ni l'un ni l'autre ne prirent l'initiative d'une conversation en ligne. Après tout, qu'auraient-ils pu se dire ?

Il n'empêche. Carter lui manquait terriblement.

Alors que le chaos régnait dans sa vie personnelle, sa vie professionnelle était florissante. Grâce à Lila, elle obtint l'autorisation de filmer l'intérieur du Texas Cattleman's Club après l'heure de fermeture. Elle tenait à raconter l'histoire de ce club mythique auquel les habitants de Royal étaient toujours très attachés.

Lila lui avait fourni une liste des membres actuels. Bien sûr, Carter en faisait partie. Curieusement, Billy Holmes aussi. Pourtant, il ne vivait à Royal que depuis quelques années et ne possédait pas de ranch. Mais d'autres personnes influentes étaient admises en raison de leurs talents ou de leurs mérites. Peut-être était-ce le cas pour Billy sans qu'elle en ait connaissance.

Après avoir parcouru les différentes salles – et découvert l'existence d'une crèche ultramoderne sur les lieux –, elle décida qu'elle avait filmé tout ce dont elle avait besoin et rangea son matériel.

Alors qu'elle retournait dans l'entrée, quelle ne fut pas sa surprise de trouver le gardien de nuit en grande discussion avec… Carter.

Le cœur battant, elle s'approcha des deux hommes.

— Que fais-tu ici, Carter ? Je pensais être la seule visiteuse après la fermeture.

Ils saluèrent le gardien et sortirent. Carter l'aida à transporter ses sacs jusqu'à sa voiture.

— Je voulais te voir avant ton départ, dit-il.

— Oh.

Elle ne savait pas quoi répondre à cela.

— Tes parents sont-ils toujours au ranch ?

— Ils partent demain matin. Tu les croiseras peut-être à l'aéroport.

J'espère que non, songea-t-elle en frémissant.

— Vous avez dû être très heureux de ces retrouvailles.

— Oui. Mon beau-frère m'a beaucoup aidé au ranch. Comme la santé de mon père s'est améliorée, il nous a donné un coup de main. J'ai aussi passé de bons moments avec Beebee. Elle est adorable et change tous les jours.

— Et avec ta mère et ta sœur ?

— Ma mère s'est montrée particulièrement accommodante. Elle doit regretter ce qui s'est passé avec toi. Quant à ma sœur, elle m'a conseillé de ne pas te laisser partir.

Abby se sentit embarrassée.

— Mais tu lui as bien dit que nous n'étions pas ensemble ?

Il s'adossa à la voiture, les mains dans les poches.

— Oui.

— Bien. Il faut que je parte, dit-elle à regret. Merci d'être passé me voir.

— J'espérais que tu m'inviterais à venir avec toi dans ta chambre.

Encore cette tentation insidieuse qui se jouait de ses plans longuement mûris !

Pourquoi ne pas y succomber ?

Il te brisera le cœur, argua sa conscience.

Cinq secondes passèrent. Puis dix.

— J'ai un vol très tôt, demain matin. Et je n'ai pas fini mes bagages. Je suis désolée.

Sans mot dire, il se redressa et lui prit la main. Elle se laissa faire quand il l'attira contre lui et qu'il captura sa bouche dans un baiser ardent. Elle inhala sa senteur, mélange de cannelle et de café, et s'efforça de la graver dans sa mémoire.

— Ne m'oublie pas, Abs. Tu me manqueras.

Elle sentit les larmes embuer ses yeux.

— Toi aussi, tu me manqueras.

Il l'embrassa de nouveau. Cette fois, elle faillit craquer. Ce n'était pas contre lui qu'elle luttait, mais contre son propre désir. À la fin, Carter desserra son étreinte.

— Restons en contact, Abs. Je veux savoir comment tu vas.

— Entendu, promit-elle.

Il déposa ses sacs dans le coffre et s'écarta quand elle s'installa au volant de sa voiture. Elle baissa sa vitre.

— Au revoir, Carter, et merci pour tout.

Puis elle s'éloigna et ne regarda qu'une seule fois dans le rétroviseur pour voir sa haute silhouette immobile sur le parking.

- 12 -

Abby retrouva avec joie son père venu l'attendre à l'aéroport de Los Angeles. C'était un Afro-Américain grand et costaud, d'une profonde gentillesse et doté d'un grand sens de l'humour.

En cours de route, ils firent halte dans le restaurant de fruits de mer préféré d'Abby. Au cours du déjeuner, elle aborda un sujet qui la tracassait depuis peu.

— Papa, quand maman et toi vous êtes séparés, étiez-vous certains de prendre la bonne décision ?

Il parut surpris, mais répondit sans difficulté.

— Oui, nous l'étions tous les deux. Même si j'étais très malheureux à l'idée de me séparer de toi. Nous voulions rester ensemble dans ton intérêt, mais nous savions que cela ne fonctionnerait pas. Parfois, les gens ne restent dans nos vies que de façon temporaire. Ta mère et moi avons été très heureux pendant un temps, mais la vie nous a fait prendre des chemins différents.

— Je comprends.

En réalité, elle avait du mal à s'imaginer aimant un jour quelqu'un, puis ne l'aimant *plus*.

Devinant que l'introspection mettait son père mal à l'aise, elle laissa de côté les sujets personnels. Après avoir déposé ses bagages dans sa chambre, elle retrouva son père sur la terrasse surplombant le Pacifique. Il menait une carrière florissante ; pour autant, sa maison n'avait guère changé depuis l'époque où elle y venait, enfant. Il n'éprouvait pas le besoin de suivre les tendances de la mode en matière de décoration. Abby lui en savait gré. Elle était heureuse de retrouver ses marques à chacune de ses visites.

Tandis qu'ils contemplaient le soleil couchant, elle prit son courage à deux mains.

— Papa, qu'est-ce que tu dirais si maman et moi venions te rendre visite durant le week-end de la fête du Travail ?

Il tourna la tête vers elle.

— Je n'y vois aucun inconvénient, ma chérie. Je t'ai toujours dit que ta mère était la bienvenue ici. As-tu quelque chose à nous annoncer ?

— Non. Je pensais simplement que ce serait bien que nous soyons réunis tous les trois, le temps d'un week-end.

— Tout dépendra de ta mère, dit-il avec un sourire triste. Tu sais comme elle est têtue. Je suis sûr qu'elle préférerait que ces retrouvailles aient lieu sur son terrain.

— Je lui en parlerai et je te tiendrai au courant.

Puis son père s'excusa car il avait un coup de fil professionnel à passer. Durant les deux jours suivants, ils se retrouveraient dans son studio ultramoderne aménagé à l'étage pour travailler sur le documentaire. Mais pour l'instant, l'heure était à la détente, et Abby savoura la douceur de la brise marine et la beauté du ciel étoilé.

Que faisait Carter, ce soir ? Elle regrettait de ne pas l'avoir invité à rester, la veille, mais cela aurait rendu leur séparation encore plus difficile. Sans le vouloir, il prenait de plus en plus de place dans sa vie.

Son père l'interrogeait rarement sur sa vie privée. Peut-être craignait-il qu'elle lui pose des questions sur la sienne. Ils s'aimaient, mais se gardaient de franchir certaines lignes.

Elle entretenait le même genre de relation pudique avec sa mère. Elle adorait ses parents et savait qu'ils l'adoraient, mais sa famille était *tellement* différente de celle de Carter !

Cependant, malgré son rêve jamais réalisé d'avoir une famille « normale », elle s'estimait chanceuse.

Le long week-end passa trop vite. Son père l'avait beaucoup aidée dans son travail. Il avait beau insister sur le fait que c'était le projet d'Abby, *son bébé*, il avait émis nombre de suggestions pertinentes.

Quand elle reprit l'avion pour New York, elle était ravie de la tournure que prenait son film. S'il obtenait l'adhésion des producteurs, sa carrière serait lancée.

Elle avait hâte de retourner à Royal pour poursuivre son travail. Elle ne resterait à New York que le temps de renouveler sa garde-robe et d'embrasser sa mère. Peut-être lui parlerait-elle de Carter si l'occasion se présentait…

Son avion atterrit à l'heure. Elle prit un taxi depuis LaGuardia jusqu'à Manhattan. Elle et sa mère vivaient au dixième étage d'une tour, dans une partie tranquille de l'Upper East Side. Elle n'avait jamais abordé la question des finances avec celle-ci. Elle savait que ses grands-parents étaient riches. Par ailleurs, son père avait dû verser une pension alimentaire à sa mère, ce qui leur assurait à toutes les deux un train de vie très confortable.

Quand elle pénétra dans l'appartement, sa mère était absente. Ce n'était pas vraiment une surprise. Mais pour la première fois, le vide des lieux l'attrista.

Comment sa mère assumerait-elle cette solitude quand Abby partirait pour de bon ? Avait-elle hâte d'avoir des petits-enfants ? Ce n'était pas le cas de toutes les femmes.

Elle fit une lessive et passa en revue le contenu de son armoire pour refaire sa valise. Au dernier moment, elle ajouta une superbe robe du soir rouge vif. Lila avait évoqué la possibilité d'une réception à l'occasion du lancement du festival. Ainsi, elle ne serait pas prise au dépourvu.

Elle était gênée de l'admettre, mais elle s'imaginait déjà arborant cette robe sexy pour Carter. Il lui avait demandé de rester en contact, mais elle ne savait pas quoi lui dire. Et comme il ne l'avait pas contactée, elle en avait conclu qu'il était occupé ou qu'il avait l'esprit ailleurs. Ou les deux.

Elle vérifia sa messagerie. Elle avait beaucoup de mails et de textos, mais pas celui qu'elle attendait désespérément.

N'y tenant plus, elle rédigea un message à son intention.

Bonjour, Carter. Je me trouve maintenant à New York. Mon père m'a beaucoup aidée pour mon film. Nous avons été très heureux de nous revoir. J'espère que tout va bien à Sunset Acres…

Son message était tellement impersonnel qu'elle faillit l'effacer, mais elle appuya finalement sur la touche Envoi.

Maintenant qu'elle se trouvait loin de Royal, elle regrettait presque d'avoir entamé une liaison éphémère et grisante avec ce Texan très séduisant. La liste des choses qui les séparaient était d'une longueur affligeante.

L'avait-il déjà oubliée ? Avait-elle été une proie facile pour lui ? Elle préférait croire qu'il avait été, comme elle, transporté par la magie de ces instants passés ensemble. Mais peut-être se faisait-elle des illusions.

Sa mère, toujours aussi belle et élégante, rentra à 18 heures, rapportant des plats provenant du restaurant chinois préféré d'Abby. Elle était heureuse que ses parents la gâtent chaque fois qu'elle venait les voir, mais à vingt-quatre ans, elle avait l'étrange sensation d'être encore une étudiante.

Partout ailleurs qu'à New York, elle aurait déjà eu son propre logement. Mais ici, le coût de la vie était exorbitant, et sa mère insistait pour qu'elle considère cet appartement comme son chez-soi aussi longtemps qu'elle en aurait besoin.

Tout en dégustant son poulet et son riz, elle se demandait comment soumettre à sa mère cette idée de week-end à trois chez son père à l'occasion de la fête du Travail. La perspective de réunir ses parents l'excitait. Cherchait-elle à recréer un fantasme de son enfance ?

Avant qu'elle ait pu exposer ses arguments, sa mère posa son verre de vin et lui adressa un sourire crispé.

— Je suis heureuse que tu sois ici, chérie. J'ai quelque chose à te dire, mais je ne voulais pas le faire par téléphone.

— Es-tu malade ? s'alarma Abby.

— Oh ! non. Il ne s'agit pas du tout de cela.

Sa mère triturait ses baguettes, visiblement nerveuse.

— En fait…, j'ai rencontré quelqu'un. Un homme charmant qui travaille dans la finance. Il est venu chez Sotheby's pour faire expertiser un tableau, et nous avons sympathisé. Il m'a invitée à dîner et… les choses se sont accélérées. Il m'a demandé de m'installer avec lui.

— *Maman !* s'exclama Abby, médusée. Depuis combien de temps le connais-tu ?

— Depuis le mois de février. Tu voyageais beaucoup, et je voulais être sûre que c'était sérieux entre nous.

Abby était étonnée. Elle ne se souvenait pas que sa mère soit sortie avec un homme, ce qui, à la réflexion, était curieux. Peut-être s'était-elle montrée discrète pour préserver Abby. À moins qu'elle n'ait mis sa vie privée entre parenthèses jusqu'à ce qu'Abby soit suffisamment grande pour se débrouiller par ses propres moyens.

— Je suis si heureuse pour toi, maman !

Sa mère lui adressa un sourire radieux.

— J'aimerais te le présenter, mais tu préféreras sans doute attendre d'avoir terminé ton documentaire. Disons, en août ?

— J'en serais ravie.

— Et à propos de cet appartement…

— Vends-le, dit Abby. J'en trouverai un autre.

Sa mère fit la moue.

— Oh ! je n'ai pas l'intention de me marier tout de

suite. Pour l'instant, je préfère que tu gardes l'appartement. De cette façon, si les choses tournaient mal pour moi, je n'aurais pas à chercher un autre endroit où vivre.

— As-tu des doutes sur le bien-fondé de cette relation ?

— Oh ! non. Aucun. Bradley est merveilleux. Nous nous entendons parfaitement et nous rions beaucoup. Mais mon mariage avec ton père a été un échec. Je suis donc prudente. Pour l'instant, je veux simplement apprécier la compagnie de Bradley et voir ce qu'il adviendra.

Un flot d'émotions assaillit Abby. Ses parents étaient divorcés depuis longtemps, pourtant cette nouvelle relation lui apparaissait comme une menace. Ce qui était stupide. Elle n'était plus une enfant. Et sa mère méritait d'être heureuse.

Néanmoins, elle ne put s'empêcher de regretter que son projet de réunion familiale à Malibu tombe à l'eau.

— Tu diras de ma part à Bradley qu'il a trouvé un joyau. Je t'aime, maman. C'est une merveilleuse nouvelle.

Elles se levèrent et s'étreignirent tendrement.

Un peu plus tard, Abby mit les assiettes dans le lave-vaisselle et jeta les cartons d'emballage.

— J'ai besoin de me dégourdir les jambes après ce long voyage en avion. Veux-tu venir te promener dans le parc avec moi ? Il fait trop chaud pour courir.

— Non, merci, chérie. J'ai du travail à faire, et Bradley devrait m'appeler. Ça ne te dérange pas de sortir seule ?

— Bien sûr que non.

Abby se changea avant de quitter l'appartement. Sur le trottoir, la chaleur était oppressante, mais elle choisit malgré tout de se promener dans les rues.

Elle se sentait *chez elle* à New York. C'était une ville dynamique, animée, trépidante, toujours *ouverte*. Dans quel autre endroit pouvait-on manger un beignet ou une pizza à 2 heures du matin ?

Les magasins de vêtements et les librairies la stimulaient. Elle adorait écumer les boutiques branchées, même si elle n'y trouvait pas son bonheur.

Pourtant, pour la première fois, elle sentit que quelque chose lui manquait. Le sexe avec Carter était fabuleux, mais elle se languissait d'entendre son rire et de savourer son sens de l'humour. Sa promenade lui semblait terne sans lui.

Qu'est-ce que cela signifiait ? Était-elle amoureuse ?

Cela en avait tout l'air, songea-t-elle, désemparée, en reprenant le chemin de l'appartement. Pourquoi fallait-il qu'elle soit à ce point séduite par un homme qui vivait si loin de chez elle ? Certes, elle se plaisait en sa compagnie, mais à quoi bon entamer une liaison qui ne les mènerait nulle part ?

Pour couronner le tout, Carter n'avait pas répondu à son texto. En avait-il terminé avec elle ?

La journée de mardi passa très vite. Abby déjeuna avec deux amies d'enfance. Elle avait très envie de leur parler de Carter, mais elle hésitait. Elle n'avait pas noué une véritable relation avec lui. Certes, ils s'entendaient merveilleusement au lit, mais c'était loin d'être suffisant.

Après le déjeuner, elle s'arrêta dans un magasin spécialisé dans les activités de plein air et acheta une petite tente ainsi que le matériel de base pour le camping, qu'elle fit expédier au Miramar, à Royal. Sa famille n'avait jamais pratiqué cette activité, mais Abby se sentait capable de passer une nuit en pleine nature sur l'île Appaloosa tant la perspective de filmer les premières lueurs de l'aube l'enchantait.

À mesure que la journée s'écoulait, elle devenait anxieuse à l'idée de retourner à Royal. Carter espérait-il la revoir ? Et comment réagirait-*elle* face à lui maintenant qu'elle savait à quoi s'en tenir sur ses sentiments à son égard ?

Le soir, elle sortit dîner avec sa mère. Toutes deux s'étaient mises sur leur trente et un pour l'occasion. Le repas fut délicieux et amusant, comme au bon vieux temps.

Mais le monde se transformait, la vie évoluait, et Abby devait suivre le mouvement, que cela lui plaise ou non.

Mercredi matin, sa mère la serra tendrement dans ses bras avant de partir travailler.

— Préviens-moi dès que tu connaîtras ta date de retour à New York pour que je puisse te présenter Bradley, dit-elle. Je suis heureuse que ton documentaire avance aussi bien.

— Merci, maman. Bradley a intérêt à bien se comporter avec toi, sinon il aura affaire à moi.

Sa mère rit, le visage rayonnant de bonheur.

— Je le lui dirai.

Après son départ, Abby disposait d'une demi-heure avant l'arrivée de son taxi. Elle se posta à la fenêtre du salon et contempla Central Park qui s'étendait au-delà des immeubles les plus proches. Quel contraste avec Royal !

Elle n'était pas sentimentale pour deux sous, pourtant, à cet instant, elle se sentait étrangement émotive. Que lui arrivait-il ? Qu'est-ce qui la ramenait avec autant de force vers cette petite ville texane charmante, mais sans métro, sans Broadway ni grandes artères animées ?

Son documentaire sur le festival musical, bien sûr, mais aussi Carter Crane. Les sentiments qu'elle éprouvait pour lui allaient bien au-delà de la complicité physique.

Comment pouvait-elle tomber amoureuse d'un homme si différent d'elle ?

À l'aéroport, elle embarqua à bord de l'avion, en proie à l'excitation. Ce soir, elle serait de retour sur le territoire de Carter. L'hôtel lui avait réservé la même chambre que la semaine dernière. Et selon le dernier texto de Lila, elle avait l'autorisation de camper une nuit sur l'île Appaloosa.

Les dates du festival approchaient vite. Abby avait encore beaucoup de travail à faire d'ici là. Même si elle le voulait, elle n'aurait guère le temps de batifoler avec Carter.

Par malchance, son vol comportait deux correspondances, à Atlanta et à Dallas. Quand l'avion atterrit enfin à Royal, il était presque l'heure du dîner.

Abby fut déçue que personne ne soit là pour l'accueillir. Ce qui était ridicule puisqu'elle n'avait prévenu personne. Avait-elle secrètement espéré une grande scène romantique où Carter l'attendrait dans la salle de livraison des bagages et lui promettrait de concilier toutes leurs différences ?

Elle pesta en son for intérieur. Ce n'était pas pour rien si elle réalisait des documentaires au lieu de comédies romantiques ! Les sujets de ses films étaient fondés sur la réalité et non sur la fiction. Elle en maîtrisait le dénouement alors qu'elle était impuissante face aux caprices du destin.

Quand elle arriva à l'hôtel, elle était affamée. Après s'être enregistrée, elle déposa ses affaires dans sa chambre, se brossa les dents, se recoiffa et ressortit. Elle n'avait pas envie de faire appel au room service ni de dîner seule à l'hôtel.

Par chance, il y avait une bonne pizzeria en bas de la rue.

L'ascenseur descendait avec une lenteur exaspérante. À moins que la patience d'Abby soit épuisée après ce long vol.

Quand elle pénétra dans le hall de l'hôtel, elle sentit son cœur s'emballer en apercevant Carter appuyé contre une colonne, vêtu d'un pantalon foncé élégant, d'une chemise blanche aux manches retroussées et de bottes de cow-boy.

Son lent sourire la fit chavirer.

Il se redressa et s'avança vers elle.

— Hello, Abs. Tu m'as manqué.

Puis il la prit dans ses bras et l'embrassa si longuement que le réceptionniste et deux clients les applaudirent.

Abby s'écarta de lui, les joues en feu.

— Toi aussi, tu m'as manqué, murmura-t-elle.

— Où avais-tu l'intention d'aller ?

— Dîner quelque part. J'ai passé ma journée en avion et n'ai mangé que des cacahuètes. J'ai besoin d'un vrai repas.

— Alors, je t'emmène dans un de mes restaurants favoris. Il ne paie pas de mine, mais la nourriture est fantastique.

Carter semblait sincèrement heureux de la revoir, et elle se sentit soulagée. Les visites qu'elle avait rendues à ses parents l'avaient perturbée. La présence réconfortante de Carter était exactement ce dont elle avait besoin.

Le Caballero Cantina était un établissement sans façon, avec ses murs de plâtre décorés de fresques colorées.

La serveuse adressa à Carter un sourire un peu trop aguicheur au goût d'Abby, mais elle leur choisit une table bien placée.

Abby eut l'eau à la bouche en examinant la carte aux saveurs tex mex. Sur les conseils de Carter, elle commanda une *fajita*. Pendant qu'ils attendaient leurs plats, elle abusa des chips au fromage. Mais à quoi bon visiter le Texas si on ne dégustait pas la cuisine locale ?

Carter rit en la voyant dévorer sa *fajita* à belles dents.

— C'est bon, n'est-ce pas ?

— Délicieux ! Comment se fait-il que tu ne m'aies pas amenée plus tôt dans ce restaurant ?

— J'ai été trop occupé, sans doute.

Le cœur d'Abby se serra.

— Je l'admets, je ne m'attendais pas à te voir, ce soir.

— Pourtant, nous devions reprendre contact à ton retour.

— Reprendre contact ou aller directement chez toi ?

Il se pencha vers elle pour essuyer une minuscule trace de fromage sur son menton, un sourire coquin aux lèvres.

— C'est à toi de décider.

Abby songea à l'inviter dans sa chambre d'hôtel, mais quelque chose l'arrêta. Elle le désirait trop et elle était en train de tomber amoureuse de lui. Or, leur couple mal assorti était voué à l'échec.

Soucieuse de se protéger, elle adopta un ton léger.

— Je suis sûre que nous aurons l'occasion de nous revoir. Mais ce soir, je suis épuisée.

Le sourire de Carter s'effaça et son expression devint soucieuse.

— Tu vas bien, Abs ? Que s'est-il passé durant ces quelques jours ?

— Rien, vraiment.

Oh ! après tout, elle pouvait aussi bien se confier à lui.

— En fait, ma mère m'a annoncé qu'elle avait un petit ami et qu'ils s'installaient ensemble.

Il se recula et siffla doucement.

— Cette nouvelle a dû te faire un choc.

— Oh ! oui. Je ne savais même pas qu'elle sortait.

— Tu ne te sentiras pas gênée de partager leur intimité ?

— En fait, c'est ma mère qui s'installe avec *Bradley*. Elle veut garder notre appartement au cas où les choses tourneraient mal entre eux.

— C'est une attitude plutôt cynique.

— Ma mère appelle cela du pragmatisme.

— Dois-je dire « Je suis désolé pour toi, Abby » ?

— Je n'en sais rien. Je suis heureuse pour elle, bien sûr. Mais j'avais proposé à mon père de nous réunir tous les trois à Malibu lors du week-end de la fête du Travail, et il était d'accord. Je devais en parler à ma mère, mais c'était avant que j'apprenne l'existence de *Bradley*.

— Tu vas devoir cesser de prononcer son nom avec cette note de dégoût.

— Je sais, soupira-t-elle.

Carter se redressa et lui adressa un grand sourire.

— J'ai une nouvelle qui devrait te remonter le moral.

- 13 -

— Oh ! raconte ! s'exclama Abby, intriguée.

Il sirota une gorgée de sa boisson, le regard malicieux, prenant visiblement plaisir à prolonger le suspense.

— Tu m'avais parlé de ton souhait de camper sur l'île Appaloosa pour filmer le soleil levant.

— En effet.

— Eh bien, j'ai contacté deux copains d'université qui ont acheté une de ces splendides demeures sur la partie occidentale de l'île. Je leur ai demandé s'ils pouvaient me la louer ce week-end, et ils ont accepté. Si tu es d'accord, nous pouvons y passer une nuit ou deux. Qu'en penses-tu ?

Elle pensait au matériel de camping qu'elle avait fait expédier à l'hôtel. Mais la perspective de passer un week-end romantique avec Carter était bien plus alléchante.

— Ce serait formidable !

Elle savait ce qu'elle faisait. Ce serait son dernier rendez-vous merveilleux avec Carter. Ensuite, elle devrait apprendre à se passer de lui.

— Dans ce cas, je confirmerai notre venue à mes amis, dit-il avec un large sourire.

— Dois-je payer une participation ?

— Non. Je leur enverrai à chacun un carton de whisky de leur marque préférée en guise de remerciement.

Quand ils eurent terminé leur dîner, Carter la raccompagna à l'hôtel. Déjà, elle s'en voulait de l'avoir éconduit, ce soir. Mais elle avait besoin de voir clair en elle. Elle n'était pas vraiment amoureuse de lui, n'est-ce pas ?

Cette incertitude la rendait nerveuse.

Il se gara sous le portique de l'hôtel mais ne descendit pas.

— Dors bien, Abby.

Elle se tourna vers lui.

— Je te remercie pour le dîner et pour ce week-end sur l'île. Ce sera plus confortable qu'un sac de couchage.

Il promena un doigt le long de sa mâchoire, et cette caresse embrasa son sang dans ses veines malgré son caractère innocent.

— J'espère avoir la chance de renouer plus intimement avec toi, Abby, mais nous pouvons nous rendre sur l'île en tant qu'amis, si tu préfères. Sache que je n'attends pas de faveurs sexuelles en échange de notre hébergement.

— Cette pensée ne m'a jamais traversé l'esprit.

Elle se pencha vers lui et l'embrassa doucement sur les lèvres. Il ne réagit pas.

— Je te désire, Carter, mais je dois mettre de l'ordre dans mes pensées. Accorde-moi un peu de temps, veux-tu ?

— Bien sûr. Tout le temps que tu voudras, Abs.

Il enroula une mèche de cheveux autour de son doigt.

— Je me soucie avant tout de ton bien-être, Abby.

Il était sincère en disant cela, elle le savait. Elle aussi *se souciait de lui*. Mais elle ne voulait pas perdre le contrôle de la situation. Tant qu'elle garderait en tête les objectifs qu'elle s'était fixés, tout irait bien.

— À quelle heure partons-nous, vendredi ? demanda-t-elle.

— Je passerai te prendre à 18 heures. Nous piqueniquerons dans la voiture.

— Parfait. Que dois-je emporter ?

Cette fois, ce fut lui qui se pencha vers Abby. Il enserra sa nuque pour l'attirer plus près et l'embrassa passionnément.

— Il y a tout ce qu'il faut dans la maison, répondit-il

d'une voix rauque de désir. Apporte une brosse à dents et un maillot de bain. Ou mieux, simplement la brosse à dents.

En entendant son rire, elle faillit oublier tous ses principes et l'inviter dans sa chambre. Mais elle se ressaisit en soupirant et ouvrit sa portière.

— Bonne nuit, Carter. Fais de beaux rêves.

Il mit pied à terre et s'accouda au toit de sa Porsche pour lui adresser un dernier sourire ravageur.

— Toi aussi, Abs. Nous pourrons les comparer plus tard.

Puis il disparut.

La glace de l'ascenseur lui renvoya le reflet d'une femme fatiguée après un long voyage, et en même temps, rouge d'excitation. Carter lui faisait cet effet. Il avait le don de rendre les choses plus éclatantes et plus trépidantes.

Pendant qu'elle se douchait et se préparait pour aller au lit, elle réfléchit aux conséquences de sa décision de passer le week-end avec lui. Bien sûr, elle allait sur l'île pour travailler, mais il leur resterait beaucoup de temps pour s'amuser. Comme le lui avait dit Carter, ce serait à elle de décider jusqu'où elle voulait aller.

Ils se connaissaient depuis moins d'un mois. Cette attirance sexuelle finirait par se consumer d'elle-même. Elle n'était qu'une fantaisie, un feu de paille dans la vie de Carter.

Sans oublier toutes ces raisons qui les empêcheraient à jamais de former un couple assorti.

Comme ses parents, songea-t-elle tristement.

Elle appréciait Carter et était peut-être en train de tomber amoureuse de lui, mais il ne faisait pas partie de son *avenir*.

Jeudi, Carter se rendit en ville avec une liste de commissions dont son contremaître aurait été ravi de se charger. Mais il espérait croiser Abby. N'était-ce pas pathétique ?

Il avait toutes les caractéristiques d'un adolescent lors de son premier béguin : emballement hormonal et totale absence de discernement !

Il ne croisa pas Abby, mais rencontra Lila à la poste. En attendant leur tour, ils échangèrent quelques mots. Et quand il sortit du bâtiment, il fut surpris de voir qu'elle l'attendait.

— Puis-je te parler une minute, Carter ? demanda-t-elle.

— Bien sûr. Que se passe-t-il ?

— Il s'agit d'Abby. Je sais que ce ne sont pas mes affaires, mais je crois savoir que vous êtes devenus proches.

— Encore ce fichu téléphone arabe ! s'exclama-t-il.

— Ne te fâche pas. Je me fais simplement du souci pour Abby. Elle connaît peu de monde à Royal. Et après le départ de Madeline, tu n'es pas beaucoup sorti.

— Où veux-tu en venir ? demanda-t-il, agacé.

— J'essaie de comprendre ce que tu cherches avec Abby. Tu sais très bien qu'elle ne restera pas à Royal et que tu ne quitteras jamais Sunset Acres.

Il se força à garder son calme.

— Abby et moi passons du bon temps ensemble. Et oui, il ne m'a pas échappé qu'elle ressemblait trop à Madeline pour que je noue avec elle une relation de longue durée. Abby a des rêves de citadine. Je suis un éleveur texan. Et alors ?

— Elle est jeune, Carter.

— Pas tant que cela.

— Admettons. Mais sous ses dehors de femme indépendante, elle est vulnérable. Tu pourrais la faire souffrir. À quoi bon courir ce risque ?

— Tout vous oppose, toi et Zach. Pourtant, vous vous entendez bien, remarqua Carter, s'efforçant de masquer sa frustration.

— Parce que Zach a décidé de rester à Royal.

Hélas, Lila exprimait les réserves qu'il éprouvait lui-même au sujet d'Abby.

— Je l'apprécie beaucoup, dit-il lentement. Et je me soucie de son bien-être. Plus que je ne l'ai fait avec une autre femme. Je suis conscient que notre relation est temporaire, aussi n'ai-je fait aucune promesse, et Abby non plus. Nous savons ce que nous faisons.

L'inquiétude de Lila paraissait sincère.

— Je l'espère, Carter. Tu es quelqu'un de bien. Mais parfois, nous voulons ce que nous ne pouvons pas avoir.

Les paroles de Lila pesèrent sur la conscience de Carter durant le reste de la journée. Devait-il annuler leur séjour à Appaloosa ? Laisser Abby camper seule, comme elle l'avait initialement prévu ? Son idée de location de la maison lui avait paru plutôt innocente, mais maintenant, il s'interrogeait. Avait-il tort de prendre ce qu'Abby était disposée à lui donner, sachant que leur relation était sans avenir ?

Vendredi, quand il passa chercher Abby à 18 heures, il avait l'estomac noué par l'anxiété, mais son stress disparut quand il la vit. Le sourire qu'elle lui adressa en s'asseyant à côté de lui était heureux et insouciant.

Lila s'inquiétait pour rien.

Abby ne tarda pas à puiser dans le panier à provisions.

— Je meurs de faim, dit-elle. Peux-tu manger et conduire en même temps ?

— Sans problème.

Il sortit de la ville et s'engagea sur la route menant à Mustang Point. Abby lui tendit un sandwich au jambon et ouvrit un paquet de chips.

— Les habitants de Royal commencent à s'enthousiasmer au sujet du festival. J'en entends parler partout où je vais.

— Ils changeront d'avis quand les touristes envahiront la ville et que des détritus joncheront les rues.

— Quel ronchon tu fais ! New York attire beaucoup de touristes, et la cohabitation avec les habitants se passe bien.

— C'est ton avis.

— Et si nous parlions plutôt de sujets sur lesquels nous sommes d'accord. Les livres, les films…

Le trajet passa vite. Abby semblait déterminée à mettre de côté leurs différences, et cela lui convenait. Il savait trop à quel point ils étaient *dissemblables*.

Abby avait lu et relu la série *Harry Potter*, mais elle appréciait aussi les biographies d'hommes politiques. Carter était un fervent admirateur de Grisham et se passionnait pour l'histoire militaire. Ils convinrent que l'industrie du cinéma privilégiait trop les blockbusters aux dépens de films plus originaux.

Quand ils eurent fini de manger, Abby rangea le panier en osier sur le siège arrière.

— J'ai une mauvaise nouvelle, dit-elle.

Il lui jeta un regard oblique et remarqua son air désolé.

— Oh ?

— Je sais que nous avions prévu de rester tout le week-end dans la maison de tes amis, mais j'ai reçu une invitation à une réception qui aura lieu à l'hôtel Bellamy demain soir pour le lancement de Soiree on the Bay. Cette réception chic, décidée au dernier moment, est réservée aux personnalités de marque. Les organisateurs présenteront un aperçu du programme des festivités. Il y aura aussi un orchestre. J'ai vraiment besoin d'assister à cette réception.

— Pas de problème, dit-il, refusant d'admettre sa déception.

Pourtant, Dieu sait s'il avait rêvé de ce week-end.

— Suis-je invité ? demanda-t-il en manière de boutade.

Elle prit sa question au sérieux.

— Probablement. Mais dans le cas contraire, tu seras mon cavalier…, si tu le souhaites.

Il lui prit la main et la porta à ses lèvres.

— Je sais à quel point ce documentaire est important pour toi et je veux t'apporter mon soutien moral. Alors, oui, je serai ravi d'être ton cavalier.

— Merci.

Elle semblait soulagée, comme si elle lui avait forcé la main, alors qu'il était prêt à tout – ou presque – pour la rendre heureuse. Un constat peu rassurant pour un homme qui s'était promis de ne plus être à la merci d'une femme. Et pourtant, il était en train d'entremêler les fils de sa vie à celle d'Abby. Oh oui, il allait tout droit à la catastrophe.

Quand le ferry les déposa sur l'île, le soleil était déjà bas sur l'horizon. Ils trouvèrent aisément leur chemin grâce aux indications fournies par ses amis, et ils s'engagèrent dans une allée menant à une villa de front de mer de style italien.

Même Carter était impressionné. Pourtant, il était habitué au faste de certaines demeures de Royal. Mais tout dans cette villa était démesuré.

Il rit en transportant leurs bagages à l'intérieur.

— Choisis une chambre, Abs. Tu as l'embarras du choix.

Il la suivit le long d'un couloir.

— Celle-ci, dit-elle. Regarde cette vue splendide !

La baie vitrée occupait tout un pan de mur. En réalité, il y avait trois suites parentales similaires, mais celle-ci était la plus proche de la piscine.

Ils se postèrent devant la baie vitrée et utilisèrent les jumelles posées sur une table de nuit. Des dauphins évoluaient près du rivage, sans doute à la recherche de leur pitance. Des voiliers sillonnaient la baie. Des palmiers plantés par des architectes paysagistes offraient un supplément de théâtralité au splendide coucher de soleil.

Tout naturellement, Abby posa la tête sur son épaule.

— Par quoi commençons-nous ? demanda-t-elle.

Le corps de Carter se tendit de désir. Ce qu'il avait envie de répondre était l'évidence même pour tout homme dont la libido était exacerbée. Mais il pouvait attendre. Peut-être.

— Nous pourrions nager, puis nous coucher de bonne heure puisque tu veux te lever avant l'aube.

Elle rit doucement.

— J'espère que *se coucher de bonne heure* est un euphémisme pour autre chose.

— Ce sera à toi de décider, dit-il avec un sourire coquin.

Ils changèrent de vêtements dans deux salles de bains différentes. Parfois, Abby affichait une retenue envers lui qui le frustrait. Comme si elle lui dissimulait une part d'elle-même. Pourtant, plus elle se montrait réservée, plus il avait envie d'en apprendre davantage sur elle.

Ils se retrouvèrent à la piscine. Abby portait un maillot jaune d'or qui soulignait à la perfection ses longues jambes hâlées, sa taille étroite et ses seins ronds.

Il s'éclaircit la gorge, tous les sens en émoi.

— Ce maillot te va à ravir, Abs.

— Merci. J'ai profité de mon passage à New York pour piocher dans ma garde-robe. La première fois, je ne savais pas ce dont j'aurais besoin en venant au Texas.

Il pénétra dans la piscine avec elle.

— Comment imaginais-tu le Texas ?

— J'avais entendu dire que tout y était plus grand.

Sans crier gare, elle tira sur l'élastique de son short.

— Et c'est vrai aussi pour le contenu de ce maillot.

Elle éclata de rire devant son air interloqué et s'enfuit en nageant vers le grand bain.

Il la poursuivit, galvanisé par ce petit jeu. Mais Abby était rapide et vive. Glissante, aussi. Il mit plusieurs minutes avant de la coincer contre le bord de la piscine. Il l'embrassa avec passion, frissonnant d'anticipation.

— Tu m'as demandé de t'accorder un peu de temps, Abby. Que voulais-tu dire ? Du temps pour quoi ?

— Je ne savais pas quoi décider à propos de toi. De nous.

— Et maintenant ?

Son sourire était mal assuré.

— Je veux éviter les discussions sérieuses. Je suis comme Cendrillon au bal. Mon temps à Royal est compté. Alors, amusons-nous, ce week-end.

Il aurait dû être heureux. Il ferait l'amour à une femme superbe et amusante, sans engagement de part et d'autre. Alors, pourquoi sa réponse le perturbait-elle ?

— Si c'est ce que tu veux.

— Oui, c'est ce que je veux.

Abby noua les bras autour du cou de Carter et l'embrassa. Comme les fois précédentes, sa saveur la grisa, à l'instar d'une liqueur forte. Elle percevait sa force malgré la douceur de son étreinte, et aussi sa frustration qui n'était peut-être pas seulement physique. Ni l'un ni l'autre n'appréciaient la façon dont les choses se déroulaient, mais ils étaient piégés.

Elle aimait la sensation de son corps contre le sien. Carter avait une carrure d'athlète, forgée par les travaux pénibles du ranch. Elle était très vite devenue accro à son sourire éclatant et à ses prunelles bleues étincelantes.

Mais était-elle le genre de femme prête à renoncer à toutes ses ambitions pour un homme ?

Il avait de l'affection pour elle. Et oui, ils étaient de la dynamite au lit. Mais si elle *envisageait* un jour de changer radicalement de vie, ce serait pour une seule raison. L'amour.

Elle frissonna dans ses bras, savourant la façon dont il

modulait leur baiser, passant du mode taquin et affectueux au mode intense et érotique. Leurs corps se reconnaissaient. L'alchimie sexuelle qui les liait était hors du commun.

Sa puissante érection pulsait contre son ventre.

— Si tu savais comme je te désire, murmura-t-il d'une voix rauque, sa poitrine se soulevant contre la sienne.

Ils n'avaient guère profité de la piscine, mais elle s'en moquait. Tout ce qu'elle voulait, c'était Carter.

— Moi aussi, dit-elle.

Ils prirent le temps de s'embrasser et de se caresser dans la cabine de douche extérieure. Puis, au bord de l'implosion, Carter emporta Abby nue dans la maison.

Elle eut soudain conscience que ce moment précieux était son chant du cygne avec Carter. Et ce constat poignant lui fit l'effet d'un coup de couteau en plein cœur. Elle dut faire appel à toute sa volonté pour dissimuler son trouble à Carter.

Une fois dans la chambre, il l'abandonna le temps de récupérer des serviettes, puis il la sécha soigneusement, s'attardant sur sa poitrine et l'embrassant encore et encore. Elle frissonna, en proie à un désir lancinant et désespéré.

Après avoir enfilé un préservatif, il la rejoignit dans le grand lit. Appuyé sur un coude, il saisit sa queue-de-cheval et tira dessus doucement pour qu'elle s'allonge à côté de lui.

— Ce soir, tu es à moi, Abby.

Curieusement, son geste à la fois impérieux et doux l'émoustilla. Il révélait une exacerbation sauvage de leur passion, qu'ils n'avaient fait qu'effleurer jusqu'à maintenant. Elle brûlait d'envie que Carter donne libre cours à son énergie débordante, et elle était déterminée à lui offrir tout d'elle en retour.

Quand il l'embrassa de nouveau, elle mordit sa lèvre inférieure.

— Je veux te pousser dans tes derniers retranchements, cow-boy. Qu'en penses-tu ?

À en juger par l'afflux de sang qui colora les pommettes de Carter et la dilatation de ses pupilles, ce défi le galvanisa.

— Je pense que tu parles trop.

Aussitôt, il entama un duel avec elle, des lèvres, de la langue, des dents, cherchant à établir sa domination, mais sans se départir d'une bonne dose de tendresse, gage de sécurité dans ce déchaînement de passion.

Quand il la pénétra en exhalant un grognement guttural, elle en eut les larmes aux yeux. Le coup de foudre était peut-être une chimère, mais ce qu'elle ressentait pour Carter était un raz-de-marée de désir, un brasier de passion. Elle *l'aimait.* Ou elle était *en train de* tomber amoureuse de lui. À quoi bon jouer sur les mots quand la conclusion de leur histoire était si douloureusement évidente ?

Il alterna le rythme de ses va-et-vient, tantôt puissants et rapides, tantôt lents et doux, embrasant son sang dans ses veines et éveillant en elle une débauche de sensations.

— Carter…

Elle cria son nom en atteignant le plaisir suprême, agrippée à ses épaules, et s'abandonna à l'ivresse de ses sens.

Elle perçut le moment où Carter lâchait prise et se laissait submerger par sa propre jouissance. Elle resserra son étreinte autour de lui afin de savourer les répliques de son plaisir.

Peu à peu, ils reprirent leur souffle.

Carter marmonna quelque chose d'inaudible et remonta la couverture sur eux. Puis ils s'endormirent paisiblement.

Abby se réveilla quelques heures plus tard, désorientée. La chambre ne lui était pas familière. Puis elle reprit peu à peu pied dans la réalité.

Il était 5 heures. Elle se détacha doucement de l'étreinte de Carter sans le réveiller.

S'éclairant à l'aide de son portable, elle récupéra des vêtements chauds et confortables dans sa valise et les enfila.

En moins de cinq minutes elle était prête. Elle jugea préférable de laisser dormir Carter. Après tout, il devrait les reconduire tout à l'heure à Royal. Ils avaient oublié d'acheter des provisions pour le petit déjeuner, mais elle gardait toujours des barres de céréales dans son fourre-tout.

Alors qu'elle sortait de la maison et s'avançait dans l'allée, elle se souvint qu'elle avait besoin des clés de la voiture de Carter.

Pestant contre elle-même, elle rangea son matériel dans le coffre et retourna vers la maison, trébuchant sur une brique descellée. Alors qu'elle atteignait la marche supérieure du porche, la porte d'entrée s'ouvrit, et Carter lui fit face.

— Essaies-tu de te débarrasser de moi, Abs ?

Elle crut percevoir une note d'agacement dans sa voix.

— Non, mais tu dormais profondément, et tu dois conduire cet après-midi. J'ai l'habitude de me débrouiller seule.

— J'en suis sûr.

Cette fois, son mécontentement était évident.

— Viens, dit-il. J'ai les clés. Je suppose que nous allons sur le site du festival ?

— Oui, soupira-t-elle.

Ils ne parlèrent pas tandis qu'ils traversaient l'île. Abby lui demanda de s'arrêter à une ou deux reprises pour tourner de courtes séquences. Mais ce qu'elle attendait avec impatience, c'était de capter les premiers rayons du soleil qui baigneraient d'une lumière mystique le site du festival.

Le temps était idéal. Seuls quelques nuages élevés s'effilochaient dans le ciel nocturne.

— Où veux-tu que je me gare ? demanda Carter.

— Près de l'eau, s'il te plaît. Tu n'as pas besoin de

sortir. Je vais fureter ici et là pour trouver les meilleurs points de vue.

— Je t'accompagne, Abs. Je suis sûr que tu n'as pas besoin de moi, mais je me sentirai mieux si je garde un œil sur toi.

— Entendu.

Elle installa son trépied. Après avoir filmé un pan de ciel étoilé, elle se concentra sur le ruban de lumière qui s'étirait sur l'horizon. Quand elle fut satisfaite, elle rangea le trépied dans le coffre et jucha son caméscope sur son épaule.

— Allons-y.

Pendant la demi-heure suivante, ils parcoururent le site du festival. Elle filma les scènes vides que nimbait la lumière dorée de l'aube, les sentiers couverts de copeaux de bois et enfin l'eau où se reflétaient les rayons du soleil levant. Son travail était à la fois exigeant et exaltant.

Elle avait craint de se sentir empruntée avec Carter sur ses talons, mais sa présence était étrangement réconfortante.

Quand le soleil commença à réchauffer l'atmosphère, Abby était affamée. Carter s'était montré peu loquace. Il avait remis ses vêtements de la veille, visiblement pressé de la rattraper.

— Merci, dit-elle. J'ai apprécié d'avoir de la compagnie.

— Tant mieux.

Il se mit à bâiller.

— Que dirais-tu d'un petit somme ?

— Auparavant, ne pourrais-tu pas faire apparaître une cafétéria, comme par magie ? Je rêve de café et de bagels.

Il monta en voiture et mit en marche l'air conditionné.

— Je peux faire mieux, dit-il. J'ai demandé à mes copains si nous pouvions disposer de quelques plats tout préparés. Par chance, une dame des environs leur concocte les repas qu'ils souhaitent et les leur livre.

— Génial !

De retour à la maison, ils trouvèrent sur le comptoir une boîte alimentaire remplie de muffins aux myrtilles, et au réfrigérateur, du jus d'oranges fraîchement pressées ainsi qu'un plat à base de saucisses et d'œufs. La cafetière ne tarda pas à émettre un arôme divin.

Ils savourèrent leur petit déjeuner autour de l'îlot.

Carter ôta une miette du menton d'Abby.

— Je ne veux pas paraître sexiste, dit-il, mais je te trouve très belle au saut du lit malgré l'absence d'apprêt.

Elle passa les mains dans ses cheveux, emmêlés parce qu'elle s'était couchée sans les sécher.

— J'apprécie ton compliment, mais je vais devoir sérieusement soigner mon apparence en vue de la réception de ce soir. Pourrions-nous rentrer à Royal sans tarder ?

— Pas *d'exercice* matinal ? demanda-t-il effrontément.

Elle s'empourpra. Après tout, pourquoi pas ? Une dernière fois. Sauf qu'elle s'était déjà dit cela hier soir.

— Si, bien sûr, dit-elle, s'efforçant d'adopter un ton enjoué.

Sans prévenir, il la souleva et la hissa sur son épaule.

— Que fais-tu ? demanda-t-elle en riant.

— Je gagne du temps.

Elle s'attendait à ce qu'ils se douchent ensemble, mais il la déshabilla et se dévêtit à son tour. Puis il la renversa sur l'accoudoir du canapé et la prit par-derrière.

Il s'arrêta soudain pour récupérer un préservatif. Après quoi, tout s'emballa. On aurait dit qu'il cherchait à démontrer quelque chose ou l'obliger à protester.

Mais c'était hors de question. Elle grava dans sa mémoire chacune de ses poussées frénétiques et l'empreinte de ses mains sur son corps. Elle avait le cœur brisé alors même que l'orgasme la frappait de plein fouet.

Quand ce fut fini, il l'aida à se redresser, prit son visage entre les paumes et l'embrassa tendrement.

— Voilà la meilleure façon de commencer la journée, dit-il.

- 14 -

Comme l'avait prédit Abby, Carter lutta contre le sommeil pendant tout le trajet de retour à Royal. Abby, pour sa part, s'endormit dès qu'ils quittèrent le ferry, la tête formant un angle bizarre contre la vitre de sa portière.

C'était aussi bien ainsi. Il avait besoin de réfléchir. Lui et Madeline avaient noué une relation fondée sur le sexe, et cela les avait menés au désastre. Faisait-il la même erreur avec Abby ? Il ne le pensait pas. Les sentiments qu'il avait pour elle n'étaient pas du tout comparables.

Le départ de Madeline l'avait blessé et contrarié, mais il s'en était remis.

Si Abby partait pour de bon, il craignait qu'elle laisse un trou béant dans sa vie, dans son *cœur*. Il était sur le point de tomber amoureux d'elle. À moins qu'il le soit déjà, mais il répugnait à l'admettre. C'était trop tôt.

Pouvait-il la persuader de rester à Royal ? Comprendrait-elle ce qui le retenait au Texas ? Les responsabilités inhérentes à la gestion d'un immense domaine, le poids de son héritage et les attentes de sa famille.

Elle se réveilla au bout de deux heures et s'empara d'une des deux bouteilles isothermes remplies de café. Elle but une longue gorgée et soupira.

— Veux-tu que je te remplace au volant ? demanda-t-elle.

— Non, merci. Je tiens le coup.

Il lui pressa la main, le cœur battant.

— Abby, as-tu songé à rester à Royal plus longtemps

que prévu ? Tu pourrais t'installer chez moi jusqu'à la fin du festival, voire plus longtemps. Il y a suffisamment de place pour que tu puisses aménager un studio.

Son silence résonna douloureusement dans l'habitacle. Après ce qui lui parut une éternité, elle s'éclaircit la gorge.

— Eh bien, je…

La déception lui broya le cœur.

— Tu n'es pas obligée de décider tout de suite. Réfléchis-y.

Par chance, la conduite du véhicule le dispensait de la regarder.

Abby ôta ses chaussures et replia les jambes sous elle.

— J'aimerais rester plus longtemps, Carter, mais une fois le festival terminé, mon père a prévu de me consacrer quelques journées pour m'aider dans le travail de postproduction de mon documentaire. Et ça se passera en Californie.

Il comprit qu'il était temps de changer de sujet.

— As-tu enfin trouvé un angle d'approche pour ton film ?

De nouveau, il perçut ce laps de temps déstabilisant entre sa question apparemment anodine et la réponse d'Abby.

— Oui. J'en ai discuté avec mon père. Selon lui, le détournement de fonds pourrait représenter une accroche percutante. Il pourrait même rendre mon projet plus vendeur.

— Abby, non ! Tu t'aventures sur un terrain dangereux.

— Qui voudrait s'en prendre à moi ?

— L'argent fait commettre des folies. Par ailleurs, je suis persuadé que tu fais fausse route. Aucun membre du comité *n'a besoin* d'argent. Billy Holmes est riche. Tu t'en es rendu compte par toi-même. Les enfants Edmond ont une fortune personnelle, et leur père leur léguera un jour un véritable pactole. À mon avis, cette histoire de détournement de fonds n'est rien d'autre qu'un ragot, malgré les dires de Billy. Il doit s'agir tout au plus d'une centaine de dollars.

— Arrête-toi quelque part, s'il te plaît, dit-elle sèchement.

Il quitta la route pour se diriger vers une aire de repos.

Ils mirent pied à terre et se firent face de part et d'autre de la voiture. Le regard d'Abby était orageux.

— Tu n'as aucun respect pour mon intégrité professionnelle, n'est-ce pas ?

— Bien sûr que si, mais tu es…

Elle l'interrompit d'un geste de la main.

— Non. Tu penses que ce documentaire est un simple *passe-temps* pour moi. Je suis peut-être jeune, mais je ne suis ni immature ni stupide. J'ai des objectifs et des rêves. Ce qui n'est visiblement pas ton cas.

La colère s'empara de lui.

— Comment peux-tu me juger alors que tu ne me connais pas ? Sunset Acres *m'appartient*, désormais. Il représente une grande part de ce que je suis.

— Ah, oui. Un éleveur texan. Un membre respectable du Texas Cattleman's Club. Il y a autre chose dans la vie que le bétail, Carter. C'est sans doute pour cette raison que ta chère Madeline t'a quitté.

Malgré l'expression de regret qui se peignit aussitôt sur le visage d'Abby, il inspira profondément et compta jusqu'à dix pour calmer sa fureur. Ils étaient épuisés et luttaient visiblement contre une attirance réciproque qui ne manquerait pas de les faire souffrir. À quoi bon discuter ?

Il desserra les poings et recula.

— As-tu besoin d'aller aux toilettes ?

Elle jeta un coup d'œil au bâtiment trapu, comme écrasé par la chaleur de l'après-midi.

— Oui. Je vais me dépêcher.

Tout en l'attendant, il s'efforça de trouver une solution à leur situation, mais les idées qui lui venaient aboutissaient à une impasse.

Par ailleurs, il n'était pas sûr qu'Abby soit aussi irrésistiblement attirée par lui qu'il l'était par elle.

Elle se hâta de le rejoindre et reprit place dans la voiture.

Un bras posé sur le volant, il dut admettre sa défaite.

— Je ne veux pas me disputer avec toi, Abs. Surtout compte tenu du peu de temps qu'il nous reste à passer ensemble. Peut-être pourrions-nous faire la paix ?

Elle se tourna à moitié vers lui, avec une expression douloureuse.

— Oui. Mon père m'a dit récemment quelque chose qui m'a frappée : parfois, les gens ne restent dans nos vies que de façon temporaire. Je pense que c'est notre cas. Nous nous… apprécions, mais nous n'avons pas d'avenir ensemble.

Il remarqua qu'elle trébuchait sur le verbe *apprécier*. L'avait-elle substitué de justesse au verbe *aimer* ?

Il alluma la radio pour masquer la gêne ambiante. Les trente dernières minutes du trajet lui parurent interminables. Une fois à l'hôtel, il descendit de voiture pour sortir du coffre les bagages d'Abby. Malgré ses protestations, il transporta les deux plus lourds à l'étage, attendant qu'elle ouvre sa porte pour les déposer sur le lit d'appoint.

Elle se dandina d'un pied sur l'autre, mal à l'aise.

— Ne te sens pas obligé de venir à la réception de ce soir si tu n'en as pas envie. Je me débrouillerai seule.

Autrement dit, Abby n'avait pas besoin de lui, songea-t-il avec amertume.

— Je viendrai, dit-il, espérant que son sourire avait l'air sincère. Tu m'as invité, et j'ai accepté. À quelle heure dois-je venir te chercher ?

— À 18 h 30. Et souviens-toi, le smoking est de rigueur.

— Entendu.

Ils se dévisagèrent, proches à se toucher, mais c'était comme si un gouffre s'était creusé entre eux. La vue de son lit ne fit qu'attiser le désir qu'il avait d'elle.

Abby semblait nerveuse. Avait-elle envie qu'il parte ?

— Bien. Je te laisse, dit-il, espérant contre toute attente qu'elle le retiendrait.

— Oui, à tout à l'heure.

Il rebroussa chemin, emportant avec lui le souvenir d'Abby, une femme de secrets et de mystère. Quelles pensées s'agitaient derrière ces grands yeux marron ?

Il tombait de sommeil en arrivant au ranch. Il baissa la climatisation et se glissa dans son lit. Hélas, Abby y avait dormi, et il n'arrivait pas à oublier la saveur de sa peau ni sa fragrance légère mais ô combien grisante.

Quand il se réveilla, il était presque 17 heures. Dans le réfrigérateur, il trouva deux cuisses de poulet et une salade de pommes de terre qu'il dévora tout en réfléchissant. Ce soir, à la fin de la réception, il attirerait Abby dans un recoin tranquille du Bellamy et lui exposerait ses arguments.

Il y avait quelque chose entre eux. Une alchimie sexuelle indéniable. Des sentiments forts. S'il lui expliquait tout cela et qu'il lui demande de rester pour lui, pour *eux*, il y avait, selon lui, une chance sur deux pour qu'Abby accepte.

Plus tard, quand il pénétra dans le hall de l'hôtel à l'heure dite, Abby l'attendait. Avait-elle voulu le tenir éloigné de sa chambre ?

Il était si occupé à analyser ses motivations qu'il lui fallut quelques secondes pour remarquer la tenue qu'elle portait. Il secoua la tête, émerveillé.

— Tu es splendide !

— Merci, dit-elle avec un sourire réservé.

La jeune cinéaste qui ne craignait pas de se salir dans le cadre de son travail s'était métamorphosée en une femme fatale qui attirerait tous les regards masculins ce soir au Bellamy. Sa magnifique chevelure brune cascadait sur ses épaules et son corps de rêve était mis en valeur par une robe rouge vif. Couleur du péché. Si la réponse physique de Carter avait une couleur, ce serait précisément cette teinte de rouge.

La robe longue fluide, taillée dans un tissu fin et soyeux de plusieurs épaisseurs, épousait les mouvements de son corps, attirant l'attention sur sa silhouette élancée. De minuscules bretelles soutenaient un corsage très échancré.

Les rondeurs d'Abby se dévoilaient dans cette ouverture, suggérant une féminité luxuriante et assumée. Des sandales argentées complétaient sa tenue. Le seul bijou qu'elle portait était des pendants d'oreilles en argent et en cristal de roche.

Carter peinait à respirer tant il était troublé.

— J'aurais dû t'emmener plus tôt à une réception, dit-il, plaisantant à moitié.

Elle l'embrassa sur la joue.

— C'est *moi* qui t'emmène à une réception, cow-boy. Tu es mon cavalier. Tu t'en souviens ?

— Oui. Au temps pour moi.

Une fois dehors, il l'aida à s'installer dans sa voiture et fit attention de ne pas coincer sa robe en refermant sa portière. Quand il s'assit derrière le volant, il lui jeta un regard malicieux.

— Avec une robe pareille, tu ne risques pas de passer inaperçue pour enquêter sur un éventuel détournement de fonds.

Elle haussa les épaules, jouant avec sa minuscule pochette ornée de perles.

— J'ai décidé de ne plus discuter de mon travail avec toi. C'est un sujet de dispute entre nous.

— Entendu.

Il lui prit le bras et posa le pouce sous son poignet, à l'endroit où battait son pouls. Elle semblait si fragile, mais en apparence seulement. Elle était forte et pleine de ressource.

Elle se dégagea et croisa les mains sur son ventre.

— Tiens-toi correctement, Carter. Ce soir, j'ai besoin de me concentrer.

— Ne deviendrais-tu pas un peu obsédée par ton documentaire ? Si tu te détendais, nous pourrions manger, danser et nous mêler aux autres invités. C'est ce que font les gens normaux. Tu le sais, ça ?

— Arrête de me chercher querelle, dit-elle. Je danserai avec toi, mais je veux aussi profiter de la réception pour étendre mon réseau de relations professionnelles.

Abby prit conscience que les railleries de Carter ne l'atteignaient pas. Ils se chamaillaient sans raison valable, pour tenter de maîtriser leur libido exacerbée.

En temps ordinaire, Carter était un homme très séduisant, mais ce soir, dans ce smoking qui soulignait sa carrure athlétique, il faisait battre son cœur plus vite. Nul doute qu'il ferait des ravages parmi les invitées à la réception.

Quand ils pénétrèrent dans le hall du Bellamy et qu'ils se dirigèrent vers la salle de bal où la réception avait lieu, ils perçurent un brouhaha de voix joyeuses et excitées. Abby déposa son invitation sur une table à l'entrée de la salle.

Personne ne portait de badge. Cette réception était trop huppée. Par ailleurs, presque toutes les personnes présentes résidaient à Royal et se connaissaient.

Abby glissa sa minuscule pochette dans la poche de la veste de Carter. Alors qu'ils se dirigeaient vers le buffet, elle reconnut plusieurs personnes. Rusty Edmond, le charismatique patriarche désormais célibataire, tenait salon dans un coin de la salle, entouré de jolies femmes.

Tous les enfants Edmond étaient présents, mais dispersés parmi la foule. Ross se trouvait avec sa fiancée, Charlotte. Asher discutait avec un groupe d'hommes indifférents à la foule qui évoluait autour d'eux. Gina passait de groupe en groupe, faisant l'éloge du festival et riant avec des amis.

Billy Holmes se tenait à l'écart, surveillant le chaos en souriant.

Abby aperçut soudain Lila Jones, vêtue d'une robe du soir lavande qui seyait à sa carnation pâle. Elle s'avança en souriant vers Abby et Carter.

— Hello, vous deux. Permettez-moi de vous présenter Zachary, mon fiancé. Zach, voici Abby Carmichael, qui réalise le fameux documentaire. Et voici Carter Crane, qui possède le ranch Sunset Acres à la sortie de la ville.

Abby n'en revenait pas que Lila ait fait la conquête de cet homme splendide, influenceur sur Instagram. Ils avaient l'air très amoureux. Quelle chance ils avaient !

Quand Lila et Zach s'éloignèrent, accaparés par d'autres invités, Carter murmura à l'oreille d'Abby :

— Cesse de le dévorer des yeux. Il est déjà pris.

Elle sourit.

— Cela ne m'empêche pas d'admirer une œuvre d'art.

Carter écarta une mèche de sa joue et lui adressa un sourire intime, se rapprochant d'elle au milieu de la foule.

— Il représente ton type d'homme ? Blond et élégant ?

— Tu sais très bien que ce n'est pas vrai.

Elle intercepta son regard, mais il était insondable, comme l'océan, la nuit. À quoi pensait-il ?

Quelques instants plus tard, Carter fut entraîné dans une conversation avec trois éleveurs au sujet de la chute inquiétante du prix du bœuf.

Heureuse d'échapper à cette discussion trop technique, elle se dirigea vers le buffet et déposa dans une assiette deux gambas enrobées de bacon. Bien qu'on soit dans une région d'élevage, il y avait peu de plats à base de viande bovine.

L'atmosphère de la salle devenait étouffante. Elle aperçut Valencia Donovan et s'avança vers elle.

— Bonjour, Valencia. Comment vas-tu ?

Valencia s'éventait avec une serviette.

— Chaudement. Et toi ?

— Pareil. Après t'avoir quittée l'autre jour, je me suis aperçue que j'avais encore une question à te poser.

— Je t'écoute.

— Une fois que ton projet a été approuvé, qui a été ton interlocuteur au comité ? Qui te versera les fonds ?

— Il s'agit d'Asher. Il m'a beaucoup aidée et m'a même laissée entendre que je recevrais l'argent très vite. Je lui suis très reconnaissante, ainsi qu'aux autres membres du comité.

Avant qu'Abby puisse poursuivre la conversation, un autre invité accapara Valencia. Abby se retrouva seule. Elle regrettait de ne pas avoir emporté son caméscope. Elle aurait pu intercaler des images de la réception dans son documentaire, mais c'était un regret vain puisqu'elle n'avait pas l'autorisation de filmer.

Le faste et le glamour régnaient en maîtres dans cette salle. Abby n'aurait pas dû être dépaysée. Après tout, sa mère faisait partie de l'élite de la société new-yorkaise.

Pourtant, elle ne se sentait pas à sa place, ici. De même qu'elle ne s'était jamais sentie complètement à sa place à New York. Elle se demanda, avec un pincement au cœur, si elle parviendrait un jour à s'intégrer quelque part. À moins que sa destinée ne la condamne à une existence itinérante.

La vie de Carter était enracinée dans cette partie du Texas. Il avait un objectif et un endroit fixe dans l'univers.

Abby était une planète, toujours en orbite.

Soudain, une grande main s'abattit sur son épaule. Elle tressaillit et s'écarta instinctivement. Quand elle fit volte-face, elle se trouva nez à nez avec Billy Holmes.

— Il faut que nous parlions, dit-il.

Était-ce son imagination ou y avait-il un soupçon de menace dans sa voix ?

— Pourquoi ? demanda-t-elle.

— Je crois que je ne me suis pas bien fait comprendre. Vous devez absolument renoncer à cette idée d'argent manquant dans la caisse du festival. Comme je vous l'ai déjà dit, cela concerne la famille. Nous nous en occupons. Le festival n'a pas besoin d'une mauvaise publicité. Alors, abandonnez cette piste.

Avant qu'elle puisse réagir à cette injonction, Carter se matérialisa à son côté, l'air furieux.

— J'espère que vous ne menacez pas ma cavalière.

Billy haussa les épaules.

— Elle fourre son nez partout. Si j'étais vous, je la persuaderais de s'en tenir aux histoires plaisantes qui se terminent bien. Il n'y a rien de tel qu'une plainte en diffamation pour détruire la carrière naissante d'une cinéaste.

Abby était médusée. Quelle différence avec l'homme aimable qui l'avait reçue chez lui !

— Mais est-ce vrai qu'une somme d'argent a disparu ?

Carter la saisit par le bras et l'entraîna à l'écart. Il bouillait de colère.

— Seigneur, ne peux-tu donc pas lâcher prise ? Il y a une douzaine de personnes dans cette salle qui seraient ravies de t'aider pour ton film, mais tu t'acharnes sur une fausse piste. Billy Holmes peut détruire ta réputation à Royal. Il serait préférable que tu retournes à New York jusqu'à ce que le festival commence.

Abby eut l'impression de recevoir un coup de poing dans le ventre. Elle peinait à respirer.

— Je fais simplement mon travail, murmura-t-elle, consciente des regards curieux posés sur eux.

— Non. Tu mets en danger ta sécurité et ta réputation. *Si jamais* une importante somme d'argent manquait dans les caisses du festival et que la vérité éclate, le scandale serait énorme. Si Billy connaît le coupable et le protège, tu as intérêt à rester très loin de cette histoire.

— Ce n'est pas à toi de décider, dit-elle, furieuse et blessée.

— Peut-être. Mais je ne te laisserai pas prendre un tel risque. Viens. L'orchestre commence à jouer.

Elle n'avait aucune envie de danser avec Carter alors qu'il s'arrogeait le droit de lui dicter sa conduite, mais à moins de faire une scène, elle n'avait pas le choix.

Il l'attira dans ses bras et l'enlaça étroitement sur la piste de danse. Abby posa la joue contre l'épaule de Carter, le cœur en miettes. Car elle était forcée de l'admettre, elle était profondément amoureuse de lui.

Le corps de Carter était vigoureux et chaud contre le sien. Elle percevait les battements de son cœur et son souffle inégal. Il fleurait bon l'orange, le clou de girofle et le savon.

L'espace d'un instant, elle se demanda si elle devait lui dévoiler ses sentiments et lui proposer de s'installer de façon permanente à Royal. Après tout, c'était lui qui avait abordé le sujet de son installation au ranch, du moins de façon temporaire. Quelques semaines auparavant, une telle idée lui aurait paru risible, mais c'était avant qu'elle rencontre l'homme qui lui donnait envie de s'enraciner quelque part. Elle ne se sentait peut-être pas à sa place à Royal, mais Carter était l'homme de sa vie, même s'il pouvait se montrer autoritaire et dominateur.

Mais tout cela survenait si rapidement. Pouvait-elle se fier à ses sentiments, aussi intenses fussent-ils ?

Carter avait déjà connu une rupture amoureuse. Il n'avait sans doute aucune envie de se lancer dans une nouvelle relation intime. Bien sûr, il éprouvait de l'affection et du désir pour elle. Mais serait-il capable de l'aimer ? Pouvait-elle prendre un pari aussi risqué ?

Et qu'adviendrait-il de sa carrière ? Pourquoi fallait-il que ce soient toujours les femmes qui sacrifient tout à l'homme qu'elles aimaient ? De nouveau, elle faisait l'amer constat qu'elle et Carter formaient le couple le plus mal assorti.

Quand l'orchestre marqua une pause, Gina Edmond prit brièvement la parole pour les remerciements d'usage avant de céder le micro à son frère, à son demi-frère et à Billy Holmes. Rusty Edmond s'abstint de prononcer un discours, tout en souriant fièrement à la ronde.

Enfin, les formalités s'achevèrent.

Malgré son amour pour Carter et son envie de se battre pour qu'ils aient un avenir ensemble, Abby ne parvenait pas à oublier qu'il lui avait demandé de quitter la ville. Il fallait vraiment qu'il ne tienne pas à elle pour lui faire une telle suggestion ! Si elle cherchait un signe susceptible de l'aider à prendre sa décision, elle l'avait trouvé.

Submergée par le chagrin, elle récupéra sa minuscule pochette dans la poche de Carter.

— Je m'en vais, dit-elle d'une voix tremblante. Je... je ne veux plus te revoir. Adieu, Carter.

Il blêmit sous l'effet du choc. Avant qu'il puisse répondre, Rusty Edmond le prit par le bras, réclamant son attention. Abby en profita pour s'enfuir, espérant qu'il mettrait un petit moment avant de pouvoir se libérer.

Carter avait l'impression d'évoluer dans un univers parallèle. Comment Abby avait-elle pu disparaître ainsi ? Bien sûr, ils s'étaient disputés, mais il avait cru que la danse avait apaisé leurs esprits enfiévrés.

« Je ne veux plus te revoir. Adieu, Carter. » C'était

seulement en entendant ces paroles terribles qu'il avait compris qu'il aimait Abby de toute son âme.

Cette révélation subite pouvait paraître suspecte, mais l'étau qui lui broyait la poitrine ne laissait aucune place au doute.

Il avait eu la chance inouïe de tenir dans ses bras une jeune femme belle et fragile, intelligente et sensible, et il l'avait laissée partir. Fallait-il qu'il soit stupide !

Pendant trois heures, il ne cessa de l'appeler sur son portable et à l'hôtel. Finalement, il se précipita au Miramar et tambourina à la porte de sa chambre. Quand le responsable de nuit lui demanda poliment de partir, il rentra chez lui, désespéré, mais refusant de s'avouer vaincu.

Le lendemain matin, toutes affaires cessantes, il retourna au Miramar pour dire à Abby qu'il l'aimait.

Hélas, elle avait déjà quitté l'hôtel. Tout était sa faute. C'était lui qui l'avait fait fuir. Plus grave encore, il lui avait *demandé* de quitter la ville. Quel idiot !

Sa première réaction fut de sauter dans un avion et de la rejoindre, mais dans quel but ?

Cela faisait des jours qu'ils tournaient autour d'une vérité déplaisante : ils n'avaient aucun point commun. Cela ne l'empêchait pas d'être un salaud. Borné, qui plus est. Il était follement amoureux d'Abby et il voulait croire que l'amour se suffisait à lui-même…, contre toute évidence.

Abby retourna à New York, anéantie par le chagrin. Pour couronner le tout, sa mère s'était déjà installée chez *Bradley*. En apprenant qu'Abby était de retour, elle proposa de revenir à l'appartement, mais Abby refusa, s'efforçant d'adopter un ton léger. La vie devait continuer.

La perspective de revenir à Royal pour filmer le festival

la rendait malade, mais elle y était *obligée*. Sinon, tout son travail préliminaire n'aurait servi à rien.

Durant cinq jours, elle se blottit dans son lit, pleurant toutes les larmes de son corps. Comment pouvait-on survivre à un pareil chagrin ?

Finalement, elle s'en voulut de s'abandonner ainsi au désespoir au lieu de faire face avec courage à l'adversité. Il n'y avait pas que le sexe et l'amour dans la vie. Elle redeviendrait celle qu'elle avait toujours été.

Forte de ces bonnes résolutions, elle se doucha, s'habilla et se rendit dans un musée, puis elle déjeuna dans son café préféré. Mais rien n'y fit. Elle *n'était plus* la même personne. Carter l'avait changée. Il avait éveillé en elle des aspirations nouvelles. Et sans lui, elle ne savait pas comment les réaliser.

En fin d'après-midi, elle se promena dans Central Park. Le temps s'était rafraîchi, et le ciel s'ennuageait. Après mûre réflexion, elle prit deux décisions importantes.

D'abord, elle retournerait à Royal pour terminer son documentaire. Quel que soit l'angle d'approche qu'elle choisirait, elle soignerait son travail et en serait fière.

Ensuite, elle ferait le point sur sa relation avec Carter. Devait-elle lui avouer qu'elle l'aimait et risquer d'être éconduite ? Cette perspective était terriblement déprimante. Même si elle lui proposait de s'installer à Royal, elle ne pensait pas qu'il soit amoureux d'elle. Comment le pourrait-il ? Ils se connaissaient depuis si peu de temps.

Quand elle fut fatiguée de marcher, elle s'assit sur un banc et observa les enfants qui jouaient au ballon. Autour d'elle, le monde poursuivait sa marche inexorable. Même sa mère avait rencontré l'amour.

Tout en sirotant son café glacé, elle s'efforçait de trouver un sens à son échec personnel. Était-elle censée tirer des enseignements de cette expérience ? Et si oui, lesquels ?

Les promeneurs passaient devant elle et poursuivaient leur chemin. Mais l'un d'eux s'arrêta.

— Abby…

Oh ! son prénom prononcé par une voix si profonde…

— Carter ?

Elle leva les yeux vers lui, se demandant si elle avait des hallucinations.

Quand il s'assit à côté d'elle, la chaleur et la solidité de sa présence la convainquirent qu'il était bel et bien réel.

— Je te cherche depuis des heures, dit-il d'une voix tendue.

— C'est toi qui m'as demandé de quitter Royal. L'aurais-tu oublié ? rétorqua-t-elle sèchement.

Il exhala un profond soupir.

— Hélas, non. Et je m'en veux terriblement.

Un silence douloureux s'établit entre eux. Tout ce qu'elle désirait était à portée de main, mais elle ne savait pas comment s'en emparer tout en évitant les erreurs de ses parents.

Carter était toujours aussi beau, même s'il avait les traits tirés et le regard triste. Bien sûr, elle n'avait pas envie de le rendre malheureux, mais elle ne voulait pas prendre la mauvaise décision et le regretter toute sa vie.

Pourquoi était-il ici ? Avait-il l'intention de la demander en mariage ? se demanda-t-elle, le cœur plein d'espoir. À moins qu'il ne veuille simplement lui proposer de renouer leur relation sexuelle.

Soudain, elle se leva, incapable d'en supporter davantage.

— Tu n'aurais pas dû venir, dit-elle, au bord du désespoir.

Cela faisait presque une semaine qu'elle essayait de

l'oublier. Comment osait-il remuer le couteau dans la plaie ?

Carter s'empara de son poignet et referma ses doigts chauds autour.

— Il fallait que je vienne, Abby. Ce n'est pas fini entre nous.

— Oh ! si. C'est fini.

Pourtant, elle ne trouvait pas la force de s'écarter de lui.

— Il n'y a pas de solution, Carter. À moins que je renonce à tous mes projets. Et même dans ce cas, il est fort probable que notre histoire ne dépasse pas le stade d'une simple aventure torride.

— Oh ! Abs.

Il ferma les yeux et inclina la tête, la mine défaite. Au bout de quelques secondes, il se redressa et l'obligea à se rasseoir. Puis il se tourna vers elle pour lui faire face.

— Je t'aime, Abby. De toute mon âme. J'ai lutté autant que toi. Car nous avons eu le coup de foudre l'un pour l'autre, n'est-ce pas ? Et cette découverte a bouleversé nos vies. Mais notre attirance réciproque, bien que soudaine, n'en est pas moins sincère. Peut-être nous faut-il un peu de temps pour nous habituer à cette idée. Je suis prêt à prendre tout le temps qu'il faudra pour que cela fonctionne entre nous, et j'espère que tu feras de même.

— Je ne comprends pas.

Elle avait trop peur de souffrir de nouveau.

L'expression douloureuse, il s'empara de son autre main.

— Je n'ai jamais ressenti pour une femme ce que je ressens pour toi, Abby. C'est comme si nous avions échangé nos cœurs, et que le tien batte dans ma poitrine. Quand je t'ai vue pour la première fois, ce fameux soir, je t'ai trouvée belle et mystérieuse, et j'ai eu envie d'en apprendre davantage sur toi. Mais quand nous avons quitté le bar du Miramar, tu avais déjà établi des droits sur mon cœur.

— L'amour n'arrive pas aussi vite, murmura-t-elle, émue.

— Parfois, si, dit-il en souriant. J'ai commis des erreurs dans ma vie, mais j'espère de tout mon cœur que je ne me trompe pas en ce qui nous concerne. Alors, dis-moi, Abby, m'aimes-tu autant que je t'aime ?

Pour la première fois, elle perçut de la vulnérabilité dans son regard bleu azur, et elle en fut bouleversée.

— Oui, Carter, je t'aime de toute mon âme. Comment pourrait-il en être autrement ?

Mais alors même qu'elle prononçait ces mots, elle sentit son cœur se serrer douloureusement, car l'amour n'était pas le problème, en l'occurrence.

Il l'attira contre lui et caressa ses cheveux.

— Si tu savais comme je m'en veux de t'avoir blessée. Pardonne-moi, chérie.

Dans ses bras, elle se sentait en sécurité. Aimée. Mais aussi inquiète. Car il y avait beaucoup d'obstacles à surmonter. Aurait-elle le courage de miser son avenir et son bonheur sur cet homme ? Que se passerait-il si elle renonçait à ses projets et que leur relation se solde par un échec ?

— Je dois prendre certaines dispositions avant de m'installer à Royal, dit-elle. Mais je ferai les changements qui s'imposent.

Carter recula et riva son regard au sien, l'air déterminé.

— Non. C'est à moi de modifier mes habitudes de vie pour m'adapter aux tiennes. Et je m'en suis déjà occupé.

— Que veux-tu dire ?

— J'ai parlé à mes parents. Je leur ai dit que je t'aimais et que Sunset Acres ne serait plus ma priorité.

— Je ne comprends pas, dit-elle, déroutée.

Lui proposait-il une relation à longue distance ?

Il lui adressa un grand sourire.

— Je resterai aux commandes de Sunset Acres, s'ils le souhaitent, mais nous engagerons un intendant. Mes parents et ma sœur ont accepté ma décision quand ils ont compris que mon bonheur était à ce prix. Je passerai quelques jours à Royal une fois par mois, mais le reste du temps, je me consacrerai à toi. Nous voyagerons de par le monde, ou tu me feras découvrir New York. Ce sera à toi de décider.

Elle le contempla, bouleversée par tant d'abnégation.

— Mais ce ranch t'appartient, Carter. Tu y tiens.

Il secoua la tête lentement, son regard rivé au sien, comme s'il voulait la convaincre de sa bonne foi.

— Ce ne sont que des vaches et de la terre. Mais *toi*, Abby, tu es ma raison de vivre. Je t'aime de tout mon cœur.

Elle ne put retenir des larmes de bonheur devant l'énormité de son sacrifice et l'aveu de son amour pour elle.

Il fouilla dans sa poche et lui tendit d'abord un mouchoir en lin, puis… un écrin.

— Je suis passé chez Harry Winston avant de partir à ta recherche. C'est sans doute une erreur de ma part, je m'en rends compte maintenant. J'aurais dû te laisser choisir. Mais je voulais t'offrir une bague pour que tu comprennes que je parlais sérieusement. Nous pourrons toujours l'échanger.

Ne rêvait-elle pas ? Carter avait-il vraiment trouvé une solution à leur situation ?

Abby souleva le couvercle et se figea, le souffle coupé.

— Oh ! Carter !

Il lui offrait une énorme émeraude d'une grande pureté, mise en valeur par la sobriété de la monture. Elle avait dû lui coûter une fortune, même selon les critères de Royal.

Voyant qu'elle ne la retirait pas de l'écrin, il essaya de la lui reprendre.

— Tu aurais préféré un diamant, n'est-ce pas ?

Émue par son désarroi, elle se ressaisit et repoussa sa main. Quand elle sortit la bague de son écrin, un rayon de soleil perça à travers les nuages et frappa la pierre qui étincela de mille feux. Elle la contempla, émerveillée.

— Passe-la à mon doigt, s'il te plaît.

Carter la fit glisser délicatement à son annulaire gauche.

— Épouse-moi, Abby, quand tu estimeras que nos fiançailles auront assez duré et que tu seras sûre de tes sentiments envers moi.

Elle se sentit fondre de soulagement, d'espoir et d'amour.

— Je suis sûre de mes sentiments pour toi, Carter.

Elle enserra son visage dans ses paumes.

— Tu ne me croiras peut-être pas, mais j'ai envie de vivre avec toi au Texas. Toute ma vie, j'ai essayé de trouver ma place dans ce monde. Puis je t'ai rencontré, et j'ai compris que je l'avais enfin trouvée. Peu importe si je n'aime pas les vaches ou si Broadway me manque. Quand je suis avec toi, j'ai tout ce que je désire.

Il secoua la tête lentement, avec une expression réservée.

— Nous en reparlerons. Il paraît que le mariage est fait de compromis. Rien ne nous oblige à prendre ce genre de décision aujourd'hui.

Elle lui adressa un sourire radieux.

— Pourtant, c'est ce que tu as fait. Tu étais prêt à renoncer à ton héritage familial. Et j'en suis très touchée.

Un homme ne faisait pas un pareil sacrifice pour une simple aventure sexuelle, mais pour une relation de toute une vie. Et cette pensée la comblait de bonheur.

Carter l'embrassa sur le front.

— Je veux que tu sois heureuse, Abs. C'est tout ce qui compte pour moi, et je te le prouverai.

— Je te crois.

Elle tendit la main, laissant le soleil jouer avec la pierre splendide.

Il l'attira dans ses bras.

— Le gardien de ton immeuble m'a expliqué que ta mère avait déménagé et que tu vivais seule dans cet appartement. Mais il a refusé de me dire où je pourrais te trouver. Je suis *persona non grata* à ses yeux.

— George est adorable. Je me porterai garante pour toi.

Son fiancé l'embrassa passionnément, faisant battre son cœur plus vite.

— Cela signifie-t-il que je reste pour le petit déjeuner ? demanda-t-il, son regard intense rivé au sien.

— Oh ! oui.

Déjà, elle tremblait d'anticipation en songeant à la longue nuit à venir.

Ils se levèrent, prêts à entamer leur nouvelle vie.

Carter passa un bras autour de sa taille.

— Je t'aime, Abby.

— Moi aussi, je t'aime.

Il marqua un temps d'arrêt.

— Une chose encore. Il se peut que tu aies eu raison à propos de l'argent manquant dans les caisses du festival. Je regrette de t'avoir dissuadée de poursuivre dans cette voie.

— Oh ! raconte !

Il l'embrassa sur le front.

— Ne pourrait-on pas remettre cette histoire à plus tard ? Nous venons de nous fiancer et nous sommes dans une ville romantique. Pourquoi ne pas dîner au restaurant et assister à un spectacle ?

Bien sûr, il avait raison. Les secrets du festival attendraient. Ce soir, ils devaient fêter dignement leurs fiançailles.

Elle se dressa sur la pointe des pieds pour l'embrasser.

— Je t'aime, murmura-t-elle. Et si cela ne t'ennuie pas, je préférerais passer la soirée au lit avec toi. Tu m'as tellement manqué.

Ses yeux étincelèrent de bonheur et de passion.

— Toi aussi, tu m'as manqué, ma chérie. Alors, emmène-moi chez toi et aimons-nous toute la nuit.

— J'ai bien cru que tu ne me le demanderais jamais…

TERESA SOUTHWICK

Le rêve de Grace

Traduction française de
MURIEL LEVET

PASSIONS

HARLEQUIN

Titre original :
JUST WHAT THE COWBOY NEEDED

- 1 -

— Bonjour, Grace. Content de vous revoir.

Grace Flynn sentit son cœur s'emballer. Dès que Logan Hunt lui avait ouvert sa porte, ses pires craintes s'étaient réalisées. Sa première impression venait de se confirmer : il était plus beau et plus séduisant que tous les hommes qu'elle avait jamais rencontrés.

— Moi de même.

Oui, elle était contente, elle aussi. Beaucoup trop, même. Elle avait espéré que l'attirance qu'elle avait éprouvée pour le rancher durant l'entretien d'embauche disparaîtrait comme par magie dès son premier jour de travail. Mais force lui était de constater… que sa réaction était encore plus forte que la première fois. Faire l'autruche n'était pas une option. Il lui fallait voir la vérité en face : elle allait vivre chez Logan Hunt et s'occuper de sa fille pendant les huit semaines à venir. Avec cette vive attirance qu'elle éprouvait pour lui, le travail allait être beaucoup plus difficile que prévu…

Le point positif, c'était que les hommes si beaux étaient généralement des ordures. Du genre à faire de beaux discours, à parler avenir et famille pour vampiriser le cœur de leur victime, leur énergie et, sur leur lancée, toutes leurs économies. Pour son plus grand malheur, elle avait connu un monstre de ce type-là. Et elle avait compris la leçon. Hors de question de se laisser à nouveau séduire par un physique avantageux.

Logan Hunt était très grand et avait une carrure vraiment impressionnante. Il paraissait très jeune avec ses cheveux bruns et ses yeux bleus limpides. Même s'il y avait dans son regard une intensité qui n'était que virilité…

— Vous allez bien, Grace ?

— Oh. Oui, merci.

Le rythme de sa respiration s'était accéléré. L'avait-il remarqué ? Pourvu que non.

Elle était peut-être pessimiste ou cynique, mais elle se demandait quand il allait se transformer en monstre. Le plus tôt serait le mieux. Ainsi son cœur cesserait de battre à ce rythme effréné.

— Vous êtes sûre ? demanda-t-il, visiblement peu convaincu.

— Ça va, je vous assure. La route a été un peu longue depuis Buckskin Pass.

— Je comprends. Je vous en prie, entrez.

— Merci.

Reprenant sa valise, elle commença à avancer.

— Laissez-moi vous débarrasser, dit-il.

Au moment où il prit son bagage, ses doigts effleurèrent les siens. Elle n'aurait jamais imaginé cela possible, mais son cœur se mit à battre encore plus fort dans sa poitrine.

— Vous avez d'autres affaires, dans la voiture ? s'enquit-il.

— Bien sûr. On ne voyage jamais léger, nous les femmes. Je suis une femme.

— Oui, j'avais remarqué.

Il croisa son regard, et ses bonnes manières disparurent un instant. Il la regardait désormais comme un homme regarde une femme quand elle lui plaît.

Ce moment de sensualité mêlée de désir brut la fit frissonner. Elle en avait croisé, des regards d'hommes, mais aucun n'avait été aussi… excitant que celui-là.

Il fallait qu'elle dise quelque chose pour… briser la

glace ? Elle avait si chaud, à cet instant, qu'elle n'arrivait même pas à imaginer de la glace !

— J'ai hâte de voir Cassie, dit-elle vivement. Où est votre adorable petite fille ?

— Avec sa maman, pour les préparatifs du mariage. Tracy la déposera quand elles auront terminé.

Grace avait rencontré son ex, avec qui le courant était très bien passé. Tracy lui avait expliqué que Logan et elle n'étaient pas mariés, mais partageaient la garde de leur fille, que Logan n'avait que le week-end. La jeune femme, cependant, allait prochainement se marier et envisageait ensuite de partir en voyage de noces, raison pour laquelle Logan garderait la fillette tout l'été au ranch. Comme il avait beaucoup de travail, Grace avait été embauchée pour veiller sur elle. Elle était curieuse de savoir pourquoi Logan et Tracy ne s'étaient pas mariés. Pourquoi les choses n'avaient pas marché entre eux, alors qu'ils avaient eu une petite fille ensemble et qu'ils semblaient si bien s'entendre.

— Suivez-moi. Je vais vous montrer vos quartiers, proposa Logan d'une voix grave et virile qui fit courir dans son dos un délicieux frisson.

L'entretien d'embauche ayant eu lieu dans le centre de Blackwater Lake, au Grizzly Bear Diner, c'était la première fois qu'elle voyait la maison.

Ils se trouvaient dans une petite entrée. Le séjour était à droite, la salle à manger à gauche. Les meubles en bois étaient patinés par le temps, tandis que le canapé, le fauteuil et l'ottomane étaient modernes, bien intégrés au décor et manifestement confortables.

— Vous savez, Logan, dit-elle en le suivant dans l'escalier, je me suis renseignée sur vous.

— Ah oui ?

Il lui jeta un coup d'œil par-dessus son épaule, mais son

expression ne laissait rien deviner de ses sentiments. Elle n'aurait su dire si cette information l'avait ou non dérangé.

— C'est normal, me semble-t-il. Je vais tout de même vivre chez vous pendant huit semaines, expliqua-t-elle.

— Et veiller sur ma fille.

— Je suis sûre que vous avez fait la même chose à mon sujet. Et je trouve cela normal.

— Je me suis renseigné, en effet.

— Ah, vous voyez ? Ça marche dans les deux sens. Vous ne m'en voulez pas, alors ?

— Pas du tout, répondit-il.

— Vous ne voulez pas savoir ce que j'ai appris ?

Il attendit d'être arrivé sur le palier pour se tourner vers elle.

— Il se trouve que je sais déjà tout sur moi, répliqua-t-il en portant sur elle un regard plein d'espièglerie.

Mignon, songea-t-elle. Oui, il était très mignon quand il baissait un peu la garde. Elle aurait vraiment aimé voir comment il était quand il riait.

— Je ne disais pas seulement ça pour lancer la conversation, expliqua-t-elle. En réalité, j'ai appris que ces terres appartenaient à votre famille depuis quatre générations.

Et cette information la fascinait. Il pouvait facilement retracer sa lignée jusqu'à ses arrière-arrière-grands-parents ! Elle, elle ne savait même pas qui étaient ses parents. C'était ainsi que les choses se passaient quand, peu après votre naissance, on vous enveloppait dans une serviette pour vous déposer devant une caserne de pompiers. Logan Hunt avait un arbre généalogique impressionnant. Elle n'avait que des interrogations.

— C'est exact, dit-il en s'engageant dans le couloir.

Instinctivement, elle fixa son dos puissant et ses larges épaules. Non, elle n'avait rien imaginé : ses muscles s'étaient légèrement crispés.

— Mais vous savez, je n'ai rien trouvé d'inquiétant dans votre passé, lui assura-t-elle.

— Tant mieux.

— Et la maman de Cassie n'a pas tari d'éloges sur vous lors de l'entretien.

— Et si elle avait menti ?

— Je suis sûre que non.

Il s'arrêta devant une chambre.

— Comment pouvez-vous le savoir ? demanda-t-il.

— Je le sais, c'est tout.

— Vous êtes douée pour cerner les gens ?

— Oui.

Enfin, pas toujours. Car elle ne devait pas oublier l'erreur de jugement qu'elle avait commise avec Lance. Mais tout le monde pouvait se tromper, non ? Ayant grandi entre foyers et familles d'accueil, elle avait rêvé toute son enfance d'une maison rien qu'à elle. Elle avait beaucoup travaillé, beaucoup économisé pour réaliser son rêve. Et elle avait tout perdu avec Lance.

La belle voix grave de Logan la ramena doucement au moment présent.

— Alors comme ça, vous êtes douée pour cerner les gens, et vous avez tout de même accepté ce job ? s'enquit-il.

— Vous avez quelque chose de particulier à me dire ?

Elle était presque sûre qu'il plaisantait. Mais dans le doute, mieux valait se montrer prudente.

— Non. Vous avez fait vos recherches, répondit-il en esquissant de nouveau ce sourire espiègle qui la faisait craquer. Bon. J'espère que vous serez bien, ici.

Il ouvrit une porte et entra dans une chambre spacieuse. Il déposa la valise sur une commode en cèdre qui faisait face à un grand lit en fer forgé surmonté d'un ciel de lit, dont les rideaux vert et rose étaient assortis au dessus-delit. Sur le mur, au-dessus d'un fauteuil, étaient accrochées des gravures anciennes. À l'opposé, une jolie coiffeuse.

— C'est une chambre de fille, murmura-t-elle, surprise.

— C'était celle de ma sœur. La salle de bains se trouve juste en face.

— Elle en avait, de la chance, d'avoir tout sur place.

— En réalité, c'était une décision d'ordre pratique. Maman et grand-père s'étaient dit que l'on irait beaucoup plus vite pour nous préparer, mes deux frères et moi, si Jamie ne squattait pas notre salle de bains. Il y en a une autre au rez-de-chaussée.

— Waouh ! Quatre enfants !

Et aucune évocation d'un père.

— Vous deviez bien vous amuser, fit-elle remarquer.

— Pas vraiment. Je vais vous faire visiter le reste, dit-il sans lui laisser le temps de rebondir.

Elle avait touché là un point délicat, songea-t-elle en le suivant. Et cela la rendait encore plus curieuse de connaître tous les détails.

Les pièces étaient toutes plus jolies les unes que les autres. Avec ses plans de travail en granit et son grand îlot central, la cuisine semblait avoir été récemment rénovée. Au fond, une table ronde en chêne et quatre chaises assorties étaient nichées dans une alcôve devant une porte-fenêtre donnant sur un jardin soigné.

Grace avait toujours été très sensible à tout ce qui apportait un côté chaleureux. Et de la chaleur, il y en avait, dans cette maison dont elle aurait presque pu tomber amoureuse. À cette idée, elle sentit une sourde douleur lui serrer le cœur. Elle avait toujours rêvé d'un endroit rien qu'à elle, où elle se sentirait chez elle. Lance avait détruit son rêve de la plus cruelle des manières.

Mais elle devait voir le côté positif. Une fois ce job d'été terminé et avec les économies que son métier d'institutrice lui avait permis de faire, elle aurait suffisamment d'argent pour demander un prêt qui lui permettrait d'acheter enfin sa maison.

Il y avait un point négatif, cependant : Logan Hunt.

Logan faisait beaucoup d'efforts pour être un bon père, mais sa fille semblait avoir un don pour lui rappeler que ses efforts étaient le plus souvent vains.

— Papa, tu m'as mis du savon dans les yeux, dit Cassie en grimaçant.

— Excuse-moi, mon bébé, marmonna-t-il en se hâtant de lui tendre une serviette. Ça va mieux, comme ça ?

Tout en s'essuyant les yeux, elle hocha la tête.

— J'ai froid, papa.

— Je vais te sécher.

Tendrement, il drapa la serviette autour d'elle et la serra contre lui. Cassie avait les yeux bleus, les cheveux châtain clair et la plus jolie moue du monde. Les gens disaient toujours qu'elle lui ressemblait. Et cette idée lui plaisait.

— Mets ta chemise de nuit. Je vais te brosser les cheveux.

— J'aime pas.

— Tu veux que je demande à Grace de le faire ?

Elle sembla hésiter quelques instants.

— Il faudrait peut-être que tu lui montres d'abord.

Il allait donc se retrouver confiné dans le petit espace de la salle de bains avec Grace… Il ne voyait pas comment y échapper.

— D'accord. Je vais la chercher, dit-il. Pendant ce temps, finis de te sécher et habille-toi.

Il trouva Grace dans sa chambre, occupée à s'installer.

Debout dans l'encadrement de la porte, il prit le temps de l'admirer. La première fois qu'il l'avait vue, lors de l'entretien, il avait senti une douce chaleur se répandre dans ses veines. Tout à l'heure, quand il l'avait accueillie, il avait tout bonnement senti son sang se changer en lave. Ce n'était pas une beauté classique, mais cette bouche… Ses lèvres pleines paraissaient aussi douces et sucrées qu'un bonbon. Une tentation à laquelle il n'était pas préparé à résister.

Le problème était qu'elle était parfaite pour le poste, si l'on excluait le fait qu'il avait très envie de savoir si elle était attirée par lui, elle aussi. Une question à laquelle il ne pourrait obtenir de réponse qu'en faisant une tentative de séduction, ce qui n'était pas envisageable. Mais il avait beau le savoir… Bon sang ! Pourquoi fallait-il qu'elle soit si sexy ?

L'embaucher tout l'été pour veiller sur sa fille était une mauvaise idée, mais quand il l'avait rencontrée, lors de l'entretien, Tracy était déjà prête à signer. Son approbation à lui était plus symbolique qu'autre chose et les références de Grace étaient irréprochables. Il n'avait trouvé aucune raison de refuser.

— Grace ?

Poussant un petit cri de surprise, elle se tourna vivement vers lui en laissant tomber le tas de culottes et de soutiens-gorge qu'elle s'apprêtait à ranger dans la commode.

— Excusez-moi. Je ne voulais pas vous faire peur, marmonna-t-il.

Il n'avait pas manqué de remarquer que ses culottes étaient échancrées, vaporeuses, et qu'il y en avait dans le lot au moins une rouge et une noire. Peut-être une rose aussi, mais pour vérifier, il aurait dû regarder, ce qui n'aurait pas été très poli. La sensation de chaleur était revenue, dans toute sa force.

— Ce n'est rien, répondit-elle avant de soupirer. Que puis-je faire pour vous ?

Il y avait beaucoup de choses qu'il aurait aimé qu'elle

fasse pour lui ! Mais ce n'était naturellement pas le sens de sa question.

— Cassie a fini de se laver, répondit-il. J'allais lui brosser les cheveux. Elle a demandé que vous veniez regarder, au cas où vous auriez à le faire vous-même.

— D'accord.

Quand il tourna les talons, il sentit qu'elle le suivait. Il n'était pas devin, non. Mais son parfum était devenu plus fort, il le sentait s'insinuer en lui. Un parfum qui avait quelque chose d'enivrant.

Dans la salle de bains, Cassie, en chemise de nuit, les attendait.

— Coucou, Grace, dit-elle en souriant. Je suis toute propre.

— Je vois ça. Et tes cheveux sont tout mouillés.

— Je sais. Papa va te montrer comment il retire les nœuds. C'est maman qui lui a appris.

Après avoir pulvérisé un peu de démêlant, Logan se mit à brosser lentement les cheveux de sa fille à l'aide d'un peigne en plastique à larges dents.

— Tu es sûre que tu ne veux pas couper tout ça ? demanda-t-il.

— Non ! s'exclamèrent ensemble Grace et Cassie.

Amusé, il fit passer son regard de l'une à l'autre.

— J'imagine que l'on peut parler de réponse unanime, fit-il remarquer.

— Tes cheveux sont magnifiques, ma puce, dit Grace. Ne laisse pas ton papa te parler de les couper.

— Certainement pas ! répliqua Cassie en croisant les bras d'un air déterminé. Je suis contente que Grace soit là.

— Moi aussi, répondit-il en plongeant son regard dans celui de la jeune femme pour se forcer à ne pas fixer sa bouche.

Si cela n'avait tenu qu'à lui, il lui aurait demandé de partir avant que les choses tournent mal. Il y avait certainement dans les environs quelqu'un qui pouvait la remplacer.

— En tout cas, je dois reconnaître que vous vous débrouillez très bien, Logan.

— Vous avez l'air surprise.

— Un peu. Vous semblez à l'aise, alors que les cheveux de votre fille sont épais.

— Papa dit que c'est pareil que de brosser les chevaux ! lança Cassie en riant.

Les yeux de Grace pétillèrent de malice.

— Alors vous utilisez des démêlants hors de prix pour ne pas irriter la peau sensible de vos chevaux en tirant sur leurs poils ? s'enquit-elle.

— Et si je vous répondais oui ? répliqua-t-il en souriant.

— Je dirais que vos chevaux sont particulièrement choyés.

À genoux derrière sa fille, il continua de démêler ses cheveux aussi délicatement que possible. Il ne voulait pas lui faire mal. Pour rien au monde il ne lui aurait fait du mal délibérément.

— Les chevaux sont des êtres vivants comme vous et moi, expliqua-t-il. Il faut prendre soin d'eux.

— Je suis d'accord. Cependant, je ne peux m'empêcher de m'interroger sur le contexte de la conversation que vous avez eue avec Cassie quand vous avez comparé ses cheveux à la crinière d'un cheval.

— Cette petite diablesse ne tenait pas en place.

Comme pour prouver la véracité de ses paroles, Cassie repoussa le peigne.

— Papa m'a dit que les chevaux ne bougeaient pas quand il les brossait. Et il a parié que je n'arriverais pas à faire le cheval.

— C'est vrai ? demanda Grace. Et qui a gagné le pari ?

— Papa, répondit la fillette dans un soupir de déception. C'est trop dur de ne pas bouger.

— Vos chevaux ont-ils plus de cinq ans, Logan ?

— Pas tous, répondit-il. Cela étant, je vois où vous voulez en venir. Mais l'âge des chevaux et celui des humains ne correspondent pas.

Cassie le considérait désormais d'un air émerveillé, comme s'il était une sorte de dieu.

— Papa sait tout sur les chevaux. Pas vrai, papa ?

Ces paroles le firent réfléchir. Il redoutait le jour où elle comprendrait qu'il ne savait en réalité pas grand-chose.

— Je sais suffisamment de choses pour prendre soin d'eux et savoir quand il faut consulter quelqu'un qui en sait plus que moi, répondit-il.

— Et tu es aussi très fort pour monter à cheval ! Tu m'avais promis que tu m'apprendrais quand j'aurais cinq ans. J'ai cinq ans, maintenant.

Sous le coup de la peur, il sentit son estomac se contracter. Quand il lui avait fait cette promesse, ses cinq ans semblaient se profiler dans un avenir très très lointain. Tout allait trop vite. En moins de temps qu'il ne fallait pour le dire, elle allait se mettre à sortir avec des garçons et demanderait à apprendre à conduire !

— Il faut aller dormir, maintenant. On en parlera plus tard, mon bébé.

— Tu dis toujours ça. Et je suis plus un bébé ! s'exclama-t-elle en le foudroyant du regard.

Une promesse non tenue de plus, et elle cesserait définitivement de porter sur lui ce regard émerveillé.

Embarrassé, il jeta un coup d'œil à Grace, mais ne réussit pas à déterminer ce qu'elle pensait. Ce qui le poussa à s'expliquer.

— Le problème n'est pas seulement d'avoir cinq ans, ma

chérie. Il faut aussi que tu sois assez forte pour maîtriser le cheval.

— Et pour être forte, intervint Grace, il faut bien manger et bien dormir.

Reconnaissant pour son soutien, il lui sourit.

— Tu veux lire une histoire avant de te coucher, Cassie ? demanda Grace.

La petite prit un air sérieux.

— Je ne sais pas encore lire. Mais en septembre, j'irai à la grande école pour apprendre.

— Et si c'est moi qui lis ? proposa Grace.

Cassie réfléchit quelques secondes et hocha la tête.

— Très bien, mon bébé, dit Logan.

Les traits de sa fille s'étant durcis, il ajouta vivement :

— Pardon. Tu n'es plus un bébé. Mais je vais quand même aller te mettre au lit. Et ensuite, Grace te lira une histoire.

— D'accord.

Il lui prit la main pour la conduire jusqu'à sa chambre, et la déposa délicatement dans son lit avant de la border.

— Dors bien, ma chérie. À demain.

— Tu ne veux pas écouter l'histoire, toi aussi ?

— J'adorerais, mais…

Il avait besoin d'espace. Loin de Grace.

— … Ça vous permettra, à toi et Grace, d'apprendre à vous connaître. N'oublie pas que je ne peux pas toujours être là. Parce que j'ai du travail.

— Alors Grace est comme Mary Poppins ? Elle vient garder des enfants et elle fait de la magie.

Instinctivement, il se tourna vers Grace.

— Je ne sais pas si Grace fait de la magie, mais elle est là pour veiller sur toi, répondit-il. La plupart du temps, tu seras avec elle.

— Mais il faudra quand même que tu m'apprennes à monter à cheval, papa.

Ne sachant toujours pas quoi répondre, il décida d'ignorer ces propos. C'était honteux, certes, mais il ne voyait pas quoi faire d'autre.

— Dors pour devenir grande et forte, murmura-t-il en l'embrassant doucement sur le front.

Une fois sorti, il resta quelques instants dans le couloir à écouter la jolie voix de Grace, qui lisait une histoire à Cassie. Puis il finit par retourner au rez-de-chaussée en essayant de ne pas penser à la lingerie sexy qu'il avait vue dans la chambre. Ou encore à Grace ne portant rien d'autre que l'une de ces culottes, pourquoi pas la rouge ?

Un bon whisky l'aiderait certainement dans cette entreprise. Ou pas. L'alcool tendait à lever les inhibitions et à ramollir la détermination. Or c'était précisément l'effet inverse qu'il visait.

Le café était sans doute un choix plus sûr.

Après s'en être servi une tasse, il alla dans son bureau pour accomplir les inévitables tâches administratives. Il n'aurait su dire combien de temps était passé quand il entendit frapper à la porte restée ouverte.

— Excusez-moi de vous déranger, Logan, mais j'ai pensé que vous aimeriez savoir que Cassie s'est endormie.

— Très bien. Merci, répondit-il avant de se retourner vers son ordinateur.

— Par ailleurs, j'aurais aimé vous parler. De Cassie.

— Bien sûr. Asseyez-vous.

Il retint un soupir ; il aurait préféré mettre de la distance entre eux.

— Merci, dit-elle en prenant place dans l'un des fauteuils club qui se trouvaient devant son bureau.

— Y a-t-il un problème ?

— Non, répondit-elle avec un peu trop d'empressement. Votre fille est merveilleuse.

— Je suis d'accord.

Et elle aurait mérité un père avec moins de défauts.

— J'aimerais juste savoir ce que vous attendez de moi, dit Grace.

Il attendait d'elle des choses... qu'il ne pouvait en aucun cas lui dire.

— Je ne suis pas sûr de comprendre le sens de votre question.

— Lors de l'entretien, nous avons surtout parlé de mes qualifications et je sais que mon travail consistera à m'occuper de Cassie et à veiller sur elle.

— Tracy vous a-t-elle expliqué qu'elle préférait que vous veniez avant son mariage pour que Cassie puisse s'habituer à vous ? Il se trouve qu'elle a des milliers de choses à faire pour préparer ce grand jour. Et quand elle partira en voyage de noces, elle se sentira plus rassurée si elle sait que tout se passe bien ici.

— Elle m'a expliqué tout cela, oui.

— Bon. Alors tout est parf...

— Attendez. Je sais que vous travaillez beaucoup et que vous ne serez pas toujours disponible dans les jours à venir. J'aimerais donc lever dès maintenant toutes les interrogations. Comment voulez-vous que je structure le temps, pour votre fille ? Tracy m'a dit qu'elle m'avait embauchée parce que j'étais institutrice et que Cassie commencerait l'école en septembre. Voulez-vous que je lui fasse faire des activités d'apprentissage ? Ou uniquement des activités ludiques ?

Il n'en avait aucune idée. C'était le domaine de Tracy. C'était elle qui prenait toutes les décisions. Comme il n'avait sa fille que le week-end, il se fiait totalement au jugement et à l'instinct de sa mère. Il avait toujours procédé ainsi.

Pour sa part, il avait eu une enfance si chaotique qu'il ne se sentait absolument pas en mesure de décider quoi que ce soit, concernant sa fille.

Luttant pour dissimuler la panique qui s'était emparée de lui, il regarda Grace bien en face.

— C'est vous l'experte. Vous pensez qu'elle a besoin de faire des activités d'apprentissage tout l'été ?

— Elle me paraît brillante, alors j'imagine que non. Mais je peux lui faire faire des choses amusantes qui lui permettront d'apprendre sans qu'elle s'en aperçoive.

— Cela me paraît très bien.

— Personnellement, je trouve que les enfants devraient pouvoir vivre dans l'insouciance autant que possible. Les responsabilités viennent bien assez tôt.

Il en savait quelque chose ! Il n'était qu'un enfant quand sa mère avait quitté l'homme riche et volage qui était son mari en emmenant ses quatre enfants. Ils s'étaient retrouvés sans abri, même si sa mère travaillait comme serveuse et femme de ménage. Elle avait toujours fait de son mieux pour prendre soin d'eux, mais inconsciemment, il avait endossé le rôle de chef de famille pour les protéger, elle, ses frères et sa sœur. Il n'avait alors que douze ans. Avec le recul, il ne souhaitait cela à aucun enfant.

— Très bien, dit-il comme Grace attendait sa réponse. L'insouciance avant tout. Pas de devoirs de vacances, donc. Nous avons bien fait d'en parler. Je suis ravi de…

— Il y a autre chose que j'aimerais vous demander.

— Allez-y, dit-il en se retenant de soupirer.

— Voulez-vous que je fasse du ménage, de la cuisine, des choses comme ça ?

— La femme de ménage passe une fois par semaine, donc ne vous inquiétez pas de ça. Mais il vous faudra vous occuper de vos repas et de ceux de Cassie.

— Aucun problème. Je serais ravie d'en préparer pour vous également, si vous le souhaitez.

Il y avait dans sa voix et dans l'expression de son visage une douceur à laquelle aucun homme n'aurait pu résister. Une douceur qui s'insinuait en lui, comblait le vide qui était dans son cœur. Il était généralement épuisé quand il terminait son travail le soir, et ce fut pour cette raison, sans doute, qu'il baissa la garde.

— C'est très gentil de votre part, répondit-il.

— Parfait. Ça me fait plaisir.

Et elle sourit comme si elle pensait vraiment ce qu'elle disait.

— Bien. Si vous n'avez plus d'autres questions…

— Une dernière chose, dit-elle.

Décidément…

— Je vous écoute.

— Pourquoi ne voulez-vous pas apprendre à Cassie à monter à cheval ?

— Qu'est-ce qui vous fait penser que je ne veux pas ?

Elle avait raison, mais ce n'était pas la question.

— Je lis entre les lignes, expliqua-t-elle. Le fait que vous lui disiez toujours que vous en parlerez plus tard, ajouté au fait qu'elle dise qu'elle n'est plus un bébé. Manifestement, elle se sent traitée comme tel.

À ce moment-là de la conversation, n'importe quelle maman aurait sans doute répliqué qu'elle était la maman et qu'elle savait ce qu'elle avait à faire. Hélas, il ne pouvait pas jouer la version papa, pour la simple et bonne raison qu'il n'avait aucune idée de la façon dont un bon père devait se comporter.

— Que voulez-vous dire ?

— Je vis en zone rurale et j'enseigne dans une école maternelle. Beaucoup d'enfants plus jeunes que Cassie ont déjà appris à monter. Alors de quoi avez-vous peur ?

Que les mauvaises choses qu'il avait vécues dans son enfance soient restées ancrées en lui, qu'elles finissent par ressortir et faire du mal à sa fille.

— Je n'ai peur de rien, rétorqua-t-il. J'ai simplement promis à Tracy qu'elle récupérerait notre fille en un seul morceau quand elle rentrerait de son voyage de noces. Vous avez été embauchée pour m'aider à atteindre cet objectif.

— Très bien, dit-elle sur un ton qui laissait clairement entendre qu'elle avait remarqué qu'il n'avait pas vraiment répondu à la question. Alors c'est tout. Bonne nuit, Logan.

Il admira la courbe de ses hanches quand elle quitta le bureau, avant de se laisser aller contre le dossier de son fauteuil en soupirant.

Cassie irait bien quand tout cela serait terminé, parce qu'il était prêt à tout pour s'en assurer. Mais lui, comment se sentirait-il ?

Grace Flynn était imprévisible, et son expérience avec les chevaux lui avait appris que c'était là une chose dangereuse.

- 2 -

Le lendemain matin, après son petit déjeuner, Cassie voulut jouer à la dînette dehors. C'était une belle journée de juin ensoleillée. Grace ne vit aucune raison de refuser.

— On va apporter les affaires ensemble, lui dit-elle.

Dans le spacieux séjour, contre un mur de pierres apparentes, se trouvait un vieux coffre en bois dans lequel les jouets étaient rangés. Ensemble, elles sélectionnèrent ceux dont elles avaient besoin.

— Tu préfères que l'on prenne une couverture ou que l'on s'asseye à table sous le porche ?

La petite fille sembla méditer quelques instants.

— Il n'y a que deux chaises. Alors il vaut mieux une couverture. Comme ça, si jamais papa a le temps de venir jouer avec nous, il y aura de la place pour lui.

— Il vient souvent jouer avec toi ?

— Non. Jamais.

Le cœur de Grace se serra.

Logan lui avait fait clairement comprendre que le ranch occupait la plus grande partie de son temps et qu'il ne fallait pas s'attendre à le voir très souvent. Mais il y avait de la tristesse derrière la résignation de Cassie et, apparemment, l'espoir que son père trouve un jour le temps de s'arrêter pour se joindre à elle dans ses jeux. D'où sa volonté de lui faire de la place.

— Très bien, ma puce. Va pour la couverture.

Elle emballa la vaisselle en plastique rose dans un vieux plaid.

— On aura besoin d'invités, aussi, murmura Cassie. Mais qui je peux inviter ? Ariel est punie.

Grace se retint de rire. Cassie était vraiment adorable. On aurait dit une adulte miniature.

— Qu'a fait Ariel pour être punie ? demanda-t-elle.

— Elle a répondu à sa maman. Et la fatigue n'est pas une excuse. Maman aussi est fatiguée, parfois. Mais papa jamais.

Cassie prit une autre poupée qu'elle regarda quelques instants avant de secouer la tête.

— Ella ne peut pas venir non plus. Sa maman lui a dit de manger ses légumes et elle les a donnés au chien.

Manifestement, la fillette projetait ses propres expériences sur ses poupées, et la discipline était incarnée par sa mère.

Cassie reprit un air songeur, et tout à coup, son visage s'illumina.

— Je sais qui inviter ! s'exclama-t-elle. Abigail et Hattie ! Elles ont été très sages, elles ont bien rangé leur chambre.

— Bon, d'accord. Que dirais-tu d'un muffin à la myrtille pour aller avec notre thé ?

Elle en avait préparé une fournée la veille au soir et avait remarqué que Logan en avait mangé plus d'un avant de partir travailler, sans doute avant l'aube.

La petite fille prit un air ravi.

— Super !

Après avoir été chercher l'un des muffins qui restaient, Grace alla rejoindre Cassie sur l'herbe, où elles étalèrent la couverture et installèrent la dînette et les poupées.

Au loin, se profilaient le lac et les montagnes. La vue était époustouflante. L'écurie et le corral se trouvaient au pied de la falaise, et on pouvait voir des chevaux courir et s'ébattre. Au cours de l'entretien, Logan lui avait dit qu'il avait plusieurs troupeaux et élevait également des chevaux.

Elle ne l'avait pas vu depuis leur discussion de la veille au soir, dans le bureau, et elle ne savait pas si leurs chemins se croiseraient aujourd'hui. À l'idée qu'il puisse se joindre à elles pour cette dînette, elle sentit son cœur s'emballer. Elle dut lutter pour ignorer cette réaction. C'était complètement idiot, de toute façon. Cassie lui avait bien dit qu'il ne venait jamais jouer avec elle.

La petite voix flûtée de la fillette la ramena doucement à la réalité.

— Tu peux couper le muffin ? Abigail et Hattie ont faim.

Doutant un peu de la propreté des petits couteaux en plastique, Grace décida de partager le muffin avec ses doigts.

— Bon appétit, mesdemoiselles, dit-elle en distribuant les parts, sans oublier les poupées.

— Merci, répondit Cassie d'une voix haut perchée.

Après quoi elles commencèrent à manger et à discuter.

Quand elle entendit un bruit de pas, Grace sentit aussitôt son souffle s'accélérer. Elle n'avait pas à se retourner pour savoir que Logan arrivait derrière elle.

Au bout de quelques secondes qui lui parurent une éternité, il finit par apparaître.

— Qu'est-ce que vous faites ? demanda-t-il, de cette magnifique voix grave qui la fit encore une fois frissonner.

— Papa ! s'écria Cassie, manifestement ravie de le voir. Grace et moi on boit le thé avec mes poupées.

— Ces muffins sont délicieux, dit-il.

— Contente qu'ils vous plaisent, répondit Grace.

— Tu devrais prendre le thé avec nous, papa. C'est pour de faux. Mais de toute façon, Abigail et Hattie n'ont plus faim. Elles partageront avec toi.

Son petit visage avait pris une expression suppliante pleine de candeur.

— J'aimerais beaucoup, ma chérie, mais…

Il s'interrompit, soupira, et reprit :

— … je suis juste revenu prendre mon déjeuner avant de retourner travailler.

— Mais il est trop tôt.

— Pas pour moi. J'ai commencé à travailler avant le lever du soleil.

— Tu dois être fatigué, alors, murmura Cassie. Et aussi avoir faim. J'ai une idée !

— Ah oui ?

À en juger par l'expression de son visage, on aurait pu croire qu'il aurait préféré marcher sur des charbons ardents plutôt que d'écouter ce que sa fille avait à lui dire.

— Tu emportes ton déjeuner dehors, et on te tient compagnie. Moi, Abigail, Hattie et Grace.

Grace étudia attentivement la réaction de Logan. Il ne s'agissait pas de peur à proprement parler, mais il y avait beaucoup de gêne, c'était certain.

— Cela me ferait vraiment très plaisir, ma chérie. Mais j'ai beaucoup à faire cet après-midi et je dois manger rapidement.

— Mais, papa, ça ne sera pas long.

— La prochaine fois, peut-être.

— Bon. D'accord…

Il y avait de la déception dans la voix de Cassie, mais aussi une certaine philosophie, comme si elle avait su dès le départ qu'il refuserait. Ce n'était à l'évidence pas la première fois qu'il lui disait non.

— Je suis vraiment désolé, dit-il en lui tendant les bras.

Sans hésiter une seule seconde, Cassie vint se blottir contre lui. Et quand il finit par desserrer son étreinte, elle recula en portant sur lui un regard un peu triste.

— Quand je te fais un câlin, c'est toujours toi qui t'en vas en premier, dit-elle.

— C'est vrai ?

Cassie n'avait certainement pas dit cela pour faire de la peine à son père, mais en observant le regard torturé de Logan, Grace comprit qu'il avait été blessé.

Il fallait qu'elle fasse quelque chose. Lui dire que cinq ou dix minutes ne changeraient rien pour les vaches ou les chevaux, mais pouvaient avoir une importance capitale pour un enfant. Elle s'apprêtait à parler quand il planta son regard dans le sien.

— Vous avez un commentaire à faire ? s'enquit-il.

Elle se reprit juste à temps et fit signe que non.

— Parfait, dit-il avant de se tourner vers Cassie. Bon, à ce soir, ma chérie.

— Oui, répondit la fillette, qui le regarda pensivement s'éloigner.

Après quoi elle se tourna vers Grace.

— Maman dit toujours que les meilleurs câlins sont ceux où personne ne s'en va.

— Je suis d'accord avec elle, ma chérie.

Elle ne voyait vraiment pas ce qu'elle aurait pu dire d'autre. Car même si la tentation était forte, commenter la relation entre le père et la fille ne faisait pas partie de ses attributions.

Logan était quasiment certain que Grace le prenait pour la plus vile créature de la Terre pour ne pas avoir accepté l'invitation de sa fille la veille. Il était content qu'elle ait gardé pour elle le commentaire qu'elle semblait s'apprêter à faire, mais il n'avait pas réussi à effacer de son esprit l'expression désapprobatrice de son visage. Elle n'était apparemment pas très douée pour dissimuler ses sentiments. Quoi qu'il en soit, s'il avait agi ainsi, c'était pour de bonnes raisons.

Il vivait avec ses petits frères et sœur dans une voiture quand il avait compris que le masque d'optimisme de sa mère dissimulait en réalité de la peur. Et que cette peur, c'était son père qui en était à l'origine.

Il avait fait un rêve au cours de la nuit, et pas besoin de psy pour l'analyser. Grace pointait un doigt accusateur vers lui, et sans lui laisser le temps de lui dire qu'il était un très mauvais père, il l'avait embrassée. C'est à ce moment-là qu'il s'était réveillé. Après ça, il avait eu un sommeil agité. Et par conséquent, il s'était levé de mauvaise humeur.

Il était occupé à réparer une longe dans la sellerie quand il entendit des voix féminines à l'extérieur. La première était celle de Cassie. L'autre était douce et sexy. Grace. Un sentiment de panique s'empara de lui. Si elles étaient venues jusqu'ici, c'est qu'il devait y avoir un problème.

Angoissé, il se précipita à leur rencontre.

— Qu'est-ce qui se passe ?

Les yeux brillants de joie, Cassie se mit à courir dans sa direction. Elle portait un short en jean et un T-shirt rose. Et elle arborait une coiffure compliquée.

— Coucou, papa ! Regarde, Grace m'a fait des tresses africaines ! C'est joli, hein ?

— Magnifique.

Il regarda Grace, et le même mot lui vint à l'esprit. Ses cheveux étaient relevés en queue-de-cheval, dégageant la délicate courbe de son cou et de ses épaules. Elle portait un short noir qui dévoilait sa peau soyeuse et hâlée, et un haut à fines bretelles. Magnifique.

— J'ai parlé à Grace des bébés chats, alors on est venues les voir, dit Cassie en commençant à examiner les box.

— Fais attention, ma chérie !

Il resta sur ses talons pendant qu'elle fouillait l'écurie. Sans succès.

— Boule de Neige doit être dehors. Je vais voir ! s'exclama-t-elle en se précipitant vers la sortie.

En un éclair, elle avait disparu.

— Cassie !

Soit elle ne l'entendit pas, soit elle avait décidé de l'ignorer.

— Je vais la chercher, dit-il.

— Je m'en charge. Pourriez-vous m'accompagner ? J'aimerais vous parler de quelque chose.

Il réprima un soupir et hocha la tête sans répondre. Qu'avait-elle encore à lui dire ?

Ils sortirent de l'écurie. Non loin de là, Cassie inspectait une botte de foin.

— Elle explore, dit Grace. C'est normal, à son âge.

— Elle a besoin de surveillance, marmonna-t-il d'une voix tendue par le stress.

— Je suis d'accord avec vous. Mais c'est un ranch. Pas une fabrique de lames de rasoir, répliqua-t-elle. J'aurais quelques questions à vous poser, si cela ne vous dérange pas.

— Je vous écoute, répondit-il en soutenant son regard.

Le sourire qu'elle lui adressa était poli, mais on voyait bien qu'elle avait une idée derrière la tête.

— Très bien. Pour commencer, j'aimerais savoir ce que votre fille peut ou ne peut pas faire.

— C'est votre travail. C'est à vous de savoir comment prendre soin d'elle. C'est pour cette raison que je vous ai embauchée. Pour vos compétences en la matière.

— C'est bien ce que je pensais.

Les étincelles d'or qui parsemaient ses iris noisette se mirent à scintiller. On aurait cru que ses yeux pouvaient cracher du feu à tout instant.

— Parfait. Alors nous avons terminé, conclut-il.

— Pas vraiment. Le problème, c'est que je me suis servie de mes *compétences* à l'instant. Cassie voulait me montrer la chatte et ses chatons. Forte de mes *compétences*, j'ai jugé que cela pouvait constituer une activité amusante pour elle, mais j'ai le sentiment que vous n'êtes pas de cet avis, parce que vous vous comportez comme si je l'avais laissée jouer avec une boîte d'allumettes.

— Elle a cinq ans et a des tas de jouets. Ne peut-elle pas trouver d'autres activités amusantes ?

— Comme vous venez de le rappeler, elle a cinq ans, ce qui signifie que ses capacités à se concentrer sont limitées. Nous sommes dans un ranch. Entourés d'animaux inoffensifs.

Lentement, elle se détourna de lui pour regarder Cassie qui examinait un rocher en le tapotant avec un bâton.

Et dire qu'elle avait des jouets plein la maison..., songea-t-il.

Troublé, il se concentra de nouveau sur Grace. Pourquoi fallait-il qu'elle soit d'une logique si implacable ? Et surtout, pourquoi fallait-il qu'elle soit si sexy ?

— Les chats griffent, dit-il. Les chevaux mettent des coups de sabot.

— Vous avez raison. Mais je suis là pour la surveiller.

Elle le regarda en plissant les yeux quelques secondes avant de se retourner vers Cassie.

— Bref ! J'ai l'impression que vous désapprouvez ma décision. Alors je vous repose la question : quelles sont les activités autorisées pour votre fille ?

— Celles qui ne permettent pas de s'approcher des barbelés ou des chevaux qui pourraient ruer.

— Pas d'activités en extérieur, donc ?

— Tout à fait.

Très bien ! Cela avait été plus facile qu'il l'avait pensé. Il se sentit soulagé. Mais Grace lui lança un regard plein de défi. Ce n'était donc pas terminé…

— Qu'est-ce qu'il y a ? demanda-t-il.

— Cassie vient vous voir au ranch tous les week-ends.

Comment occupez-vous votre temps ? Que faites-vous pour la distraire ?

— Je l'emmène au cinéma. Ou manger une glace en ville. Et il y a un centre commercial à environ quarante-cinq minutes de là. Elle aime bien faire les boutiques.

— Alors vous ne faites jamais d'activités en extérieur ?

— Ça nous arrive. On va manger une glace en terrasse quand il fait beau.

Tout en plissant les yeux, elle croisa les bras sous sa poitrine... qu'il s'efforça de ne pas regarder.

— Comment faites-vous pour travailler si vous ne la quittez jamais des yeux une seule seconde ?

— Quand elle vient au ranch, j'aménage mon planning pour pouvoir rester avec elle.

L'air pensif, elle poussa un long soupir.

— Pourquoi ne la mettez-vous pas sous cloche ? demanda-t-elle.

— Vous trouvez que je suis trop protecteur.

Ce n'était pas une question. Tracy le lui reprochait régulièrement.

— J'aurais plutôt dit « prudent », précisa-t-elle. Mais pourquoi à ce point ? Elle vient très souvent chez vous. Elle est assez grande pour comprendre les règles et les dangers, savoir où elle peut jouer et où se trouvent les limites à ne pas dépasser.

— Les enfants ne respectent pas toujours les règles et ne restent pas toujours là où on le leur dit.

— Je ne peux pas vous dire le contraire. Alors vous ne la quittez jamais des yeux ?

— Jamais. Et maintenant, vous êtes là pour prendre le relais.

Mal à l'aise, il se passa une main dans les cheveux avant de reprendre :

— Écoutez, quand elle est avec moi, il est de ma

responsabilité de m'assurer qu'il ne lui arrive rien. La seule chose qui compte, c'est elle. Son bonheur et son bien-être. Je veux qu'elle soit en sécurité et je suis prêt à tout pour atteindre cet objectif. C'est ce que les pères sont censés faire, non ?

Sauf le sien…

— Naturellement que c'est ce que les pères sont censés faire, répondit-elle.

L'expression de son visage s'était adoucie. Comme si elle avait senti qu'il n'était pas doué pour ce genre de choses et qu'elle avait de la peine pour sa fille. Ou pire : pour lui.

— Et les mères aussi, poursuivit-elle. Mais…

Vivement, il leva la main pour l'arrêter.

— Je n'aime pas ce « mais ».

— Ce n'est qu'un mot, dit-elle avec un léger sourire.

Tout bien considéré, mieux valait qu'elle se moque de lui plutôt qu'elle ait pitié.

— C'est vrai. Mais un mot qui signifie que je ne vais pas aimer ce qui va suivre, fit-il remarquer.

Il n'y eut pas de sourire, cette fois. L'air concentré, elle s'éloigna un peu de l'entrée de l'écurie pour pouvoir suivre du regard Cassie qui poursuivait ses explorations.

— Cassie est votre fille et je m'occuperai d'elle comme vous le souhaitez. La seule chose que j'aimerais que vous compreniez, c'est qu'en exerçant un contrôle aussi strict sur son environnement vous assurez sa sécurité mais vous risquez aussi de compromettre son bonheur.

À ce moment-là, Cassie accourut dans leur direction.

— Grace ! s'exclama-t-elle.

— Qu'est-ce qu'il y a, ma chérie ? demanda-t-elle en s'accroupissant devant elle.

— J'ai trouvé Boule de Neige ! Elle s'est fait une maison dans du foin pour elle et ses bébés. Viens voir !

— D'accord, répondit-elle en souriant tandis que Cassie la prenait par la main pour l'entraîner avec elle.

— Au revoir, papa !

— Sois prudente. À tout à l'heure, mon bébé.

Pensif, il les regarda s'éloigner.

Compromettre le bonheur de Cassie ? Et son bonheur à lui ?

Tout se passait très bien dans sa vie jusqu'à ce que Grace Flynn y fasse irruption. La fin de l'été lui paraissait bien loin, à présent. Il était pressé d'y arriver. Et pas seulement parce que Cassie retrouverait la sécurité du domicile de sa mère.

À la fin de l'été, Mary Poppins s'en irait, elle aussi, et son univers reviendrait à la normale.

Ce n'était que le deuxième jour de travail de Grace, mais sa force de caractère le perturbait. Ce n'était pas la première fois qu'il s'accrochait avec une femme, mais jamais avec une femme aussi belle et sexy.

- 3 -

— Papa, je veux que Grace vienne avec nous à la fête du 4 Juillet.

Son adorable petit visage illuminé par l'espoir et la détermination, Cassie regardait son père.

Grace, qui observait la réaction de Logan, eut beaucoup de mal à s'empêcher de rire. Il ne savait pas quoi dire.

— En réalité, ma chérie, j'ai été tellement occupé que j'ai oublié de le proposer à Grace. Mais je vais réparer mon erreur dès maintenant. Grace, voulez-vous nous accompagner à la fête ?

Grace ne répondit pas tout de suite. Accepter, cela aurait été franchir la limite entre professionnel et personnel. D'autre part, il s'agissait sans doute là d'une belle occasion pour le père et la fille de resserrer leurs liens.

— Je vous remercie, mais je ne préfère pas, répondit-elle. Je ne voudrais pas m'immiscer dans ce moment privilégié entre vous.

— Mais il faut que tu viennes ! dit Cassie d'une voix suppliante. Ça va être amusant. Et il y a une parade. Allez… Grace… Dis oui…

— Vous devriez venir, intervint Logan. On fête l'indépendance de l'Amérique. Ce n'est pas très patriote de rester tout seul dans son coin. Si vous étiez à Buckskin Pass, que feriez-vous ?

Pourquoi mentir ?

— Je participerais aux festivités, répondit-elle.

— Alors venez participer avec Cassie et moi.

— Tu dois venir, Grace. Je serai triste si tu ne viens pas, dit Cassie avant de lui faire son inimitable moue.

Grace sourit.

— Qui peut résister à ça ? Personne. C'est d'accord. Je viens avec vous.

— Oui !

Au moins, Cassie jubilait. Son père, beaucoup moins. Son langage corporel était clair : il avait eu beau l'inviter, il n'avait aucune envie de se trouver en sa compagnie. Cela dit, elle le comprenait. Elle méritait bien ça pour lui avoir proposé sans avoir été sollicitée des conseils parentaux lors de ses deux premiers jours de travail. Elle entamait à présent la deuxième semaine. Et elle s'était juré de ne plus donner son avis tant qu'on ne le lui aurait pas demandé ! Enfin, elle s'y efforcerait…

— Tu aimes mes cheveux, papa ?

— Les rubans sont très jolis. Rouge, blanc, bleu. Très patriote.

— C'est Grace qui m'a coiffée, expliqua la fillette en tournant sa tête de gauche à droite pour bien montrer sa queue-de-cheval et les longs rubans qui la décoraient. Je ne me couperai jamais les cheveux.

— Tu en parleras plutôt à maman, répondit-il avant de se tourner vers Grace. Vous êtes prête à partir ?

Machinalement, elle baissa les yeux pour inspecter sa tenue : jean court et T-shirt orné de rayures et d'étoiles.

— Il faut juste que j'aille chercher mon sac.

Quelques minutes plus tard, Logan se garait dans un parking tout proche de la rue où avaient été montées de petites échoppes et des attractions. Le regard émerveillé, Cassie énuméra celles où elle voulait aller.

Sans répondre à sa fille, Logan s'engagea dans la rue animée fermée à la circulation, comme s'il cherchait le meilleur emplacement pour voir la parade. Mais derrière les barrières, les trottoirs étaient bondés. Ils ne s'étaient toujours pas décidés sur l'endroit où s'installer quand Grace entendit quelqu'un appeler Logan par son nom.

— Regardez ! s'exclama Cassie en désignant le Grizzly Bear Diner. Il y a tonton Tucker, tonton Max et tatie Jamie !

— Mes frères et ma sœur, précisa Logan.

Grace l'enviait un peu, elle qui n'avait personne en dehors des amis qu'elle s'était faits à Buckskin Pass. Mais elle se souvint de sa réponse quand elle lui avait dit qu'il avait dû bien s'amuser avec eux. « Pas vraiment. » Pourquoi avait-elle le sentiment que c'étaient les circonstances, et non ses frères et sœur, qui avaient influencé ce point de vue ?

Jouant de ses petits coudes, Cassie s'approcha de l'endroit où se trouvaient ses oncles et sa tante.

— Coucou !

— Coucou, cacahuète, lui répondit une jolie jeune femme d'une vingtaine d'années en la prenant dans ses bras. J'adore ta coiffure.

— Moi aussi, j'adore. C'est Grace qui me l'a faite.

Tournant vers Grace de grands yeux bleus interrogateurs, très semblables à ceux de Logan, la jeune femme se mit à la dévisager.

— Et vous devez être Grace, la pro de la coiffure ?

— Sois gentille, Jamie, ne lui fais pas peur, intervint Logan. Je te présente Grace Flynn, qui va garder Cassie pendant l'été. Grace, je vous présente ma sœur, Jamie Hart, et mes frères, Tucker et Max Hart.

Hart ? Curieux. Le nom de famille de Logan était Hunt. Peut-être des demi-frères et sœur ? Non. Il y avait, surtout chez les hommes, un air de famille trop marqué, tous étant dotés d'un physique bien au-dessus de la moyenne.

— Ravie de vous rencontrer, dit-elle en commençant à échanger des poignées de main.

Max était vraiment très grand et très large d'épaules. Sa main, immense, sembla engloutir la sienne.

— Votre visage me dit quelque chose, murmura-t-elle.

— Vous l'avez peut-être vu dans la presse people, dit Logan. Il jouait à la National Hockey League.

— Jouait ? Vous avez donc arrêté ?

— Je me suis blessé à la cheville Après ça, impossible de retrouver le niveau, répondit Max sans rien dévoiler de ses sentiments sur ce triste événement.

— Maintenant qu'il a du temps, il s'en sert pour me casser les pieds, marmonna Tucker, un grand musclé qui devait être âgé d'une trentaine d'années. J'ai autre chose à faire que de flatter son ego.

— Comme si construire des bateaux était un métier, répliqua Max.

— Quel âge vous avez, les garçons ? Cinq ans ? intervint leur sœur en riant. Notre nièce est plus mature que vous.

Grace avait toujours rêvé d'un grand frère. Cette jeune femme en avait trois pour la protéger. Quelle chance !

— Qu'est-ce que vous faites dans la vie, Jamie ? s'enquit-elle.

— Elle est infirmière à la clinique de la ville, répondit Logan d'une voix pleine de fierté et d'affection.

— Elle fait des piqûres, ajouta Cassie en plissant le nez.

— Je ne t'en ai jamais fait, lui dit sa tante. Et si c'était le cas, ce serait parce qu'une injection serait nécessaire sur le plan médical.

— Ça veut dire si j'en avais vraiment, vraiment besoin ?

— C'est ça, répondit Jamie en la serrant contre elle. Tu es très intelligente, ma petite cacahuète.

— La parade commence ! s'exclama soudain Max, qui,

plus grand que tous les autres, pouvait voir par-dessus les têtes des personnes qui se trouvaient devant eux.

— Je vois rien, se plaignit Cassie.

Tout sourires, son oncle la prit dans ses bras pour la hisser sur ses larges épaules.

— Et comme ça ?

— Je vois mieux que tout le monde ! s'exclama la petite fille en souriant d'un air radieux.

Pour essayer de mieux voir elle aussi, Grace se décala sur le côté, et son bras effleura celui de Logan. Un délicieux frisson parcourut tout son corps. Elle fit de son mieux pour ignorer cette sensation. Elle venait à peine d'y parvenir qu'il posa une main sur son bras pour l'encourager à se mettre devant lui…

— Vous verrez mieux comme ça, lui dit-il.

Le contact avait été doux, mais sur sa peau nue, ses doigts paraissaient chauds au point de pouvoir laisser une marque.

Un instant plus tard, il retira sa main qui laissa derrière elle un douloureux sentiment de vide. Curieux. D'autant plus que ses frères étaient extraordinairement beaux, eux aussi, mais qu'aucun d'entre eux ne la faisait fondre comme lui.

Un instant plus tard, l'orchestre passa à leur niveau en jouant *America the Beautiful*, une agréable distraction qui lui fit oublier cette sensation déstabilisante. Pendant une quinzaine de minutes, elle admira des chevaux, des voitures anciennes et même un chariot couvert de l'époque des pionniers. En bout de défilé, le plus grand camion de pompiers de la ville.

Quand tout fut terminé, ce fut Max qui brisa le silence le premier.

— Le Bar None a ouvert une échoppe juste de l'autre côté de la rue. Et si on allait se chercher une bière ?

— J'aime pas la bière, dit Cassie. Et puis je voudrais aller faire la course en sac.

Percevant le conflit intérieur de Logan, qui semblait se demander ce qu'il devait faire, Grace décida d'intervenir.

— Restez avec votre famille, Logan. Je vais emmener Cassie aux jeux.

— Vous n'êtes pas de service. C'est un jour férié.

— J'aime passer du temps avec elle. Je n'ai pas l'impression de travailler.

Il semblait toujours hésiter quand Cassie désigna quelqu'un dans la foule.

— Il y a ma copine Lindsay ! Je veux aller jouer avec elle !

— Allez, insista Grace. Comme ça tout le monde sera content.

— Non seulement Grace est très jolie, mais elle a aussi raison, fit remarquer Max.

L'air toujours aussi hésitant, Logan les regarda chacun à tour de rôle, mais sans lui laisser le temps de répondre, sa fille demanda :

— Papa, s'il te plaît, je peux aller avec Grace ?

— D'accord, ma chérie, répondit-il en hochant la tête. Mais tu restes bien avec elle.

Comme si la petite fille n'était pas plus lourde qu'une plume, Max la hissa au-dessus de sa tête pour la reposer à terre.

— Vas-y, cacahuète.

— Merci, tonton ! répondit Cassie avant de s'élancer vers son amie.

Logan se tourna vers Grace.

— Je bois une bière, et je vous appelle pour savoir où vous êtes.

— D'accord.

Elle le regardait traverser la rue avec sa famille quand Cassie revint vers elle en courant.

— Grace, je peux aller dans les manèges avec Lindsay ? Son papa et sa maman nous accompagnent. S'il te plaît…

— D'accord. Je vais aussi venir.

— Attendez.

C'était la voix de Logan qui, sans qu'elle s'en aperçoive, était revenu vers elles.

— Je croyais que vous l'emmeniez à la course en sac, dit-il.

Grace suivit du regard Cassie qui commençait déjà à s'éloigner avec la famille de son amie, avant de se tourner vers Logan qui paraissait tendu. Et mécontent.

— Elle a changé d'avis, expliqua-t-elle. Ça arrive souvent quand on a cinq ans. Elle veut aller faire un tour de manège avec son amie et ses parents.

— Nous n'avons jamais parlé de ça.

— Vous m'avez embauchée pour que je fasse usage de mes compétences. Mais si vous ne me faites pas confiance…

— Ce n'est pas ça, marmonna-t-il en se passant nerveusement une main sur la nuque. C'est juste qu'il me semble que je devrais être présent.

Présent ? Sérieusement ? Elle s'était juré de ne plus donner de conseils, mais…

— Si vous jugez votre présence si importante, pourquoi ne pas avoir pris dix minutes l'autre jour pour jouer à la dînette avec nous ?

Elle ne sut interpréter la lueur qui traversa son regard. Colère ? Tristesse ?

— Je ne suis pas doué pour ça, répliqua-t-il. Et ne me demandez pas pourquoi.

À ces mots, elle plongea son regard dans le sien. Elle ne savait pas vraiment ce qu'elle cherchait, mais elle était presque certaine que ce n'était pas là qu'elle trouverait des réponses.

— Je vais l'emmener, affirma-t-il.

— Mais votre famille vous attend.

— Ils se passeront de moi.

Après avoir baissé les yeux quelques instants, il releva la tête vers elle.

— Et pour que les choses soient claires, Grace, j'ai confiance en vous. Le problème vient uniquement de moi.

Sans rien ajouter, il rejoignit Cassie et la famille de son amie, et après quelques échanges, le petit groupe se dirigea vers les manèges.

Pensivement, Grace le regarda poser sa grande main sur la petite épaule de sa fille. Et elle sentit son cœur se serrer. Il était l'incarnation même du cow-boy fort, taciturne et solide. Protecteur. Elle le croyait quand il disait qu'il avait confiance en elle, mais pas en lui.

Mais elle se demandait bien pourquoi.

Contrairement à sa fille, qui s'était immédiatement assoupie dans le pick-up quand ils étaient repartis après le feu d'artifice, Logan ne parvenait pas à trouver le sommeil. Il se tournait et se retournait dans son lit, ne pouvant effacer Grace de son esprit. Et ce pour diverses raisons, la principale étant sans doute la sensation de sa peau sous sa main. Ou la façon dont elle l'avait regardé quand il avait pris peur à l'idée que Cassie monte dans un manège sans qu'il soit là pour la surveiller.

Ce regard… Elle l'avait jugé. Or, pour tout ce qui touchait au rôle de père, on ne pouvait pas vraiment dire qu'il était au point. Elle était suffisamment habituée aux enfants pour le comprendre. Mais avant son arrivée, tout se passait très bien entre Cassie et lui. Les week-ends étaient sacrés. Il embauchait du personnel pour pouvoir consacrer du temps à sa fille. Il restait avec elle. De cette façon, il était sûr qu'elle était en sécurité. Il n'avait pas à déléguer cette responsabilité.

À présent, il lui fallait faire confiance à Grace pour veiller sur ce qu'il avait de plus précieux au monde. Ce qui n'était pas facile. Tout cela à cause de Foster Hart. Il ne l'avait jamais autant détesté qu'à cet instant ! À cause de lui, il n'avait aucune idée de ce que devait faire un bon père.

Soudain, il entendit un bruit. Une décharge d'adrénaline le traversa. Le bruit reprit. Cassie. Elle pleurait. D'un bond, il sortit de son lit.

En arrivant dans le couloir, il vit que la porte de sa chambre était ouverte. La lampe de chevet était allumée. Assise au bord du lit, Grace serrait la fillette dans ses bras en lui murmurant des paroles de réconfort.

— C'était un mauvais rêve, ma chérie. Tout va bien. Je suis là. Tu n'as rien à craindre, je t'assure.

Comme pour lui demander s'il voulait prendre le relais, Grace se tourna vers lui. Il secoua la tête. Cassie était accrochée à elle, elle était probablement mieux ainsi. De plus, ses sanglots commençaient à s'apaiser.

— Ça va aller, ma puce. Tu veux en parler ?

— Non, j'ai trop peur, répondit Cassie en s'accrochant encore plus fort à elle.

— Parfois, quand on parle d'une chose, elle finit par perdre le pouvoir de nous faire peur.

— Il y avait quelqu'un qui essayait de m'attraper, murmura Cassie en reniflant. Je courais aussi vite que je pouvais, mais il a attrapé mon T-shirt et je n'ai pas pu m'en aller. Je n'arrêtais pas de dire « Au secours », mais personne ne venait.

— Oh ! ma chérie, murmura Grace en passant tendrement la main dans ses cheveux. Je suis désolée que tu aies eu peur. Mais c'était juste un rêve. Personne ne peut te faire de mal. Je suis là. Et ton papa aussi.

Relevant un peu la tête, Cassie se tourna vers lui.

— Je t'avais pas vu, papa. Excuse-moi de t'avoir réveillé.

— Ce n'est rien, mon bébé. Ça va ?

— Ça va mieux, répondit-elle en bâillant. Je suis obligée de redormir tout de suite ? J'ai pas envie.

— Alors on va attendre que tu sois prête, dit Grace d'une voix rassurante. Je vais rester avec toi, d'accord ?

Cassie hocha la tête et son corps sembla se détendre à nouveau au contact de celui de Grace.

Logan les observa un instant, le cœur serré. Dans un monde parfait, personne ne faisait de mal à sa fille. Elle avait un père pour la protéger : lui. Or il n'était pas sûr de pouvoir remplir ce rôle à la perfection…

— Tu veux te recoucher ? demanda Grace quand Cassie se remit à bâiller.

Tout en hochant la tête, la fillette quitta ses genoux pour se glisser sous le drap, serrant contre elle l'un des doudous qu'il lui avait offerts.

Grace éteignit la lampe de chevet, mais il voyait toujours ses formes si attirantes soulignées par son fin pyjama imprimé de fleurs… Soudain il sentit son sang se changer en lave, son sexe devenir dur. Il avait envie d'elle. Une preuve de plus qu'il était comme son père. Il était en train de fantasmer sur la nounou alors que sa petite fille était en détresse.

— J'ai peur, chuchota Cassie, coupant court à ses pensées.

— Je suis là, dit Grace en lui prenant la main. De quoi as-tu peur ?

— Il y a un monstre au plafond.

— Les ombres ? demanda Grace en levant les yeux.

— Oui.

Entre les rayons de lune qui filtraient à travers les rideaux et la lumière qui venait du couloir, il y avait en effet beaucoup d'ombres qui dansaient sur le plafond. Il s'apprêtait à intervenir pour expliquer que la seule façon de les faire disparaître était de rallumer la lampe de chevet quand Grace se remit à parler d'une voix douce et apaisante. Il regretta de ne pas pouvoir voir son visage. Quand elle empruntait ce ton, il y avait toujours dans ses yeux une sorte d'innocence qui le touchait beaucoup.

— Moi, je ne vois pas de monstre, ma puce. On dirait plutôt un éléphant. Tout mignon. Il a une trompe et de grandes oreilles. Tu les vois ?

— Oui, répondit Cassie.

— Ou peut-être une fée. Comme la fée Clochette. Avec de petites ailes et des bras écartés pour voler.

— Je la vois. Et à côté, je vois une coccinelle. Toute ronde avec ses ailes.

Manifestement, la crise était passée. Grace avait réussi à régler le problème sans avoir à rallumer la lumière. Aussi discrètement que possible, il quitta la chambre mais resta dans le couloir, à écouter les chuchotements qui ne furent bientôt plus que ceux de Grace.

Cette dernière finit par sortir sur la pointe des pieds et parut surprise de le trouver là.

— Je pensais que vous étiez retourné vous coucher, chuchota-t-elle.

— Non.

— Vous auriez dû.

Elle paraissait sur la défensive, mais comme elle parlait à voix basse, il était difficile d'en juger.

— Je suis resté. Au cas où.

— La situation est sous contrôle. Et je suppose que vous devez vous lever avant l'aube pour aller travailler.

— Vous supposez bien.

— Alors j'en déduis que vous ne me faites pas confiance.

— J'ai confiance en vous. Pas en moi.

— C'est ce que j'ai cru comprendre. Tout à l'heure, quand Cassie a voulu monter sur le manège, vous vous êtes littéralement conduit comme un garde du corps. Pour être sûr qu'elle ne court aucun danger physique, vous ne la quittez jamais des yeux. Mais vous ne voulez pas prendre une minute pour jouer avec elle. Pourquoi mettez-vous cette distance entre elle et vous ? Vous voulez en parler ?

À peine quelques minutes plus tôt, elle avait dit à Cassie que, lorsque l'on parlait de certaines choses, elles perdaient le pouvoir de nous faire peur. Elle avait peut-être raison.

— Oui. Je veux bien en parler.

- 4 -

Logan voulait parler à Grace pour qu'elle cesse de le regarder comme s'il était le pire père du monde. S'il parvenait à lui faire comprendre à quel point son enfance avait été horrible, elle comprendrait également qu'il faisait tout cela pour Cassie. Et elle le laisserait en paix.

— Écoutez, Grace…

— Descendons, l'interrompit-elle en désignant la chambre de Cassie. Je vais chercher un peignoir.

À l'idée qu'elle dissimule à son regard sa séduisante silhouette, il ressentit une petite pointe de déception. Une preuve de plus qu'il avait des problèmes, de façon générale, en plus d'avoir hérité de tous les défauts de son père.

Il était en train de se faire ces réflexions quand il vit qu'elle fixait son torse nu. Une lueur s'alluma alors dans son regard. Il ne savait pas comment s'occuper d'un enfant, mais il savait reconnaître le désir quand il le voyait dans les yeux d'une femme. C'était bon pour son ego. Hélas, il ne pouvait pas lui faire comprendre que ce désir, il le ressentait aussi pour elle.

— Je vais passer un T-shirt, dit-il vivement en retournant dans sa chambre.

Il venait d'arriver en bas de l'escalier quand il l'entendit descendre. En se retournant, il vit qu'elle avait revêtu un court peignoir en satin… qui la rendait plus sexy encore. Bon sang ! Et dire qu'il avait accepté de discuter avec elle.

— Vous voulez boire quelque chose ? demanda-t-il.

— Je veux bien de l'eau.

Quand il eut rempli deux verres, ils s'installèrent face à face à la table de la cuisine.

— Je vous écoute, dit Grace d'une voix douce.

Il ne voyait pas l'intérêt de tourner autour du pot.

— Mon père est un sale type.

À ces mots, elle cligna des yeux, mais l'expression de son visage ne changea pas.

— Mes grands-parents sont pourtant des gens bien, poursuivit-il. Merveilleux, même. Leur autre fils, mon oncle Hastings, est un type génial. C'est un mari et un père aimant. Tout le monde l'apprécie. Mais tout le monde n'apprécie pas Foster.

— Votre papa ?

Papa ? Le terme paraissait beaucoup trop intime. Chargé d'une tendresse qu'il ne ressentait pas.

— Mon père est l'extrême inverse de son frère. Il ne s'est jamais occupé de sa famille et n'a jamais été fidèle à sa femme. Je ne comprends même pas pourquoi il l'a demandée en mariage alors qu'il n'a jamais cessé de la tromper, y compris à l'époque où ils étaient fiancés.

— Oh ! Je trouve ça honteux.

La colère qu'il lut sur son visage lui parut bien plus acceptable que de la pitié.

— Il a eu beaucoup de maîtresses, et même des enfants avec certaines d'entre elles.

— Ça paraît insensé, murmura-t-elle. Je ne comprends pas.

— Bienvenue au club.

— Non. Ce que je ne comprends pas, c'est pourquoi vos parents n'ont pas divorcé. Et même, pour commencer, pourquoi ils se sont mariés.

— Je ne suis pas tout à fait sûr de moi, mais j'ai ma petite idée là-dessus. Mon père recherchait l'approbation de ses parents, celle que Hastings avait reçue. Il en avait assez d'entendre parler de la magnifique épouse et de la formidable famille de son frère. Il voulait que ses parents portent ce regard sur lui aussi.

— Alors il a demandé votre mère en mariage. J'imagine qu'elle ne savait pas qu'il était volage.

— Elle l'ignorait encore, oui. Et elle est très vite tombée enceinte de moi. Quand elle a découvert qu'il la trompait, il lui est alors devenu plus difficile de s'en aller. D'autre part, pour l'empêcher de partir, il a eu recours à tous les clichés. Rien d'original. Il lui a dit qu'il l'aimait et qu'il était désolé. Que cela ne se reproduirait pas. Et elle est restée.

— Elle l'a cru.

Ce n'était pas une question, et la colère qu'il voyait brûler dans les yeux de Grace laissait entendre qu'elle avait elle-même connu ce genre de situation.

— Votre père devait être un beau parleur.

— Oui. Mais de toute façon, je pense que maman ne voulait pas vraiment partir. Elle l'aimait.

— Incroyable.

— Oui. Quoi qu'il en soit, il a continué de la tromper. Il a continué de lui dire qu'il l'aimait. Et ces beaux discours ont donné naissance à Tucker, Max et Jamie.

— Mais elle a fini par partir. Quel a été l'élément déclencheur ?

— L'une des maîtresses de mon père est tombée enceinte. Ça n'a sûrement pas été la seule, mais celle-ci a appelé ma mère pour lui demander de le laisser partir. Elle lui a dit qu'il ne l'aimait pas et qu'elle devait lui rendre sa liberté pour qu'ils puissent vivre heureux avec leur bébé.

— Quelle horreur ! Votre mère a dû être folle de rage.

Il se souvenait très bien de la réaction qu'avait eue sa mère après cette conversation téléphonique. Son visage était blême, elle paraissait sous le choc. Il y avait dans ses yeux de la peur et de la douleur. Mais de la colère, non.

— Elle ne lui en a pas voulu, répondit-il. Elle l'a aimé jusqu'à sa mort.

— Logan, je ne sais pas quoi vous dire, murmura Grace.

— Après ça, les choses ont dégénéré. Elle était trop humiliée pour rester, mais elle n'avait nulle part où aller. Et elle ne voulait pas demander d'aide aux Hart.

— Mais ce ranch ?

— Il appartenait à son père, avec qui elle s'était brouillée depuis son mariage avec Foster. Mon grand-père avait senti que ce n'était pas un type bien, mais elle avait refusé de l'écouter. Alors quand elle est partie, elle n'a pas réussi à ravaler sa fierté pour demander de l'aide à son père.

— Où êtes-vous allés, alors ?

— On a vécu dans la voiture.

— Vous quatre et votre mère ? s'exclama-t-elle.

— Oui. Elle travaillait comme serveuse et femme de ménage, mais ne réussissait pas à amasser suffisamment d'argent pour nous trouver un toit. Parfois, on allait dans un foyer pour sans-abri. Et quand elle avait touché de bons pourboires, on pouvait s'offrir une chambre d'hôtel bon marché.

— Et vous et vos frères et sœur ?

— C'était moi qui m'occupais d'eux.

L'air sidéré, elle ouvrit de grands yeux.

— Quel âge aviez-vous ?

— Douze ans.

— Mais vous n'étiez qu'un enfant…

Il ne le savait que trop ! Cependant, il avait fait de son mieux pour être l'homme de la famille.

— Si je comprends bien, votre mère a tout de même fini par contacter votre grand-père, reprit-elle après un court silence.

— Jamie était tombée gravement malade, elle n'a pas eu le choix. Mon grand-père a été fou de joie de la retrouver. Elle lui avait manqué et il ignorait qu'elle vivait dans sa voiture. Il nous a tous pris chez lui, au ranch.

— C'est un bel endroit pour grandir, murmura-t-elle en l'observant attentivement. Seulement, une expérience comme celle-là doit laisser des marques.

— Vous savez, je ne vous ai pas raconté tout ça pour obtenir votre compassion.

— Je l'ai bien compris. Et je ne vous prends pas en pitié.

Il n'en voyait en effet aucune trace dans ses yeux, ce qui le soulageait. Il voyait en revanche beaucoup d'interrogations.

— Pour quelle raison m'avez-vous parlé de ça, Logan ?

— Je voudrais que vous compreniez pourquoi je suis parfois mal à l'aise avec Cassie. J'ai eu une peur bleue quand Tracy m'a dit qu'elle était enceinte. Je ne me voyais pas père. J'aime ma fille plus que tout, mais j'ai peur de mal faire les choses parce que je n'ai aucune idée de ce que c'est que d'être un bon père de famille.

— Et pourtant, vous êtes devenu l'homme de la famille pour vos frères et sœur.

— Ce n'est pas la même chose, avec Cassie. C'est sa mère qui tient les commandes, et moi, je la vois le week-end. Ça a toujours été comme ça et c'est très bien.

Il s'interrompit et poussa un profond soupir.

— Enfin, c'était très bien jusqu'ici, précisa-t-il.

— Jusqu'à ce que vous deviez la garder plus de deux jours ?

— Oui. Vous pensez que je lui serre trop la bride ? En fait, je me dis que si je garde toujours un œil sur elle elle sera en sécurité sur le plan physique. Je peux contrôler cet aspect-là. Quant au reste…

Il haussa les épaules.

— Une mauvaise réaction, un mot mal choisi, et elle pourrait souffrir tout autant que j'ai souffert, conclut-il.

— Logan, ce que vous venez de décrire, c'est le cauchemar de tous les parents. À partir du moment où on fait de son mieux, ça suffit. Vous n'êtes pas prédisposé à ruiner la vie de votre fille.

— Vous croyez ?

— Avez-vous déjà pensé que votre grand-père avait pu jouer un rôle de modèle paternel ? Ce n'était pas une famille traditionnelle, bien sûr, mais il était là.

— J'ai passé beaucoup de temps avec lui à apprendre à travailler au ranch, c'est vrai.

— Quelque chose me dit que vous avez appris bien plus que ça. Peut-être à devenir quelqu'un de bien ?

— À votre place, je ne compterais pas là-dessus. Mon enfance, je l'ai passée avec Foster Hart.

— Mais c'est ici que vous avez appris à devenir un homme. Ne vous dévalorisez pas.

Puisqu'il en était là, autant aller jusqu'au bout.

— Vous savez, mon père s'intéressait de très près au personnel de maison, dit-il en étudiant attentivement sa réaction. Il m'est arrivé plusieurs fois de le surprendre avec des femmes de chambre.

— Waouh, c'est vraiment un cas… Il correspond à tous les clichés.

— Vous avez tout compris.

— Alors, que dois-je en déduire ? Que vous voulez prouver que vous n'êtes pas comme lui et que vous ne tenterez jamais de séduire une employée qui vit sous votre toit ?

— C'est exact. Vous n'avez rien à craindre de ma part.

— C'est un grand soulagement, vous savez ? Je suis comme toutes les femmes : je meurs d'envie de savoir que les beaux cow-boys peuvent me résister sans aucune difficulté.

Embarrassé, il se passa une main dans les cheveux. Manifestement, il ne savait pas comment s'y prendre avec les enfants… et avec les femmes. Les méandres de la pensée féminine étaient aussi hors de sa portée.

— Je ne voulais pas vous offenser, marmonna-t-il.

— Je plaisantais, dit-elle en souriant. C'était une discussion productive, mais je ne vous prendrai pas de supplément pour mes conseils. Et pour ce qui est de Cassie, ne vous inquiétez pas, elle est solide. Et je suis là pour l'aider à braver d'éventuels dangers.

— Bon. Très bien.

— Il est tard et vous devez vous lever tôt demain matin. Bonne nuit, Logan.

— Bonne nuit.

Quand elle eut quitté la pièce, il poussa un long soupir. Manifestement, elle n'avait pas compris que lui résister était la chose la plus difficile qu'il ait jamais eue à faire. Et il espérait pouvoir continuer à le lui cacher.

Accompagnée de Cassie, Grace poussa la porte du Harvest Café, où elles devaient retrouver Tracy pour déjeuner.

Cette dernière, qui était déjà installée à une table, se leva pour leur faire signe quand elle les vit arriver. Cassie courut vers elle pour se jeter dans ses bras.

— Maman !

— Tu m'as tellement manqué, ma chérie.

Tracy Medeiros était une magnifique brune. Rien d'étonnant à ce qu'elle ait attiré l'œil de Logan à une époque manifestement révolue. À présent, cette femme n'était que la mère de son enfant, et ils avaient l'air de parents séparés modèles.

— Bonjour, Grace.

— Bonjour, Tracy. Comment allez-vous ?

— Je commence à stresser pour le mariage. Mais avec l'aide de ma fille adorée, j'espère pouvoir régler beaucoup de choses, aujourd'hui. Notamment les essayages. Robes et coiffures.

— C'est vrai ? s'exclama Cassie, les yeux pétillants de joie.

Comme la serveuse s'approchait pour prendre leur commande, elles firent rapidement leur choix avant de se lancer dans une conversation animée.

Grace interrogea Tracy sur la façon dont elle voulait qu'elle structure le temps de Cassie. Elle semblait d'accord avec Logan sur l'idée de lui laisser profiter au maximum de son insouciance d'enfant.

— J'essaie d'organiser des rencontres avec ses amies une ou deux fois par semaine, dit Tracy.

— Paige et Emily, intervint Cassie. Ce sont mes meilleures copines.

— On se relaie entre mamans. Je vais essayer de m'arranger pour qu'elle aille jouer chez ses amies le jour où vous êtes en congé, proposa Tracy.

— Je vous avoue que j'ai du mal à imaginer Logan organiser un goûter et des jeux pour des petites filles.

— Moi aussi ! répondit Tracy, qui paraissait tout aussi amusée qu'elle par cette idée. Il est beaucoup plus doué pour le rodéo que pour la dînette.

Tandis qu'elles continuaient à bavarder, la serveuse leur apporta leurs plats.

— Mais c'est ma faute, dit Tracy avant de jeter un coup d'œil à sa fille, qui semblait plus intéressée par le contenu de son assiette que par la conversation.

— Que voulez-vous dire par là ?

— Quand Cassie est née, Logan était complètement

gaga, même si nous étions déjà séparés. Tant et si bien que je n'ai pas eu le courage de le confronter aux dures réalités de l'éducation d'une enfant : changer les couches, se réveiller la nuit pour la nourrir. De toute façon, je l'ai allaitée. Mais il venait la voir tous les jours et j'étais ravie qu'il le fasse. Nous sommes très bons amis. Une fois qu'elle a été sevrée, on s'est mis d'accord pour qu'elle aille chez lui tous les week-ends.

— Il m'a expliqué que c'était la première fois qu'il restait seul avec elle si longtemps.

— À chaque fois que j'ai évoqué l'idée d'une garde partagée, il m'a regardée comme si j'étais une extraterrestre.

Cassie, qui avait fini son assiette, se leva pour s'approcher du présentoir à desserts, et se mit à bavarder avec une serveuse.

Grace décida de profiter de l'absence de la fillette pour poser des questions plus personnelles.

— Vous devez certainement être au courant de la vie qu'a menée Logan avant qu'il s'installe chez son grand-père, au ranch ?

— Oui. Ça a dû être un enfer ! Je ne m'imagine pas vivre dans une voiture avec ma fille. Alors quatre enfants…

— S'il m'en a parlé, c'est parce que j'ai remarqué qu'il se montrait parfois excessivement protecteur.

— Oh oui. Ça m'inquiète un peu, d'ailleurs, avoua Tracy. Cassie n'a que cinq ans, mais il ne semble pas décidé à relâcher la bride. Quand elle arrivera à l'adolescence, la rébellion risque d'être dure, et la chute également.

— Avez-vous déjà rencontré son père ?

— Oui. Au mariage du cousin de Logan, l'été dernier. Un homme charmant. Difficile à croire qu'il se soit montré aussi horrible avec sa femme et ses enfants.

— Le regard de Logan, quand il m'en a parlé…

Elle se souvenait encore de la sombre intensité qu'elle

avait lue dans ses yeux. La douleur qui était presque palpable. Et la haine.

— Logan a peur de ressembler à son père, affirma Tracy.

— Et peur que cette facette de sa personnalité ressorte s'il ne se contrôle pas en permanence. D'où sa surveillance rapprochée de Cassie.

— C'est ce qu'il me semble à moi aussi. Je regrette qu'il ne puisse pas se détendre un peu et profiter de sa fille. Il passe à côté de beaucoup de choses en restant si rigide.

— Mais il faut voir le côté positif. Grâce à votre mariage, il va passer huit semaines avec Cassie. C'est en forgeant qu'on devient forgeron. Plus il passera de temps avec elle, plus il sera à l'aise dans son rôle de père.

— Puissiez-vous avoir raison ! s'exclama Tracy.

Il y avait une autre chose qui éveillait la curiosité de Grace. Sur un coup de tête, elle décida de se lancer. Tracy, après tout, semblait assez à l'aise avec tout ce qui concernait sa relation avec Logan.

— J'aurais une autre question à vous poser, Tracy. Mais si vous trouvez que ce ne sont pas mes affaires, n'hésitez pas à me le dire.

— Je vous écoute.

— Logan et vous semblez vous entendre vraiment bien. Je ne peux pas m'empêcher de me demander pourquoi vous ne vous êtes pas mariés.

La question fit sourire Tracy.

— Quand il a appris que j'étais enceinte, il me l'a proposé.

— Et de toute évidence, vous avez refusé.

— Pour tout vous dire, j'ai éclaté de rire.

— Aïe !

— Pas pour me moquer de lui. Il est très gentil et il essaie toujours de bien faire. C'est d'ailleurs pour cela que je trouve si stupide qu'il ait peur de ressembler à son père. En réalité, les choses fonctionnent bien mieux entre nous en tant qu'amis. Il était d'accord avec moi sur ce point, et soulagé que je pense la même chose, me semble-t-il. Je suis contente qu'il soit dans ma vie, en qualité d'ami et de père de ma fille. Cela n'aurait jamais marché entre nous, s'il avait été mon mari.

— Pourquoi ?

— Il ne se laissera jamais aller à tomber amoureux et jamais je ne pourrais me contenter de moins que ça.

— Je comprends.

L'amour avait ruiné la vie de sa mère et il ne supportait pas l'idée qu'une telle chose lui arrive à lui aussi, Grace le comprenait tout à fait. Cependant, les paroles de Tracy sonnèrent comme un avertissement pour elle. Elle ne devait pas se laisser aller à tomber amoureuse, elle non plus.

- 5 -

Il était tard quand Logan regagna la maison, épuisé. Mais un poulain était né, et il était heureux. Quand il entra, il remarqua immédiatement que la maison était plongée dans le noir mais que la télévision était allumée dans le séjour.

Un instant plus tard, la lumière s'allumait et la jolie silhouette de Grace apparaissait devant lui.

Sa beauté lui coupa le souffle. En plus de l'idée réconfortante qu'il y avait à présent quelqu'un pour l'accueillir, le soir. D'habitude, après ses longues journées de travail, il rentrait presque toujours dans une maison vide, et le sentiment de solitude qui suivait généralement cette pensée était assez proche de la douleur.

La voix mélodieuse de Grace le ramena doucement à la réalité.

— Logan ?

— Excusez-moi. Je ne m'attendais pas à ce que vous soyez toujours réveillée.

— Cassie voulait vous attendre, mais elle a fini par s'endormir. Elle voulait vous montrer sa coiffure. Tracy et elle sont allées faire un essai pour le mariage.

— Je regrette de ne pas avoir vu ça.

— J'ai pris des photos pour vous, dit-elle en sortant son téléphone de sa poche. Regardez. Sa maman et elle ont décidé de les relever mais d'en garder une partie lâchée. Elles auront des fleurs piquées dans leur chignon.

Elle fit défiler des photos de Cassie prises sous des angles différents, mais il avait du mal à se concentrer, parce qu'elle sentait vraiment très bon. Et qu'il pouvait percevoir la chaleur de son corps, la douceur de son bras qui effleurait le sien… Il tenta de se reprendre. Il lui fallait trouver une réponse appropriée s'il ne voulait pas que son secret soit dévoilé. Le secret du désir si intense qu'il éprouvait pour elle.

— Cette coiffure est très jolie, dit-il après s'être raclé la gorge.

— C'est ce qu'elle a trouvé, elle aussi. Elle était ravie. J'ai aussi des photos de sa robe, mais elle ne veut pas que vous la voyiez avant la cérémonie. Sa maman lui a expliqué que cela portait malheur pour le marié, alors elle a décrété que cette règle devait s'appliquer à vous aussi.

Il était presque sûr qu'il pourrait reconnaître Grace dans le noir rien qu'à son parfum. L'espace d'une seconde, il eut peur d'avoir prononcé ces mots à voix haute, mais l'expression de son visage n'avait pas changé. Pour qu'il puisse réfléchir correctement, il fallait qu'il mette de la distance entre eux. D'un pas déterminé, il s'approcha donc de l'évier pour se laver les mains.

— Il est tard, reprit-elle. Vous avez mangé ?

— Non. Je vais me faire un sandwich et aller me coucher.

— Il n'y a pas de restes du dîner. Tracy a fait manger Cassie avant de la ramener et je me suis préparé une salade.

— Pas de problème. Je vais bien trouver quelque chose. Pourquoi n'allez-vous pas au lit ?

« Lit ». Un petit mot de trois lettres qui déclencha en lui une décharge de désir d'une puissance qui le déconcerta. Une image se dessina nettement dans son esprit : leurs deux corps, nus dans un lit, si proches l'un de l'autre…

— Je vais y aller, répondit-elle. Quand je vous aurai préparé un repas convenable.

Elle avait prononcé ces mots avec tellement de détermination qu'il se garda bien de la contredire. De toute façon, il était trop fatigué pour cela.

— Très bien, dit-il.

— Asseyez-vous. Je vais vous chercher une bière.

— Me servir ne fait pas vraiment partie de vos attributions.

— Alors voyez ça comme… ma bonne action quotidienne ?

— D'accord.

Quand il fut assis à table, elle ouvrit le réfrigérateur pour en inspecter le contenu.

— Que diriez-vous d'une omelette ? suggéra-t-elle. C'est rapide, chaud et satisfaisant.

Comme le sexe, songea-t-il, en se reprenant aussitôt. Il était vraiment sur une mauvaise pente.

— Très bien. Merci.

Tout en hochant la tête, elle prit une bouteille de bière, qu'elle essaya vainement d'ouvrir.

— Ce n'est pas dans mon domaine de compétences, dit-elle en la lui tendant. Je suis davantage douée pour la cuisine.

Sans effort, il retira la capsule.

— C'est parce que je vous ai mâché le travail, lui fit-elle remarquer d'une voix malicieuse.

Elle s'interrompit, le regarda attentivement.

— Vous devriez faire ça plus souvent, dit-elle.

— Quoi donc ? Boire ?

— Non. Sourire, répondit-elle avant de sortir les ingrédients du réfrigérateur.

Quelques minutes plus tard, elle lui servait une omelette agrémentée de tomates, champignons, épinards et fromage.

— Mangez tant que c'est chaud, dit-elle. Je vais faire des toasts.

Il lui aurait sans doute dit de ne pas se donner davantage

de peine pour lui, s'il n'avait pas eu la bouche pleine. Pleine de cette omelette qui était meilleure que tout ce qu'il avait goûté dans sa vie. Était-ce simplement parce qu'il avait faim ? Il avait faim de Grace, surtout.

Quand le pain fut grillé, elle le posa devant lui. Une coupe contenant une salade de fruits rouges ne tarda pas à suivre. Enfin, elle vint s'asseoir en face de lui avec une tasse de thé et fixa son assiette vide.

— Je me plais à penser que je suis bonne cuisinière, mais j'imagine que vous aviez surtout une faim de loup.

— J'avais une faim de loup. Et vous êtes *aussi* très bonne cuisinière.

— Bon. Qu'est-ce qui vous a retenu si longtemps ? demanda-t-elle avant de se mettre à souffler doucement sur son thé.

En observant sa bouche si sensuelle, il sentit une vague de chaleur affluer en lui, et il lui fallut quelques secondes pour formuler une réponse cohérente.

— L'une de mes juments vient de mettre bas.

— Le petit va bien ?

— La mère et le petit. Tout s'est déroulé à merveille.

— C'est super. Mais c'est dommage que Cassie n'ait pas pu voir ça. Je suis sûre qu'elle aurait adoré voir naître ce poulain.

— Je ne sais pas. Elle est un peu jeune pour ça. Ça pourrait la perturber. Ce n'est pas vraiment beau à voir. Bon, vous allez encore dire que je suis trop protecteur. Mais j'assume.

— Vous êtes son père et vous avez le droit et même le devoir de réfléchir à ce à quoi elle peut être exposée ou pas. Mais il y a une chose que vous devez prendre en considération : c'est une fille de rancher, donc les naissances d'animaux font partie de son univers.

— Vous n'avez pas tort.

Elle resta songeuse un instant avant de reprendre :

— Je n'ai jamais vu de jument mettre bas, mais vous avez sans doute raison sur le fait que Cassie est un peu trop jeune pour assister à cela. Mais je suis sûre qu'elle adorerait voir le poulain.

— Oui. Et comme vous l'avez si justement fait remarquer, elle va être souvent au ranch, ce qui signifie qu'elle va être souvent confrontée à la vie et à la mort. Alors pourquoi ne pas commencer par lui présenter un bébé ?

— Je trouve que c'est une excellente idée.

Son approbation lui fit l'effet d'un baume. Pourquoi son opinion était-elle si importante à ses yeux ? Sans doute parce qu'elle n'avait jamais hésité à pointer du doigt ses erreurs. Il pouvait donc la croire quand elle lui disait qu'il faisait quelque chose de bien.

Il se sentit soudain beaucoup mieux. Et à son sens, ce regain d'énergie était moins lié au repas qu'à la compagnie de Grace. Il n'avait pas l'habitude que quelqu'un l'attende quand il rentrait du travail. Et il aimait ça. Même s'il aurait préféré pouvoir dire le contraire.

— Merci pour le repas, dit-il en se levant pour mettre ses couverts au lave-vaisselle.

— Laissez cela. Je le ferai demain.

— Très bien. Alors je vais aller me coucher.

Il commença à avancer vers la porte mais s'arrêta pour regarder Grace, et la douceur qui émanait d'elle était telle qu'il sentit son cœur se gonfler d'une émotion qu'il n'avait jamais connue jusqu'ici.

— Merci encore pour le repas, murmura-t-il. Bonne nuit.

— Je vous en prie. À demain.

Demain ? C'était peu probable, après toutes ces choses déconcertantes qu'elle avait éveillées en lui.

— Je serai debout avant l'aube, fit-il remarquer.

Et il rentrerait le plus tard possible. Pour l'éviter.

— Ça ne vous dérange pas si j'amène Cassie à l'écurie pour lui montrer le poulain ? demanda-t-elle. J'aimerais beaucoup le voir, moi aussi.

— Je serai occupé à inspecter les clôtures des pâturages, mais l'un ou l'autre de mes employés sera là.

À ces mots, l'expression de son visage changea, comme si elle avait lu dans ses pensées et compris qu'il cherchait délibérément à l'éviter.

— Bon. Très bien, répondit-elle.

Et elle quitta la cuisine.

La solitude lui fit l'effet d'un coup de poing dans l'estomac. Il avait déçu Grace et il le regrettait vraiment, mais c'était pour se protéger. Il s'était fait des illusions en pensant que la présence de cette femme au ranch ne changerait rien. Elle avait au contraire tout changé.

L'espace d'une seconde, Grace avait cru que Logan allait l'embrasser. L'instant d'après, il avait trouvé une excuse pour l'éviter. Ces événements s'étaient passés deux jours plus tôt, mais elle n'était toujours pas parvenue à les effacer de son esprit. Le côté positif, c'était qu'elle avait son après-midi de libre et qu'elle allait ainsi pouvoir s'éloigner un peu de la maison.

Un peu plus tôt, elle avait déposé Cassie à l'écurie, mais elle n'avait pratiquement pas parlé à Logan. Tout bien considéré, elle ne l'avait quasiment pas vu depuis le soir en question, mais il y avait partout autour d'elle des choses qui lui rappelaient sa présence. Dans l'évier, le mug dont il s'était servi pour son café du matin. Une lettre qui traînait dans la cuisine et sur laquelle son nom était imprimé. Son odeur virile et boisée qui flottait dans le séjour. Quel soulagement de pouvoir s'aventurer hors du ranch pour explorer Blackwater Lake !

Dans un petit magasin de décoration, elle trouva un cadeau idéal pour le mariage de Tracy : un joli cadre photo en argent. La jeune femme l'avait invitée à la cérémonie, en partie parce qu'elles avaient sympathisé – elles avaient décidé de se tutoyer –, en partie pour aider Logan à veiller sur Cassie.

En sortant, elle décida d'aller déjeuner au Harvest Café. Elle était sur le point d'en ouvrir la porte quand elle vit qu'une autre personne s'apprêtait à y entrer. Tucker, le frère de Logan. Celui qui construisait des bateaux.

— Bonjour, Grace, lui dit-il en souriant. Où est Cassie ?

— Avec son père. C'est mon jour de congé. J'en ai profité pour faire les boutiques, répondit-elle en lui montrant le sac en papier.

— Ça doit vous avoir ouvert l'appétit.

— Oui. Je sais qu'il est tard, mais je n'ai pas déjeuné. Et vous ?

— Même chose.

Comme pour réfléchir, il s'interrompit un instant.

— Vous aimez manger seule ?

— Pour tout avouer, pas vraiment. Je trouve ça assez triste.

— Alors laissez-moi reformuler ma phrase. Voulez-vous déjeuner avec moi ?

— Avec grand plaisir, oui.

Ils entrèrent donc ensemble dans le café, où ils s'installèrent à une petite table près de la baie vitrée.

— Alors, dit-il quand ils eurent passé commande, comment ça se passe avec Cassie ?

— Votre nièce est un vrai petit ange. Je suis ravie. Grâce à elle, je n'ai même pas l'impression de travailler.

— Grâce à elle ? répéta-t-il en l'observant avec attention. Dois-je en déduire que Logan, en revanche, vous complique la tâche ?

— Il… Il aime beaucoup sa fille, balbutia-t-elle.

Il fallait qu'elle choisisse prudemment ses mots. Elle ne pouvait tout de même pas dire du mal de Logan à son propre frère.

— Et l'amour qu'il a pour elle peut se révéler un problème en soi, affirma-t-il.

— Vous êtes très perspicace. Avez-vous des enfants ?

— Pas encore. Je n'ai pas rencontré la femme idéale. Mais pour en revenir à mon frère, il vous complique la tâche ?

— Absolument pas. J'ai juste peur que…

Elle se tut, cherchant les mots justes.

— Que… ? demanda Tucker.

— Il stresse beaucoup, avec Cassie. En fait, il a un bon instinct paternel, mais il n'a pas confiance en lui.

Une ombre sembla alors passer sur le visage de Tucker, et elle crut comprendre pourquoi.

— Logan m'a expliqué que votre mère avait quitté votre père et qu'ensuite, elle n'avait eu nulle part où aller.

— Ah. Il vous a raconté. Ça a été dur pour nous tous, mais plus encore pour Logan, qui est l'aîné. Quand maman partait travailler, elle comptait sur lui pour nous garder. C'était lui qui portait le poids des responsabilités.

— Je n'arrive même pas à l'imaginer…

Elle était elle-même passée d'une famille d'accueil à une autre, ce qui était dur en soi, mais elle avait toujours eu un toit au-dessus de sa tête. Le toit d'autres personnes, certes, mais un toit tout de même.

— Puis notre grand-père nous a accueillis, poursuivit Tucker. C'était un homme bien et je crois qu'il nous a appris, à mes frères et moi, à devenir des hommes bien. Mais il était seul parce que ma grand-mère l'avait quitté. Et ma mère avait épousé un homme qui ne pouvait pas être pire, comme mari et père de famille.

— Au moins, vos frères, votre sœur et vous étiez tous ensemble.

— C'est vrai, nous avons eu cette chance. Mais nous n'avons eu aucun exemple de relation de couple saine. Et ça a eu un impact sur nous tous. Surtout Logan, je pense. Du coup, il prend très à cœur sa responsabilité de protéger Cassie, même si… En bref, ce que j'essaie d'expliquer, c'est que nous n'avons aucun modèle pour comprendre ce qu'est l'amour d'un père et d'une famille unie.

Ils n'étaient pas les seuls, songea-t-elle. Cela lui faisait un point commun avec Logan. Peut-être pouvait-elle s'en servir pour tisser des liens ? Non. Il ne l'avait pas embrassée. Sans doute parce qu'elle travaillait pour lui. C'était noble de sa part. Et tout bien réfléchi, elle aimait assez l'idée qu'il la place dans la catégorie des personnes à protéger. Mais elle n'avait pas besoin qu'il fasse ça. À l'évidence, ils étaient tous deux des âmes en peine qui ne pouvaient se laisser aller à envisager une relation sur le long terme.

Elle avait oublié dans quelle famille elle se trouvait quand elle avait pris la décision instinctive de ne plus s'attacher aux familles qui l'hébergeaient. Mais depuis toujours son rêve était d'acheter une maison. Elle pourrait toujours compter sur ces quatre murs et ce toit. Jamais ils ne lui briseraient le cœur.

Seul un homme pouvait faire ça.

- 6 -

Cet après-midi-là, Logan souffrit de l'absence de Grace, et pas uniquement parce qu'il appréciait sa compagnie. Cassie s'ennuyait. Généralement, le week-end, ils allaient faire les boutiques ou voir un film, mais comme ils ne disposaient ce jour-là que de deux heures, ce genre d'activité était impossible.

Blottie sur le canapé du séjour, Cassie regardait un dessin animé. D'habitude, elle semblait fascinée par ce qu'elle voyait à l'écran, mais pas cette fois-ci.

— Papa, je veux aller voir le bébé cheval.

— D'abord, on dit un poulain. Et ensuite, tu l'as vu il n'y a pas si longtemps.

— Mais je veux le revoir. Il faut lui trouver un nom, papa. On ne peut pas continuer de l'appeler « il ».

— Bon, dit-il en s'installant à côté d'elle. Tu as des idées ?

L'air pensif, elle se détourna de l'écran de la télévision.

— Il faudrait que je le revoie. Pour être sûre que ça soit le bon nom pour lui.

Logan soupira.

Si elle se tenait tranquille et se contentait de regarder, il n'y aurait pas de problème, mais cela ne se passait jamais comme ça, avec elle. Elle était très rapide dans ses mouvements et avait la mauvaise habitude de disparaître subitement. L'écurie était pleine de recoins obscurs où on ne pouvait pas la voir, sans parler des outils et autres objets dangereux qu'elle essayait sans arrêt de toucher, malgré ses interdictions. Elle était en sécurité, ici, dans la maison. Tant pis si elle s'ennuyait jusqu'au retour de Grace. Qui au demeurant ne devrait pas tarder.

— Le poulain doit dormir, dit-il. Il a besoin de sommeil pour grandir.

— Je le réveillerai pas. Je ferai pas de bruit. S'il te plaît, papa.

Ce furent ses grands yeux plaintifs qui finirent par le convaincre. Ainsi que l'écho de la voix de Grace dans son esprit : Cassie était une fille de rancher.

— D'accord. Mais à condition que tu restes toujours près de moi.

— Promis, papa !

— Interdiction de courir. Il y a beaucoup d'objets dans l'écurie qui pourraient te faire mal. On va juste voir le poulain.

— D'accord !

Dès qu'ils furent dehors, elle se mit à courir en direction de l'écurie.

— Cassie, qu'est-ce que je viens de dire ?

— On n'est pas encore dans l'écurie, répondit-elle en tournant vers lui de grands yeux innocents.

Elle n'avait pas tort. Mais avec son petit short rose, ses jambes nues n'étaient pas protégées.

— Et si on marchait, plutôt ? suggéra-t-il. Pour que tu ne te fasses pas mal en tombant. Ta maman se marie après-demain. Ce serait dommage de porter une jolie robe avec un genou tout écorché.

Cet argument fit mouche. Cassie se mit à marcher.

Le soleil commençait à se coucher à l'horizon. Quand Grace allait-elle revenir ? Une éternité semblait s'être écoulée depuis qu'elle avait déposé Cassie à l'écurie et qu'il avait évité son regard, de peur de voir resurgir cet irrépressible désir de l'embrasser. Le seul moyen de prévenir ce problème était de garder ses distances. Il n'en demeurait pas moins qu'elle lui manquait.

Il prit la main de sa fille pour entrer dans l'écurie et la conduisit jusqu'au box.

— Regarde, papa, il est réveillé.

Sur ses jambes chancelantes, le poulain s'approcha d'eux, et Cassie, hissée sur la pointe des pieds, tendit la main pour le toucher.

— Coucou, toi. Je peux pas bien le voir, papa.

— Je vais te porter.

— Mais après, je pourrai pas le toucher.

Il fallait qu'il trouve un moyen de détourner son attention.

— Tu as déjà trouvé des noms ? demanda-t-il.

— J'avais pensé à Olaf ou Kristoff.

Ayant regardé avec elle beaucoup de dessins animés, il savait qu'il s'agissait de personnages de *La Reine des neiges*. Il lui avait promis de la laisser baptiser le poulain et il était déterminé à tenir parole, mais… Olaf ?

— Tu n'as pas d'autres idées ?

Pourvu que si !

— Gus Gus, peut-être ?

L'une des souris de *Cendrillon*. Il voyait bien le registre dans lequel elle piochait. C'était légèrement mieux, mais…

— Quoi d'autre ?

— Pourquoi pas Gaston ou Prince charmant ? lança-t-elle en levant vers lui des yeux pleins d'espoir.

— Prince charmant, pourquoi pas ?

Agilement, elle grimpa sur la première latte de la porte du box, et il fut tenté de dire quelque chose, mais elle s'arrêta là.

— Il y a peut-être mieux, murmura-t-elle pensivement. Il a les cheveux noirs comme le prince Éric dans *La Petite Sirène*.

— Pas mal.

— Tu es d'accord, c'est vrai ? demanda-t-elle avec enthousiasme.

Elle avait escaladé une autre latte et son visage était désormais presque au niveau du sien.

— Oui.

— Prince Éric, dit-elle à haute voix, comme pour tester le son que le nom produisait. J'aime bien.

— Moi aussi. Alors va pour Prince Éric.

Il lui sembla alors entendre le bruit d'une voiture. Son cœur se mit à battre à tout rompre. C'était sûrement Grace. Il s'approcha de la porte de l'écurie restée ouverte pour regarder en direction de la maison. Aucun signe de sa présence. La déception fut intense, et même douloureuse. Ce qui n'était pas bon signe du tout. Il aurait dû être indifférent.

— Papa, regarde !

Il se retourna vivement. Cassie était montée tout en haut de la porte du box. Et elle ne se tenait pas. Elle avait les mains en l'air.

— Cassie !

Le ton brusque de sa voix surprit la fillette qui sursauta et… perdit l'équilibre.

Tout sembla se dérouler au ralenti et, comme dans un cauchemar, il ne put arriver à temps pour la rattraper. Tout en poussant un cri, Cassie tomba sur les genoux. Pendant quelques secondes, un lourd silence s'abattit sur l'écurie. Puis Cassie se mit à pleurer.

— Papa !

Il y avait du sang sur ses jambes. Paniqué, il la prit dans ses bras.

— Je suis là, mon bébé.

Des larmes coulaient sur son visage et sa petite poitrine était secouée de sanglots. D'un pas précipité, il la ramena à la maison, où, dans la salle de bains, il commença par inspecter les dégâts. Ses deux genoux étaient égratignés et souillés de terre et de paille. Jamais il n'avait autant regretté l'absence de Grace qu'à cet instant. Il aurait largement préféré que ce soit elle qui se charge de ces soins. Mais il n'avait pas le choix.

— Il va falloir que je nettoie tes égratignures, mon bébé.

— Non, papa. Ça va piquer.

— Si je ne le fais pas, tu auras encore plus mal, ma chérie.

— S'il te plaît, papa, non.

— Écoute, si tu me laisses nettoyer tes plaies, je te laisserai manger un chocolat après le dîner, dit-il en sortant l'alcool et la boîte de pansements de l'armoire à pharmacie.

— D'accord.

— Bon. Je vais te passer du désinfectant et…

— Ça pique ?

— Peut-être un peu. Mais ça va aussi faire des bulles.

L'air sidéré, elle ouvrit de grands yeux.

— Mes bobos vont faire des *bulles* ?

— Oui. Quand le désinfectant tuera les microbes. Après ça, on pourra mettre des pansements.

— Ceux d'Ariel ?

— Absolument. Tu es prête ?

Quand elle fit signe que oui, il prit une profonde inspiration et commença à s'exécuter sous l'œil à présent curieux de sa fille.

— Regarde, papa, il y a des bulles !

— Je te l'avais dit.

— Papa ! s'exclama-t-elle soudain, l'air paniqué.

— Qu'est-ce qu'il y a ? Tu as mal ?

Fou d'inquiétude, il posa une main sur son ventre. Elle ne pouvait tout de même pas avoir une hémorragie interne…

— Je vais avoir des croûtes quand maman va se marier. Et ça fera moche avec ma jolie robe, comme tu as dit.

S'il avait su… Qu'allait-il lui répondre, à présent ? Il réfléchit quelques instants.

— Tu ne m'as pas dit que ta robe descendait presque jusqu'à tes chevilles ?

— Oui. Comme la robe jaune de Belle.

— Alors elle couvrira tes bobos. Personne ne les verra quand tu remonteras l'allée avec ta maman.

— Tu es sûr ?

— Presque. Mais je ne peux pas l'être à cent pour cent puisque tu refuses que je voie ta robe avant le grand jour.

Tout à coup, Cassie regarda derrière lui et sourit.

— Grace ! Tu crois que ma robe couvrira mes bobos comme papa a dit ?

— Certaine, répondit Grace.

Le sourire de Cassie était devenu radieux.

— Papa, on peut mettre les pansements, maintenant ?

— Bien sûr, répondit-il en se tournant vers Grace. Voulez-vous que je vous laisse cet honneur ?

— Non, répondit-elle fermement.

Tout en soupirant, il appliqua délicatement les deux pansements bariolés.

— Tu peux y aller, ma chérie.

— Merci, papa ! s'exclama sa fille en l'embrassant. Je vais aller chercher le dessin que j'ai fait pour Grace.

— Depuis combien de temps êtes-vous là ? demanda-t-il à Grace quand Cassie fut sortie.

— Depuis le moment où vous avez proposé du chocolat.

— Très bien. Dites-moi tout : combien d'erreurs ai-je commises ?

Avant de lui laisser le temps de répondre, il reprit :

— Elle est montée sur la porte du box pour regarder Prince Éric et…

— Qui ?

— C'est le nom qu'elle a donné au poulain. Je l'ai juste quittée des yeux trente secondes.

Pour voir si vous étiez là, se garda-t-il de préciser.

— C'est arrivé si vite…

— Vous n'avez rien à vous reprocher, Logan. Ça arrive à tous les enfants. Il est littéralement impossible de les surveiller à chaque instant. Et puis il faut voir le bon côté des choses. Ça lui fera une leçon. Elle sera plus prudente, la prochaine fois qu'elle essaiera d'escalader quelque chose. Ses égratignures vont cicatriser, et comme vous l'avez si justement fait remarquer, elles ne se verront pas sous sa robe.

— Vous dites ça pour me rassurer. Je sais bien que vous me jugez.

— Absolument pas. Je me disais même que vous devriez donner des leçons de soins de premiers secours.

— J'ai juste fait ce qu'il y avait à faire, répondit-il en haussant les épaules.

— C'est ce que font les bons pères de famille. Je vous mets donc 20 sur 20. Et comme vous le savez, je suis plutôt sévère.

— Vous enseignez à la maternelle, répliqua-t-il en souriant.

— Il n'empêche que les notes que je mets sont méritées, précisa-t-elle avant de lui tapoter doucement le dos. Bon travail, Logan.

— Merci.

— Je vais préparer le dîner, lança-t-elle en quittant la salle de bains.

Imaginez ça. Mary Poppins venait de lui donner son approbation. Son opinion comptant beaucoup pour lui, il était vraiment ravi. Plus tard, il s'inquiéterait des répercussions négatives que sa réaction pouvait avoir mais pour l'heure, il n'avait pas la force de la remettre en question.

De plus, elle lui avait tapoté le dos, et cela lui avait fait beaucoup de bien.

Le souvenir de ce contact allait aussi le tenir éveillé toute la nuit.

Grace venait de terminer de se maquiller pour le mariage de Tracy. Elle avait acheté une nouvelle ombre à paupières pour l'occasion et le résultat était convaincant. Son regard charbonneux lui donnait un côté très sophistiqué.

Elle inspecta sa coiffure. Parfaite. Ses cheveux n'étaient ni trop lisses ni trop bouclés.

Ne lui restait plus qu'à enfiler l'élégante robe qu'elle avait apportée dans ses bagages, juste au cas où. En crêpe et imprimée de fleurs, elle épousait ses formes à la perfection, comme si elle avait été faite pour elle. Elle était élégante et sexy mais pas trop. Certes, elle ne comptait pas tirer parti de ce côté sexy. Si elle se rendait à cette cérémonie, c'était juste pour des raisons professionnelles. Mais comme toutes les femmes, elle aimait paraître à son avantage.

Tout en souriant, elle sortit la robe de sa housse pour l'enfiler. Et elle s'apprêtait à remonter la fermeture Éclair qui se trouvait dans le dos quand elle se souvint… qu'elle avait eu besoin de l'aide de la vendeuse, quand elle avait essayé la robe.

Elle l'avait achetée parce qu'elle lui avait vraiment tapé dans l'œil, en se disant que Janice, l'amie qui la logeait, pourrait l'aider, si nécessaire. Même Cassie aurait pu le faire, mais il se trouvait qu'elle n'était pas là. La petite fille avait passé la nuit chez sa mère et était en train de se préparer avec elle.

C'était donc un problème majeur. Elle ne savait même pas si Logan était toujours à la maison. Il ne lui avait pas fait part de ses projets pour cette journée. En l'absence de Cassie, il n'avait pas de raison de lui parler. Il ne l'avait pas beaucoup fait, d'ailleurs, depuis le soir où il avait soigné sa fille.

Mais elle ne devait pas songer à ça. Il n'avait peut-être pas tort, après tout. Mieux valait garder ses distances. Résultat des courses, il n'y avait personne pour l'aider à remonter cette satanée fermeture Éclair.

Elle ne voyait qu'une seule chose à faire. Elle avait une étole rose parfaitement assortie à sa robe ; elle allait la porter jusqu'à ce qu'elle trouve une femme susceptible de l'aider.

Tout en observant son reflet dans le miroir en pied, elle noua sa ceinture. Après quoi elle se tourna pour observer son dos. Sa peau nue était vraiment exposée, mais avec l'étole et la ceinture, elle réussirait certainement à passer inaperçue.

Il était encore assez tôt, mais elle allait se rendre à la Holden House, où devait avoir lieu la réception. La mariée et ses proches s'y trouvaient déjà. Elle pourrait donc demander de l'aide puis se rendre utile en s'occupant de Cassie.

Elle s'apprêtait à partir quand elle entendit un bruit de pas dans le couloir derrière elle. Un bruit de pas qu'elle ne connaissait que trop bien. Elle n'était donc pas seule, comme elle l'avait espéré.

Et sa robe n'était pas fermée. Paniquée, elle fit un pas de côté pour se plaquer le dos contre le mur. Après quoi elle affronta le regard de Logan.

— Je ne savais pas que vous étiez là, dit-elle.

— Ma présence n'est pas requise avant un certain

temps. Le photographe est en train de faire des portraits des mariés. Vous avez donc de la chance : je suis là.

Surprise, elle passa quelques instants à le dévisager. Il était suffisamment près pour qu'elle sente la chaleur de son corps et son souffle sur son visage.

— De la chance ? balbutia-t-elle.

— On dirait bien que vous avez besoin d'un coup de main pour votre robe.

À la lueur de braise qui s'était allumée dans ses yeux, on pouvait se demander s'il lui proposait de fermer la robe ou de la lui retirer. Et pour être honnête avec elle-même, à cet instant précis, elle aurait préféré la seconde possibilité. Mais elle ne tarda pas à recouvrer ses esprits.

— D'un coup de main ? Ah oui, pour la fermeture. Ce n'est rien. Je trouverai bien quelqu'un sur place.

— Ne dites pas de sottises, rétorqua-t-il en décrivant un cercle avec son doigt pour lui faire signe de se tourner. Laissez-moi deux secondes, et vous serez décente.

— Je ne suis pas indécente ! En l'état actuel des choses, ma robe dissimule bien plus de parties de mon corps qu'un bikini.

Elle n'aurait pas cru cela possible, mais le regard de Logan se fit plus intense encore et plus fiévreux. Son cœur se mit à battre à tout rompre. Mais il avait raison : elle faisait une montagne de pas grand-chose. Deux secondes, et elle pourrait sortir d'ici. Elle le reverrait au mariage, et comme il y aurait beaucoup d'autres invités, il pourrait continuer à l'ignorer.

Elle se tourna pour lui présenter le dos de sa robe. Il lui sembla alors l'entendre reprendre son souffle. Quoi qu'il en soit, son hésitation la surprit et l'amena à tourner la tête dans sa direction.

— Il y a un problème ? La fermeture est coincée ?

— Non.

Ce mot résonna dans ses oreilles comme un sourd grognement de désir.

Une seconde plus tard, il remontait la fermeture et fermait l'encolure de la robe à l'aide du petit crochet.

Manifestement, il savait y faire, avec les vêtements de femmes, mais il avait sans doute plus l'habitude de les retirer que de les attacher…

La sensation de ses doigts sur sa nuque était enivrante. Les délicieux frissons qui parcouraient à présent son corps appelaient… autre chose. Ce qui constituait un énorme problème. Car ce n'était absolument pas le moment de se laisser distraire.

Prenant une profonde inspiration, elle se retourna vers lui.

— Merci.

— C'était un plaisir, répondit-il en portant sur elle un regard viril et appréciateur. Vous êtes très jolie.

— Merci. Vous n'êtes pas mal, vous non plus.

Il portait un smoking traditionnel avec une impeccable chemise blanche et un nœud papillon. Il était la beauté virile incarnée. Avec ses vêtements de cow-boy – jean, bottes et Stetson – il aurait pu avoir toutes les femmes à ses pieds. Mais cette tenue élégante révélait un aspect de lui qui avait vraiment quelque chose d'époustouflant. Sa veste noire lui allait à la perfection, mettant en valeur ses larges épaules… qu'elle brûlait d'envie de caresser langoureusement. Ses cheveux étaient impeccablement peignés, même si leur tendance à onduler ne pouvait être totalement domptée. Comme l'homme lui-même, sans doute.

Heureusement que beaucoup de personnes seraient présentes à la fête ce jour-là ! Cela atténuerait l'effet qu'il avait sur elle. Elle n'avait pas l'habitude de ressentir ce genre de sensations brûlantes et le seul moyen de les faire cesser était de mettre un maximum de distance entre elle et lui.

— Bon. Merci encore, Logan. Je vais y aller. Voir si je peux faire quelque chose pour aider Tracy.

— J'y vais aussi. Je lui ai dit que j'arriverais en avance.

— D'accord. À tout à l'heure, alors, dit-elle en commençant à s'éloigner.

— Attendez.

Il avait posé la main sur son bras, mais il s'agissait certainement d'un geste instinctif, à en juger par l'air surpris qu'il affichait. Et surtout, la rapidité avec laquelle il retira sa main.

— Oui ?

— On pourrait faire la route ensemble.

— Pour aller au mariage ? demanda-t-elle, déstabilisée.

Tout en souriant, il désigna son smoking et sa robe.

— Je crois que l'on est un peu trop habillés pour un rodéo.

À ces mots, elle ne put s'empêcher de rire.

— Vous serez coincé avec moi, si vous voulez rentrer plus tard ou plus tôt.

— C'est toujours comme ça quand on fait du covoiturage, répondit-il en souriant malicieusement.

— Bon. D'accord.

— On va prendre mon pick-up.

Arrivé près du véhicule, il lui ouvrit galamment la portière. Ce fut alors qu'elle remarqua un problème d'ordre technique : le pick-up ne disposait pas de marchepied. Avec sa robe très ajustée, elle ne pourrait pas monter sans sacrifier sa dignité.

- 7 -

— J'ai un problème, dit Grace. Je ne pourrai jamais monter dans ce pick-up dans le respect de ma féminité. On pourrait peut-être prendre ma voiture ?

— Hors de question que je monte dans ce truc. Accrochez-vous.

Et sans attendre sa réponse, il la prit dans ses bras et la déposa doucement sur le siège passager.

— Problème résolu.

Il fallait qu'elle trouve un moyen d'apaiser les battements de son cœur. Elle avait presque peur qu'il les entende.

— Merci, murmura-t-elle.

— Je vous en prie.

Il alla s'installer au volant.

Elle se força à respirer calmement. Son corps n'était que délicieux frissons. Il lui semblait qu'ils n'allaient jamais s'arrêter ! Incroyable qu'un si bref contact avec le corps de Logan ait déclenché une telle réaction en elle. Réaction qui commençait tout juste à disparaître quand il gara le pick-up devant la Holden House.

Déterminée à ne pas renouveler cette expérience trop troublante à son goût, elle ouvrit vivement sa portière. Elle allait se servir de la gravité cette fois-ci, en se laissant glisser. Mais Logan fut plus rapide qu'elle : posant les mains sur sa taille, il la fit descendre du véhicule. À quand remontait la dernière fois où elle avait reçu ce genre d'attention galante de la part d'un homme si beau ? Tout bien considéré… jamais.

— Merci de m'avoir accompagnée, Logan.

Elle ne tarda pas à trouver la suite où la mariée et ses proches se préparaient et elle se laissa entraîner de bonne grâce dans l'enthousiasme généralisé. Elle coiffa, boutonna, lissa. Et quand on lui en donna le signal, elle descendit pour se joindre aux autres invités de la cérémonie.

Des chaises avaient été disposées dans l'une des salles. À la demande de Tracy, elle s'installa au premier rang pour surveiller Cassie. La salle, qui regorgeait de lis et de roses, sentait aussi bon qu'un jardin. Dans un coin, un orchestre jouait une discrète musique d'ambiance. À mesure que les invités entraient, le murmure des conversations s'amplifiait.

Puis le silence se fit quand s'élevèrent les premières notes de *La Marche nuptiale*. Elle se leva avec les autres et se tourna juste à temps pour voir les portes s'ouvrir. Une à une, dans leur robe bustier en tulle rose poudré, les demoiselles d'honneur avancèrent vers l'autel. Derrière elles, Cassie, dans sa robe de princesse brodée de boutons de rose, lançait des pétales de fleurs.

La petite fille lui sourit en venant s'installer à côté d'elle. Quand toutes furent assises, la mariée apparut à la porte dans sa magnifique robe blanche. Mais ce qui émut le plus Grace fut la présence de Logan à son côté. Il conduisait à l'autel la mère de sa fille. Et ce symbole de la force et de la douceur de leur amitié lui fit monter les larmes aux yeux.

Au moment où ils passèrent devant elle, des effluves de son parfum viril volèrent jusqu'à elle. Arrivé devant l'autel, il plaça solennellement la main de Tracy dans celle de son futur époux qu'il regarda droit dans les yeux en lui disant :

— Tu as intérêt à prendre soin d'elle. Je ne plaisante pas.

Grace s'essuya le coin des yeux.

Un instant plus tard, Logan vint s'asseoir à côté d'elle.

— Pourquoi pleurez-vous ? chuchota-t-il d'un air intrigué.

— C'est un mariage. C'est émouvant. Et je ne savais pas que ce serait vous qui conduiriez Tracy à l'autel.

— C'est elle qui me l'a demandé, répondit-il en haussant les épaules.

— Je trouve ça très touchant.

Le célébrant demanda alors aux invités de s'asseoir.

Il y eut des lectures de poèmes et de textes bibliques, ainsi que le traditionnel échange des vœux. Quand Cassie finit par s'agiter un peu, Grace la prit sur ses genoux. Alors, de nouveau submergée par l'émotion, elle sentit son cœur se serrer. Avec Cassie et Logan, il lui semblait avoir un aperçu de ce que l'on ressentait quand on faisait partie d'une famille. Cela ne lui était jamais arrivé auparavant. Et c'était merveilleux. Seulement elle avait perdu tout espoir de voir un jour ce rêve se réaliser. Aussi s'efforça-t-elle de repousser ce sentiment pour se concentrer sur la cérémonie.

Après l'échange des alliances, les mariés s'embrassèrent et redescendirent l'allée, suivis par tous les invités.

Dans la salle où auraient lieu le repas et le bal, Grace se hâta d'aller féliciter les mariés.

Tracy la serra dans ses bras.

— Merci d'être venue. Si tout s'est si bien passé avec Cassie, c'est grâce à toi.

— Je te remercie de m'avoir invitée. Tout était parfait.

Tracy se tourna en souriant vers le beau brun qui se trouvait à côté d'elle.

— Je te présente mon époux, Denver Graham.

L'amour, dans le regard du jeune marié, était presque palpable quand il regarda Tracy. Il finit par se tourner vers Grace en souriant.

— Merci d'être venue.

— Félicitations.

Quand elle s'éloigna, Grace remarqua que la plupart

des invités s'étaient déjà installés à leur place. Elle chercha donc sa table, qui était aussi celle de Logan et de ses frères et sœur. Tout le monde était là.

— Bonjour, lui dit Tucker.

— Bonjour, répondit-elle en souriant. Contente de vous revoir.

— Revoir ? répéta Logan en plissant les yeux.

— On a déjeuné ensemble, l'autre fois, expliqua son frère.

— Y a-t-il quelque chose que nous devrions savoir ? demanda Jamie d'un air espiègle.

— Rien de spécial, répondit Grace. Je m'apprêtais à déjeuner au Harvest Café, un jour où j'étais en congé, quand je suis tombée sur Tucker. On a décidé de se tenir compagnie.

— C'était une bonne surprise, précisa Tucker. J'ai tellement l'habitude de manger seul.

— Tu devrais peut-être te demander pourquoi, rétorqua Logan en lui jetant un regard noir.

Grace se tourna vers lui, intriguée. Pourquoi avait-il l'air si furieux ? Elle n'en avait aucune idée.

— J'étais allée acheter mon cadeau de mariage, expliqua-t-elle. Cela me semblait justifié, même si Tracy voulait surtout que je sois là pour vous aider à vous occuper de Cassie.

— Alors vous êtes là à titre professionnel ? lui demanda Max, qui était assis à côté d'elle.

À ces mots, elle observa les fleurs, la délicate vaisselle, les lustres en cristal et les invités dans leur tenue de fête.

— Je ne sais pas si on peut vraiment dire ça, répondit-elle en jetant un coup d'œil à Logan, qui se trouvait également à côté d'elle.

— Tu ne donnes jamais une soirée de congé à Grace ? demanda Jamie à Logan d'un air taquin.

— Tout est dans son contrat, répliqua-t-il.

— Il a raison, dit Grace. Je sais ce pour quoi je me suis engagée.

Même si jamais elle n'aurait imaginé que son employeur lui ferait ainsi fondre le cœur.

— Cela ne me dérange pas, reprit-elle. Et pour rien au monde je n'aurais manqué Cassie dans sa jolie robe. Si je n'avais pas été invitée, j'aurais insisté pour venir.

— Cela aurait été inutile, intervint Max. J'aurais été ravi de vous prendre comme cavalière.

— C'est déjà la cavalière de Logan, fit remarquer Jamie.

— Tout à fait, dit Logan en souriant.

— Je ne savais pas que le covoiturage comptait, répliqua Grace.

Ce commentaire eut pour effet de déclencher une salve de rires chez les Hart. Logan, lui, ne sembla pas se vexer et eut même le bon goût de paraître amusé. Il y avait à l'évidence une véritable complicité entre sa famille et lui, fondée sûrement sur une histoire commune difficile, songea Grace. Même en n'ayant rien, durant leur enfance, ils avaient tout, parce qu'ils étaient ensemble. En les observant, elle repensa à son enfance en famille d'accueil. Personne ne s'était jamais montré méchant ou violent avec elle, mais il n'y avait pas de complicité, juste de la gentillesse. Elle s'était toujours sentie à l'écart, jamais au sein d'une unité familiale.

Les conversations et les plaisanteries se poursuivirent tout au long du dîner. Tout le monde semblait passer un bon moment. Y compris Cassie, sur laquelle Grace gardait toujours un œil, guettant les signes classiques de fatigue. La fillette, qui avait fini par les rejoindre à leur table, bavardait désormais joyeusement avec ses oncles et sa tante. Mais quand le serveur arriva avec le gâteau, il ne restait plus une seule part avec une fleur. Des larmes commencèrent à couler.

Les trois hommes se levèrent pour aller chercher une part avec davantage de glaçage, mais Grace les arrêta d'un regard. Elle appela Cassie, qu'elle installa sur ses genoux.

— Je suis désolée que tu n'aies pas eu le gâteau que tu voulais, ma chérie.

— Les fleurs, c'est le meilleur.

Son petit corps était secoué de sanglots qui avaient moins trait au gâteau qu'à la fatigue.

— Je sais. Mais il est tard. Il est peut-être temps d'aller se coucher.

Elle se prépara à des protestations, mais Cassie bâilla et se serra un peu plus fort contre elle.

— D'accord. On peut y aller, papa ?

— Quand tu veux, ma chérie, répondit Logan en se levant.

— Je vais aller chercher ses affaires, dit Grace.

— Hé, Cassie ! intervint Jamie. Qu'est-ce que tu dirais de venir dormir chez moi ? Ça fait longtemps qu'on ne s'est pas fait une soirée pyjama, toutes les deux.

— Je pourrai dormir dans ton lit, tatie ?

— Évidemment. Et je te prêterai ma nuisette. On jouera aux princesses.

— Super ! s'exclama Cassie, qui, animée par un regain d'énergie, sauta des genoux de Grace pour se précipiter vers sa tante.

— Tu n'es pas obligée de faire ça, Jamie. Tu devrais rester pour t'amuser, fit remarquer Logan.

— J'ai vu suffisamment de mièvrerie pour aujourd'hui, lui répondit sa sœur. Et comme ça, Grace aura sa soirée. Restez et amusez-vous, tous les deux.

Rester avec Logan et *s'amuser* ? Grace ne savait pas ce que Jamie entendait par là, mais si cela impliquait de ressentir ce qu'elle avait ressenti un peu plus tôt dans ses bras… À cette simple idée, elle sentit les battements de son cœur s'accélérer. Seulement elle ne savait pas si elle devait attribuer cette réaction à la peur… ou au plaisir de ce qu'elle allait vivre.

Il ne restait plus que quelques invités, les plus fêtards. Logan n'en faisait généralement pas partie, mais ce soir, c'était différent. Il était resté avec Grace, et le temps était passé à une vitesse surprenante. Cela faisait bien longtemps qu'il ne s'était pas autant amusé.

Tout sourire, il déposa sur la table le verre de vin blanc qu'il était allé chercher pour Grace.

— Merci, lui dit-elle en souriant.

— Les choses commencent à se calmer.

— Oui. J'ai moi aussi ce sentiment.

— Je pense que les mariés ont envie d'aller se coucher.

— C'est normal, ils viennent de se marier. Je me demande où ils vont passer leur nuit de noces.

— Ici, à la Holden House. Dans la suite nuptiale.

— C'est super, dit-elle avant de prendre une gorgée de vin. Ils n'auront qu'à entrer dans l'ascenseur pour commencer à faire ce qu'ils ont à faire.

Il aurait préféré qu'elle parle de fleurs ou du temps qu'il faisait, et non de sexe. Le mari de Tracy aurait de la chance ce soir, mais pas lui. Bien trop souvent, au cours de la soirée, après qu'ils étaient passés au tutoiement, il avait oublié qu'il payait Grace pour veiller sur sa fille. Malgré tout le désir qu'il éprouvait pour elle, il ne pouvait se permettre de tenter de la séduire.

— Finis ton verre, Cendrillon.

— Je croyais que j'étais Mary Poppins.

— Pas ce soir. Il est minuit passé et la citrouille attend.

Gracieusement, elle porta son verre à ses lèvres pour en boire la dernière gorgée avant de se lever.

— Allons dire au revoir aux mariés.

— Oui.

Accompagné de Grace, il s'approcha de Tracy et de son mari, qui avaient cessé de danser mais étaient restés lovés l'un contre l'autre.

Tracy était rayonnante.

— Logan, je ne pourrai jamais assez te remercier pour m'avoir conduite à l'autel aujourd'hui.

— Je suis content que tu sois contente, répondit-il avant de se tourner vers le marié. Félicitations. Tu as épousé une femme super. Prends soin d'elle.

— Il y avait beaucoup de témoins quand je lui ai juré de l'aimer, de l'honorer et de la chérir, répondit Denver en riant. Et ce n'était pas une promesse en l'air. Elle est la meilleure chose qui me soit jamais arrivée.

Grace serra Tracy dans ses bras.

— Je suis sûre que vous serez très heureux, dit-elle. Passez un bon voyage de noces. Et ne te fais pas de souci pour ta fille, j'en prendrai grand soin.

— Je sais. Merci, répondit Tracy avant d'étouffer un bâillement. Excusez-moi. La journée a été longue. Et belle. Je sais qu'il est vraiment tard pour toi, Logan. J'en déduis que tu as passé un bon moment.

En prononçant ces mots, elle s'était tournée vers Grace et une étincelle malicieuse s'était allumée dans ses yeux. Logan soupira. Tracy le connaissait assez bien et elle avait probablement compris ce qu'il ressentait pour Grace. Il était donc vraiment temps qu'ils s'en aillent.

— Bien. Bon voyage, donc, dit-il. Et ne vous inquiétez pas pour Cassie. Bonne nuit.

— C'est pour toi que je m'inquiète, lui répondit Tracy en portant sur lui un regard plein de tendresse.

— Pourquoi ? Je vais bien.

Après avoir jeté un regard à Grace, elle l'embrassa sur la joue.

— Ce n'est pas vrai, mon ami. Pas encore. Mais j'ai bon espoir.

Au moins l'un d'entre eux en avait, songea-t-il en quittant la salle en compagnie de Grace. Ces derniers temps, il avait un mal fou à contrôler les démons qui le provoquaient. Il ne savait vraiment pas s'il méritait que l'on place de l'espoir en lui.

En ouvrant la portière de son pick-up à Grace, il dut ravaler un juron. Que lui avait-il pris de lui proposer de l'accompagner ? Le problème de sa robe ajustée n'avait pas changé. La porter était la seule solution, mais ce n'était pas aussi simple cette fois-ci.

Après avoir dansé avec elle toute la soirée, il savait à quel point il était agréable de l'avoir entre ses bras. À quel point son corps épousait parfaitement le sien. La tentation était forte, brûlante, presque douloureuse. Pire encore que la première fois.

— Qu'est-ce qui ne va pas, Logan ? demanda Grace. Tu as l'air préoccupé, tout à coup.

— Rien, c'est juste que… il va falloir que je te porte de nouveau, répondit-il entre ses dents serrées.

— Tu n'as qu'à te tourner. Je remonterai ma robe jusqu'à la taille et je grimperai.

Remonter sa robe jusqu'à la taille ? L'image se fixa dans son esprit. Et c'était pire que de la reprendre contre lui.

Paniqué, il la hissa vivement dans ses bras, avec l'intention de la déposer rapidement sur le siège… quand elle passa les bras autour de son cou et plongea le regard dans le sien.

Il savait reconnaître le désir dans les yeux d'une femme et avait souvent eu l'occasion de le voir. Sauf qu'il ne l'avait jamais ressenti dans toute sa force avant Grace. Elle avait envie de lui, elle aussi. Très.

Ce qui constituait un important problème.

Il lui aurait été si facile de l'embrasser. Seuls quelques centimètres les séparaient et il brûlait d'envie de goûter à la magie qui était en elle. Soudain, il entendit des voix ; des invités retournaient vers leur voiture. Ce qui l'extirpa de son état de transe. Délicatement, il déposa Grace sur le siège passager. Et quand son corps s'écarta du sien, une horrible sensation de vide l'envahit.

— Mets ta ceinture, dit-il d'une voix sourde.

Il regretta immédiatement ces paroles stupides. Ce n'était pas une enfant, c'était une femme. Et il ne le savait que trop bien après avoir senti contre lui ses courbes voluptueuses.

Une fois installé au volant, il retira sa veste. La nuit ne serait jamais assez fraîche pour refroidir la chaleur qui était en lui. Ce dont il avait vraiment besoin, c'était d'une douche froide. Très froide. Et il allait d'ailleurs en prendre une. Dans un quart d'heure, vingt minutes tout au plus, il serait chez lui, libre. D'un geste sec, il tourna la clé de contact.

— C'était un beau mariage, non ? murmura Grace d'une voix rêveuse.

— Oui.

— Tu n'as pas l'air convaincu.

— Peu importe ce que je pense, du moment que Tracy est heureuse.

— Elle avait l'air plus qu'heureuse. Et je trouve très touchant de ta part d'avoir accepté de la conduire à l'autel. D'autant plus qu'elle a refusé ta demande en mariage.

Une éternité semblait s'être écoulée depuis qu'il avait fait cette proposition à Tracy, proposition qu'elle avait refusée en éclatant de rire.

— Elle t'en a parlé ?

— Oui. Mais elle m'a expliqué que les choses fonctionnaient bien mieux entre vous ainsi.

Il savait qu'il l'aurait rendue malheureuse, et cela s'appliquait à quiconque s'attacherait à lui.

— C'est une femme très intelligente, dit-il. Elle a enfin trouvé le bon et je suis sûr qu'il sera gentil avec elle.

— Parce que tu l'as menacé !

Le son mélodieux du rire de Grace sembla débloquer en lui des choses qui étaient fermées depuis bien longtemps.

— Tu es très viril et protecteur, Logan, et je dois admettre que je trouve cela très sexy.

Elle n'aurait jamais dû dire ça. C'était comme de jeter de l'huile sur le feu qui l'embrasait déjà. Fou de désir, il regretta de lui avoir proposé ce dernier verre de vin. Manifestement, cela avait eu pour effet de faire tomber ses inhibitions. Quant à lui, il sentait sa volonté ramollir à une vitesse impressionnante.

Mieux valait donc changer de sujet.

— J'espère que la pluie ne va pas tarder, sinon, nous risquons d'avoir des problèmes de feu de broussailles. L'été dernier, la situation a été catastrophique. Beaucoup de gens ont dû évacuer leur maison. Certaines ont été totalement détruites.

Il était en train de divaguer, en évoquant le feu alors que son corps lui faisait l'effet d'un véritable brasier. C'était stupide de sa part. Mais c'était toujours mieux que de laisser Grace continuer de faire des commentaires qui contenaient le mot « sexy ».

Par bonheur, elle ne fut pas bavarde, durant le trajet du retour. Soulagé, il se gara dans la cour. Il lui sembla soudain qu'ils avaient quitté le ranch depuis des lustres. Depuis qu'il l'avait suivie dans le couloir, incapable de détacher le regard de la peau nue de son dos, largement exposée par l'ouverture de sa robe…

Remonter la fermeture Éclair sans laisser transparaître ses sentiments avait nécessité beaucoup de maîtrise de sa part, et il allait devoir recourir à cette force encore une fois. Cela allait être plus difficile, cependant. Il n'aurait pas cru cela possible, mais son désir pour Grace était devenu plus ardent.

Après avoir pris une profonde inspiration, il sortit du pick-up et s'approcha de sa portière pour lui ouvrir. Mais elle avait pris les devants en se laissant glisser à terre. Bien. De cette façon il n'aurait pas à la toucher.

Ensemble, ils montèrent les marches du porche et entrèrent. Dans une minute à peine, il serait seul dans sa chambre. Une image de Grace, nue dans son lit, se dessina dans son esprit, et il sentit de la sueur couler le long de son dos. Il lui était impossible de réprimer son désir pour elle. Et pourtant, il savait qu'il y avait une limite à ne pas franchir. Séduire son employée ferait de lui une ordure en tout point semblable à son père. Or, il s'était juré de tout faire pour éviter cela.

— Bonne nuit, Grace.

Apparemment, il allait devoir continuer à batailler, car sans prononcer le moindre mot, elle lui sourit et se rapprocha de lui.

L'odeur de sa peau, enivrante, menaçait de lui faire perdre la raison. Et quand elle se haussa sur la pointe des pieds pour effleurer ses lèvres des siennes, il comprit qu'il était perdu.

Instinctivement, il l'attira plus près de lui. Puis, sans plus tenter de réprimer sa passion, il glissa une main dans ses cheveux pour l'embrasser fiévreusement.

S'il devait être dévoré par les flammes de l'enfer, pourquoi ne pas faire une escale au paradis avant ?

- 8 -

Grace ne regrettait pas de s'être jetée dans les bras de Logan. Elle avait abandonné toute prudence, parce qu'elle avait envie de cela plus qu'elle n'avait jamais eu envie de quoi que ce soit. Et, comme il ne l'avait pas repoussée, elle continua de l'embrasser fougueusement, avec toute la passion qu'il lui inspirait. Sa bouche virile était au-delà de tout ce qu'elle avait pu imaginer dans ses fantasmes : brûlante, sexy et exigeante. Elle laissa échapper un petit gémissement de désir et il la serra un peu plus fort contre lui, ce qui était plutôt une bonne chose, dans la mesure où elle commençait à chanceler.

Sensuellement, il traça le contour de ses lèvres du bout de la langue, et quand elle s'ouvrit à lui, il plongea en elle. Alors, toutes les terminaisons nerveuses de son corps s'éveillèrent d'un seul coup, sa peau devint brûlante, vibrante. Elle sentit la bouche de Logan parcourir ses joues, son menton, son cou, pour finir par s'attarder sur le lobe de son oreille. Elle avait tellement chaud qu'elle s'attendait presque à sentir son corps s'embraser.

Haletant, il fit lentement remonter ses mains de sa taille à ses seins avant de caresser des pouces ses mamelons déjà durcis de désir. Elle avait désespérément envie de le sentir contre sa peau nue. Un petit gémissement lui échappa malgré elle.

Une lueur ardente embrasa les yeux de Logan quand il plongea son regard dans le sien.

— Grace ?

— Oui ?

— J'ai envie de t'emmener dans mon lit. Si tu n'es pas d'accord…

Pour toute réponse, elle posa les lèvres sur les siennes pour le faire taire ; elle était très excitée que les choses se passent exactement comme elle l'avait espéré, alors que rien n'était gagné d'avance.

— Tu parles trop, murmura-t-elle. On ne te l'a jamais dit ?

Il eut un petit sourire amusé.

— Non, répondit-il en lui prenant la main pour l'entraîner dans l'escalier.

Quand ils furent dans sa chambre, il posa doucement les mains sur ses épaules pour la tourner dos à lui. Elle frémit quand elle sentit ses doigts chauds sur sa nuque. Il défit le crochet de sa robe.

— Ce qui a été fait doit être défait, décréta-t-il.

Sa voix était chaude comme du chocolat, douce comme du velours.

Elle sentit le tissu qui couvrait son dos s'écarter lentement, puis Logan pressa les lèvres sur la zone de peau qu'il venait de dévoiler. Parcourue des plus délicieux frissons qu'elle ait pu ressentir, Grace libéra ses bras de la robe qui retomba mollement autour de ses pieds. Lentement, elle se retourna alors vers lui.

— Je vais t'aider à retirer tes boutons de manchettes, dit-elle.

Sans prononcer le moindre mot, il lui tendit successivement chacune de ses mains. Et quand elle eut terminé, elle se hâta de le débarrasser de sa chemise. Folle de désir, elle commença alors à caresser son torse puissant. Il était tout en muscles noueux et virils.

— Tout ce travail manuel au ranch a produit de beaux effets, lui dit-elle en souriant.

Sensuellement, il fit courir ses doigts sur le haut de sa poitrine avant de prendre ses seins nus dans les mains. Sa chair sembla se gonfler sous sa caresse et quand il repassa les pouces sur ses mamelons, une décharge d'électricité la traversa, faisant vibrer son corps tout entier. Elle sentait désormais le désir palpiter dans son sexe. Quand leurs regards se rencontrèrent, elle releva le menton et laissa échapper un gémissement de volupté.

— Grace, quand tu me regardes comme ça, je deviens fou, je ne peux plus attendre…

— Moi non plus.

D'un geste vif, il ouvrit son lit et l'y déposa délicatement. Et après avoir retiré impatiemment les derniers vêtements qu'il lui restait, il s'installa à côté d'elle. Posant alors la main à plat entre ses seins, il la regarda.

— Qu'est-ce qu'il y a ? demanda-t-elle.

Sa respiration était tellement haletante qu'elle avait du mal à parler.

— Le jour où tu es arrivée, je t'ai surprise au moment où tu défaisais ta valise. Tu as fait tomber le tas de culottes que tu tenais à la main.

Sa voix, grave et douce, semblait glisser sur sa peau comme une caresse.

— Je n'ai pas cessé de songer à ces culottes depuis. De t'imaginer avec la rose…

— J'espère que tu n'es pas déçu, murmura-t-elle.

Ses yeux devinrent sombres et il secoua la tête.

— Tu es encore plus belle que je l'avais imaginé.

Ces paroles lui firent fondre le cœur. Elle était totalement conquise et elle avait envie de lui plus que tout. Plongeant son regard dans le sien, elle lui sourit et releva les jambes pour faire glisser la culotte en satin rose sur ses cuisses.

— C'est dommage, alors, que je doive la retirer.

Tout en prenant une profonde inspiration, il se tourna

sur le côté pour ouvrir le tiroir de la table de chevet dont il extirpa un préservatif. Avec aisance et détermination, il se protégea rapidement. Puis elle fut dans ses bras.

Précautionneusement, il se hissa au-dessus d'elle et lui écarta les cuisses avant de s'enfoncer lentement en elle.

Elle retint son souffle pour mieux savourer ces divines sensations. Alors il commença à aller et venir, ajoutant encore à son plaisir. L'extase, intense, débuta dans son sexe, avant de déferler sur elle avec une force et une rapidité qui emportèrent tout au passage : son corps, son âme, son cœur. Perdue dans ce tourbillon de sensations voluptueuses, elle s'accrocha à lui tandis qu'il la serrait tendrement dans ses bras.

Un instant plus tard, il se remit à se mouvoir en elle, s'enfonçant plus fort, encore et encore. Et tout à coup, elle sentit ses muscles se tendre. Blottissant la tête dans le creux de son cou, il poussa un grognement de satisfaction. Elle n'aurait su dire combien de temps ils restèrent ainsi, leurs deux corps lovés l'un contre l'autre, mais soudain, il releva la tête.

— Je dois te faire mal.

Sans lui laisser le temps de répondre, il quitta le lit pour se diriger vers la salle de bains.

Elle dut s'endormir quelques instants car quand elle rouvrit les yeux, il se trouvait debout devant la fenêtre, le regard perdu dans le lointain. Il avait mis un short, et tout son corps était crispé, ce qui paraissait pour le moins surprenant. Pourquoi n'était-il pas revenu auprès d'elle ? Parce qu'il n'aimait pas la tendresse après les ébats ?

L'explication paraissait trop simple. Pendant quelques secondes, elle envisagea de s'éclipser, de faire comme si tout cela n'était jamais arrivé, mais elle finit par se raviser.

Embarrassée, elle se leva et enfila la chemise de Logan. La seule chose qui aurait pu rendre cette conversation pire encore aurait été d'être nue. D'un pas mal assuré, elle s'approcha de lui.

— Tu rumines ? À quoi penses-tu, Logan ?

De longues secondes s'écoulèrent avant qu'il réponde :

— Je te comprendrais, si tu décidais de partir.

— Et pourquoi partirais-je ?

— Parce que je suis ton employeur. Parce que je t'ai séduite. C'est le genre de choses que faisait mon père. Je ne suis pas mieux que lui. J'imagine que l'on ne peut pas se battre contre son ADN.

— Alors tu endosses la pleine responsabilité de ce qui vient de se passer ?

— Oui.

— Très bien. Pour commencer, il me semble que c'est moi, l'employée, qui t'ai séduit. Si mes souvenirs sont bons, tu m'as souhaité une bonne nuit, et c'est moi qui t'ai embrassé. Et au cas où tu te poserais la question, je ne regrette absolument pas ce qui s'est passé. Et pour finir, je ne partirai pas, parce que j'ai besoin de cet emploi.

— Encore une raison pour laquelle je n'aurais pas dû profiter de toi.

— Ne recommence pas. J'ai pris la décision de coucher avec toi en toute conscience, et je ne suis pas une femme innocente, impressionnable ou vulnérable. Je prends mes propres décisions depuis longtemps, à présent.

— Cela ne doit pas faire si longtemps. Tu es toute jeune.

— Juste après ma naissance, on m'a laissée devant une caserne de pompiers. Je n'ai jamais connu mes parents.

— Grace…

— Ne m'interromps pas.

Elle ne voulait pas le laisser parler, parce que le ton sur lequel il avait prononcé son prénom flirtait avec la pitié, et elle ne voulait pas de ça.

— Je suis passée d'une famille d'accueil à une autre.

Mais cela n'a pas eu d'impact sur moi parce que j'ai compris très tôt le danger qu'il y avait à s'attacher. Quand un changement survenait, je rangeais mes affaires et j'allais où l'on m'emmenait. À dix-huit ans, on m'a laissé le droit de partir et de prendre soin de moi toute seule.

Logan la fixait sans rien dire.

— Pourquoi me regardes-tu comme si j'étais une extraterrestre ?

— Je ne sais pas. C'est juste que… tu es tellement joviale.

— C'est un choix que je fais tous les jours. Quelqu'un m'a dit un jour que rien n'était éternel. C'est vrai. Et j'ai pris la décision de me fixer un objectif.

— Tu peux m'en parler ?

— Est-ce que tu te rends compte de la chance que tu as d'avoir ces terres, cet endroit auquel tu appartiens, ces racines si profondes ? demanda-t-elle en se tournant vers la fenêtre. Je veux une maison à moi. Un endroit que personne ne pourra me prendre. Et cela nécessite de l'argent.

— C'est donc pour ça que tu ne peux pas partir ?

— Oui. Cette fois-ci, je vais y arriver.

— Cette fois-ci ?

— J'ai failli le faire, mais au dernier moment, je me suis fait rouler par un homme.

— Comment ça ?

— Oh ! Tout est ma faute. Il a acheté une maison à retaper et m'a vaguement parlé d'amour et de mariage. J'étais tellement aveuglée par mon rêve que je lui ai donné toutes mes économies en pensant que l'on développerait ce projet ensemble, que cela nous rapprocherait encore plus.

— Et à l'évidence, les choses ont mal tourné.

— Quand les rénovations ont été terminées, il a décrété qu'il ne m'aimait plus. Nous n'avions signé aucun accord officiel, je ne bénéficiais donc d'aucune protection pour mon investissement, d'aucun recours pour récupérer mon argent.

— Alors… Tu as tout perdu ?

— Oui. Mais j'ai gagné quelque chose. J'ai compris la leçon. Alors, au cas où tu te poserais la question, refaire l'idiote avec un homme ne fait pas partie de mes projets.

— Tu veux que j'aille lui donner une correction ?

Sa voix était suffisamment menaçante pour lui laisser entendre qu'il ne plaisantait pas.

— Non. Je suis sûre que c'est illégal, et Cassie n'aimerait pas que son papa se retrouve en prison.

— Même si son papa ne sait pas y faire avec elle ?

— Soyons clairs. Tu as de toute évidence des problèmes avec ton père, mais de mon point de vue, tu as de la chance de savoir qui il est. Tu sais d'où tu viens. Et tu as un lien avec la terre, quelque chose de tangible qui remonte à plusieurs générations. Je t'envie.

— Vu de cette façon…

— Je ne veux pas de ta pitié, Logan. Je vais devenir propriétaire, moi aussi. Quand j'aurai terminé mon travail ici, je retournerai à Buckskin Pass et je m'achèterai une maison.

— Alors, pour résumer, ce que tu essaies de me dire, c'est que l'on devrait partager la responsabilité d'avoir des relations sexuelles sans attaches ?

Ces paroles la firent sourire.

— Seulement si c'est toi qui m'embrasses, répliqua-t-elle. Comme ça, on sera quittes.

Il fit ce qu'elle lui avait demandé. Et bien plus encore.

Le lendemain matin, en sortant de la douche, Logan inspecta son reflet dans le miroir. Le sourire qui éclairait son visage était sincère. Il avait décidé de croire Grace quand elle lui avait dit qu'elle ne le tenait pas pour responsable de ce qui s'était passé la veille au soir. Ce qui était une bonne chose, dans la mesure où ils avaient ensuite refait deux fois l'amour. Ce partage des responsabilités lui convenait très bien.

Le lit était vide quand il s'était réveillé, et il flottait dans l'air une odeur de café. Le sourire se fit plus large encore sur son visage. Mais cela devait être à l'idée de boire du café, car cette nuit avec Grace n'avait rien changé. Ou plutôt si, puisqu'il se sentait à présent apaisé.

Quand il arriva dans la cuisine, Grace se tourna vers lui en souriant. Et en observant ses yeux, doux et brumeux, il sentit une agréable sensation de bonheur l'envahir. Les choses avaient donc changé sur un autre plan également.

— Laisse-moi deviner, dit-elle. Tu es venu pour le café.

— Tu lis dans mes pensées.

Elle était si fraîche, si belle… À ce qu'il pouvait en voir, elle ne portait pas de maquillage. Ses cheveux soyeux étaient relevés en queue-de-cheval et elle était pieds nus. Son short blanc et son T-shirt jaune étaient aux antipodes de la tenue qu'elle portait la veille au soir, avec ses escarpins roses si sexy, mais elle n'en demeurait pas moins magnifique. De toute façon, à bien y réfléchir, il ne l'avait jamais vue porter une tenue qui ne lui allait pas à la perfection.

Sa jolie voix mélodieuse vint soudain rompre le silence :

— Qu'est-ce qui te ferait plaisir pour le petit déjeuner ? Pancakes, gaufres, œufs, omelette ?

Toi. Il ne prononça pas le mot à voix haute, mais cela ne le rendait pas moins vrai pour autant. Il avait de nouveau envie d'elle.

— C'est toi qui choisis, répondit-il.

— Pourquoi pas des œufs, du bacon, des pommes sautées, des toasts et du jus de fruits ?

— Parfait. Que puis-je faire pour t'aider ?

— Mettre la table. Et peut-être t'occuper des toasts et du jus de fruits ?

— Ça devrait être dans mes compétences.

— Ravie de savoir que tu en as quelques-unes.

Le regard sensuel et suggestif qu'elle lui adressa ne fit que raviver son désir. Il fut tenté de la prendre dans ses bras pour lui démontrer ses compétences, mais deux choses l'en dissuadèrent. Pour commencer, sa sœur, qui pouvait passer d'un instant à l'autre pour ramener Cassie. Et surtout, il préférait que ce qui s'était passé la veille reste exceptionnel. Il demeurait l'employeur de Grace et il ne voulait pas la mettre dans une situation délicate. Même si elle en assumait la responsabilité. Cependant, la chaleur qui enflammait son corps à chaque fois que son regard se posait sur elle semblait l'indiquer clairement : ce serait plus facile à dire qu'à faire !

Tandis qu'elle commençait à faire frire le bacon et les œufs, il fit griller le pain. Il éprouvait un profond sentiment de bonheur et d'épanouissement, une chose qu'il n'avait jamais ressentie. La seule ombre au tableau était l'absence de Cassie.

Il sourit quand quelqu'un frappa à la porte. Cassie et Jamie. Amusant. Il venait tout juste d'y penser.

D'un geste décidé, il alla ouvrir, s'attendant à voir apparaître l'adorable visage de sa fille. La déception fut intense.

— Salut, fils, lança Foster Hart comme s'il passait le voir tous les jours et s'attendait à un accueil chaleureux.

À la fois mince et musclé, il était très élégant avec ses cheveux gris, son jean bien coupé et sa veste bleu marine.

— Qu'est-ce que tu fais là ? rétorqua sèchement Logan.

— Content de te voir aussi, répondit Foster avec sa bonne humeur habituelle. Il se trouve que ma nièce, mes neveux et mes enfants se sont tous installés à Blackwater

Lake. Alors je suis venu voir ce qu'il y avait de si spécial dans cette ville.

— Ce qu'il y a de spécial, c'est la famille. Mais c'est là une chose que tu ne peux pas comprendre. Alors pourquoi ne nous ferais-tu pas le plaisir de retourner à Dallas ?

— Écoute, Logan, quoi que tu puisses en penser, je suis toujours ton père. Et j'aimerais te parler.

Sans y avoir été invité, il entra et se dirigea droit vers la cuisine.

Fou de rage, Logan le suivit. Instinctivement, il alla se mettre à côté de Grace, résistant à l'envie de la prendre dans ses bras pour la protéger.

— Qui est-ce ? s'enquit Foster en la regardant de haut en bas, comme s'il s'agissait d'une jument à vendre.

Quand il se retourna vers Logan, il posa sur lui un regard malicieux. « Tel père tel fils », semblaient dire ses yeux.

Ivre de colère, Logan serra les poings. Et il s'apprêtait à dire à son père tout le mal qu'il pensait de lui quand Grace intervint :

— Je suis Grace Flynn. Je travaille pour Logan. Je suis chargée de veiller sur sa fille, Cassie, jusqu'à la fin de l'été. Pendant que sa maman est en voyage de noces.

— Oui, j'ai entendu dire que Tracy s'était mariée. Oh ! Excusez-moi, je ne me suis même pas présenté. Je suis Foster Hart.

— Le père de Logan. Ravie de vous rencontrer.

Il eut un sourire satisfait. Il semblait fier qu'elle sache qui il était.

— Tout le plaisir est pour moi. Ma réputation me précède, apparemment.

— Qu'est-ce que tu veux ? lança sèchement Logan, ne cherchant pas à retenir sa colère.

— Où est Cassie ?

— Elle n'est pas là.

— Quand doit-elle revenir ? demanda Foster, les yeux tournés vers Grace, comme s'il s'attendait à ce que ce soit elle qui lui réponde.

— Ce ne sont pas tes affaires, rétorqua Logan.

— Je dois partir ce soir, dit Foster sans cesser de regarder Grace. Je ne suis là que pour une journée. J'aimerais vraiment la voir.

— Jamais !

Logan ne supportait même pas l'idée que cet homme s'approche de sa fille, qu'il lui fasse du mal comme il en avait fait à ses propres enfants.

— Au cas où tu ne l'aurais toujours pas compris, tu n'es pas le bienvenu ici.

— C'est ma petite-fille.

— Alors maintenant, tu joues la carte de la famille ? Tu ne t'es jamais intéressé à elle depuis sa naissance, et à présent qu'elle a cinq ans, tu voudrais la voir ? Ça y est, j'ai compris. Tu as appris que sa mère était absente et tu t'es dit que tu allais en profiter pour essayer de l'approcher.

— C'est une coïncidence. Mais je vois que tu t'es déjà fait ton opinion, alors je ne vais pas gaspiller ma salive à essayer de la changer.

— Pour une fois, je suis d'accord avec toi.

Foster se tourna vers Grace.

— Il est toujours aussi tête de lard ?

— C'est un bon père de famille, répondit-elle en soutenant son regard.

Logan fut touché par cette marque de confiance, même si ces paroles étaient assez éloignées de la vérité.

— Va-t'en, maintenant, dit-il.

— C'est ma seule petite-fille. J'ai le droit de la voir.

— Tu as perdu tous les droits que tu pouvais avoir quand tu nous as traités, moi, ma mère et mes frères et sœur, comme des moins-que-rien ! Je ne te laisserai jamais faire la même chose avec ma fille ! Dehors !

Pendant quelques secondes, Foster le dévisagea. Après quoi il hocha la tête et Logan vit sur son visage quelque chose qui ressemblait à… des regrets ? Des remords ? Non. Venant d'un homme qui avait tourné le dos à sa famille, ça ne pouvait pas être ça, il avait dû rêver.

— Bien. J'ai été ravi de vous rencontrer, mademoiselle Flynn. Au revoir, fils.

La façade joviale avait disparu, remplacée par une sorte de tristesse.

Un instant plus tard, Logan entendit la porte se refermer. Il s'attendait à ressentir un sentiment de soulagement. Qui ne vint pas.

Après avoir poussé un profond soupir, Grace le regarda dans les yeux.

— Curieux.

— Oui, répondit-il en se passant nerveusement la main dans les cheveux. Le seul point positif, c'est que Cassie n'était pas là.

— Tu sais, il avait l'air sincèrement déçu de ne pas la voir.

— Mon père ne connaît pas le sens du mot « sincère ». Et on doit tous apprendre à vivre avec des déceptions. C'est lui-même qui me l'a appris.

— Les gens changent. Il veut peut-être réparer ses erreurs ?

— Il est trop tard pour ça. Il ne pense qu'à lui. Et je ne veux pas qu'il s'approche de près ou de loin de ma fille.

— Beaucoup d'années se sont écoulées. Tu n'es plus un enfant, il n'est plus un jeune homme. Il a peut-être compris ses erreurs. Tu es un homme bien…

— Arrête, Grace. Les erreurs qu'il a commises sont impardonnables. Et j'en suis la preuve vivante. Tu ne comprends pas ? Tu n'as pas vu la façon dont il t'a regardée ? Je suis le fils de ce sale type. Tu viens de voir par toi-même pourquoi ce serait une très mauvaise idée de t'éprendre de moi. Ne fais jamais ça.

Il avait le sentiment que cet avertissement s'adressait plus à lui-même qu'à elle. Ce qui s'était passé la veille au soir ne pouvait pas se reproduire, et la venue de son père n'avait fait que le lui rappeler. Ne lui restait plus qu'à trouver un moyen d'oublier à quel point il était bon de faire l'amour avec Grace.

Le problème, c'est qu'il aurait fallu un miracle. Il ne croyait pas aux miracles. Et de toute façon, il n'en méritait pas.

- 9 -

Avoir un père, même un sale type, c'était tout de même mieux que de ne pas en avoir du tout, songeait Grace.

Cela faisait deux jours que l'horrible scène avait eu lieu, et pourtant, elle ne pouvait l'effacer de son esprit. Sans doute parce que Logan avait repris ses distances avec elle depuis.

— Grace ?

La voix de Cassie la ramena au temps présent.

— Qu'est-ce qu'il y a, ma chérie ?

— Paige, Emily et moi, on a super soif.

Le bonheur de Cassie étant son objectif premier, Grace avait invité les amies de la fillette. Les trois enfants jouaient dans le jardin, non loin de la maison. Assise sur les marches du porche, Grace les surveillait. Mais comme les petites filles s'entendaient à merveille, elle n'avait pas grand-chose d'autre à faire que de songer au beau rancher et à sa décision de l'ignorer après ces ébats si passionnés.

— Que diriez-vous d'une citronnade ? demanda-t-elle.

— Oui ! s'exclamèrent en chœur trois petites voix.

— Je reviens tout de suite.

Quand elle revint avec les boissons, les fillettes accoururent vers le porche, où la table de pique-nique de Cassie avait été installée.

— Il fait tellement chaud, dit Paige, la brune.

— J'ai tellement soif, ajouta Emily, une petite poupée rousse au visage parsemé d'adorables taches de rousseur.

— Voilà de quoi régler le problème, dit Grace en désignant les verres de citronnade. Et si vous avez encore soif après, je vous apporterai de l'eau fraîche.

— C'est dommage qu'il n'y ait pas de cookies, murmura Cassie en prenant son air boudeur.

Grace retint un sourire. Au départ, cette mignonne expression lui donnait envie de donner à Cassie tout ce qu'elle lui demandait. Mais elle avait appris à résister. L'heure du dîner était proche, ce n'était pas le moment de manger des cookies.

Elle alla s'accroupir entre Paige et Emily.

— Vos mamans ne vont pas tarder à arriver et je ne pense pas qu'elles seraient contentes si elles vous voyaient manger avant le dîner.

— Ah ! ça non, alors, répondit Emily. Quand je vais chez mon papa, le week-end, il me donne toujours des glaces juste avant que maman vienne me chercher. Après je mange presque rien au dîner et maman n'est pas contente du tout.

Manifestement, le père d'Emily cherchait délibérément à provoquer son ex.

— La citronnade est super bonne ! s'exclama Paige.

— Grace fait la meilleure citronnade du monde, affirma Cassie.

— Oh ! Tu es mignonne, ma chérie, dit Grace en déposant un baiser sur le front de la fillette.

Un instant plus tard, une voiture se garait devant la maison. Emily ne pouvait renier sa mère, Wendy Anderson, une jolie rousse qui, à en juger par sa tenue, devait sortir d'un cours de yoga. Tout sourires, elle vint les rejoindre sous le porche. Et après avoir embrassé sa fille, elle se tourna vers Grace.

— Hello.

— Bonsoir, Wendy.

La jeune femme regarda les poupées et autres jouets éparpillés dans l'herbe.

— Elles se sont bien occupées, à ce que je vois. Ça a été, avec Emily ?

— Très bien, répondit Grace en souriant.

— Tant mieux. J'ai eu la mère de Paige au téléphone. Son mari l'a invitée au restaurant ce soir. Je vais donc récupérer les deux filles.

Wendy se tourna vers les dépendances du ranch. Logan, qui venait de quitter l'écurie, s'avançait dans leur direction.

— On est obligées de partir tout de suite, maman ? Je n'ai pas fini mon verre.

— C'est à Grace d'en décider, répondit Wendy. Grace ?

— Aucun problème pour moi. Je ne suis pas pressée.

— Tant mieux, répondit Wendy avant de se retourner vers Logan. J'aimerais parler au papa de Cassie.

Il y avait dans son regard une lueur de désir telle, que Grace sentit aussitôt la jalousie la dévorer. Totalement absurde. Logan était un père célibataire, Wendy une mère divorcée. Ils avaient bien le droit de flirter. Ce n'étaient pas ses affaires. Elle était là pour le travail et serait partie à la fin de l'été.

— Bonsoir, Logan, dit Wendy en s'approchant de lui.

— Comment vas-tu ?

— Très bien. Le mariage de Tracy a été vraiment merveilleux, tu ne trouves pas ?

— Si. Elle avait l'air heureuse.

S'adossant nonchalamment au garde-corps du porche, la jeune femme remonta ses immenses lunettes de soleil sur le sommet de sa tête.

— Je l'envie vraiment d'avoir trouvé un type aussi super, ici, à Blackwater Lake, dit-elle.

De là où elle était placée, Grace ne pouvait pas bien la voir, mais elle était presque certaine que Wendy dévorait

Logan du regard. Cependant, Logan s'était crispé. Cette rencontre inattendue le mettait à l'évidence mal à l'aise.

Grace n'était pas fière d'elle, mais elle était contente qu'il paraisse si tourmenté. Cela lui apprendrait à l'ignorer, après la nuit où ils avaient fait l'amour ! Il lui avait suffi d'un face-à-face avec son père pour retourner se terrer dans sa caverne. Manifestement, il préférait rester un loup solitaire, chose qu'il ne pouvait pas se permettre de faire à cet instant. Et elle trouvait très amusant de le regarder affronter Wendy, qui semblait si disposée à parler mariage.

— La ville n'en finit pas de se peupler, poursuivit la jeune femme.

— J'ai encore soif, dit Emily en tendant à Grace son gobelet.

— Je vais te chercher de l'eau.

La première responsabilité de Grace était les enfants, même si elle regrettait vraiment de manquer la suite de cet amusant spectacle.

À son retour avec la carafe d'eau fraîche, les trois fillettes lui tendirent leur verre.

— Voilà, dit-elle en les servant.

Et elle essaya de reprendre le fil de la conversation entre Logan et Wendy.

— Il y a un nouveau studio de yoga près de l'hôtel, dit Wendy.

— Je sais. C'est la femme de mon cousin Cal qui l'a ouvert.

— C'est vrai ! Justine a épousé Cal Hart l'année dernière. Puis elle a ouvert ce centre de fitness. J'en sors tout juste.

Logan regarda Grace avec l'air désespéré de celui qui aimerait qu'on le sorte d'une situation délicate.

— Jamie dit que c'est un endroit super, marmonna-t-il.

— J'aime beaucoup aussi, répondit Wendy en décollant

soudain son dos du garde-corps. Et je trouve que l'exercice physique est vraiment payant. Voilà mon *revenge body*.

— Je te demande pardon ?

Grace dut se retenir de rire. La situation était vraiment comique.

— Mon *revenge body*, répéta Wendy en haussant les épaules comme s'il s'agissait d'une expression connue de tous. Mon mari m'a quittée pour une autre. Depuis le divorce, j'ai perdu dix kilos. Tu es un homme, et j'aimerais avoir ton opinion. Tu penses que mon ex devrait regretter de m'avoir laissée tomber ?

Pour la troisième fois, Logan se tourna vers Grace. Il y avait dans ses yeux un mélange de panique et de désespoir. Elle faillit le laisser se débrouiller tout seul, mais il aurait été vraiment méchant de sa part d'ignorer son appel au secours. Prise de pitié, elle décida donc de l'aider et de mettre fin à ses tourments.

— Allez, buvez, les filles. Mme Anderson a des choses à faire, dit-elle d'une voix suffisamment forte pour être entendue de Logan et Wendy. La prochaine fois que vous viendrez, on pourrait aller voir le nouveau poulain.

— Je l'ai appelé Prince Éric, comme dans *La Petite Sirène*, annonça Cassie avant de lever son verre vide devant elle. J'ai tout fini.

— Moi aussi, renchérit Emily. On peut aller voir le poulain maintenant ?

Juste pour lui rappeler qui avait le contrôle de la situation, Grace planta son regard dans celui de Logan.

— Je crois que c'est l'heure de son dîner, répondit-elle. Avoir de la visite pourrait le perturber. Mais vous pourrez revenir bientôt, n'est-ce pas, Wendy ?

— Bien sûr, répondit la jeune femme en souriant à Logan. Allez, les filles, on y va.

Wendy devait être déçue, mais elle eut la finesse de ne pas le laisser voir.

— On est prêtes ! répondirent Paige et Emily en dévalant l'escalier.

Après avoir vérifié que les deux fillettes étaient bien attachées dans la voiture, Wendy se retourna vers Grace et Logan.

— Merci encore, Grace. Ravie de t'avoir vu, Logan.

Quand elles furent parties, Grace se tourna vers Logan.

— Je l'aime bien, dit-elle. Elle est sympa.

C'était la vérité. Cependant, elle ne put s'empêcher de prolonger un peu les souffrances de Logan.

— Tu ne trouves pas qu'elle est sympa ? demanda-t-elle.

— Si.

— Papa ? intervint Cassie. Quand est-ce qu'Emily et Paige pourront revenir jouer ?

— C'est à Grace d'en décider, lui répondit-il avant de planter son regard dans celui de Grace. Et ce jour-là, je serai *très* occupé. Jusque *très tard.*

Il n'était donc pas pressé de revoir Wendy. Sans laisser à sa fille le temps d'insister pour obtenir une date précise, Grace pointa du doigt les jouets éparpillés dans l'herbe.

— Il est temps de ranger, maintenant, ma chérie.

— C'est obligé ? Je suis fatiguée, moi.

— Je vais t'aider. Laisse-moi juste une minute pour parler à ton papa.

— D'accord, répondit la petite fille en commençant à ramasser ses poupées.

Quand Grace fut sûre que Cassie ne pouvait pas les entendre, elle se tourna vers Logan.

— Tu devrais me remercier de t'avoir tiré de là.

— Tu n'aurais pas eu à le faire si tu n'avais pas décrété qu'il leur fallait encore de l'eau.

— Je ne peux pas laisser des enfants se déshydrater.

Et je te signale que j'aurais aussi pu leur recommander d'aller faire un tour aux toilettes avant de partir…

Manifestement horrifié par cette idée, il grimaça.

— Très bien ! Grace, je te remercie. Qu'est-ce que ça va me coûter ?

Elle prit le temps de réfléchir. Elle ne pouvait pas lui demander quelque chose pour elle. Mais pour Cassie…

— Une invitation à une dînette, répondit-elle.

— Tu es sérieuse ? répliqua-t-il, sidéré.

— Absolument.

— Écoute, Grace, tu sais très bien que je ne suis pas doué pour…

— C'est en forgeant qu'on devient forgeron, dit-elle en posant la main sur son bras.

Mais ce contact éveilla le souvenir de leurs délicieux ébats… Le souffle court, elle retira vivement sa main. Elle ne devait pas se laisser déstabiliser.

— Une dînette, reprit-elle. Sinon, je rappelle Wendy pour lui dire de revenir avec…

— D'accord, d'accord ! Où et quand ?

— Demain, 16 heures. Tenue correcte exigée. C'est un événement royal. Si tu me cherches, je serai la fille coiffée d'un diadème.

À mesure que l'heure approchait, le lendemain après-midi, Grace sentait sa nervosité s'accentuer. Elle ne savait pas si elle devait dire à Cassie que son père avait accepté de venir jouer avec elle. S'il se défilait, la petite fille serait extrêmement déçue.

Assise sur les marches du porche, elle observait Cassie qui se tenait la tête entre les mains, comme si elle s'ennuyait à mourir.

— Tu veux que j'aille te chercher tes coloriages, ma puce ?

— J'ai pas envie de colorier.

— On pourrait jouer à cache-cache ?

— Non, répondit Cassie d'une voix totalement dépourvue d'enthousiasme. C'est pas drôle quand on n'est que deux. Et puis tu me laisses toujours gagner.

— Bon. Alors on pourrait aller faire un saut dans la piscine ou se promener au bord du lac ?

— Je suis trop fatiguée.

À ce moment-là, la porte de la maison s'ouvrit derrière elles.

— Alors j'imagine que tu n'as pas envie de jouer à la dînette ? fit une belle voix grave et familière.

D'un pas déterminé, Logan s'approcha d'elles et s'assit à côté de sa fille. Son odeur, fraîche et virile, flotta jusqu'à Grace, qui se retint de fermer les yeux pour mieux en profiter. Comme à chaque fois qu'elle respirait ce parfum enivrant, elle sentit son corps devenir chaud et électrique, vibrant d'une passion qu'elle ne pouvait refréner. Avec son jean et ses bottes usés, on ne pouvait pas vraiment dire que Logan portait une tenue élégante, mais ses cheveux étaient encore humides, on voyait bien qu'il sortait de la douche. Et dire qu'elle n'était pas sûre qu'il tienne parole.

La petite voix flûtée de Cassie brisa soudain le silence qui s'était installé.

— Qu'est-ce que tu fais là, papa ?

— On m'a informé que l'on prenait le thé à 16 heures.

— Tu ne travailles pas ? demanda Cassie, qui paraissait toujours sceptique.

— Il y a toujours quelque chose à faire au ranch. Mais cela pourra attendre demain.

Cassie regarda son père, et Grace vit peu à peu la joie faire briller les yeux de la fillette.

— Tu vas vraiment venir jouer avec moi, papa ?

— Oui. Est-ce que Grace peut rester, elle aussi ?

— Oui ! s'exclama la fillette en se jetant dans ses bras.

Sous le coup de l'émotion, Grace sentit sa gorge se nouer. Ils formaient vraiment un adorable tableau. Il aurait fallu avoir un cœur de pierre pour ne pas être touché en les regardant.

Mais Cassie était trop excitée par ce rebondissement inattendu pour laisser ce moment de calme et de tendresse se prolonger trop longtemps.

— Tu préfères qu'on prenne le thé dedans ou dehors ? demanda-t-elle à son père.

— Qu'est-ce que tu préfères, toi ?

— Dehors !

Ensemble, ils installèrent donc sous le porche la table et les petits couverts en plastique. Quand tout fut prêt, Cassie alla s'asseoir et Grace se contorsionna pour s'installer sur l'une des petites chaises. Logan, lui, resta debout à les regarder.

— Tu ne viens pas t'asseoir, papa ?

— J'ai peur de casser la chaise.

— C'est vrai que tu es grand.

Grace réfléchit rapidement. Elle ne pouvait tout de même pas laisser un problème de chaise gâcher ce moment.

— Il n'a qu'à s'asseoir sur le petit escabeau que tu utilises pour atteindre l'évier, suggéra-t-elle à Cassie.

Le visage de la fillette s'illumina. Sautant sur ses pieds, elle courut le chercher et le plaça en face de Grace.

Maladroitement, Logan prit place. Malgré ce siège alternatif, la table de pique-nique était loin d'être adaptée à son imposant gabarit. Mais sa fille n'avait pas l'air de s'en soucier. Elle était manifestement aux anges.

— Voulez-vous du thé, Prince Adam ? lui demanda-t-elle d'une voix guindée en soulevant sa petite théière en plastique rose.

Face au regard perdu qu'il afficha, Grace décida d'intervenir :

— Le prince Adam est aussi la bête de *La Belle et la Bête*. Cassie et moi avons lu le livre hier soir.

— Le prince Adam ? répéta Logan en fronçant les sourcils. C'est un rôle de composition.

— Qu'est-ce que ça veut dire, un rôle de composition ? demanda Cassie.

— C'est quand on donne à quelqu'un un rôle qui ne ressemble pas à sa personnalité dans la vraie vie, expliqua Grace.

— Papa est gentil et courageux, alors il peut être le prince Adam, murmura la petite fille avant de se tourner vers son père. Voulez-vous du thé ?

— Eh bien, je suis plutôt café, mais…

— Le prince Adam aime le thé, décréta Cassie avec assurance en faisant mine de le servir.

Il semblait de plus en plus mal à l'aise. Comme s'il aurait préféré être n'importe où plutôt qu'avec elles.

— Puis-je avoir du thé, Princesse Cassandra, demanda Grace. C'est une belle journée pour prendre le thé.

— Vous avez raison, Princesse Jasmine, répondit Cassie.

La fillette se mit alors à parler sans discontinuer. Il allait y avoir un bal au palais, et elle espérait qu'elle ne perdrait pas sa pantoufle de vair et que le carrosse ne se transformerait pas en citrouille. Mais de toute façon, elle se marierait avec le prince et aurait beaucoup d'enfants.

Grace intervenait de temps en temps pour relancer la conversation. Logan, raide et silencieux, semblait toujours aussi tendu. Elle avait de la peine pour lui. Il avait tellement peur de mal faire, il se mettait tellement de pression pour être parfait en toutes circonstances. Mais dans une situation comme celle-ci, il ne pouvait pas mal faire.

— Je vais aller chercher la princesse Aurore ! lança soudain Cassie avant de se lever pour retourner dans la maison.

Tout en poussant un soupir de soulagement, Logan se tourna vers Grace.

— Je ne peux pas faire ça, marmonna-t-il.

— Ça quoi ?

— Jouer avec elle. J'ai l'impression d'être un éléphant dans un magasin de porcelaine. Je suis un imposteur, et elle le sait très bien.

— Calme-toi, Logan. Ce n'est pas un problème qui risquerait de l'envoyer en thérapie. Elle ne se souviendra pas de ce que tu as dit. Essaie de faire appel à l'enfant qui est en toi.

— C'est tout le problème. Je n'ai jamais été un enfant. J'étais l'aîné, je veillais sur les petits. Ça ne me laissait pas beaucoup de temps pour jouer.

Ayant elle-même vécu une enfance difficile, elle était bien placée pour le comprendre. Cependant…

— Il n'est jamais trop tard pour apprendre à être un enfant, dit-elle. En réalité, tu n'es qu'un accessoire scénique. C'est Cassie qui met tout en scène. C'est elle qui imagine l'histoire.

— Mais j'aimerais faire quelque chose. Je me sens inutile.

— Tu te trompes. Être là, c'est faire quelque chose. Tisser des liens avec ta fille. Il te suffit de dire « ah oui ? » de temps en temps pour montrer que tu t'intéresses. Et tu pourrais aussi lui parler du cheval que possède le prince Adam. Je suis sûre qu'elle sera ravie de rebondir là-dessus.

— Tu crois ? J'ai l'impression que ce n'est pas suffisant.

— Je t'assure que si. La seule chose que tu as à faire est d'être *présent*. Tu ne peux pas te tromper.

Cassie revint avec une poupée qu'elle installa sur la chaise libre.

— Je n'ai pas trouvé la princesse Aurore, alors j'ai fait venir la princesse Jane.

Une lueur s'alluma dans les yeux de son père. Comme si un déclic venait de se produire.

— J'imagine que la princesse Jane est ravie d'être parmi nous, dit-il.

— Oui, papa. Enfin, Prince Adam, répondit Cassie en faisant semblant de verser du thé dans la tasse de la nouvelle venue.

— Puis-je reprendre une tasse de thé ? demanda-t-il.

— Bien sûr, répondit Cassie en souriant.

— C'est très bon, dit-il en portant la petite tasse à ses lèvres. Mais un peu chaud.

— Fais attention à ne pas te brûler. Souffle dessus d'abord.

Grace observait Logan. On voyait qu'il n'était toujours pas à l'aise, mais au moins, il essayait. Il était présent. Tout bien considéré, cela en disait long sur lui. C'était un homme de parole. Quand il disait quelque chose, il le faisait. Même s'il avait l'air ridicule, avec cette petite tasse en plastique rose entre ses grandes mains.

À le regarder, elle sentit son cœur se gonfler d'une émotion qu'elle reconnut aussitôt. Ses sentiments étaient en train de dériver, elle était sur une mauvaise pente, mais elle ne savait pas comment s'arrêter.

- 10 -

— Et le prince et la princesse vécurent heureux et eurent beaucoup d'enfants.

Grace referma le livre qu'elle lisait à Cassie et s'approcha d'elle pour la serrer dans ses bras.

— Et maintenant, il est temps de dormir, Princesse Cassandra.

Logan ne se lassait pas d'observer ce rituel du soir. Il était ravi que sa fille ait un lit, un toit au-dessus de sa tête et de quoi manger. Elle était en sécurité. Contrairement à lui avant que sa famille vienne s'installer dans ce ranch. Lui qui ne dormait jamais que d'un œil, dans une voiture garée dans la rue à cause de son cher papa.

— Je veux mon bisou, papa.

— Je n'attendais que ton signal.

Tendrement, Cassie passa les bras autour de son cou pour le serrer contre elle.

— Je t'aime, ma chérie.

— Je t'aime aussi, papa. Je suis tellement contente que tu sois venu jouer avec moi aujourd'hui.

Il s'était senti totalement hors de son élément. Rien dans son enfance ne l'avait préparé à ce type de jeu de rôle. Il était trop occupé à vivre dans le monde réel.

— Je suis sûr que Paige et Emily sont mieux que moi pour ça, dit-il.

— Non, répondit-elle en secouant la tête. Parce qu'elles

ne sont pas des garçons. Il n'y a jamais personne pour faire le prince.

— Content d'avoir pu t'aider, alors.

— Tu es un très bon prince Adam.

Elle n'avait que cinq ans, ses exigences n'étaient pas bien grandes, mais il était ravi d'être son héros. Cependant, cela ne durerait que jusqu'au moment où il commettrait une nouvelle erreur. Ce qui était inévitable, malgré tout ce que Grace pouvait dire.

— Tu pourras rejouer avec moi, demain ?

— Non, je ne pourrai pas, ma chérie. J'ai dû remettre à plus tard certaines choses pour pouvoir jouer avec toi aujourd'hui. Il me faudra donc travailler un peu plus, demain. Je dois prendre soin des chevaux.

— Si tu dois t'occuper des chevaux, demain, tu pourrais peut-être m'apprendre à monter.

Grace, qui était restée sur le pas de la porte, étouffa un petit rire.

— Il est tard, Cassie, dit-elle d'une voix ferme mais douce. Il faut dormir.

— Tu es d'accord, papa ?

Embarrassé, il soupira.

— On en parlera demain.

— Tu dis toujours ça, mais tu le fais jamais.

— Dors bien, ma chérie, dit-il en déposant un tendre baiser sur son front.

— Bonne nuit, papa. Bonne nuit, Grace.

Après avoir quitté la pièce, il suivit Grace dans l'escalier. Le balancement de ses hanches le captivait. Jamais il n'avait vu une femme aussi belle de dos. Ses fesses étaient parfaites. Et ce jean usé et ajusté mettait en valeur ses hanches et ses jambes, en soulignant leur galbe si sexy.

Un certain temps s'était écoulé depuis le soir où il lui

avait fait l'amour. Il avait pensé que, s'il se tenait à l'écart d'elle autant que possible, son désir finirait par s'atténuer. Il s'était trompé. Qu'il la voie ou pas, son désir ne faisait que se renforcer. La frustration aurait peut-être été moindre s'il n'avait pas commis l'erreur de coucher avec elle. Sa volonté d'assumer ses responsabilités ne soulageait que peu sa conscience. Elle était son employée, il aurait dû mettre des barrières. C'était sa faute.

Dans la cuisine, elle mit de l'eau à chauffer avant de se tourner vers lui en souriant.

— Je me fais un vrai thé. Tu en veux un ?

— Je suis plus café, répondit-il en souriant.

— Je peux t'en faire un, si tu veux ?

— La journée a été dure. J'ai besoin de quelque chose d'un peu plus fort.

— Le stress d'avoir eu à jouer le prince Adam ?

Surtout le stress d'avoir eu à lui résister.

Qu'y avait-il chez elle qui l'attirait ainsi comme un aimant ? Ses cheveux ? Ils étaient jolis, mais les jolies brunes ne manquaient pas, dans les environs. Ses yeux ? Noisette avec des étincelles brunes et dorées, des couleurs qui changeaient quand elle était heureuse, triste ou simplement pensive. Son sourire ? Dieu sait qu'il aurait été prêt à tout pour lui en tirer un. Son corps mince et fuselé ? Il ne pouvait qu'approuver. L'ensemble était harmonieux et attirant, mais ajouté à sa personnalité…

Ses pensées furent interrompues par le sifflement de la bouilloire.

— Tu es sûr que tu ne veux pas de thé ? Ça aide à dormir.

— Non merci.

Tout en soupirant, il se servit un whisky, dont il prit une gorgée. Ce qui ne fut cependant d'aucun effet sur le feu qui brûlait en lui.

Ils étaient face à face, assez éloignés l'un de l'autre, et

pourtant, il aurait pu jurer sentir la chaleur de son corps, le parfum de sa peau.

— Tu t'es plutôt bien débrouillé, aujourd'hui, dit-elle en soufflant sur son thé.

Il prit une autre gorgée de whisky.

— Tu veux dire que je suis passé pour un parfait abruti.

— Tu t'es peut-être senti bête, mais pour ta fille, tu as été un vrai héros.

— Elle a cinq ans.

— C'est vrai. Et elle aurait été aux anges si tu étais resté assis comme un légume ou si tu avais poussé des grognements comme un homme des cavernes.

— Le prince Adam est bien éduqué, répondit-il en souriant. Il ne se serait jamais comporté de la sorte.

— Ce qui ne fait qu'étayer mon propos. Même quand tu joues un rôle, tu as des principes.

— Ne pas se comporter comme un homme de Néandertal n'est pas placer la barre bien haut.

— Pour Cassie, la barre est haut quand tu es là. Je maintiens, donc : tu t'es bien débrouillé. Tu as remarqué comme elle a tourné les choses à son avantage pour que tu lui apprennes à monter, quand tu as parlé des chevaux ?

— Tu lui donnes ça, dit-il en montrant le bout de son doigt, et elle prend ça, ajouta-t-il en désignant l'ensemble de son bras.

Tel père, telle fille. Grace lui avait donné un baiser, et il l'avait mise dans son lit. Il sentit quelque chose en lui se contracter à ce souvenir. En partie à cause de la culpabilité, en partie à cause du désir.

— Tu devrais vraiment lui apprendre, tu sais, Logan. Elle vit en ville, mais ce ranch fait partie de son univers. C'est son héritage. Elle a beaucoup de chance d'avoir ça.

— Je ne suis pas sûr qu'elle ait l'âge de…

— À quel âge as-tu appris à monter ?

— Douze ans et demi. C'est mon grand-père qui m'a appris quand nous sommes venus vivre au ranch.

— Ton visage vient de s'illuminer. Est-ce le souvenir de l'apprentissage ou celui de la compagnie de ton grand-père ?

— Les deux. Il était plutôt coriace, mais c'était un homme bien. Il me disait que j'étais doué pour monter, mais que cela aurait été plus facile et que j'aurais appris plus vite si j'avais commencé plus jeune.

— Par exemple… à cinq ans ?

Agacé, il planta son regard dans le sien.

— Arrête.

— Tu m'as donné le bâton pour te faire battre, répliqua-t-elle sans paraître le moins du monde désolée.

— Je trouve ça mesquin d'utiliser mes propres mots contre moi. Mesquin, mais rusé. Où as-tu appris à devenir si maligne ?

— Très bonne question ! Je suis passée de famille d'accueil en famille d'accueil pour finir dans un foyer. Contrairement à toi, je n'ai pas eu de famille pour m'apprendre des choses.

Ces paroles l'amenèrent à réfléchir. Il avait parfois tendance à s'apitoyer sur son sort, mais quand il songeait à la vie que Grace avait vécue, il se disait qu'il n'avait pas le droit.

— Les personnes qui t'ont accueillie devaient être des gens bien, fit-il remarquer.

— Oui, et je pourrais dire la même chose à ton sujet, répliqua-t-elle en portant sur lui un regard appuyé. Ta mère et ton grand-père t'ont appris la différence entre le bien et le mal et comment mettre cela en pratique dans ta vie.

Ayant terminé son whisky, il posa le verre sur la table et se mit à le regarder fixement.

— Mais on ne peut échapper à ses origines, murmura-t-il.

— Au moins, tu peux mettre des noms et des visages sur tes origines. Moi non, parce que personne n'a voulu de moi.

Il voyait à présent dans ses yeux la tristesse et la colère qu'elle avait l'habitude de cacher derrière son sourire. La vie avait été dure avec elle, ce qui ne l'empêchait pourtant pas de se montrer gentille, drôle, intelligente. Et tellement désirable.

— J'ai envie de toi.

— Quoi ? fit-elle en ouvrant de grands yeux.

Il regrettait déjà les mots qu'il venait de prononcer.

— Je ne… Je n'aurais pas dû… Désolé.

— Pas de problème. Je vois le « mais » dans tes yeux. Et j'ai compris. Tu te bats contre tes origines.

— Si je cédais à ça, je serais exactement comme lui.

— Ton père ?

— Oui. Et je m'en voudrais à mort. Je ne veux pas te compromettre plus que je ne l'ai déjà fait.

Pendant quelques secondes, les yeux de Grace semblèrent dire qu'elle avait très envie d'être compromise. Mais dans un soupir, elle sembla se raviser.

— Je comprends, Logan. Je vais finir mon thé dans ma chambre, dit-elle en se levant.

Sa tasse à la main, elle se dirigea vers la porte mais s'arrêta.

— Tu as dit à Cassie que tu allais devoir travailler tard demain, mais c'est mon après-midi de congé. Est-ce que ça pose un problème ?

— Non. Mais merci de me l'avoir rappelé. Je vais réorganiser mon planning. Je l'emmènerai voir un film.

— Très bien. Alors, bonne nuit.

Et elle s'en alla sans même le regarder.

Durant un long moment, il resta immobile, accablé par la tristesse. Pourquoi se sentait-il si mal alors qu'il avait fait ce qu'il fallait ? Elle avait compris pourquoi il ne pouvait plus la toucher. Cela aurait dû être un soulagement pour lui.

Mais force lui était de constater… que ce n'était pas le cas. Et le lourd sentiment de solitude qui pesait sur lui en était la preuve.

Cet après-midi de libre n'était pas aussi joyeux que Grace l'avait espéré. Elle s'était habituée à faire des choses avec Cassie, et à présent, elle se sentait… seule. La petite fille avait quelque chose de spécial, et elle adorait être en sa compagnie. Elle aurait volontiers renoncé à ce moment de repos, s'il n'avait pas été si important pour Cassie de passer du temps avec son père.

Après avoir flâné dans les petites boutiques de la ville, elle décida d'aller prendre une glace au Potter's Ice Cream Parlor.

La salle, décorée de photos de glaces colorées, était accueillante mais presque vide. Devant le comptoir attendait une jeune mère de famille accompagnée de deux enfants, dont un dans une poussette.

Grace la reconnut. C'était la cousine de Logan, dont elle avait fait la connaissance le soir du 4 Juillet.

— Ellie ?

La jeune femme se retourna et, après l'avoir dévisagée quelques secondes, finit par lui sourire.

— Ah. Bonjour, Grace. Excuse-moi, je ne t'avais pas reconnue. La fatigue, sans doute.

— Ton petit garçon est magnifique, dit-elle en souriant devant le bébé qui dormait dans la poussette.

— Merci.

— Pour tout te dire, je suis surprise que tu m'aies reconnue. Nous ne nous sommes parlé que très brièvement, le soir du 4 Juillet.

— Dans les petites villes comme Blackwater Lake, on remarque toujours les nouveaux venus. Et puis tu travailles pour mon cousin. C'est normal que je te reconnaisse.

— Que puis-je faire pour vous ? leur demanda la serveuse, en sortant de l'arrière-boutique.

Ellie passa commande avant de se tourner vers Grace.

— Au fait, où est Cassie ?

— C'est mon après-midi de congé. Logan va donc l'emmener voir un film. Parce que jamais, au grand jamais, il n'essaierait quelque chose de nouveau avec elle.

— Est-ce un problème ?

— Non, répondit Grace en soupirant. C'est très bien. Enfin, pas vraiment, mais ce ne sont pas mes affaires.

— Et si on discutait de tout ça ? Je pense qu'il n'y a aucun problème qui ne puisse être réglé par une discussion entre filles… et une glace ! Tu viens nous rejoindre à notre table quand tu auras la tienne ?

Ellie s'éloigna sans lui laisser le temps de répondre.

L'idée de parler lui paraissait plutôt attrayante. D'autant plus qu'elle appréciait vraiment la jeune femme. Elle alla donc s'asseoir avec elle et sa fille, Leah, dès qu'elle fut servie.

— Alors, lui dit Ellie, comment ça se passe avec Cassie ?

— Elle est adorable. Comme je dis souvent, la plupart du temps, je n'ai même pas l'impression de travailler.

— Donc tes réserves concernant la situation sont toutes liées à Logan ?

— Mon avis importe peu.

— Mais tu en as un. Qu'est-ce que tu as dit, déjà ? Qu'il ne voulait pas essayer de choses nouvelles ? Ça avait l'air de t'agacer. Pourquoi ?

— En fait, je lui ai dit plusieurs fois de faire davantage participer Cassie à ses activités au ranch. Mais il est plutôt du genre têtu.

— Il a ça dans les gènes.

— Tu le connais bien ?

— Nous sommes cousins germains, mais nos pères sont aux antipodes l'un de l'autre. La mère de Logan est partie avec ses enfants parce que mon oncle Foster n'arrêtait pas de la tromper. On ne les a pas vus pendant des années après ça. Mais maintenant, nous sommes tous à Blackwater Lake. Il y a quelque temps, nous avons organisé des retrouvailles au Bar None pour essayer de renouer des liens.

— Et Logan est venu ?

— Oui ! Ça a été une surprise pour nous tous, et j'ai pris sa présence comme le signe qu'il avait envie de renouer avec la famille. Apparemment, je me suis trompée. Parce qu'il a eu tôt fait de retourner à sa solitude. On l'a invité à tous les rassemblements familiaux depuis, mais il n'est jamais venu. Et ses frères et sœur ont suivi son exemple.

— J'imagine que les blessures que leur père leur a infligées sont profondes. Vivre sans domicile fixe ne doit pas être facile.

— Alors tu es au courant de ça ?

— Oui, répondit Grace en soupirant. J'ai même rencontré Foster Hart.

Ellie ouvrit de grands yeux.

— Ah bon ? Quand ?

— Le lendemain du mariage de Tracy. Il s'est présenté au ranch à l'improviste pour voir Cassie.

— Et comment ça s'est passé ?

Grace ne pourrait jamais oublier la fureur qu'elle avait vue dans les yeux de Logan, la menace qu'elle avait perçue dans sa voix.

— Très mal, répondit-elle.

— Je comprends Logan. Mon oncle doit assumer ses responsabilités. Celles de ses actions et de leurs conséquences.

— Je suis d'accord, mais ce qui m'a frappée, c'est qu'il paraissait sincèrement désolé du mal qu'il a fait à son fils. Et qu'il avait l'air d'avoir vraiment envie de voir sa petite-fille.

— Qu'a dit Logan ?

— Pour résumer, que son père pouvait toujours courir.

Ellie hocha pensivement la tête.

— Alors il n'y a pas que mes frères et moi que Logan rejette, murmura-t-elle. Je comprends pourquoi il en veut à son père. Mais nous, le reste de sa famille, nous ne lui avons rien fait. Au contraire, nous essayons de l'intégrer. Pourquoi refuse-t-il toute relation avec les Hart, en dehors de ses frères et sa sœur ? Je sais qu'il a repris le nom de naissance de sa mère, Hunt, mais j'avais espéré qu'avec le temps la rancœur finirait par s'atténuer.

— À l'en croire, il se bat pour ne pas ressembler à son père. Tout ce qu'il fait, il le fait pour protéger Cassie.

— C'est très bien, tout ça, mais elle va finir par se demander pourquoi elle a de la famille tout près qu'elle ne voit jamais. Je ne vois pas l'intérêt de la protéger de nous. Jamais nous ne lui ferions du mal.

— Je pense que Logan le sait parfaitement, au fond de lui. Et que s'il cherche à limiter ses relations avec l'extérieur, c'est parce qu'il a peur de lui faire du mal, lui. Il n'a pas confiance en son ADN. Et il ne s'agit pas que de sa fille. Il cherche à s'isoler de tout ce qui pourrait le toucher sur le plan émotionnel.

— Dont toi ?

— Quoi ? fit Grace, surprise.

— Tu ne peux pas me le cacher, je le vois bien, dit Ellie d'une voix douce. Tu as des sentiments pour Logan.

— Peut-être. Mais il a tellement peur d'être comme son père qu'il rejette tout sentiment. Excepté ceux qu'il ressent pour Cassie.

— Oh ! Grace… Je suis désolée, vraiment.

Grace fut touchée par les paroles d'Ellie, mais son esprit ne cessait de revenir sur ce que la jeune femme lui avait raconté. La situation était pire qu'elle ne l'avait pensé. Elle avait bien compris que Logan cherchait à la tenir à distance, mais tout bien considéré, elle était son employée. Il ne voulait pas la séduire et prendre le risque d'être comme son père.

Cependant, il tournait également le dos à sa propre famille.

Pour sa part, elle aurait donné n'importe quoi pour avoir des frères, des sœurs, des cousins, des oncles et des tantes. Lui qui avait tout ça, il refusait de laisser une chance à ses cousins, et elle avait mal pour lui. Pour lui et pour Cassie, qui méritait aussi une chance de les connaître.

Il se faisait du mal, et elle ne supportait pas ça. Il fallait qu'elle agisse. Et elle allait le faire en commençant par l'aider à tisser une relation père-fille qui n'impliquait pas de rester assis dans une salle obscure où toute discussion était interdite.

- 11 -

Lorsque Logan entra dans la cuisine, ce matin-là à l'aube, comme tous les matins, Grace y était déjà. Elle avait fait du café.

— Grace, qu'est-ce que tu fais déjà debout ?

— Il faut qu'on parle.

La phrase qui terrifiait tous les hommes qui l'entendaient. Il ne faisait pas exception.

— Cela ne peut pas attendre ? Il faut vraiment que je…

— Non. Cela ne peut pas attendre. Mais tu peux prendre ton café avant. Tu veux que je te fasse des œufs ou des pancakes ?

Il aimait beaucoup sa cuisine, mais s'il devait pour la savourer entendre quelque chose qu'il n'avait pas envie d'entendre…

— Un café me suffira, marmonna-t-il.

— Très bien, dit-elle en posant un mug fumant sur la table.

Il ne manqua pas de remarquer qu'elle portait toujours sa tenue de nuit, sur laquelle elle avait noué un court peignoir en satin. Plus il la regardait, plus il brûlait d'envie de caresser sa peau nue. Et le pire, c'était qu'il savait qu'elle se serait probablement laissé faire, vu la façon dont elle le regardait parfois. Mais l'un d'entre eux devait se montrer fort, et manifestement, c'était à lui qu'incombait cette tâche difficile.

Résigné, il vint s'asseoir en face d'elle.

— Qu'est-ce qui te tourmente ? demanda-t-il. Ce doit être important pour que tu te sois levée aussi tôt.

— C'est au sujet de Cassie.

À ces mots, un sentiment de panique s'empara de lui.

— Elle va bien ?

— Oui. C'est juste que je ne voulais pas qu'elle entende cette conversation. Tu ne vas pas aimer ce que je vais te dire. Seulement j'ai ça sur le cœur, Logan, et je ne peux pas…

— Vas-y. Je t'écoute.

Tout en prenant une profonde inspiration, elle le regarda dans les yeux.

— Très bien. Je pense que tu devrais apprendre à Cassie à monter à cheval.

— Tu as raison.

— Tu le penses vraiment ? demanda-t-elle d'un air surpris.

— Oui. Et mon point de vue là-dessus n'a pas changé. Quand elle sera un peu plus grande.

Prenant son air obstiné, elle leva le menton.

— Ta fille voudrait apprendre à monter maintenant. Et personne n'est plus qualifié que toi pour le faire.

— Je pense que cette décision devrait attendre le retour de sa mère.

— Je ne suis pas d'accord. Tu es son père et tu as le droit de faire aussi des choix pour Cassie.

— Alors je choisis la solution la plus intéressante à mon sens, qui est de ne pas lui apprendre pour le moment.

— Logan, ce serait bien, et ce pour de nombreuses raisons, la principale étant que cela vous rapprocherait encore, tous les deux.

Il était obstiné, lui aussi, et il comptait bien jouer là-dessus.

— Nous sommes déjà proches.

— Ah oui ? répliqua-t-elle d'un air dubitatif. De toute

façon, c'est un autre débat. Ce qui compte, actuellement, c'est l'ultimatum que je vais te lancer.

— Qu'est-ce que tu veux dire par là ? demanda-t-il, méfiant.

— Apprendre à ta fille à monter est important. Au point que je suis prête à mettre mon emploi en jeu pour ça.

Était-elle sérieuse ? Il avait envie de hurler. Il ne supportait même pas l'idée qu'elle puisse s'en aller.

— Pourquoi est-ce si important pour toi ? s'enquit-il.

— Parce que je sais ce que c'est que de ne pas avoir de père.

— Cassie a un père.

— Ce n'est pas l'impression que j'ai.

Il préférait ne pas trop réfléchir à cette affirmation et à son degré élevé de véracité. Mais il devait bien y avoir un moyen de la faire changer d'avis.

— Si tu pars, comment feras-tu pour acheter ta maison ?

— J'ai attendu tellement longtemps que je ne suis plus à ça près, répondit-elle. Mais Cassie ne restera pas enfant éternellement.

Elle s'interrompit et une étrange lueur s'alluma dans ses yeux.

— Si je pars, tu seras obligé d'amener ta fille au travail avec toi.

— Tu penses que je ne peux pas te remplacer ?

— Bien sûr que si. Mais entre-temps, ta petite vie bien ordonnée sera bouleversée et tu seras contraint de passer du temps avec Cassie sans que les choses soient structurées. Ce qui ne serait pas si mal, d'ailleurs, si tu veux mon avis.

Pas si mal ? Dans son esprit, l'ordre équivalait à la sécurité, et Grace venait de mettre cet équilibre en danger. Aucune des deux possibilités ne lui paraissant bonne, il prit le temps de réfléchir. Dix minutes de leçon d'équitation étaient sans doute la moins mauvaise des options. Car il ne pouvait pas laisser Grace s'en aller, même s'il refusait de penser aux raisons pour lesquelles la perspective de ce départ lui paraissait si horrible.

— Très bien, marmonna-t-il. Tu as gagné.

— Non. C'est Cassie qui a gagné. Elle va être tellement contente quand je vais le lui dire ! À quelle heure dois-je l'amener au corral ?

— Parce qu'on va faire ça *aujourd'hui* ?

— Tu ne pensais tout de même pas que j'allais remettre ça à demain ? rétorqua-t-elle d'une voix pleine de malice.

— Je pouvais toujours l'espérer… Bon. Alors disons en fin d'après-midi. Je serai moins occupé et les chevaux sont moins agités que le matin.

— D'accord. Merci, Logan.

L'approbation qu'il lut dans son sourire aurait presque pu compenser l'appréhension qu'il ressentait à l'idée d'aller à l'encontre de son instinct.

Tout au long de sa journée, il s'efforça de faire comme si cette scène n'avait été qu'un mauvais rêve, mais aux alentours de 16 heures, il eut la preuve que tout était bien réel. Ce fut Grace qu'il aperçut en premier. Elle essayait de rattraper Cassie qui courait dans sa direction. Malgré la distance, il pouvait voir le bonheur illuminer le visage de sa fille, et il aurait voulu que cela soit ainsi éternellement.

— Papa ! s'exclama-t-elle en commençant à escalader la clôture. C'est mon cheval ?

Tendrement, il la prit dans ses bras pour la faire passer de l'autre côté. Après quoi il se tourna vers le poney sellé qui attendait patiemment à ses côtés. Assez âgé, il était de tempérament calme et obéissant.

— Oui, répondit-il. Ce petit gars s'appelle Chocolate.

— Comme le chocolat ? J'adore !

— Moi aussi, dit Grace, qui venait de les rejoindre.

Gracieusement, elle escalada à son tour la barrière en faisant basculer ses longues jambes fuselées. Incapable de résister à l'envie de la toucher, il posa une main sur sa taille au moment où elle descendit.

— Papa, je caresse Chocolate. C'est comme ça qu'il faut faire ?

L'espace d'une seconde, il avait oublié que Cassie était là. C'était ce qui s'appelait un mauvais départ.

— Oui, c'est bien, ma chérie. Comme ça, il s'habitue à toi.

— Je veux monter sur son dos, dit-elle en le regardant comme s'il était un dieu vivant. Comment on fait pour grimper ?

C'était la partie qu'il redoutait. Il avait choisi un poney petit et calme, mais sa fille était bien plus petite… et bien loin d'être calme !

— Quand tu seras assez grande, tu passeras ton pied dans l'étrier, tu t'accrocheras à la selle et tu te hisseras dessus.

— Quand est-ce que je serai assez grande ?

— À dix ans, peut-être.

— Mais je veux monter maintenant…

— Je pense que ton papa va te porter, intervint Grace en portant sur lui un regard appuyé.

Délicatement, il prit donc sa fille dans ses bras pour l'installer sur la selle et lui tendre les rênes.

— Cassie, tu vas bien m'écouter, maintenant. Laisse tes mains reposer sur la selle. Si tu les lèves, Chocolate pensera que tu lui donnes un ordre. Et ça pourrait aussi tirer sur sa bouche et lui faire mal.

— Je ne veux pas lui faire mal.

— Je sais. Maintenant, tiens-toi droite. Monter à cheval est une question d'équilibre. Bien. On y va.

Chocolate, qu'il avait lui-même formé, le suivit aussitôt qu'il se mit à avancer. Il marchait lentement, la main sur la selle, prêt à rattraper Cassie si elle faisait mine de glisser. Les quelques minutes qu'il leur fallut pour faire le tour du corral lui semblèrent être les plus longues de sa vie !

Quand il arriva à l'endroit où Grace était restée, il se sentit profondément soulagé. Il avait promis une leçon, la leçon était terminée.

— Voilà, ma chérie, dit-il en commençant à soulever sa fille. Tu t'es très bien débrouillée.

— Non, papa ! C'était trop court. Je veux continuer.

Embarrassé, il soupira. Il n'avait pas le courage de s'opposer à sa fille, et vu le regard que Grace portait sur lui, il était évident qu'il n'obtiendrait aucun soutien de sa part. Ainsi, pendant la demi-heure qui suivit, il fit faire des tours de corral à sa fille.

Il n'avait pas beaucoup de bons souvenirs d'enfance, mais parmi les meilleurs figurait la première fois que son grand-père l'avait fait monter à cheval. Et en observant la joie qui illuminait le visage de sa fille, il se demanda s'il avait lui-même arboré la même expression lors de sa première leçon d'équitation.

Adossée à la clôture, Grace les observait d'un air ravi. Il était content qu'elle soit toujours là, et pas seulement pour le bien de Cassie.

La petite voix de sa fille l'arracha brusquement à ses pensées.

— Papa, je veux que Chocolate aille plus vite.

Le regard rivé sur Grace, il ne s'était pas rendu compte que le poney s'était éloigné de lui de quelques mètres. Brusquement et sans lâcher les rênes, Cassie leva les bras. Tout aussi brusquement, le poney fit un écart et Cassie glissa sur le côté. Au moment où elle heurta le sol, elle se mit à hurler.

Paniqué, il se précipita vers elle, suivi de près par Grace.

— Cassie !

— Papa…, murmura sa fille d'une petite voix en se tenant le bras.

— Ça va aller, ma chérie, dit-il.

Son pire cauchemar venait de se réaliser. Il aurait préféré avoir tort, mais il ne s'était pas trompé. Comme il l'avait prévu, sa fille souffrait à cause de lui.

Logan dut faire un grand effort de maîtrise pour respecter les limitations de vitesse. Il emmenait sa fille à la clinique où sa sœur travaillait comme infirmière. Dans le corral, Grace avait réussi à la calmer, mais Cassie avait refusé qu'ils regardent son bras. Personne, à part sa tante Jamie, ne pourrait l'examiner.

Il finit par se garer sur le parking de la Mercy Medical Clinic, puis il prit Cassie dans ses bras, en prenant soin de ne pas toucher son bras blessé. Comme promis, sa sœur les attendait dans le hall d'entrée.

— Salut, cacahuète, dit-elle à sa nièce. Allez, tu vas venir avec moi.

Mécaniquement, Logan suivit sa sœur jusqu'à une salle d'examen où il essaya de déposer Cassie sur un lit. Mais cette dernière refusa.

— Tu n'as qu'à t'asseoir, Logan, lui suggéra Jamie. Garde-la dans les bras.

— D'accord, répondit-il en s'installant sur le lit.

— Il faut que je regarde ton bras, ma chérie, dit Jamie. Tu vas être courageuse ?

Les lèvres de Cassie tremblèrent, mais elle fit signe que oui.

Délicatement, Jamie prit son petit bras et le tendit.

— Est-ce que ça te fait mal ?

— Pas trop.

— C'est un peu égratigné, mais on va nettoyer tout ça,

murmura-t-elle avant de se mettre à palper délicatement le bras de sa nièce. Où as-tu mal, ma chérie ?

— À tout le bras, répondit Cassie en reniflant.

Jamie releva les yeux vers Logan.

— Il n'y a rien d'apparent, mais il pourrait y avoir une microfracture. Le seul moyen d'en être sûr est de lui faire passer une radio.

— Ça fait mal ? demanda Cassie. J'aime pas les piqûres.

— Moi non plus, lui répondit Jamie. Faire une radio, cela veut juste dire prendre une photo des os de ton bras. Ça ne te fera pas mal. Je te le promets.

Jamie alla chercher un fauteuil roulant sur lequel elle installa la petite.

— Votre cocher attend, princesse.

Délicatement, Logan prit Cassie dans ses bras pour la déposer sur le siège. Et quand sa sœur et sa fille eurent quitté la pièce, assailli de remords, il se prit la tête entre les mains.

— Tout est ma faute, murmura-t-il.

— Qu'est-ce que tu entends par « tout » ? demanda Grace.

— Le fait d'être ici, répondit-il en désignant la pièce. Si elle est tombée de cheval, c'est à cause de moi.

— Pour commencer, ta sœur n'avait pas l'air très inquiète en examinant le bras de Cassie.

Nerveusement, il se mit à arpenter la pièce de long en large.

— Elle est en train de passer une radio, quand même, marmonna-t-il.

— L'impression que j'ai, c'est que Jamie a fait ça pour te rassurer. J'ai observé son visage quand Cassie a tendu le bras. Pas le moindre signe d'inquiétude.

— Mais elle est tombée de cheval ! À cause de moi.

— Je pensais que les chutes étaient naturelles, quand on apprenait à monter. D'où le dicton qui dit qu'il faut remonter à cheval aussitôt qu'on est tombé, répliqua-t-elle. Et s'il y a quelqu'un à qui on doit reprocher quelque chose, c'est moi.

— Pourquoi ? Tu ne l'as pas poussée.

— Toi non plus. Seulement c'est moi qui ai insisté pour qu'elle monte. Tu devrais me renvoyer, d'ailleurs. Je comprendrais, si tu le faisais.

La renvoyer ? S'il le faisait, il se retrouverait seul.

— Alors tu penses que ce n'était pas une bonne idée de lui apprendre à monter ? demanda-t-il.

— Non. Je pense toujours tout ce que je t'ai dit. Cela ne signifie pas pour autant que je ne me sens pas coupable de sa chute. Ça m'a brisé le cœur, quand elle a pleuré.

— Je comprends ce que tu veux dire. Mais je suis l'unique responsable. C'est moi son père. C'est moi qui l'ai mise sur le dos de ce poney. C'est ma faute.

— Tu n'as rien fait de mal, Logan, et ce n'est pas ta faute. Arrête de jouer les martyrs.

— Quoi ?

— Tu ne peux pas endosser la responsabilité de tous les petits problèmes qui vont survenir dans la vie de Cassie. Ta mission consiste à la laisser faire de nouvelles expériences. Naturellement qu'il arrivera des malheurs, mais il y a une leçon à en tirer également : tu sais prendre les choses en main quand la situation tourne mal.

— Mais j'ai détourné le regard quelques secondes. Je n'étais pas présent.

— Plus elle grandira, plus cela se produira. Si tu ne la laisses pas prendre progressivement son indépendance, elle ne sera pas prête à affronter la vie quand elle deviendra adulte.

— Je veux juste la protéger.

— En essayant de la protéger de tout, tu fais peser sur toi des responsabilités impossibles à assumer. Et tu donnes aussi à Cassie une vision faussée de la réalité. Quand elle a appris à marcher, il a dû lui arriver de tomber. Est-ce que tu l'as empêchée de marcher pour autant ? Non. C'est la vie. Il faut parfois prendre des décisions. On réfléchit et on fait ce qui nous semble être le mieux.

— Tu penses vraiment que c'est aussi simple ?

— Je n'ai jamais dit que c'était simple. Mais c'est ça, être papa.

Il avait senti la tension dans sa poitrine s'apaiser à mesure qu'elle parlait et il lui semblait désormais qu'il pouvait à nouveau respirer. Les propos de Grace paraissaient sensés.

— Alors comme ça, tu penses que je joue les martyrs ?

— Pas délibérément, répondit-elle en lui adressant un sourire penaud. Je sais que tu essaies juste de faire ce qu'il y a de mieux pour ta fille. Et c'est très bien.

— Tu es un peu timide quand il s'agit d'exprimer ton opinion.

Ces paroles la firent rire.

— *Timide ? Moi ?* Je crois que tu me confonds avec quelqu'un d'autre !

Il sourit, ce qu'il n'aurait jamais cru possible quand il avait amené sa fille ici quelques minutes plus tôt. Par quelle magie une telle chose avait-elle pu se produire ?

Un instant plus tard, Jamie revenait en poussant Cassie. Sa sœur et sa fille arboraient toutes deux un visage radieux.

— Ça a été rapide, dit-il. Alors ?

— Bonne nouvelle, répondit Jamie en souriant. Comme je le pensais, rien de cassé. J'ai désinfecté ses plaies et posé un pansement. Elle est en parfaite santé. Malgré sa tendance à dramatiser, qu'elle doit tenir de son père.

— Papa ! s'exclama soudain Cassie. Il faut que je parle à Chocolate. Vite !

— De quoi veux-tu lui parler ?

— Il doit être triste de m'avoir fait tomber. Il faut que je lui dise que je vais bien. Je pourrais même remonter sur son dos pour qu'il comprenne bien qu'il ne m'a pas fait mal.

— Du calme, petite cow-girl, dit Jamie. Il faut que tu te reposes, ce soir. Sur ordre de l'infirmière.

Logan jeta à sa sœur un regard plein de reconnaissance.

— D'accord, murmura Cassie. Alors je pourrai réessayer demain ?

Grace vint s'accroupir devant elle pour lui caresser les cheveux.

— On en parlera demain, ma puce. Là, je parie que tu as faim. Et on dit qu'au Grizzly Bear Diner on sert de très bons hamburgers.

— Papa, on y va ? Je commence à avoir faim.

— Va pour le Grizzly Bear, dit-il.

D'un bond, Cassie se leva de son fauteuil roulant. Et après avoir embrassé sa tante, elle prit la main de Grace.

Grace. Elle l'avait menacé pour le convaincre d'apprendre à sa fille à monter et il avait appris quelque chose, lui aussi. Qu'il fallait parfois relâcher les rênes. Il avait le sentiment qu'il n'aurait pas pu survivre à cette journée sans elle. Les leçons de vie étaient une bonne chose. Mais ce besoin d'elle en était une très mauvaise.

- 12 -

Grace se creusait la tête pour essayer de trouver quelque chose à faire. Cassie s'ennuyait. Assise sur l'un des tabourets de la cuisine, elle avait la tête appuyée sur ses bras croisés.

— On pourrait faire des gâteaux ? suggéra Grace. Cookies aux pépites de chocolat ?

La petite fille releva la tête, et prit un air plus triste encore.

— Je me demande bien ce que fait Chocolate aujourd'hui, murmura-t-elle.

Ah. Grace n'avait pas pensé à ça.

— Ou bien des muffins aux myrtilles ?

— Si tu veux, répondit Cassie sans enthousiasme.

Grace avait rassemblé ce dont elle avait besoin quand Logan les rejoignit.

— Papa !

— Coucou, ma chérie.

Grace se retourna. Elle aurait dû être habituée désormais à cette douce sensation de chaleur qui se propageait en elle à chaque fois que son regard se posait sur Logan. Mais non. Cette mâchoire puissante, ce nez fin, ces yeux bleus avaient quelque chose de spécial, et la façon dont il souriait à sa fille lui faisait fondre le cœur.

— Je dérange ? demanda-t-il après avoir jeté un coup d'œil aux ingrédients posés sur la table.

— On allait faire des muffins, répondit Grace.

— Pas de thé, aujourd'hui ? demanda-t-il en retirant son Stetson pour se passer les doigts dans les cheveux.

Grace le regarda faire et la douce et agréable sensation se renforça encore. Elle frissonna. Cela devenait très inquiétant. Peu importait, de toute façon. Bientôt, elle serait partie et n'aurait plus jamais à revoir Logan. Une pensée qui, curieusement, n'était pas aussi réconfortante qu'elle aurait dû l'être.

— J'ai pas envie de thé, répondit Cassie.

— Ah, fit-il en plissant les yeux. Et comment va ton bras ?

La petite fille releva la tête vers lui. Il y avait dans ses yeux une lueur d'espoir.

— J'ai plus mal du tout, affirma-t-elle.

— C'est parfait, alors, répondit Logan, avec un petit sourire en coin.

Grace l'observa avec attention. Il y avait quelque chose d'anormal, songea-t-elle. Il était extrêmement rare qu'il revienne à la maison l'après-midi.

— Tu veux quelque chose ? lui demanda-t-elle. Tu as faim, peut-être ?

— Non, je te remercie, lui répondit-il avant de se tourner vers sa fille. Je me demandais juste si ça te dirait d'aller faire un petit tour sur le dos de Chocolate ?

— Pour de vrai ? demanda Cassie, l'air sidéré.

— Pour de vrai. Si Grace est d'accord.

Venait-il vraiment de prononcer cette phrase ?

— S'il te plaît, Grace, dis oui ! s'exclama Cassie.

— C'est à ton papa d'en décider, ma chérie. Je n'ai aucune autorité sur ce genre de décision.

— Mais je respecte ton opinion, affirma Logan.

— Et tu la connais parfaitement. Je t'ai expliqué mon point de vue hier à la clinique. Tu ne t'en souviens pas ?

— Si, répondit-il en prenant soudain un air grave. Et d'ailleurs, c'est précisément pour ça que je suis là. Je voulais juste vérifier que tu n'avais pas changé d'avis entre-temps.

— S'il te plaît, ne change pas d'avis, Grace, intervint Cassie d'une voix suppliante.

— Je ne changerai pas d'avis, Cassie. Je trouve que cette petite promenade avec Chocolate est une super idée.

— Oui ! s'exclama la fillette en tendant les bras à son père. Je suis trop contente !

Comme s'il savourait cet instant, Logan serra longtemps Cassie dans ses bras.

— Amusez-vous bien, tous les deux, lança Grace. Il y aura des muffins à la myrtille au dîner.

— Tu ne viens pas ? demanda Cassie comme si elle venait de lui annoncer une nouvelle épouvantable.

— Tu es entre de bonnes mains avec ton papa.

— Il faut que tu viennes pour voir les progrès que je fais. Papa, je veux que Grace vienne.

— Pour ma part, je suis d'accord, dit-il.

Elle aurait été ravie de les accompagner, mais elle ne voulait pas s'immiscer dans ce moment privilégié père-fille qu'elle avait par ailleurs encouragé.

— Qui va préparer le dîner si je viens avec vous ? s'enquit-elle.

— À moins que tu aies prévu quelque chose de compliqué, on pourrait juste mettre des steaks sur le gril. Avec quelques légumes surgelés.

— Dans ce cas, il n'y aura pas de muffins au dîner, fit-elle remarquer.

Elle attendit que quelqu'un émette une objection. Mais personne ne le fit.

— Bon. D'accord. Je viens.

— Oui ! s'exclama Cassie en s'accrochant à la grande main de son père. On y va !

— Le dernier arrivé à l'écurie est une poule mouillée, dit-il.

— Ça sera pas moi ! répondit la fillette en quittant la cuisine en courant.

Sur le pas de la porte, Grace se tourna vers Logan.

— Tu l'as rendue très heureuse. Tu as vu son visage ?

— Oui. Et j'en suis ravi, répondit-il en souriant.

— Et tu as toutes les raisons de l'être. Je t'assure que tu as fait ce qu'il y avait de mieux à faire.

— C'est ce qu'il me semble aussi.

Dans son métier d'institutrice, elle avait connu de nombreuses expériences gratifiantes, mais aucune n'égalait celle-ci. C'était un tournant pour Logan en tant que père. Une preuve qu'il pouvait avoir une influence positive sur sa fille s'il s'autorisait à s'impliquer. Sous le coup de l'émotion, elle sentit sa gorge se nouer. Heureusement, il n'ajouta rien, et surtout, rien qui nécessite une réponse. Elle aurait été incapable d'en formuler une.

Quelques secondes plus tard, ils arrivaient dans l'écurie, où Cassie les attendait.

Posant la main sur l'épaule de sa fille, Logan la conduisit vers la sellerie.

— J'ai une surprise pour toi, dit-il en désignant un sac placé sur l'un des bancs.

Toute tremblante d'excitation, Cassie l'ouvrit et en sortit une bombe d'équitation.

— C'est pour moi ?

— Oui. Pour protéger ta petite tête, répondit-il. Je suis allé la chercher en ville ce matin. C'est important d'en porter une quand on débute.

— Elle est super ! Merci, papa !

— De rien, ma chérie.

Eh bien, s'il continuait à ce rythme, il allait bientôt pouvoir postuler au titre de papa de l'année, songea Grace.

— Et maintenant, dit-il, il est temps de seller Chocolate.

Il expliqua à sa fille tout ce qu'il faisait et pourquoi.

Cassie était naturellement trop petite pour prendre les choses en main elle-même. Ou même pour mémoriser toutes ces informations. Mais il semait des graines qui germeraient plus tard.

Grace aurait été prête à parier toutes ses économies que son grand-père avait débuté sa formation de cette façon. Son instinct paternel avait été encouragé, même s'il ne l'avait pas encore compris. Il avait juste besoin d'un petit coup de pouce pour prendre confiance en lui.

Quand Chocolate fut sellé, Logan regarda sa fille, qui avait coiffé sa bombe.

— Prête ?

— Oui !

— Parfait, dit-il en la hissant sur la selle. Tu te souviens ? On tient fermement les rênes et on ne tire pas. C'est ça qui s'est passé hier. En levant les bras, tu as tiré sur les rênes. Chocolate n'a pas compris et est devenu nerveux.

— D'accord, papa.

Lentement il commença à avancer vers la sortie, et le poney le suivit. D'une voix calme et rassurante, il répéta à sa fille les instructions de la veille. Et il lui expliqua comment signaler au poney qu'elle voulait aller à droite, à gauche, ou accélérer sa cadence.

— Tu te débrouilles très bien, ma chérie, dit-il d'une voix pleine de fierté toute paternelle. On voit que tu as ça dans le sang.

— Oui, elle doit tenir ça de toi, murmura Grace.

— Maman dit que je te ressemble, déclara Cassie, qui regardait toujours droit devant elle comme il le lui avait conseillé. Quand est-ce que maman va rentrer, Grace ?

— Dans pas très longtemps.

En prononçant ces mots, Grace sentit un profond sentiment de tristesse s'abattre sur elle. Elle était bien consciente que le temps filait à toute allure et qu'il ne restait plus beaucoup de jours avant la fin de son contrat. Il n'y aurait plus que quelques journées semblables à celle-ci…, songea-t-elle avec tristesse. Elle se reprit bien vite. Elle avait réussi à faire que Logan apprenne à monter à Cassie, et grâce à elle, il avait endossé son rôle de père en toute confiance. Un grand pas pour lui.

Le bonheur que lui procura cette idée la submergea totalement avant que le sentiment de solitude si familier vienne la chasser. La situation avait quelque chose de paradoxal. Si elle avait insisté pour qu'il apprenne à sa fille à monter, c'était parce qu'elle ne supportait pas l'idée qu'il s'éloigne des personnes qu'il aimait. Pour sa part, elle avait essayé de ne pas trop s'attacher à Cassie et lui, mais elle avait lamentablement échoué. Ce serait donc elle qui se retrouverait éloignée des personnes qu'elle aimait, quand elle partirait.

Ils allaient tous les deux horriblement lui manquer.

— Maman arrive !

Cassie ne tenait plus en place depuis que Tracy avait appelé pour dire qu'elle était rentrée de voyage de noces et qu'elle viendrait la chercher en fin d'après-midi. La petite fille regardait par la fenêtre depuis un bon moment, déjà.

— Je vais la voir ! s'exclama-t-elle en s'élançant dehors.

Grace la suivit, restant à distance pour laisser la mère et la fille se retrouver.

Au bout de quelques minutes, Tracy lui sourit et s'approcha d'elle.

— Bonjour, Grace.

— Bonjour. Alors, comment s'est passé ce voyage ?

— Ça a été magique ! Londres, Paris, Rome, Venise, Florence. Et visiter tous ces lieux avec l'amour de ma vie.

Je n'ai même pas de mots pour dire à quel point c'était merveilleux !

Ses yeux étaient brouillés de larmes.

— Tu m'as rapporté quelque chose ? demanda Cassie.

— Bien sûr, ma chérie. De tous les lieux que l'on a visités. On a même dû acheter une valise pour y mettre tout ce qu'on a pris pour toi !

Sans mot dire, la petite fille passa les bras autour des jambes de sa mère.

— Et ici, comment ça s'est passé ? demanda Tracy. Bien, d'après les informations que Cassie m'a données par téléphone, mais je préfère vérifier.

— Très bien, même, répondit Grace.

— Maman, papa m'a appris à monter à cheval !

Tracy regarda sa fille d'un air médusé avant de lever des yeux ébahis vers Grace.

— C'est vrai ?

— Oui. Et dans un souci de transparence, je dois te dire qu'elle est tombée, la première fois.

— Mais j'ai rien eu, maman. Papa m'a emmenée voir tatie, qui a pris une photo des os de mon bras. Il n'était pas cassé. Et le jour d'après, je suis remontée sur le poney !

— En cachette ? Ton papa était là ? demanda Tracy, qui paraissait toujours aussi déroutée.

— C'est lui qui le lui a suggéré, précisa Grace.

En réalité, c'était elle qui l'avait encouragé à le faire, mais elle ne jugea pas utile de mentionner ce détail.

— Waouh ! s'exclama Tracy. Tu aimes monter à cheval, ma chérie ?

— J'adore ! C'est trop bien !

— C'est bien la fille de son père.

— Oui, répondit Grace. Mais je crois qu'elle a aussi hérité de ton goût pour le thé de l'après-midi.

— Tu te souviens, maman ? Je t'ai dit que papa était

venu prendre le thé avec moi et qu'il avait joué le prince Adam de *La Belle et la Bête*.

— Ça a été un grand succès, ajouta Grace. Car comme tu le sais sans doute, on manque cruellement d'hommes pour jouer les rôles masculins.

— J'aurais voulu être une petite souris pour voir ça ! répondit Tracy en riant. Comment as-tu fait pour le convaincre ?

— Je crois que l'on peut parler de chantage.

— De plus en plus intéressant.

— Ça veut dire quoi « chantage » ? demanda Cassie.

Les deux femmes échangèrent un regard.

— Ça veut dire que quand Wendy est venue chercher Emily et Paige elle a beaucoup parlé à ton papa, répondit Grace.

Comme pour signifier qu'elle avait bien compris, Tracy hocha la tête.

— Le *revenge body* a encore frappé, dit-elle. Je déteste me répéter, mais là encore, j'aurais vraiment aimé être une petite souris pour voir ça. Que s'est-il passé ?

— Elle n'a pas fait preuve de beaucoup de subtilité, mais je pense avoir sauvé Logan. C'est d'ailleurs lui qui m'a dit qu'il me devait quelque chose. Et… voilà !

Tracy, manifestement, avait compris.

— C'est vraiment super, ma chérie, dit-elle en se penchant vers sa fille.

— C'était trop bien, répondit Cassie avant de lever vers elle ses grands yeux innocents. On peut y aller, maintenant ? J'ai envie de voir ce que tu m'as rapporté.

— Oui. Mais je voudrais d'abord saluer ton papa et le remercier de s'être bien occupé de toi. Et puis il faut que tu lui dises au revoir.

— Il est à l'écurie, dit Cassie en s'élançant. Et il faut que je dise au revoir à Chocolate, aussi.

— Le poney, expliqua Grace. Elle s'est beaucoup attachée à lui. Il est très doux et gentil.

— Ça ne m'étonne pas que Logan ait bien choisi pour elle. Ce qui m'étonne, c'est qu'il ait accepté de la mettre sur son dos. Ça fait déjà un moment qu'elle demande à monter.

— C'est ce que j'ai cru comprendre. Le soir de mon arrivée, elle lui a rappelé qu'il fallait qu'il lui apprenne.

— Et il a accepté, dit Tracy, qui semblait toujours ne pas y croire.

— Pas tout de suite. Il a fallu le convaincre.

— Par le chantage, là encore ? Je demande ça parce que je suis presque sûre que tu as joué un rôle dans cette persuasion.

— Il fallait bien que quelqu'un le fasse.

— Et comment as-tu fait ? demanda Tracy.

Sa mission étant officiellement terminée, Grace ne voyait pas de raison de ne pas s'expliquer.

— Je l'ai menacé de m'en aller, répondit-elle en haussant les épaules.

Manifestement très surprise, Tracy ouvrit de grands yeux.

— Audacieux. Et risqué.

— Oui, mais c'était quelque chose qui me tenait vraiment à cœur.

Pour diverses raisons. Certaines relatives à Cassie. Mais c'était surtout l'attitude de Logan avec sa fille qui avait fini par la convaincre d'agir. Il fallait qu'elle lui fasse comprendre qu'il se trompait sur lui-même, qu'il pouvait avoir un impact positif sur la vie de sa fille. Qu'il abatte ses murs défensifs qui l'isolaient de tout le monde. Lui montrer qu'il n'était pas obligé d'être seul. Que Cassie avait besoin de lui et, tout aussi important, qu'il avait besoin d'elle.

Tracy la dévisagea d'un air pensif.

— Ça fait des mois que j'essaie de le convaincre de

le faire, mais je n'avais aucun moyen de le faire chanter parce qu'il n'a pas de sentiments pour moi, murmura-t-elle.

— Bien sûr que si ! Vous êtes amis. Et surtout, tu es la mère de sa fille.

— Tout à fait. Alors j'aurais toujours pu le menacer de cesser d'être son amie, mais cela n'aurait été que symbolique dans la mesure où nous devrons toujours nous occuper ensemble de Cassie. Et de toute façon… il n'a pas *ce genre* de sentiments pour moi.

— Qu'est-ce que tu veux dire par là ?

— Je ne vais tout de même pas te faire un dessin, répondit Tracy en souriant. Il est fou de toi, Grace. Je l'ai vu au mariage. Tout le monde l'a vu.

Grace sentit le rouge lui monter aux joues. Elle aurait menti si elle avait nié qu'ils étaient attirés l'un par l'autre. Mais la passion était une chose. Construire une vie ensemble en était une toute différente. Cela nécessitait un engagement, et Logan s'était déjà engagé… à être seul.

— J'admets qu'il y a une attirance, avoua-t-elle.

— Je le savais ! s'exclama Tracy, triomphante. C'est super ! Je suis vraiment heureuse pour vous.

— Il n'y a pas de « nous ».

— Mais il pourrait y en avoir un. Tu es parfaite pour Logan, Grace. Et je suis bien placée pour juger puisque je suis sa meilleure amie. Il a besoin d'une femme comme toi. Une femme qu'il respecte et qu'il écoutera.

— Menacer quelqu'un de partir est un moyen très particulier de se faire écouter…

— Si ça a marché, c'est parce qu'il ne voulait pas que tu partes. Ce qui veut dire qu'il a des sentiments pour toi. J'aimerais vraiment que tu y réfléchisses.

Grace y avait longuement réfléchi, depuis sa rencontre avec lui. Seulement ses réflexions n'étaient pas allées bien loin. Dans l'absolu, elle aurait adoré qu'ils deviennent un « nous », mais dans les faits, cela n'aurait pas été très intelligent.

— C'est très gentil de ta part, Tracy.

— D'accord. Message reçu. Je vais aller m'occuper de mes affaires. Je n'aurais jamais dû évoquer le sujet. Ma seule excuse est le décalage horaire. Et la tendresse que j'ai pour Logan.

Grace en avait pour lui, elle aussi. Tant et si bien qu'elle était très tentée de croire aux paroles de Tracy. C'était donc une bonne chose qu'elle n'ait plus à passer qu'une seule nuit sous ce toit. Il avait accepté qu'elle reparte le lendemain matin pour pouvoir faire sereinement le trajet jusqu'à Buckskin Pass, où elle pourrait enfin réaliser son projet en s'achetant une maison.

Sauf qu'à présent, elle n'était plus sûre de pouvoir se contenter de ça.

- 13 -

— Papa, je vais manquer à Chocolate quand je vais retourner chez maman.

Logan avait raccompagné Cassie et Tracy jusqu'à la voiture.

— Je suis sûr que oui, ma chérie. Tu vas beaucoup lui manquer.

— Et si j'oublie comment monter ?

C'était donc là où elle voulait en venir. S'il n'avait pas passé toutes ces semaines avec elle, il lui aurait fallu beaucoup plus de temps pour comprendre qu'elle s'inquiétait moins des sentiments du cheval que de perdre les notions d'équitation qu'elle avait intégrées.

— Tu n'oublieras pas, ma puce. C'est comme de conduire une voiture.

— Mais je sais pas conduire ! s'exclama Cassie en le regardant comme s'il venait de dire n'importe quoi.

Ce qui était vrai, d'ailleurs.

Tracy laissa échapper un petit rire étouffé qu'il s'efforça d'ignorer.

— Ce que je veux dire, c'est que tout ce que tu apprends, tu ne peux pas le perdre, expliqua-t-il. Et puis, ta maman et moi, nous allons nous arranger pour que tu puisses venir faire du poney régulièrement.

— Pour de vrai ? Trop bien ! Je vais le dire à Grace ! s'exclama Cassie en repartant en courant vers la maison.

Grace. Elle allait partir. Pour toujours. Et il ne supportait pas l'idée de lui faire ses adieux.

Tout en soupirant, il se tourna vers Tracy.

— J'imagine que tu te rends compte par toi-même que Grace a fait du super boulot pendant ton absence, dit-il.

— Oui. Cassie n'a même pas dû se rendre compte que j'étais partie.

— Bien sûr que si. Seulement Grace a en quelque sorte compensé le manque. Et je pense qu'elle va beaucoup manquer à Cassie.

— À Cassie, seulement ?

— Quoi ?

— Tu m'as très bien comprise. Je pense que Grace va te manquer tout autant qu'elle va manquer à ta fille, si ce n'est plus.

Il ne voulait pas penser à la vie après Grace. Mais surtout, il n'avait aucune envie d'en parler.

— Je voulais juste te faire savoir qu'elle avait fait du bon travail, marmonna-t-il. Au cas où tu te serais posé la question.

— Premièrement, je l'ai très bien compris. C'est elle qui t'a convaincu d'apprendre à Cassie à monter. Et deuxièmement, c'est à moi que tu t'adresses. Je te connais mieux que personne, Logan, et je sais très bien comment tu es.

Il soupira. La principale qualité de Tracy était sa détermination. Quand elle avait quelque chose dans la tête, il était presque impossible de lui faire oublier cette idée. Or, il voyait très bien où elle voulait en venir.

— Laisse tomber, Tracy.

— Tu es différent, depuis l'arrivée de Grace.

— Non, répondit-il en baissant les yeux sur ses bottes usées et son jean élimé. Je suis pareil.

— Ne fais pas semblant de ne pas comprendre. Je veux dire avec Cassie. Tu es différent. Je ne sais pas trop comment l'expliquer, mais il y a désormais un lien entre vous qui n'existait pas avant.

— Tu te fais des idées.

Pourquoi niait-il, alors qu'il se sentait en effet plus proche de Cassie ?

— Non, Logan. C'est comme si un mur invisible qu'il y avait en toi était tombé. Tu es plus à l'aise avec ta fille. Plus accessible. Moins renfermé.

— Tu dis ça parce que tu ne m'as pas vu depuis un moment. Et sans doute aussi parce qu'elle n'est jamais restée aussi longtemps avec moi.

— Non. C'est plus profond que ça. Et c'est à Grace que tu le dois.

— Comment peux-tu le savoir ? Depuis combien de temps es-tu là ? Un quart d'heure ?

Malicieusement, elle sourit.

— Tu oublies que je te connais bien…

— Sûrement pas assez bien, puisque tu te trompes à ce sujet.

— J'ai eu une petite discussion avec Grace, tout à l'heure. Je sais que, si tu as appris à monter à ta fille, c'est parce que Grace t'a menacé de partir. Et si ça a marché, c'est parce que tu avais plus peur de perdre Grace que de mettre Cassie sur le dos d'un cheval.

Il y avait donc de bonnes chances pour qu'elle sache également que Grace l'avait manipulé pour qu'il accepte de jouer avec Cassie. Un souvenir qui lui tira un tendre sourire. Le bonheur de sa fille qui l'avait ensuite serré dans ses bras. C'était une chose qu'il ne pourrait jamais oublier.

— On a passé de bons moments, dit-il simplement.

— Et ce, en grande partie grâce aux interventions de Grace, précisa Tracy en l'observant attentivement. Elle a changé les choses.

Elle avait changé les choses entre sa fille et lui, oui. Et aussi… Mais il ne voulait pas songer à cela.

— Cassie s'est beaucoup attachée à elle, dit-il.

— Et toi aussi. Ce qui me paraît tout à fait logique. Elle est merveilleuse.

— Je trouve aussi qu'elle a quelque chose de spécial.

— Je le savais ! s'exclama-t-elle en s'approchant de lui pour le prendre dans ses bras. Elle est parfaite pour toi, Logan.

— Je ne sais pas si c'est vrai ou pas, mais inutile d'en discuter, puisqu'elle part demain.

— Est-ce une obligation ?

— Oui. Elle doit retourner à Buckskin Pass.

— Elle est institutrice. L'école ne reprend pas avant deux semaines, répliqua-t-elle en portant sur lui un regard appuyé.

Davantage de temps avec Grace ? Rien qu'à y penser, il sentit une décharge d'adrénaline le traverser. Ils avaient vraiment passé de bons moments ensemble. Mais elle avait un travail et une vie, il était inévitable qu'elle parte.

— On t'a déjà dit que tu étais une véritable enquiquineuse ?

— C'est pour ça que tu m'aimes comme un frère. Bon. Assez parlé de ça. Il va falloir que l'on s'organise pour les leçons de Cassie. Je pourrais l'amener ici et tu pourrais la ramener ?

— Et si je suis en retard à cause du ranch, elle pourrait dormir ici ? Je l'accompagnerais le lendemain à l'école ?

Ils furent interrompus par Cassie qui revenait en courant vers eux, suivie de Grace.

— Grace a retrouvé mon doudou ! s'exclama Cassie. Je l'avais oublié.

— Merci, Grace, dit Tracy. Tu nous as épargné un aller et retour en urgence.

— Je t'en prie.

— Je te reverrai, Grace ? demanda Cassie en levant vers elle des yeux brillants de larmes. Je suis triste que tu rentres chez toi.

Logan ne comprenait que trop bien ce qu'elle ressentait, ce qui rendait les mots de réconfort difficiles à trouver.

— Tu pourras peut-être venir me voir chez moi, lui suggéra Grace. Et on s'appellera, si tu veux.

Cassie tendit les bras et Grace s'accroupit pour la serrer contre elle.

— Ça sera pas pareil. Je t'aime, Grace.

— Je t'aime aussi, ma chérie, murmura Grace d'une voix brisée.

— Il faut qu'on y aille, Cassie, dit Tracy quand Grace se fut relevée. Au revoir, Grace. Logan m'a dit que tu partais demain à l'aube. Bon retour.

Logan ne put ignorer le regard que Tracy lui lança. Un regard qui disait clairement « ne fais pas l'idiot ».

En silence, Grace et lui observèrent la voiture qui s'éloignait.

— Bien. On ne va pas tarder à manger, dit Grace en retournant vers la maison. C'est prêt.

Quand ils furent tous les deux dans la cuisine, il s'approcha de l'évier pour se laver les mains.

— Je peux faire quelque chose pour t'aider ? s'enquit-il.

— Je veux bien que tu mettes la table.

Machinalement, il commença à sortir les couverts. Mais où les placer, à présent qu'ils étaient deux et non plus trois ? Cassie lui manquait déjà. Ses joyeux bavardages. Son rire. Le rituel du coucher. Quand il avait fini par se décider à y participer, il avait eu le sentiment d'appartenir à une famille. Une famille normale, traditionnelle.

Et ce soir, il se retrouvait seul avec Grace. Une perspective qui avait quelque chose d'exaltant.

— Tu veux un verre de vin ? lui demanda-t-il.

— Je ne suis plus de service, alors… d'accord.

Tandis qu'il remplissait deux verres de chardonnay, elle posa sur la table une salade, un gratin de pâtes et du poulet rôti.

— Ça sent bon, dit-il. Et je meurs de faim.

— J'en ai fait beaucoup, mais tu pourras manger le reste demain, après mon départ.

Départ. Le mot sembla se répercuter douloureusement en lui. Comme pour lui rappeler que la maison serait plus vide encore le lendemain. Grace serait rentrée chez elle, à Buckskin Pass, et il mangerait les restes seul chez lui…

Pendant quelques instants, il observa le visage de la jeune femme, si beau et si doux, et il sentit alors une sourde douleur s'installer dans sa poitrine. Les paroles de Tracy lui revinrent à l'esprit. Elle avait raison. Grace pouvait peut-être prolonger un peu son séjour…

— Tu peux rester, dit-il.

— Quoi ?

Il y avait de l'étonnement et quelque chose qui évoquait de l'espoir dans les yeux de Grace.

— Quand dois-tu reprendre la classe ? s'enquit-il.

— Dans deux semaines, pour préparer la rentrée.

— Donc, officiellement, tu es en vacances ?

— Oui.

— Alors reste un peu.

« Avec moi », faillit-il ajouter. Mais lui demander de rester avait déjà été un effort important pour lui. Il ne se voyait pas en dire plus.

Un joli sourire finit par se dessiner sur le visage de Grace.

— J'imagine que je peux attendre un peu pour faire mes bagages, dit-elle.

Le sentiment de soulagement fut tel qu'il en eut le

souffle coupé. Il lui rendit son sourire. Elle le regardait à présent comme si elle attendait quelque chose de sa part.

— Certains préfèrent montrer plutôt que dire, reprit-elle.

— Tu veux bien traduire ?

— Tu es un homme fort, responsable et protecteur. L'incarnation même de l'individualisme. Me demander de rester est ta façon de cow-boy de me dire que tu tiens à moi.

Bien plus qu'il ne l'aurait souhaité…

— Je ne suis pas très doué pour les grands discours.

— J'avais remarqué, répondit-elle en hochant la tête. Mais cela ne me dérange pas. Je t'aime aussi.

Et sans lui laisser le temps de trouver une réponse appropriée, elle changea de sujet. Une fois encore, le sentiment de soulagement fut intense. Parce qu'il n'aurait pas su quoi dire. Tout bien considéré, il s'était montré parfaitement honnête avec elle. Il lui avait dit qu'il n'était pas homme à aimer.

Sa déclaration n'était donc peut-être pas aussi lourde de conséquences qu'il l'avait imaginé. Si elle avait dit cela, c'était sans doute parce qu'elle était contente de rester un peu plus. Parce qu'ils passaient de bons moments ensemble.

Tout était parfait, donc.

Ne lui restait plus qu'à profiter pleinement du temps où il l'aurait pour lui tout seul.

Grace venait de mettre la cafetière en route quand Logan entra dans la cuisine.

Ce matin, avant l'aube, il l'avait embrassée avant de quitter le lit pour aller travailler. Après avoir accompli ses tâches matinales, il revenait prendre le petit déjeuner avec elle. Comme il le faisait depuis qu'il lui avait demandé de rester.

— Coucou, tu as faim ? lança-t-elle.

Une lueur espiègle s'alluma dans ses beaux yeux bleus quand il s'approcha d'elle pour l'attirer dans ses bras musclés.

— Faim de toi, oui.

— Tu n'en as pas eu assez, la nuit dernière ?

Au souvenir de ce qu'ils avaient fait, elle sentit un délicieux frisson lui parcourir le dos.

La vérité, c'était qu'aucun d'entre eux ne semblait se lasser de ces nuits magiques. Il était clair à ses yeux qu'elle tombait un peu plus amoureuse de Logan à chaque jour qui passait. La seule ombre au tableau était qu'il ne lui avait pas dit ce que lui-même ressentait. Elle avait beau aimer qu'on lui montre plutôt qu'on lui dise, il arrivait un moment où elle avait besoin d'entendre certains mots. Et elle n'avait pas oublié le jour où il l'avait mise en garde en lui disant de ne pas s'éprendre de lui.

Il effleura sensuellement ses lèvres des siennes.

— J'avais l'intention de recommencer ce soir, dit-il en la regardant avec des yeux pleins de désir. Tu as des objections ?

— Sur le moment, aucune, répondit-elle en plongeant son regard dans le sien. Le problème, c'est que quand tu m'embrasses comme ça je n'arrive à penser à rien.

— Je te promets de n'utiliser mon pouvoir que pour le bien, déclara-t-il d'une voix solennelle mais avec un regard espiègle qui le rendait vraiment irrésistible.

Sentant son cœur se gonfler, elle lui sourit. Elle ne pouvait pas se battre contre ses sentiments, moins encore depuis qu'elle avait admis qu'elle l'aimait. C'est pourquoi elle avait décidé de savourer chaque instant passé avec lui sans penser à l'avenir.

Quelques minutes plus tard, elle servait le petit déjeuner. Omelette et muffins aux myrtilles.

Ayant pris place à côté d'elle, il coupa un muffin en deux, le beurra et en prit une bouchée.

— Hum. Délicieux.

— Contente que tu apprécies. Je commence cependant à me demander si ce n'est pas l'unique raison pour laquelle tu m'as proposé de rester.

— Ce n'est pas l'unique raison, non. J'aime parler avec toi. J'aime me réveiller à côté de toi, dit-il d'une voix qui était devenue plus basse et plus grave et qui lui fit l'effet d'une véritable caresse.

Il s'interrompit pour la regarder longuement en silence. Et soudain, une lueur s'alluma dans ses yeux.

— Est-ce que tu sais monter à cheval ? demanda-t-il.

— Un peu. Mais mes compétences en ce domaine sont limitées. Pourquoi ?

— J'aimerais te faire visiter le ranch à cheval.

Sachant combien ces terres étaient importantes pour lui, elle fut profondément touchée par l'intimité de cette invitation.

— Avec grand plaisir.

L'air satisfait, il sourit. Dans une parfaite complicité, ils continuèrent de manger en bavardant. Une façon idéale de commencer la journée.

— Je vais aller seller les chevaux, dit-il quand il eut terminé son petit déjeuner.

— Je m'occupe de la vaisselle en attendant.

— Je peux t'aider.

— Pas la peine. Je te retrouve à l'écurie quand j'ai terminé.

— D'accord. Ne tarde pas.

Émue, elle hocha la tête.

Dès qu'il fut parti, après un rapide baiser qui faillit lui faire perdre la tête, elle se hâta de tout ranger. Et elle était sur le point de sortir le rejoindre quand quelqu'un frappa. Curieux. Qui pouvait bien passer à une heure pareille ?

Vaguement inquiète, elle alla ouvrir. Et trouva devant elle Foster Hart.

— Bonjour, Grace.

— Monsieur Hart. Je ne vous attendais pas.

— Je suis de passage dans la région. Je m'excuse d'être venu sans m'annoncer. Puis-je entrer ?

— Logan est absent.

Cette information sembla le décevoir.

— Bon. Pourrions-nous discuter, vous et moi, quelques minutes ? demanda-t-il.

Elle hésita. Elle comprenait très bien pourquoi Logan ne voulait rien avoir à faire avec son père. Mais… Si ce dernier voulait sincèrement faire la paix avec son fils ?

— D'accord, répondit-elle en lui faisant signe d'entrer. Voulez-vous un café ?

— Volontiers.

Une fois dans la cuisine, elle lui en servit une tasse et s'installa à table avec lui.

— Bien. De quoi vouliez-vous me parler ?

— De Cassie, répondit-il immédiatement, d'une voix tremblant d'émotion. J'ai parlé à Tracy. Elle est d'accord pour que j'apprenne à connaître ma petite-fille, mais elle dit que la décision finale appartient à Logan.

Grace réfléchit rapidement à ce qu'elle pouvait répondre à cela. Elle n'avait aucune intention de commettre un impair. Et puis, elle n'était pas de la famille.

— Vous savez, monsieur Hart, je comprends les raisons pour lesquelles Logan a peur que vous fassiez du mal à Cassie.

L'air embarrassé, il soupira.

— J'ai commis beaucoup d'erreurs, j'en suis conscient. Je sais que c'est ma faute si mes enfants et leur mère sont partis. Et je regrette sincèrement ce que je leur ai fait.

Logan sait-il que j'ai proposé de l'argent à sa mère mais qu'elle a refusé toute aide de ma part ?

— Il ne m'en a pas parlé.

— Elle a préféré se tourner vers son père et je la comprends. Mais je ne suis pas le sale type que mon fils voit en moi. Je n'aurais jamais abandonné délibérément mes enfants en les laissant vivre sans toit.

— Je ne sais pas quoi vous dire, monsieur Hart. Votre fils a été profondément blessé.

— Tout le monde mérite une deuxième chance, non ?

Oui. Si son père et sa mère s'étaient excusés et avaient demandé à faire partie de sa vie, elle les aurait accueillis avec joie. Seulement voilà, elle n'était pas Logan. Et la situation était différente. Ses parents l'avaient abandonnée, et elle espérait qu'ils l'avaient fait dans l'espoir qu'elle puisse avoir une vie meilleure que ce qu'ils pouvaient lui offrir. Il n'y avait pas eu de trahison.

— Écoutez, monsieur Hart, je pense que c'est à Logan que vous devriez en parler.

— D'après Tracy, vous lui avez fait beaucoup de bien. J'espérais que vous pourriez plaider en ma faveur.

Des bruits de pas se firent entendre, suivis par la voix de Logan.

— Sors d'ici !

Surprise, Grace sursauta et fut quelque peu effrayée quand elle vit la fureur qui brûlait dans ses yeux.

— Tu devrais peut-être écouter ce qu'il a à te dire, balbutia-t-elle en se levant.

— Jamais !

Foster Hart se leva à son tour.

— Je tenais à m'excuser, fils, pour ce que je t'ai fait. Je te serais très reconnaissant si tu m'offrais une chance de te montrer que j'ai changé. Si tu acceptais de me laisser connaître Cassie afin qu'elle puisse…

— Non, le coupa brusquement Logan. Je ne te pense pas capable de changer et il est hors de question que je prenne le risque de te laisser faire du mal à ma fille comme tu nous as fait du mal à nous.

— Fils…

— Ne m'appelle pas comme ça !

Foster Hart regarda Logan quelques instants avant que la résignation marque son visage, le faisant paraître plus âgé, vaincu.

— Très bien, murmura-t-il. Je m'en vais. Merci pour le café, Grace. Et pour m'avoir écouté. Au revoir.

Il quitta la cuisine, et quelques instants plus tard, on entendit la porte d'entrée se fermer.

Loin de se sentir soulagée, Grace jeta un regard inquiet à Logan, qui semblait prêt à frapper sur quelque chose.

— Comme je ne te voyais pas arriver, j'étais venu voir si tout allait bien, dit-il d'une voix sourde. Tu n'aurais pas dû le laisser entrer.

— Savais-tu qu'il a voulu donner de l'argent à ta mère pour l'aider et qu'elle a refusé ?

— C'est ce qu'il dit.

— Et si c'était vrai ?

— Je dirais qu'il n'a pas suffisamment essayé de l'aider.

— Logan, il a vieilli. Il a peut-être des remords et il aimerait sans doute essayer de réparer ses erreurs. Rien n'est jamais tout blanc ou tout noir. Ce n'est pas un monstre.

— Si ce n'en est pas un, ça y ressemble beaucoup !

Doucement, elle posa une main sur son bras, mais il recula vivement, comme si elle l'avait brûlé.

— Il y a trop de lui en moi, Grace. Je ne peux pas faire ça.

— Qu'est-ce que tu veux dire par là ? Tu me demandes… de partir ?

La colère qui brillait dans ses yeux s'effaça un instant, laissant entrevoir de la douleur.

— Ce serait mieux pour toi, oui.

— Ne fais pas ça, Logan.

— Je n'aurais jamais dû te demander de rester. C'est ma faute.

— Tu dis toujours ça. Tu n'es pas responsable de tout. Je pense que tu essaies juste de te protéger par crainte de souffrir.

— Tu vois ? Tout tourne toujours autour de moi, répliqua-t-il en lui adressant un sourire totalement dépourvu de gaieté. Je suis un égoïste. Comme lui.

— Ce n'est pas ce que je voulais dire, et tu n'es pas comme ça.

— Tu te trompes, rétorqua-t-il d'une voix qui ne laissait pas de place à la contestation.

Elle ne se laissa toutefois pas impressionner. Déterminée, elle soutint son regard.

— C'est toi qui te trompes, Logan. J'aimerais que tu puisses te voir comme tout le monde te voit. Comme moi je te vois. Tu es un homme bien, et je trouve très triste que tu tournes le dos à ce qui pourrait être une chose merveilleuse entre nous.

— Je ne suis pas un homme pour toi. Oublie-moi, Grace.

L'oublier ? Il y avait peu de chances pour que cela arrive !

— Très bien, Logan. Je pars. Mais j'espère que tu changeras d'avis à notre sujet. Je ne peux pas te garantir combien de temps, mais je t'attendrai.

— Non. Ne m'attends pas. Je ne veux pas te faire souffrir.

— Trop tard, répondit-elle en sortant.

Elle monta rapidement dans sa chambre et se mit immédiatement à faire ses bagages. Il lui fut difficile de retenir ses larmes, mais elle y parvint. Si elle commençait, elle n'arriverait plus à s'arrêter.

La journée avait merveilleusement bien débuté, et il avait suffi d'une intervention de Foster Hart pour la changer en cauchemar.

Cet emploi lui avait permis de mettre de côté de l'argent pour l'achat d'une maison et laisser ainsi la trahison d'un homme derrière elle. Elle savait désormais qu'il y avait bien d'autres façons de souffrir. Se faire voler toutes ses économies était beaucoup moins douloureux qu'être follement amoureuse d'un homme qui ne vous aimait pas en retour.

- 14 -

C'était stupide, mais Grace lui manquait encore plus à présent qu'il avait Cassie avec lui au ranch, songeait Logan. Il s'était habitué à ce qu'ils soient ensemble tous les trois, et son absence était comme un vide douloureux.

Tracy lui avait amené Cassie tous les jours pour ses leçons d'équitation, mais c'était à présent le week-end et sa fille allait passer la nuit au ranch pour la première fois depuis le départ de Grace. Dans le corral, il la regardait trotter sur le dos de Chocolate comme si elle était née sur une selle, et son cœur se gonflait de fierté paternelle.

Sans Grace, il n'aurait sans doute jamais connu de tels moments, et au lieu de la remercier, il l'avait quasiment chassée du ranch ! Il avait souffert à chaque seconde, depuis qu'il avait vu sa voiture s'éloigner, mais il ne devait pas revenir sur sa décision. De toute façon, tôt ou tard, elle aurait dû partir. Il n'avait fait qu'avancer ce moment.

La petite voix flûtée de Cassie le ramena doucement à la réalité.

— Regarde, papa !

— Je te regarde, ma chérie.

Ce n'était pas vraiment un mensonge. C'était juste qu'il pensait très fort au doux sourire de Grace en la regardant.

— Je me débrouille bien ? demanda-t-elle en maniant les rênes pour donner un ordre au poney.

Chocolate s'arrêta juste devant lui.

— Très bien, ma chérie.

— Grace serait fière de moi.

— C'est sûr.

— C'est dommage qu'elle puisse pas me voir.

C'est dommage que je ne puisse pas la voir.

— Je suis très étonné par la rapidité de tes progrès, ma puce.

— Je peux sortir du corral ? demanda-t-elle en posant sur lui ses grands yeux innocents.

— Il est tard. Le soleil est en train de se coucher. Et si ton poney ne voit rien, il risque de trébucher et de se blesser. Et de te blesser par la même occasion.

— Je ne veux pas que Chocolate se blesse. Grace dit qu'il faut être gentil avec tous les êtres vivants. Même les insectes.

Ça ne l'étonnait pas d'elle. Elle était magnifique à l'intérieur comme à l'extérieur. Cependant, il ne s'était pas montré gentil avec elle. Il avait mal pris ce qu'elle lui avait dit à propos de son père. Mais après coup, ses paroles avaient éveillé sa curiosité. Il avait demandé à son frère s'il se rappelait que leur mère avait refusé de l'argent ou de l'aide de la part de Foster Hart. Tucker en avait en effet entendu parler. Manifestement, leur mère avait agi par fierté parce qu'elle l'aimait tellement qu'elle ne voulait pas qu'il ait pitié d'elle. Son frère se souvenait aussi que leur père était venu au ranch, mais qu'il avait été chassé par leur grand-père.

Depuis qu'il connaissait ces informations, Logan se demandait s'il avait pris la bonne décision concernant Foster Hart. Il avait parlé à Tracy qui, comme Grace, pensait que Foster regrettait sincèrement ce qu'il avait fait à sa famille. Elle trouvait également injuste de priver leur fille d'une occasion de rencontrer son grand-père.

Deux mois plus tôt, si on lui avait dit qu'il envisagerait cette possibilité, il ne l'aurait jamais cru. Aujourd'hui, curieusement, cela lui semblait… normal. Encore un exemple de l'influence de Grace sur sa vie.

— Bon, il faut qu'on aille bouchonner Chocolate et lui donner à manger, dit-il. Nous aussi, il faut qu'on mange.

— D'accord, répondit sa fille en lui tendant les bras.

En la soulevant pour la faire descendre du poney, il la serra contre lui, et l'amour qu'il ressentit balaya tout ce qu'il ressassait. En général, elle gigotait pour qu'il la repose à terre, mais cette fois-ci, elle le serra fort contre elle. Parce que Grace lui manquait ? Ou parce qu'elle sentait qu'il en avait besoin ?

— Je t'aime, papa.

— Je t'aime aussi, ma chérie, répondit-il en la reposant. Tu veux ramener Chocolate à son box ?

Comme il avait toujours refusé qu'elle le fasse jusqu'ici, elle ouvrit de grands yeux surpris.

— Je peux ?

— Vas-y, répondit-il en lui tendant les rênes.

— Viens, Chocolate, ordonna-t-elle en commençant à avancer vers l'écurie. Waouh ! Grace serait tellement fière de me voir faire ça. Pas vrai, papa ?

— C'est sûr.

Il n'avait aucun mal à imaginer le sourire de Grace, la joie dans ses yeux. Et ce petit air de « je te l'avais bien dit ».

— Je vais chercher une brosse ! lança Cassie en s'élançant vers la sellerie.

Quand elle revint, elle la lui tendit.

— Et si tu essayais toute seule ?

— Je suis trop petite.

— Fais les parties que tu peux atteindre et je ferai le reste.

— D'accord, dit-elle avec un sourire plein d'assurance.

Il la regarda glisser la brosse sur le bas du corps de Chocolate, pleinement concentrée. Il était tellement fier d'elle. Encore un moment père-fille privilégié qu'il n'aurait jamais pu connaître sans Grace.

— Papa, dit Cassie d'une voix un peu triste, Grace ne me verra jamais faire ça.

— Je sais.

— J'aurais bien aimé qu'elle me voie.

Manifestement, il n'était pas le seul à penser à elle.

— Oui. Tu veux que je prenne le relais ? demanda-t-il, désireux de changer de sujet.

— D'accord. Mais n'oublie pas sa crinière.

— Je vois que tu as bien écouté.

— Je m'entraîne à bien écouter pour l'école. Grace dit que c'est important de bien écouter la maîtresse quand elle parle.

Lui qui voulait changer de sujet…

Quand Chocolate fut nourri, Cassie et lui retournèrent ensemble à la maison, bavardant de choses et d'autres. Enfin, c'était surtout Cassie qui bavardait !

Au cours de la semaine passée, il avait appréhendé le vide et le silence à chaque fois qu'il était rentré. Au moins, au cours du week-end, sa fille serait avec lui.

Il se sentait reconnaissant envers Grace de l'avoir encouragé à tisser des liens avec Cassie, mais il lui en voulait pour ce sentiment de solitude, bien plus fort que celui dont il avait l'habitude avant de la connaître. Mais il finirait par surmonter ça.

Quand Cassie et lui se retrouvèrent dans la cuisine pour dîner, il fit griller des steaks. Mais quand il lui tendit son assiette, sa fille plissa le nez.

— C'est brûlé, papa. J'aime pas le noir. Grace ne les fait pas comme ça.

Agacé, il dut fermer les yeux un instant pour se calmer. Il était à deux doigts de perdre patience. Non pas du fait de cette critique, mais à cause de ces références constantes à Grace. Il pensait déjà à elle beaucoup trop souvent, et si Cassie continuait ainsi, il ne trouverait jamais la paix de l'esprit. À chaque fois qu'il entendait son nom, c'était comme s'il recevait un coup de poignard en plein cœur.

— Je vais te retirer les parties noires, dit-il en lui reprenant son assiette.

Sa fille finit par manger délicatement.

— Tu crois que je manque à Grace ? dit-elle soudain, l'air attristé.

Son cœur se serra. Pourquoi se sentait-il responsable du chagrin de sa fille ? Il lui avait bien expliqué, dès le départ, que Grace n'était là que pour l'été.

— Oui. Mais tu étais au courant qu'elle ne resterait pas, non ?

— Oui. Mais tu aurais pu lui demander de rester.

Il le lui avait demandé. Et cela n'avait pas fonctionné. Ou plutôt, non. Tout se passait merveilleusement bien jusqu'à ce que son père arrive et lui embrouille l'esprit. Mais comment Cassie avait-elle pu penser qu'il puisse demander à Grace de rester ? Elle n'avait que cinq ans.

— Qu'est-ce qui te fait penser que j'aurais pu demander à Grace de rester, ma chérie ?

— Tu l'aimais beaucoup. Et elle t'aimait aussi beaucoup.

— C'est elle qui t'a dit ça ? demanda-t-il, soudain empli d'espoir.

— Non. Mais ça se voyait que tu l'aimais beaucoup.

— C'est vrai. Parce qu'elle s'occupait très bien de toi.

— Oui. Mais tu l'aimes beaucoup quand même.

— C'est ce que je viens de te dire.

Baissant les yeux, elle prit un air pensif et murmura :

— Tu l'aimes comme maman aime Denver.

Bon sang ! Elle parlait donc d'amour. Il n'avait aucune envie de prolonger cette discussion, mais il ne put s'empêcher de demander :

— Qu'est-ce qui te fait dire ça ?

L'air toujours aussi concentré, Cassie haussa les épaules.

— Tu avais l'air heureux quand elle était là. Maintenant plus. Tes yeux sont tristes.

Était-ce si évident pour qu'une enfant de cinq ans le remarque ? Il pensait que la présence de Cassie pour le week-end apaiserait son sentiment de solitude. Cela avait toujours été le cas auparavant. Mais c'était terminé. Depuis Grace.

Il avait bien fait, cependant, de la laisser partir. C'était à elle qu'il devait penser, pas à lui.

Une semaine s'était écoulée depuis que Grace avait quitté Blackwater Lake, mais le temps n'avait pas atténué la douleur.

— Ça fait trois bonnes minutes que tu bats ces œufs, Grace. Ils ne t'ont rien fait. Qu'est-ce qui ne va pas ?

Grace releva la tête vers sa propriétaire et amie, Janice Erwin. Âgée d'une soixantaine d'années, elle avait des cheveux courts argentés et des yeux brun tendre. Ensemble, elles préparaient le petit déjeuner dans la cuisine de la maison où Grace louait une chambre.

— Tout va bien, répondit-elle en essayant de prendre un air assuré. Je rêvassais, c'est tout.

— Tu rêvasses beaucoup depuis ton retour de Blackwater Lake, murmura Janice en plissant les yeux d'un air à la fois curieux et inquiet.

— Tu trouves ? demanda Grace, gênée.

— Oui. Ce qui me fait penser que tu ne m'as pas beaucoup parlé de ton travail là-bas. Comment as-tu trouvé la ville ?

— Tu connais ? demanda Grace pour détourner l'attention.

Elle voulait essayer de gagner du temps pour réfléchir à une réponse appropriée.

— Non. Mais Andy a travaillé dans un ranch là-bas quand il était jeune.

Janice était veuve. Ses filles, à présent adultes, vivaient avec leur famille en Californie. Après la mort de son mari, elle avait vendu le ranch familial pour acheter cette maison avec son vaste jardin dont elle prenait grand soin.

Quand Grace s'était retrouvée seule et sans un sou, Janice lui avait proposé de séjourner chez elle. « Les amis, c'est fait pour s'entraider », avait-elle dit. Embarrassée, Grace avait voulu lui payer un loyer. Janice avait accepté, disant que cela lui permettrait d'arrondir ses fins de mois, mais Grace la soupçonnait d'avoir plutôt agi parce qu'elle se sentait seule, elle aussi.

— Que pensait ton mari de Blackwater Lake ?

— Il voulait y rester. Il disait que c'était une région magnifique, avec des lacs et des montagnes. Et puis on s'est rencontrés, on est tombés amoureux et on a décidé d'élever nos filles ici, à Buckskin Pass. C'est vraiment beau ?

— C'est l'une des plus belles régions que j'aie vues.

— Les lieux n'ont pas changé, donc. Mais à l'évidence, ils t'ont changée, toi.

— Tu me trouves différente ?

— Très.

— Je ne sais pas quoi te répondre…

— Et si tu commençais par m'expliquer ce qui s'est passé pendant que tu étais là-bas ?

— J'ai juste fait mon travail. Prendre soin de Cassie.

Une image de la fillette se dessina dans son esprit. Un souvenir qui fut aussitôt suivi par un douloureux sentiment de vide.

— Elle était tellement mignonne que je n'avais même pas l'impression de travailler, murmura-t-elle.

— Elle te manque ?

— Oui.

— C'est vraiment cette gamine qui te manque ? Parle-moi un peu de son père.

— Il m'a embauchée pour prendre soin de sa fille jusqu'à ce que sa maman revienne de son voyage de noces. Avec l'argent qu'il m'a versé, je vais pouvoir demander un prêt immobilier.

Elle était persuadée à l'époque que l'achat de cette maison réglerait tous ses problèmes, mais à présent, elle n'en était plus si sûre. Elle ne ressentait pas d'enthousiasme à l'idée d'être si près du but. Bien au contraire, elle se sentait plus triste que jamais.

— Hum, fit Janice.

— Comment ça, hum ?

— Je pensais que tu serais plus heureuse que ça de pouvoir enfin commencer à chercher une maison.

Sans doute parce qu'elle n'avait pas besoin de chercher. La maison de ses rêves, elle l'avait trouvée dans le ranch de Logan. Et quand il lui avait demandé de partir, ses rêves avaient volé en éclats.

— Je suis heureuse, dit-elle sans vraiment y croire.

Janice lui sourit, peu convaincue.

— Je n'ai jamais regretté de t'avoir accueillie chez moi, Grace. Pour tout te dire, je te considère même comme ma troisième fille.

Sous le coup de l'émotion, Grace sentit sa gorge se nouer. Les larmes qu'elle avait retenues avec tant de peine depuis qu'elle avait quitté Logan menacèrent de couler.

— Et je te considère comme la mère que je n'ai jamais eue, murmura-t-elle quand elle retrouva la force de parler.

— Oh ! ma chérie. Tu vas beaucoup me manquer quand tu vas partir.

— Je ne serai pas loin. On pourra toujours déjeuner ensemble.

— Ça ne sera pas la même chose.

— Arrête. Tu vas me faire pleurer.

Janice l'observa attentivement un instant.

— Tu as envie de pleurer, mais pas seulement à cause de moi. Dis-moi ce qui s'est passé entre toi et le père de cette gamine. Tu te sentiras mieux après en avoir parlé.

— Je ne pense pas, répondit Grace en étouffant un sanglot. Mais tu es bien plus qu'une amie pour moi et tu mérites mieux qu'une réponse évasive.

Janice lui fit signe de s'asseoir, et elles prirent place de chaque côté de la table.

— Alors, dis-moi ce qui ne va pas.

— J'ai couché avec Logan, avoua Grace.

Effarée, elle se couvrit vivement la bouche de ses mains. Ce n'était pas ainsi qu'elle aurait dû commencer cette conversation.

— Excuse-moi… Tu dois me prendre pour quelqu'un d'horrible.

— Je suis vieille, ma chérie, mais pas suffisamment pour avoir oublié ce que c'est que d'avoir envie d'un homme plus que toute autre chose au monde.

— Oui. Mais j'étais là pour garder une petite fille, pas pour ça, balbutia-t-elle, les joues brûlantes de honte. Écoute, il était très séduisant. Je suis tombée sous son charme. Ne me juge pas.

— Tu sais très bien que je ne juge pas. Tu es l'une des personnes les plus extraordinaires et les plus fortes que j'aie jamais rencontrées. Contre toute attente, et alors que tu as été abandonnée par tes parents, tu es devenue une femme belle, honnête et douce.

— Venant de toi, ça me touche beaucoup.

— Maintenant que les choses sont claires entre nous, parle-moi de Logan.

— C'est un homme bien. Un super papa, même s'il

ne s'en rend pas compte. Il est très protecteur. Il essaie toujours de faire ce qu'il y a de mieux pour sa fille.

— Alors où est le problème ?

— Son père était un mari volage, et Logan et sa famille ont beaucoup souffert à cause de lui. Par peur de lui ressembler, il repousse toutes les femmes qui pourraient s'attacher à lui.

— Donc, il refuse de s'attacher.

— Oui. Mais malheureusement, je me suis beaucoup attachée à lui, répondit Grace, les yeux emplis de larmes.

Et elle lui expliqua toute l'histoire. Jusqu'au moment où il lui avait demandé de partir.

— Je crois qu'il a des sentiments pour moi, murmura-t-elle.

— Sûrement, car sans cela, il ne t'aurait jamais demandé de rester, à la fin de ton contrat.

— J'ai été une enfant dont personne ne voulait, je sais reconnaître les personnes qui ont beaucoup d'amour à donner. Logan en fait partie, mais il ne peut pas se résoudre à me donner le sien, et…

Ne pouvant se retenir plus longtemps, elle se mit à pleurer. Le visage enfoui dans les mains, elle laissa les sanglots la secouer. Au bout de quelques secondes, elle sentit le réconfort du bras de Janice autour de ses épaules.

— Oh ! ma chérie. Je suis désolée que tu souffres, dit celle-ci d'une voix chargée de compassion tout autant que de colère. Si tu veux mon avis, c'est un sale type.

— Je sais, répondit Grace en retirant les mains de son visage pour adresser à son amie un sourire tremblant. Mais je l'aime.

- 15 -

Le dimanche après le dîner, Logan se gara devant la jolie petite maison de Tracy.

— Voilà, mon bébé. On est arrivés.

— Je suis plus un bébé, papa. J'arrête pas de te le dire ! protesta Cassie en faisant son adorable petite moue.

— Tu seras toujours mon bébé. Même quand tu auras vingt-cinq ans.

— Waouh ! C'est trop vieux !

Ce qui faisait de lui une antiquité. C'était de toute façon comme ça qu'il se sentait, depuis un certain temps. L'absence de Grace retirait toute couleur à toute chose. Il parvint toutefois à sourire à sa fille, et fit de son mieux pour savourer l'instant. Car quand il l'aurait rendue à sa mère, il retournerait à la solitude et au vide de son ranch.

Il essayait de tenir Grace à l'écart de ses pensées. Sans succès. Il faudrait pour cela un peu de temps. Ou beaucoup.

— Coucou, vous deux ! lança Tracy en ouvrant la porte.

Cassie serra sa mère dans ses bras.

— Coucou, maman !

— Ça, c'est un vrai câlin, Cassie. J'adore. Va te laver les mains. On va bientôt dîner.

— Est-ce que papa peut rester ?

— Bien sûr. S'il est d'accord, répondit Tracy en se tournant vers lui.

— Je ne veux pas vous déranger. Tu es mariée, maintenant.

— Si c'était un problème, je te l'aurais dit. Tu le sais très bien.

— Oui. Mais je ne voudrais pas que cela dérange ton mari.

— Den ? Ça ne l'aurait pas dérangé, même s'il avait été là. Il est encore au bureau. Il a beaucoup de travail.

Logan fut tenté d'accepter. Rien que pour repousser le moment où il retournerait à la solitude de son ranch. N'importe quoi pour se distraire de l'absence de Grace et de la douleur qu'il avait en lui.

— Bon. Alors d'accord.

— Je peux aller jouer dans ma chambre, maman ? demanda Cassie.

Sa mère accepta, et la fillette les quitta en courant.

Il suivit Tracy dans la cuisine et prit alors le temps de l'observer. Elle paraissait plus heureuse qu'elle ne l'avait jamais été. Et à la regarder, il ressentit une petite pointe de jalousie.

— On dirait que le mariage te réussit. Et vous formez vraiment un très beau couple avec Den.

— En parlant de couple…

— Je ne sais pas ce que tu vas dire, mais ne le dis pas.

— Tu as des nouvelles de Grace ?

— Qu'est-ce que tu ne comprends pas dans ce que je viens de te dire ?

— Écoute, Logan. C'est moi, Tracy, ta meilleure amie. Tu peux bien me parler de toi et Grace.

— Il n'y a pas de moi et Grace.

— Et pourquoi pas ?

— Je ne comprends pas ta question.

— Ne fais pas l'idiot. Écoute-moi, dit-elle d'une voix pleine de compassion. Il y avait quelque chose entre vous. Des étincelles. J'ai vu la façon dont tu la regardais. Crois-moi, je ne t'ai jamais vu regarder une femme comme ça. J'avais pensé qu'après les étincelles il y aurait des flammes.

Sa gorge se noua un peu plus à mesure qu'il comprenait combien ces mots étaient vrais. Mais admettre qu'elle avait raison, c'était rendre son erreur plus terrible encore.

— Tu n'as pas vu toutes les femmes que j'ai regardées.

L'air excédé, elle soupira.

— Peut-être pas. Mais j'en ai vu suffisamment pour te connaître. Grace est restée après la fin de son contrat. Tout le monde le sait, à Blackwater Lake. J'en déduis que c'est toi qui lui as demandé de rester. Je suis juste surprise que tu aies fini par la laisser partir.

— En réalité, je ne l'ai pas *laissée partir*, marmonna-t-il en se passant nerveusement une main sur le cou. Mais c'était mieux pour elle.

— Tu l'as mise dehors ? demanda-t-elle d'une voix plus aiguë.

— Pas exactement.

Menteur. C'était exactement ce qu'il avait fait.

— En fait, reprit-il, je ne voulais pas lui faire du mal.

— Oh ! Logan… J'étais tellement sûre que Grace avait fini par te faire comprendre… Je veux dire te convaincre que tu n'es pas un homme sans cœur.

— Elle m'a fait réfléchir, en effet.

— Et ensuite, tu as jeté le bébé avec l'eau du bain. Tu t'es tiré une balle dans le pied. Tu…

— Ça va ! J'ai compris.

— Vraiment ? demanda-t-elle d'un air courroucé. Si c'était le cas, tu aurais remué ciel et terre pour la garder ici.

— Sa vie est à Buckskin Pass.

— Des tas de gens déménagent sans arrêt pour des raisons moins importantes que l'amour.

Elle planta son regard dans le sien et ajouta :

— Ose me dire que tu n'es pas amoureux de Grace.

Il aurait bien voulu ! Mais il lui fut impossible de le dire. Cela lui aurait déchiré le cœur.

— C'est ma faute si elle est partie. Et tu as raison, je suis un idiot. Tu es contente ? conclut-il en lui jetant un regard noir.

Mais il ne vit que de la pitié dans ses yeux.

— Non, Logan, je suis triste. Vous alliez si bien ensemble.

— Grace me manque, papa, dit Cassie. Est-ce que tu vas te marier avec elle ?

Bon sang ! Il n'avait pas vu Cassie entrer dans la cuisine. Il était évident qu'elle avait entendu ce que sa mère venait de dire.

— Écoute, ma chérie, je…

— Tu devrais, papa. Elle pourrait être Belle et toi le prince Adam.

Était-ce possible de vivre dans la vraie vie un tel conte de fées ? Pouvait-il vraiment avoir la famille dont il avait toujours rêvé ?

— Je ne peux rien te promettre, ma chérie, répondit-il en s'accroupissant devant sa fille.

Mais il allait essayer.

Grace avait repéré une adorable petite maison qui semblait parfaite pour elle. C'était son objectif depuis toujours, et elle était tout près du but. Mais au lieu de sauter de joie, elle avait envie de se cacher dans son lit.

— C'est la faute de Logan, marmonna-t-elle.

Sauf que ce n'était pas tout à fait vrai. Il l'avait avertie en lui disant de ne pas s'éprendre de lui. Elle n'avait pas voulu y croire, pensant que… Mais à quoi bon revenir sur le sujet ?

Perdue dans ses pensées, elle s'engagea dans la rue où elle vivait avec Janice, mais en approchant de la maison, elle aperçut un pick-up. Un pick-up rouge qu'elle ne connaissait que trop bien. Celui avec lequel Logan l'avait accompagnée au mariage de Tracy et Denver. Au souvenir de ses bras puissants, elle sentit son cœur se serrer douloureusement.

Pourquoi était-il là ? Avait-elle oublié quelque chose au ranch ? Dans ce cas, il aurait pu le lui envoyer. Pourquoi faire tout ce chemin ? Son cœur battait à tout rompre au moment où elle se gara à côté de la voiture de Janice.

L'espoir était la plus cruelle de toutes les émotions. Toute sa vie, d'un placement à un autre, elle avait espéré qu'enfin quelqu'un voudrait d'elle, qu'enfin elle aurait un endroit où elle se sentirait chez elle. Cela n'était jamais arrivé, et l'espoir s'était changé en cauchemar. Mais ces déceptions qu'elle avait connues ne seraient rien comparées à celle que Logan pouvait occasionner si elle se laissait aller à espérer.

Les jambes tremblantes, elle gravit les trois marches qui menaient à la porte d'entrée. Dans le séjour, elle trouva Logan assis en face de Janice. Il se leva aussitôt qu'il la vit arriver.

— Regarde qui est là, Grace. Logan et moi faisions connaissance en t'attendant.

Janice souriait et le ton de sa voix était cordial, mais ses yeux contaient une tout autre histoire. Elle était à l'évidence de son côté.

— Bonjour, Grace, dit Logan. Comment vas-tu ?

— Bien. Merci.

Elle brûlait d'envie de lui demander ce qu'il faisait si loin de chez lui, mais après ce qui s'était passé la dernière fois qu'ils s'étaient vus, elle ne voulait pas lui faciliter la tâche. Aussi laissa-t-elle le silence s'installer.

Il finit par s'éclaircir la gorge.

— Tu as trouvé une maison ? demanda-t-il.

— Oui.

— Ah.

— C'est super, Grace ! s'exclama Janice. Où ?

— Sur Cheyenne Court.

— Parfait. C'est tout près de l'école.

— Félicitations, dit Logan. Tu as signé ?

— Mon agent m'a conseillé de me laisser vingt-quatre heures pour réfléchir. Je le ferai donc demain.

À ces mots, une lueur s'alluma dans le regard de Logan.

— Est-ce que je pourrais te parler ? Maintenant ?

— Bien sûr, répondit-elle en croisant les bras.

Il sembla hésiter quelques secondes avant de se tourner vers Janice.

— Seule ?

Aussitôt, Janice fit mine de se lever, mais Grace l'arrêta d'un geste.

— Reste.

— D'accord.

— Que veux-tu me dire, Logan ?

Fermement, il planta son regard dans le sien.

— Je suis désolé pour ce que je t'ai fait. Je ne m'attendais pas à l'arrivée de mon père. Cela m'a déstabilisé. Et c'est retombé sur toi. Je n'aurais pas dû faire ça. Tu mérites bien mieux.

— Je suis on ne peut plus d'accord, dit-elle en levant fièrement le menton. J'accepte donc tes excuses, et si tu n'as plus rien à me dire…

— Si. Tu manques beaucoup à Cassie.

— Elle me manque aussi.

— Et il n'y a pas qu'à elle que tu manques.

— Ah ?

L'espoir. Malgré toutes ses bonnes résolutions, il refaisait surface. Elle ne pouvait rien pour l'en empêcher.

— Tu me manques, Grace. Tu ne t'imagines même pas à quel point. Rien n'est pareil, sans toi.

Elle lutta encore pour chasser l'espoir. Mais entre la sincérité qu'elle lisait dans les yeux de Logan et les paroles qu'il venait de prononcer, c'était tout simplement impossible. Elle décida cependant de faire une dernière tentative.

— Je suis désolée de l'apprendre, Logan. Mais mon poste était temporaire.

— Ce n'est pas ce que je veux dire et tu le sais très bien. Ce qu'il y a entre nous n'a rien à voir avec ton contrat.

Tout en soupirant, il baissa les yeux quelques secondes avant de reprendre :

— Je ne voulais pas. J'ai essayé de m'en empêcher, mais je n'ai pas réussi. Je suis tombé amoureux de toi, Grace.

— Bien ! Je vais vous laisser, intervint Janice en se levant.

— Ne pars pas, lui ordonna Grace.

— Ma chérie, il le faut, répondit son amie en s'approchant d'elle. Et si tu veux mon opinion, je pense que ce n'est pas vraiment un sale type, en définitive, chuchota-t-elle en quittant la pièce.

Mal à l'aise, Grace la regarda sortir, puis elle se tourna vers Logan.

— Je ne vois pas pourquoi je devrais te croire, dit-elle.

— Tu avais raison. Sur tout. Je ne suis pas mon père et mon père n'est pas si mauvais que ça.

— Qu'est-ce qui t'a fait changer d'avis à ce sujet ?

— Toi, répondit-il en s'approchant d'elle. Grâce à toi, j'ai commencé à m'interroger sur ce qui s'était passé. C'est-à-dire sur les conclusions que j'ai tirées et tout ce que je croyais au sujet de lui et de moi.

— Et ?

Elle avait beau brûler d'envie de se jeter dans ses bras, elle avait besoin d'entendre les mots tout autant qu'il avait besoin de les prononcer.

— Mon père n'est pas parfait, mais tu avais raison

quand tu as dit qu'il y avait toujours un peu de bien dans le mal. Il est coupable de s'être montré égoïste et infidèle, mais il n'a jamais eu l'intention d'abandonner ses enfants. J'ai été stupide parce que j'avais peur d'être comme lui. Ou comme je pensais qu'il était.

— Et maintenant, tu n'es plus stupide ?

Un très léger sourire se dessina sur son beau visage.

— Je ne sais pas si je le suis toujours, mais je n'ai plus peur, répondit-il. Sauf de te perdre. J'ai à peine réussi à tenir une semaine après ton départ. Je ne pourrais pas passer le reste de ma vie sans toi. Je t'aime, Grace.

Alors même qu'elle s'était dit que son rêve ne se réaliserait jamais, ce fier cow-boy qui préférait montrer plutôt que dire venait de prononcer les mots qui avaient guéri les plaies de son cœur.

— C'était si difficile que ça ? murmura-t-elle, le cœur battant.

— Tomber amoureux de toi a été la chose la plus facile au monde. Le plus dur a été de tirer un trait sur le passé.

Il posa un genou à terre et prit sa main dans la sienne.

— Grace, je sais qu'acheter une maison est ton rêve, mais si tu veux bien me faire l'honneur de devenir ma femme, je te promets de réparer toutes mes erreurs.

Elle avait toujours voulu appartenir à un lieu, pas à une personne. Seulement elle savait reconnaître le bonheur quand il se présentait à elle. Et ce bonheur était là, à genoux devant elle…

— Une maison n'est qu'un tas de pierres, dit-elle. Du moment que je suis avec toi et Cassie, je serai chez moi. Je t'aime aussi. Alors, oui, j'accepte de devenir ta femme.

Il ferma les yeux un instant et finit par acquiescer.

Puis il se releva lentement pour la prendre dans ses bras et sceller sa promesse par un baiser.

Petite, elle rêvait d'une famille comme en avaient les

autres. Mais les souffrances et la solitude de son enfance l'avaient menée jusqu'à ce moment, dans les bras de l'homme qu'elle aimait plus que tout.

Et elle ne regrettait rien.

Retrouvez prochainement,
dans votre collection

PASSIONS

Le secret de Harper, de Charlene Sands - N°983

SÉRIE : SECRETS ET SCANDALES 1/2

Harper n'a pas le choix : prise dans la tourmente d'un scandale lié à une émission de télé-réalité, elle doit fuir au Texas. Alors qu'elle se cache incognito dans le chalet d'une amie, la voilà contrainte de cohabiter avec le frère de cette dernière. Aussitôt, entre Cade Tremaine et elle, le désir est palpable. Or Harper est forcée de lui résister, car il ignore tout de son identité secrète...

Fiancée à un play-boy, de Charlene Sands

SÉRIE : SECRETS ET SCANDALES 2/2

Si Gianna accepte de jouer le rôle de la fiancée de Gage Tremaine, c'est uniquement pour lui permettre de redorer son image auréolée de scandale. Mais, prise au jeu, elle finit par succomber à la séduction de cet homme durant une nuit de passion. Seulement alors, Gianna comprend qu'elle a commis l'erreur de tomber amoureuse de lui...

Par une nuit de tornade, de Joanne Rock - N°984

Lorsque Valencia rencontre Lorenzo autour d'un projet de refuge pour chevaux, elle est tout de suite attirée par l'homme d'affaires. Aussi, quand à la faveur d'une tornade ils se retrouvent coincés toute une nuit sous le même toit, cède-t-elle à la tentation entre ses bras. Hélas, au lendemain de leur folle étreinte, ils se quittent froidement, et Lorenzo rappelle à Valencia sa règle d'or : on ne mélange *jamais* travail et plaisir...

Une famille pour Keely, de Christine Rimmer

Toute sa vie, Daniel Bravo a fait face à de lourdes responsabilités. Mais, lorsqu'il se retrouve à devoir élever seul ses adorables jumeaux, il sait qu'il a besoin d'aide – et vite. Vient heureusement à la rescousse Keely, qui adore ses enfants... mais ne l'apprécie guère ! Parce qu'ils se supportent à peine, Daniel est le premier surpris par les sentiments qu'elle éveille en lui...

Le bébé de l'espoir, de Janice Maynard - N°985

Cammie est sous le choc lorsqu'elle croise Drake, deux ans après leur douloureuse rupture. Plus incroyable encore, voilà qu'ils découvrent ensemble un bébé abandonné ! Aussitôt, Cammie décide de s'occuper du nourrisson, tandis que Drake propose de les héberger chez lui. Une situation qui ne manque pas d'ironie : s'ils ont rompu, c'est justement parce que Drake ne voulait pas d'enfants dans sa vie…

Une héritière au défi, de Nancy Robards Thompson

Alors qu'elle pensait hériter de l'entreprise familiale, Maddie est sidérée d'apprendre qu'elle devra se battre pour décrocher le poste de P-DG ! Pire, son rival n'est autre que Zach McCarter, l'homme dont elle est secrètement amoureuse. Un défi de taille pour Maddie, qui doit rester professionnelle tout en travaillant en étroite collaboration avec Zach…

Le retour de son premier amour, de Joss Wood - N°986

Série : Les héritiers de Moonlight Ridge 1/3

Molly est bouleversée. Quinze ans après son départ précipité, Mack Holloway est de retour à Moonlight Ridge, le complexe hôtelier de son père ! Devenue gérante du domaine, voilà Molly contrainte de collaborer avec son amour de jeunesse, qui l'a quittée sans la moindre explication, afin de donner un nouveau souffle à ce lieu chargé de souvenirs et qui les lie bien malgré eux…

Une idylle impossible, d'Anna DePalo

Mia Serenghetti doit à tout prix trouver un cavalier pour le grand gala de la saison. Son unique option ? L'arrogant Damian Musil, dont la famille est rivale de la sienne depuis toujours. Bientôt gagnée par un désir inattendu pour Damian, Mia est assaillie de scrupules : risquera-t-elle sa réputation et celle des Serenghetti pour explorer avec lui leur intense attirance ?

Un enfant de son rival, de Jules Bennett - N°987

Enceinte ? Eve sent une panique irrépressible la gagner. Cet enfant est celui de Graham Newport avec lequel elle a partagé une nuit inoubliable. Or, s'il est l'homme le plus parfait que la terre ait jamais porté, il est surtout l'héritier du clan ennemi de sa propre famille... Ne devrait-elle pas garder pour elle son tendre secret pour protéger le fruit de cet amour défendu ?

Un amour défendu, de Sarah M. Anderson

Josh Calhoun est de retour en ville... Et il vient de l'inviter à dîner. Bouleversée, Lucinda ne sait que lui répondre. Certes, Josh, dont elle était secrètement amoureuse au lycée, est encore plus séduisant que dans ses souvenirs. Mais elle n'a pas le droit d'être troublée par son charisme et son sourire étincelant. Car il n'est autre que le plus proche ami de son mari aujourd'hui disparu...

Un ennemi à charmer, d'Andrea Laurence - N°988

Georgia est abasourdie. Carson Newport, son patron, vient de lui demander de séduire Sutton Winchester, leur plus grand rival... Bien sûr, Georgia est toute dévouée à son entreprise, mais il est absolument hors de question qu'elle se prête à ce jeu mesquin ! C'est décidé : dès demain, elle démissionnera. Et tant pis si cela signifie ne plus jamais revoir Carson, l'homme qui fait battre son cœur en secret...

Envoyée par le destin, de Michelle Celmer

Jason est habitué à ce qu'on le confonde avec son frère jumeau. Or, quand une séduisante inconnue s'évanouit en l'apercevant, il comprend qu'il s'est passé quelque chose de grave. En effet, il apprend non seulement que son frère est récemment décédé, mais aussi que Holly était son épouse ! Plus incroyable encore, elle est la jeune maman d'adorables jumeaux...